Fantasy

Herausgegeben von Wolfgang Jeschke

Von Henry Rider Haggard erschienen in gleicher Ausstattung in der Reihe
HEYNE SCIENCE FICTION & FANTASY:

Sie · 06/4130
Allan Quatermain · 06/4131
Ayesha – Sie kehrt zurück · 06/4133
Sie und Allan · 06/4133
König Salomons Diamanten · 06/4134
Die heilige Blume · 06/4135
Das Halsband des Wanderers · 06/4136
Tochter der Weisheit · 06/4137
Das Sehnen der Welt · 06/4138
Morgenstern · 06/4146
Als die Welt erbebte · 06/4147
Das Nebelvolk · 06/4148
Das Herz der Welt · 06/4149
Kleopatra · 06/4310
Der Geist von Bambatse · 06/4311
Allan Quatermain der Jäger · 06/4367
Allan Quatermain und die Eisgötter · 06/4368
Das Elfenbeinkind · 06/4369
Der Gelbe Gott · 06/4370
Heu-Heu oder das Monster · 06/4466
Nada die Lilie · 06/4467
Der Schatz im See · 06/4545
Marie · 06/4601
Kind des Sturms · 06/4656

Weitere Ausgaben sind in Vorbereitung.

HENRY RIDER HAGGARD

Marie

Roman

23. Band der Haggard-Ausgabe

Fantasy

WILHELM HEYNE VERLAG
MÜNCHEN

HEYNE SCIENCE FICTION & FANTASY
Band 06/4601

Titel der englischen Originalausgabe
MARIE
Deutsche Übersetzung von Reinhard Heinz
Das Umschlagbild schuf Thomas Thiemeyer

Redaktion: Wolfgang Jeschke
Die Originalausgabe erschien als Vorabdruck zwischen September 1911 und Februar 1912 in »Cassell's Magazine«, vol. LIII, nos 1–6; die englische Buchausgabe erschien im Januar 1912 im Verlag Cassell, London; die amerikanische Buchausgabe im März 1912 im Verlag Longman, Green, New York

Printed in Germany 1989
Umschlaggestaltung nach einem Entwurf von Vicente Segrelles, Norma: Atelier Ingrid Schütz, München
Satz: Schaber, Wels
Druck und Bindung: Elsnerdruck, Berlin

ISBN 3-453-03468-6

Die Originalausgabe
und Februar 19
die englische Bu
Cassell, London;
im V

Inhalt

»Der ganze Türrahmen wurde allmählich nach außen gewuchtet ... und fiel um, und dahinter erschienen zwei kräftige Wilde, die ihre Breitspeere schwangen.« *(Siehe S. 49)*

Ditchingham, 1912

Mein lieber Sir Henry,

fast siebenunddreißig Jahre sind verstrichen, mehr als eine Generation, seit wir zum ersten Mal die Gestade Afrikas aus dem Meer aufsteigen sahen. Wieviel ist seither passiert: die Annexion von Transvaal, der Zulu-Krieg, der erste Burenkrieg, die Erforschung der Großen Randstufe, die Besetzung Rhodesiens, der zweite Burenkrieg und vieles andere mehr, was in unsrer schnellebigen Zeit nun längst zur Geschichte gerechnet wird.

Ach! Ich fürchte, daß wir, würden wir jenes Land wieder betreten, nur mehr auf wenige bekannte Gesichter stießen. Über eines freilich können wir froh sein. Jene historischen Ereignisse, an denen Sie zum Teil als Regent von Natal wesentlichen Anteil hatten und zu denen in bescheidenerem Maße auch ich beitragen durfte, haben, soweit sich das vorhersehen läßt, Südafrika endlich eine Epoche des Friedens beschert. Heute weht die Flagge Englands vom Zambesi bis zum Kap. Mögen unter ihrem Schatten alle Fehden und Zwiste vergessen sein. Mögen auch die Eingeborenen davon profitieren und von ihren Herren gerecht behandelt werden, denn schließlich war es zuerst ihr Land. Das sind, wie ich weiß, Ihre Hoffnungen ebenso wie die meinen.

Nun handelt diese Geschichte allerdings von einem früheren Afrika. Im Jahre 1836 entzweiten Haß und Mißtrauen die britische Regierung und ihre kapholländischen Untertanen. Aufgrund der Sklavenbefreiung und gegenseitiger Mißverständnisse befand sich die Kapkolonie in Aufruhr, fast in Rebellion, und die Buren suchten zu Tausenden eine neue Heimat im unbekannten, von Wilden bevölkerten Norden. Von dieser blutigen Zeit habe ich zu erzählen versucht; vom Großen Treck und seinen Tragödien wie dem Massaker am aufrichtigen Retief und seinen Gefährten durch den Zulukönig Dingaan.

Aber Sie haben die Geschichte gelesen und kennen ihren Gehalt. Was mehr bleibt mir also zu sagen? Nur, daß ich sie zum Andenken an längst vergangene Tage Ihnen widme, dessen Vorbild mir stets in den Sinn kommt, wenn ich versuche, mir einen englischen Gentleman vorzustellen, wie er sein soll. Ihre Güte wird mir unvergeßlich bleiben; zur Erinnerung daran vermache ich Ihnen dieses Buch.

Ihr sehr ergebener
H. Rider Haggard

An Sir Henry Bulwer, Träger des G.C.M.G.

Der Verfasser hofft, die im folgenden niedergeschriebene Geschichte des Massakers am Burengeneral Retief und seiner Gefährten durch den Zulukönig Dingaan möge beim Leser auf historisches Interesse stoßen. Von gewissen Ergänzungen abgesehen, hält der Verfasser sie für insgesamt authentisch.

Das gleiche gilt für den Bericht über die gräßlichen Leiden der Treckburen, welche in das Fieberveld zogen, um dort in der Nähe der Delagoa-Bucht umzukommen. Von diesen Leiden, insbesondere denen des Triechard und seiner Gefährten, existieren noch einige wenige zeitgenössische Zeugnisse, die in spärlichen Quellen vergraben liegen. Es bliebe noch anzumerken, daß es die allgemeine Überzeugung der Buren jener Generation war, der grausame Tod von Retief und seiner Gefährten und anderes Unglück, welches sie ereilte, seien dem verräterischen Taktieren eines Engländers oder der Engländer mit dem Despoten Dingaan zu verdanken gewesen.

Der folgende Auszug erklärt, wie das Manuskript von ›Marie‹ nebst anderen, wovon eins ›Child of Storm‹ heißt, in die Hände des Herausgebers gekommen ist. Er stammt aus einem Brief, der das Datum 17. Januar 1910 trägt und von Mr. George Curtis verfaßt ist, dem Bruder von Sir Henry Curtis, Baronet, welcher, wie man sich erinnern wird, ein Freund des Mr. Allan Quatermain selig gewesen ist und ihn bei seiner abenteuerlichen Entdeckung von König Salomons Diamanten begleitet hat und anschließend mit ihm in Zentralafrika verschwunden ist.

Der Auszug lautet folgendermaßen:

»Sie erinnern sich vielleicht, daß unser gemeinsamer lieber Freund, der gute Allan Quatermain, mich zu seinem einzigen Testamentsvollstrecker einsetzte, wozu er mich mit seiner Unterschrift ermächtigte, bevor er mit meinem Bruder Henry nach Zuvendis aufbrach, wo er den Tod fand. Das Gericht jedoch, das einen gültigen Beweis für seinen Tod vermißte, legte sein Barvermögen in mündelsicheren Wertpapieren an und überließ auf meinen Rat hin sein Anwesen in Yorkshire einem Pächter, der es zwei Jahrzehnte innehatte. Nun ist der Pächter gestorben, und auf das dringliche Ersuchen der Wohlfahrtsinstitute, zugunsten derer Quatermains Testament ausgestellt ist, und auf meine Bitte hin – denn wegen meines ungewissen Gesundheitszustands bin ich seit langem darauf bedacht, dieses Testament abzuwickeln – hat das Gericht vor etwa acht Monaten endlich zugestimmt, sein großes Vermögen gemäß dem Letzten Willen aufzuteilen.

Hierzu war natürlich der Verkauf des Grundbesitzes erforderlich, und vor der Versteigerung ging ich mit dem vom Gericht bestellten Anwalt durch das Haus. Im obersten Geschoß fanden wir in dem Zimmer, das Quatermain bewohnt hatte, einen verschlossenen Schrank vor, den ich öffnete. Wie sich zeigte, enthielt er diverse Dinge, die für Quatermain offenbar hohen Erinnerungswert besessen hatten. Ich brauche sie hier nicht im einzelnen aufzuführen, zumal ich sie als sein Nachvermächtnisnehmer an mich genommen habe und sie Ihnen nach meinem Tod testamentarisch vermacht sind.

Unter diesen Relikten fand ich jedoch eine massive Kiste aus einem roten Tropenholz, welche diverse Dokumente und Briefe sowie ein Bündel Manuskripte enthielt. Unter dem Band, mit dem die Manuskripte verschnürt sind, steckt, wie Sie sehen werden, ein Zettel, auf dem in blauer Schrift eine mit ›Allan Quatermain‹ unterzeichnete Weisung steht, daß nämlich, sollte ihm etwas zustoßen, die Manuskripte an Sie (wie Sie wissen, schätzte er Sie sehr) zu senden seien und Sie diese nach Gutdünken verbrennen oder veröffentlichen sollen.

Also erfülle ich, da wir beide noch unter den Lebenden weilen, nach all den Jahren den Willen unsres alten Freundes und sende Ihnen seinen Nachlaß, der gewiß interessant und wertvoll ist. Ich habe das Manuskript mit dem Titel ›Marie‹ gelesen und meine bestimmt, daß es veröffentlicht werden sollte, denn ich halte es für eine wunderliche Geschichte einer großen Liebe, die zumal voller längst vergessener historischer Gegebenheiten ist.

Das Manuskript mit dem Titel ›Child of Storm‹ erscheint mir als Studie der Wilden gleichfalls höchst interessant zu sein, was auch für die anderen gelten mag; nur ist mein Augenlicht so schlecht, daß ich sie nicht habe entziffern können. Ich hoffe jedoch, daß mir noch soviel Zeit beschieden ist, sie gedruckt lesen zu können.

Armer alter Allan Quatermain. Es ist, als wäre er mit einemmal von den Toten wiederauferstanden! So war mir zumindest zumute, als ich diese Geschichte über einen Abschnitt seines Lebens las, aus dem er mir meines Wissens nie erzählt hatte.

Nun endet meine Verantwortung diesbezüglich und geht auf Sie über. Machen Sie mit den Manuskripten, was Sie meinen.

George Curtis«

Wie man sich vorstellen kann, wunderte ich, der Herausgeber, mich gehörig, als ich diesen Brief und dazu das Bündel eng geschriebener Manuskripte erhielt. Auch mir kam es so vor, als wäre mein alter Freund aus dem Grab auferstanden und vor mich getreten, um mir in seiner ruhigen, gemessenen Stimme, die ich nie habe vergessen können, von seiner stürmischen und tragischen Jugend zu erzählen.

Das erste Manuskript, das ich las, trug den Titel ›Marie‹. Es handelt von Mr. Quatermains seltsamen Erlebnissen, als er als junger Mann den unseligen Pieter Retief und die Burengesandtschaft auf einem Gang zum Zulu-Despoten Dingaan begleitete. Dieser führte, wie man sich erinnern wird, zu einem Massaker, das nur Quatermain und Hans überlebten. Zugleich behandelt es eine andere, sehr persönliche Angelegenheit, nämlich sein Werben um und die Heirat mit Marie, seiner ersten Frau.

Von dieser Marie habe ich ihn nie sprechen hören – bis auf ein Mal. Ich erinnere mich, daß ich bei irgendeiner Gelegenheit – es war ein Gartenfest für einen örtlichen Wohltätigkeitsverein – neben Quatermain stand, als jemand ihm eine junge Dame vorstellte, die in der Nachbarschaft zu Gast war und sich auf dem Fest durch wunderschönen Gesang hervorgetan hatte. Ihren Familiennamen vergaß ich, aber ihr Vorname war Marie. Quatermain horchte auf, als er den Namen hörte, und fragte, ob sie Französin sei. Die junge Dame verneinte;

sie sei nur von französischer Abstammung durch ihre Großmutter, die ebenfalls Marie geheißen habe.

»Wirklich?« sagte er. »Ich kannte einmal ein Mädchen, das Ihnen recht ähnlich sah und ebenfalls von französischer Abstammung war und auch Marie hieß. Hoffentlich haben Sie mehr Glück im Leben, als sie es hatte, obwohl Sie ihre Herzensgüte und ihren Edelmut nicht werden übertreffen können.« Damit verneigte er sich in seiner schlichten, freundlichen Art und wandte sich ab. Hernach, als wir allein waren, fragte ich ihn, wer diese Marie gewesen sei, die er gegenüber der jungen Dame erwähnte. Nach kurzer Pause antwortete er:

»Sie war meine erste Frau, aber ich bitte dich, sie weder mir noch jemand anders gegenüber zu erwähnen, denn ich ertrage es nicht, ihren Namen zu hören. Vielleicht wirst du eines Tages alles darüber erfahren.« Dann brach er zu meinem Kummer und zu meinem Erstaunen in eine Art Schluchzen aus und ging rasch hinaus.

Nachdem ich die Geschichte dieser Marie gelesen habe, kann ich gut verstehen, warum er so bewegt gewesen ist. Ich drucke sie praktisch so, wie er sie niedergelegt hat.

Es sind noch andere Manuskripte dabei, wovon eins, das mit ›Child of Storm‹ überschrieben ist, die ergreifende Geschichte einer schönen, aber auch, wie ich leider ergänzen muß, tückischen Zulu namens Mameena erzählt, die zu Lebzeiten viel Unheil angerichtet hat und unbußfertig von dieser Welt gegangen ist.

Ein weiteres trägt den Titel ›Finished‹ und deckt unter anderem die Ursachen für die Niederlage von Cetawayo und seiner Truppen gegenüber den Engländern im Jahre 1879 auf, was sich kurz vor der Begegnung von Quatermain mit Sir Henry Curtis und Captain Good zutrug.

Diese drei Romane sind sogar mehr oder weniger miteinander verknüpft. Zumindest kommt in allen drei ein greiser Zwerg namens Zikali vor, ein Medizinmann und schrecklicher Mensch, obwohl er im ersten, ›Marie‹, nur am Rande erwähnt wird in Verbindung mit dem Massaker an Retief, zu dem er sicher maßgeblich angestiftet hat. Da ›Marie‹ in chronologischer Reihenfolge zuerst kommt und vom Verfasser zuoberst auf den Stapel gelegt worden ist, veröffentliche ich es zuerst. Die anderen hoffe ich, bei späterer Gelegenheit erledigen zu können.

Aber das bleibt der Zukunft überlassen. Wir haben keine Gewalt über sie und können den Gang der Ereignisse nicht bestimmen. Einstweilen hoffe ich, daß jene, welche in ihrer Jugend von König Salomons Diamanten und Zuvendis gelesen haben, und vielleicht einige Jüngere sich ebenso fesseln lassen von diesen neuen Kapiteln der Autobiographie des Allan Quatermain wie ich selbst.

1

Allan lernt Französisch

Obwohl ich, Allan Quatermain, im Alter angefangen habe, ein bißchen zu schreiben, habe ich bisher kein einziges Wort von meiner ersten Liebe und den Abenteuern, die sich um die schöne, tragische Geschichte ranken, zu Papier gebracht. Das kommt wohl daher, daß diese Sache mir immer so heilig und entrückt war – heilig und entrückt wie der Himmel, der nun den großen Geist von Marie Marais birgt. Im Alter indes rückt nun das Entrückte wieder heran; und des Nachts glaube ich zuweilen, in der Unermeßlichkeit der Sterne das offene Tor zu schauen, durch das ich gehen muß und auf dessen Schwelle erdwärts geneigt mit ausgebreiteten Armen und dunklen, feuchten Augen ein Schatten steht, der längst vergessen ist von allen außer mir – der Schatten von Marie Marais.

Traum eines Greises, mehr wohl nicht. Dennoch möchte ich versuchen, diese Geschichte niederzuschreiben, die in einem solch großen Opfer gegipfelt hat und es verdient, niedergeschrieben zu werden, obgleich ich hoffe, daß kein menschliches Auge sie zu lesen bekommt, bis auch ich vergessen oder zumindest im Dunstkreis der Vergessenheit verblaßt bin. Und ich bin froh, daß ich damit gewartet habe, denn mir scheint, erst jetzt lerne ich allmählich ihren wahren Charakter richtig einzuschätzen und angemessen zu würdigen, ihren Charakter und die verzehrende Liebe, womit sie mich überreich bedacht hat, der ich ihrer gänzlich unwürdig gewesen bin. Was habe ich getan, frage ich mich, daß mir die Liebe zweier solcher Frauen wie Marie und Stella beschieden gewesen ist, welche nun ebenfalls längst tot ist und der allein auf der Welt ich die ganze Geschichte von Marie erzählt habe? Ich erinnere mich, befürchtet zu haben, sie würde mir dies verübeln, aber dem ist nicht so gewesen. Vielmehr beschäftigte sie sich während unsrer kurzen Ehe viel mit und sprach oft von Marie, und es war eines ihrer letzten Worte an mich, daß sie Marie suchen wolle, um gemeinsam mit ihr im Reich der Liebe meiner zu harren, geläutert und unsterblich.

Mit Stellas Tod also ist diese Seite des Lebens für mich zu Ende gegangen, denn nie wieder habe ich seither in den langen Jahren dazwischen ein zärtliches Wort für eine andere Frau gefunden. Ich gestehe freilich, daß ein Mal lange Zeit später eine kleine Zuluhexe mich mit zärtlichen Worten betört hat und in der ersten Stunde fast gewonnen hätte, worin sie sehr begabt gewesen ist. Dies erwähne ich, um bei der Wahrheit zu bleiben, obwohl ich – mein Herz war nicht im Spiel – sogleich wieder einen klaren Kopf bekommen habe. Sie hat Mameena geheißen, und ihre erstaunliche Geschichte habe ich anderswo niedergeschrieben.

Um wieder zur Sache zu kommen: Wie schon in einem andern Buch vermerkt, bin ich bei meinem alten Vater, einem Geistlichen der anglikanischen Kirche, im jetzigen Cradock-Distrikt der Kapkolonie aufgewachsen.

Das war seinerzeit eine recht wilde, nur spärlich von Weißen besiedelte Gegend. Zu unsern wenigen Nachbarn zählte ein burischer Farmer namens Henri Marais, der etwa fünfzehn Meilen von unsrer Station entfernt auf einem stattlichen Gehöft namens Maraisfontein lebte. Ich nenne ihn burisch, aber nach seinem Vor- und Familiennamen zu schließen, ist er von hugenottischer Abstammung gewesen. Sein Vorfahr, der ebenfalls Henri Marais hieß, obwohl sich das Marais seinerzeit wohl anders geschrieben hatte, gehörte zu den ersten Reformierten, die nach Südafrika auswanderten, um der grausamen Verfolgung durch Ludwig XIV. nach Aufhebung des Edikts von Nantes zu entgehen.

Im Gegensatz zu den meisten Buren ähnlicher Abstammung hatte dieser spezielle Marais – denn es tragen natürlich viele andere Familien diesen Namen – seine Herkunft nie vergessen. Vielmehr wurde von Vater zu Sohn die Kenntnis der französischen Sprache weitergereicht, die oft untereinander gesprochen wurde. Jedenfalls pflegte Henri Marais, ein Religionsfanatiker, seine tägliche Bibelstelle (es ist oder war der Brauch bei den Buren, allmorgendlich aus der Bibel zu lesen, sofern man des Lesens kundig war) nicht im kapholländischen *Taal* oder *Patois* zu lesen, sondern in gutem alten Französisch. Ich besitze das Buch, aus dem er vorlas, denn merkwürdigerweise wollte es der Zufall, daß ich Jahre später, als all diese Ereignisse längst der Vergangenheit angehörten, bei der wöchentlichen Versteigerung diverser Waren auf dem Marktplatz von Maritzburg eine Partie erwarb, welche neben anderen Werken dieses Buch enthielt. Als ich, daran erinnere ich mich gut, den dicken Wälzer aufschlug, dessen ursprünglicher Ledereinband durch Antilopenleder erneuert war, und feststellte, wem es gehört hatte, brach ich in Tränen aus. Es bestand kein Zweifel daran, denn in der Bibel waren, wie früher üblich, verschiedene Vorsatzblätter eingeheftet, damit der Eigentümer darauf wichtige Ereignisse festhalten konnte.

Die ersten Eintragungen stammen von dem ursprünglichen Henri Marais und halten fest, wie er und seine Landsleute aus Frankreich vertrieben worden sind und daß sein Vater bei der religiösen Verfolgung den Tod gefunden hatte. Im Anschluß daran folgt eine lange Aufzählung von Geburten, Hochzeiten und Todesfällen, die von Generation zu Generation weitergeführt worden ist, und dazwischen wenige Vermerke über einen Wohnortswechsel der Familie und dergleichen, alles auf französisch. Gegen Ende der Aufzählung erscheint der Eintrag über die Geburt des Henri Marais, den ich, ach, nur zu gut gekannt habe, und die Geburt seiner einzigen Schwester. Sodann ist seine Heirat mit Marie Labuschagne vermerkt, die, man beachte dies, ebenfalls von hugenottischer Abstammung ist. Im Jahr darauf folgt die Geburt von Marie Marais, meiner Marie, und nach einer großen Lücke, denn weitere Kinder wurden nicht geboren, der Tod der Mutter. Unmittelbar darunter steht folgender seltsamer Eintrag:

»Le 3 Janvier, 1836. Je quitte ce pays voulant me sauver du maudit gouvernement Britannique comme mes ancêtres se sont sauvés de ce diable – Louis XIV.

A bas les rois et les ministres tyrannique! Vive la liberté!«

Was sehr deutlich den Charakter und die Haltung von Henri Marais zum Ausdruck bringt und die Einstellung der Treckburen jener Zeit.

So schließen also die Aufzeichnungen und so endet die Geschichte der Marais – das heißt, soweit es die Eintragungen in der Bibel betrifft, denn dieser Zweig der Familie ist nun ausgestorben.

Ihr letztes Kapitel werde ich zu gegebener Zeit erzählen.

Es war nichts Ungewöhnliches an meiner ersten Begegnung mit Marie Marais. Ich rettete sie weder vor den Klauen eines wilden Tieres noch zog ich sie aus einem reißenden Strom, wie sich das für eine Romanze gehörte. Vielmehr tauschten wir unsre jugendlichen Gedanken an einem kleinen, wuchtigen Holztisch aus, der sogar einmal als Hackblock zum Fleischzerlegen gedient hatte. Noch heute sehe ich die aberhundert Schnitte, die das Holz kreuz und quer gemasert haben, insbesondere dort, wo sie immer gesessen hat.

Eines Tages – Jahre nach der Auswanderung meines Vaters ans Kap – kam der Heer Marais wohl auf der Suche nach einem verirrten Ochsen zu unserm Haus. Er war damals ein dünner, bärtiger Mann mit dunklen Augen, die wild dreinschauten und eng beieinander saßen, und hastigen, nervösen Gebärden, also ganz anders als die kapholländischen Buren – so jedenfalls habe ich ihn in Erinnerung. Mein Vater begrüßte ihn freundlich und bat ihn, zum Essen zu bleiben, was er tat.

Sie unterhielten sich in Französisch, das mein Vater fließend beherrschte, obwohl er es schon Jahre nicht mehr gesprochen hatte. Holländisch konnte er nicht, vielmehr wollte er nicht sprechen, wenn es vermeidbar war, während Mr. Marais nicht Englisch sprechen wollte. Er war entzückt, jemanden zu treffen, mit dem er sich auf französisch unterhalten konnte, und obwohl er das Französisch sprach wie es vor zwei Jahrhunderten gesprochen wurde, und mein Vater sich seine Kenntnisse vor allem durch Lektüre angeeignet hatte, kamen sie doch sehr gut miteinander zurecht, auch wenn die Verständigung etwas dauerte.

Nach einer Pause schließlich deutete Mr. Marais auf mich, einen kleinen Jungen mit kurzen Stoppelhaaren und spitzer Nase, und fragte meinen Vater, ob er nicht möchte, daß ich Französischunterricht bekäme. Mein Vater meinte darauf, nichts wäre ihm lieber.

»Obwohl«, fügte er ernst hinzu, »wenn ich von meinen Erfahrungen mit Latein und Griechisch ausgehe, bezweifle ich, ob der Junge imstande ist, überhaupt etwas zu lernen.«

Also wurde eine Vereinbarung getroffen, daß ich wöchentlich für zwei Tage nach Maraisfontein kommen und in der dazwischenliegenden Nacht dort schlafen sollte, um Französisch zu lernen bei einem Lehrer, den Mr. Marais angestellt hatte, um seine Tochter in jener Sprache und anderen Fächern zu unterrichten. Mein Vater, so erinnere ich mich, erklärte sich bereit, sich am Gehalt des Lehrers zu beteiligen, was dem sparsamen Buren sehr gelegen kam.

Zu gegebener Zeit also brach ich dorthin auf und war durchaus nicht abgeneigt, waren doch im Veld zwischen unsrer Station und Maraisfontain viele *Pauw* und *Koran* – das heißt, große und kleine Trappen – anzutreffen, von gelegentlichen Antilopen ganz zu schweigen, und ich durfte ein Gewehr mitführen, womit ich schon damals recht gut umzugehen verstand. So ritt ich denn nach Maraisfontein am vereinbarten Tag, wobei mich ein Hottentotte begleitete, ein gewisser Hans, von dem ich noch viel zu erzählen habe. Ich hatte gutes Jagdglück unterwegs und kam an mit einem *Pauw,* zwei *Koran* und einem Klippspringerböcklein, das ich zufällig erlegen konnte, als es aus den Felsen wechselte und mir vor die Flinte lief.

Maraisfontein lag inmitten einer Pfirsichpflanzung, die damals gerade hübsch in üppiger rosaroter Blüte stand, und als ich, da ich den Weg zum Hause nicht kannte, langsam hindurchritt, erschien vor mir ein schlaksiges Kind in einem Kleid, das die Farbe der Pfirsichblüte hatte. Ich sehe sie jetzt noch vor mir mit dem dunklen Haar, das über den Rücken fiel, und den großen, scheuen Augen, die mich unter dem holländischen *Kappie,* das sie aufhatte, musterten. Tatsächlich schien sie nur aus Augen zu bestehen, wie ein *Dikkop*-Regenpfeifer; jedenfalls sah ich praktisch nur Augen.

Ich zügelte mein Pony und schaute sie an, wobei ich sehr schüchtern war und nicht wußte, was ich sagen sollte. Zunächst starrte auch sie mich an; vermutlich Ähnliches empfindend, gab sich einen Stoß und fragte dann mit zarter, wohlklingender Stimme auf holländisch:

»Bist du der kleine Allan Quatermain, der herkommt, um mit mir Französisch zu lernen?«

»Natürlich«, antwortete ich in der gleichen Sprache, die ich gut beherrschte; »aber warum nennst du mich klein, Missie? Ich bin größer als du«, merkte ich ärgerlich an, denn als Kind war meine geringe Größe immer ein wunder Punkt für mich gewesen.

»Das glaube ich nicht«, entgegnete sie. »Aber steig

doch ab vom Pferd, und wir messen uns dort an der Mauer.«

Also stieg ich ab, und nachdem sie sich vergewissert hatte, daß ich Schuhe und Absätze trug (ich trug nämlich die leichten Rohlederschuhe, die bei den Buren *Veld-Shoon* heißen), nahm sie die Tafel, die sie bei sich hatte – es war eine ungerahmte, wie ich mich erinnere, also eigentlich bloß eine Dachschieferplatte –, drückte sie fest auf mein struppiges Haar, das damals wie heute abstand, und ritzte mit dem spitzen Griffel einen tiefen Strich in den weichen Sandstein.

»So«, sagte sie, »erledigt. So stimmt's. Jetzt bist du dran, kleiner Allan, und mußt mich messen.«

Also nahm ich ihr Maß und siehe da! Sie war um einen halben Zoll größer.

»Du stehst auf Zehenspitzen«, sagte ich vor Unmut.

»Kleiner Allan«, erwiderte sie, »auf Zehenspitzen stehen, das wäre eine Lüge vor dem lieben Gott, und wenn du mich besser kennst, wirst du merken, daß ich, auch wenn ich launisch bin und andere Fehler habe, niemals lüge.«

Ich machte wohl einen verletzten, gekränkten Eindruck, denn sie fuhr in ihrer ernsten, erwachsenen Art fort: »Warum ärgerst du dich, bloß weil Gott mich größer gemacht hat als dich, zumal ich um Monate älter bin als du, wie mein Vater mir gesagt hat? Komm, schreiben wir unsere Namen an den Strich, damit du in ein, zwei Jahren sehen kannst, wie du mich überholt hast.« Dann ritzte sie mit dem Griffel ein kräftiges ›Marie‹ neben ihren Strich, damit es auch hielte, wie sie sagte, woraufhin ich ›Allan‹ an meinen Strich schrieb.

O weh! In den letzten zwölf Jahren hat mich der Zufall noch einmal nach Maraisfontein geführt. Das Haus war längst wiederaufgebaut, aber diese Mauer stand noch. Ich ritt zu ihr und schaute nach. Der Name Marie an dem kleinen Strich war noch schwach zu erkennen, ebenso die Markierung von mir. Mein Name und damit auch spätere Maße waren verschwunden, denn in den dazwischenliegenden vierzig oder mehr Jahren war der Sandstein stellenweise abgebröckelt. Nur ihr Autogramm war geblieben, und als ich es sah, fühlte ich mich wohl noch elender als seinerzeit, wo ich feststellte, wem die alte Bibel gehörte, die ich auf dem Marktplatz von Maritzburg gekauft hatte.

Ich weiß noch, daß ich schleunigst davonritt und nicht einmal innehielt, um zu fragen, in wessen Hände das Gehöft übergegangen war. Durch die Pfirsichpflanzung ritt ich, wo die Bäume – vielleicht dieselben, vielleicht andere – wiederum in voller Blüte standen, da es die gleiche Jahreszeit war wie damals, als Marie und ich uns kennengelernt hatten ... Erst nach zehn Meilen zügelte ich mein Pferd.

Aber ich darf hier wohl sagen, daß Marie mich immer um einen halben Zoll Körpergröße überragt hat – um wieviel mehr an Geistesgröße, das kann ich nicht sagen.

Als sich Marie nach dem spielerischen Maßnehmen abwandte, um mich zum Haus zu führen, und erst jetzt, wie sie vorgab, die schöne Trappe bemerkte und die beiden *Koran,* die an meinem Sattel baumelten, wie auch den Klippspringbock, den Hans, der Hottentotte, hinter sich auf dem Pferd trug, fragte sie:

»Hast du all das geschossen, Allan Quatermain?«

»Ja«, antwortete ich stolz; »mit vier Schuß, und das *Pauw* und die *Koran* sind geflogen, nicht gesessen, was du nicht fertiggebracht hättest, obwohl du größer bist, Marie.«

»Ich weiß nicht«, erwiderte sie nachdenklich. »Ich schieße sehr gut mit dem Gewehr, denn mein Vater hat's mir beigebracht, aber ich würde nie auf Lebewesen schießen, es sei denn, der Hunger triebe mich dazu, denn ich glaube, töten ist grausam. Aber das ist bei den Männern natürlich anders«, fügte sie rasch hinzu, »und gewiß wirst du eines Tages ein großer Jäger werden, Allan Quatermain, wenn du jetzt schon so gut triffst.«

»Das hoffe ich«, gab ich zur Antwort und errötete bei ihrem Kompliment, »denn ich jage leidenschaftlich gern, und wenn es so viele Wildtiere gibt, macht es nichts aus, wenn wir ein paar erlegen. Ich habe diese als Mahlzeit für dich und deinen Vater geschossen.«

»Dann komm und gib sie ihm! Er wird dir dankbar sein.« Und damit wies sie mir den Weg durch das Tor in der Sandsteinmauer in den Hof, wo die Ställe standen, in denen die Reitpferde und über Nacht die besten Zuchtrinder eingestellt waren, und weiter zum Ende des langgestreckten, eingeschossigen Hauses, das gemauert und weißgewaschen war, zur *Stoep* oder Veranda davor.

Auf dieser breiten *Stoep*, die einen schönen Ausblick auf das sanft gewellte, parkähnliche Umland gewährte, wo Akazien und andere Bäume in Gruppen standen, saßen zwei Männer und tranken starken Kaffee, obwohl es noch nicht zehn Uhr morgens war.

Beim Hufgeklapper der Pferde erhob sich einer davon, Mynheer Marais nämlich, den ich schon kannte, von seinem fellbespannten Stuhl. Er hatte, wie ich wohl schon erwähnte, sowohl vom Äußeren als auch vom Temperament her gar nichts mit den phlegmatischen Buren gemein, sondern war schon eher ein typischer Franzose, obwohl seine Landsleute seit hundertfünfzig Jahren Frankreich nicht mehr betreten hatten. Zumindest erfuhr ich das im nachhinein, denn seinerzeit wußte ich natürlich nichts über die Franzosen.

Sein Gefährte war ebenfalls Franzose, ein gewisser Leblanc, der allerdings ein ganz anderes Gepräge aufwies. Vom Äußeren klein und stämmig, hatte er einen breiten Schädel, der kahl war bis auf einen lockigen eisengrauen Haarkranz, der über den Ohren ansetzte und bis auf die Schultern fiel, was ihm den Anschein eines tonsurierten, aber ungepflegten Priesters verlieh. Seine

Augen waren blau und wäßrig, seine Lippen eher schmal, seine Backen blaß, voll und lappig. Als sich der Heer Marais erhob, bemerkte ich als aufgeweckter Bursche, daß Monsieur Leblanc die Gelegenheit nutzte und recht zittrig nach einer schwarzen Flasche griff, die für meine Begriffe nach Pfirsichlikör roch, um sich damit die Kaffeetasse aufzufüllen.

Eigentlich kann ich es gleich sagen: der arme Kerl war ein Trunkenbold, was erklärt, wie er trotz seiner hohen Bildung und seines großen Könnens zur bescheidenen Stellung eines Hauslehrers auf einer abgelegenen Burenfarm kam. Jahre zuvor hatte er in Frankreich unter Alkoholeinfluß irgendein Verbrechen – was, das weiß ich nicht und habe ich nie gefragt – verübt und war ans Kap geflüchtet, um sich der Verfolgung zu entziehen. Hier bekam er eine Professur an einem College, erschien aber nach einer Weile ziemlich betrunken im Hörsaal und verlor seine Stellung. Das gleiche passierte ihm in anderen Städten, bis es ihn schließlich ins ferne Maraisfontein verschlug, wo sein Dienstherr seine Schwäche hinnahm, um in gescheiter Gesellschaft zu sein, nach der es diesen aus irgendeiner Neigung heraus offenbar dringend verlangte. Zudem sah dieser in ihm einen Landsmann in Not, und sie verband ein gemeinsamer, ausgeprägter Haß gegen England und die Engländer, was im Falle des Monsieur Leblanc, der in seiner Jugend in Waterloo gekämpft und den großen Kaiser gekannt hatte, ganz und gar nicht ungewöhnlich war.

Henri Marais war ein anderer Fall, aber davon wird später zu berichten sein.

»Ah, Marie«, sagte ihr Vater auf holländisch, »also hast du ihn endlich gefunden«, und dabei nickte er mir zu und fügte hinzu: »Du solltest dich geschmeichelt fühlen, junger Mann. Weißt du, die Missie hat zwei Stunden in der Sonne gesessen und auf dich gewartet, obwohl ich ihr erklärt habe, du kommst nicht vor zehn, da dein Vater, der *Prédicant,* gesagt hat, du würdest noch frühstücken vor dem Aufbrechen. Tja, es ist nur natürlich, weil sie hier einsam ist und du in ihrem Alter bist, auch wenn du einer andern Rasse angehörst.« Und es verfinsterte sich bei diesen Worten seine Miene.

»Vater«, antwortete Marie, deren Gesichtsröte ich trotz des Schattens der Kappe sehen konnte, »ich habe nicht in der prallen Sonne gesessen, sondern unter einem Pfirsichbaum. Außerdem habe ich die Summen errechnet, die Monsieur Leblanc mir auf meiner Tafel vorgegeben hat. Schau, hier sind sie«, und sie hielt die Tafel hoch, die mit Ziffern beschrieben war, welche, das stimmt schon, ein bißchen verwischt waren vom Streichen über mein dichtes Haar und ihre Kappe.

Nun ergriff Monsieur Leblanc das Wort, der Französisch sprach, was ich, wie der Zufall wollte, sinngemäß verstand, da mein Vater mich die Grundlagen dieser Sprache gelehrt hatte und ich für moderne Sprachen begabt bin. Jedenfalls bekam ich mit, daß er fragte, ob ich das kleine *›cochon d'anglais‹* oder englische Schwein sei, das er für seine Sünden zu unterrichten habe. Das müsse ich wohl sein, fügte er hinzu, da mein Haar – ich hatte aus Höflichkeit den Hut abgenommen – struppig abstehe wie die Rückenborsten eines Schweins.

Das war zu viel für mich; ehe die anderen etwas sagen konnten, erwiderte ich auf holländisch, denn mein Zorn machte mich beredt und kühn:

»Ja, das bin ich. Aber wenn Sie mein Lehrer sein wollen, Mynheer, hoffe ich, daß sie mir die Engländer nicht mehr als Schweine beschimpfen.«

»Soso, *gamin*« (das heißt Spitzbube); »und was, bitte schön, passiert, wenn ich die Stirn habe, diese Wahrheit zu wiederholen?«

»Ich glaube, das gleiche, Mynheer«, erwiderte ich, weiß vor Zorn ob dieser neuerlichen Kränkung, »was mit diesem Bock passiert ist«, wobei ich auf den Klippspringer hinterm Sattel von Hans deutete. »Ich meine, dann erschieße ich Sie.«

»*Peste! Au moins il a du courage, cet enfant*« (Wenigstens hat es Schneid, das Kind), rief Monsieur Leblanc erstaunt. Von diesem Moment an, darf ich hinzufügen, hat er mich respektiert und mir nie wieder Beschimpfungen gegen mein Land ins Gesicht gesagt.

Sodann ergriff Marais das Wort und sagte auf holländisch, damit ich ihn verstünde:

»Du bist's, der das Wort Schwein verdient, Leblanc, nicht dieser Junge, denn obwohl es noch früh ist, hast du schon getrunken. Schau! Die Schnapsflasche ist halb leer. Ist das das Beispiel, das du der Jugend gibst? Sag so etwas noch einmal, und ich jage dich zum Verhungern ins Veld hinaus. Allan Quatermain, obwohl ich, wie du vielleicht gehört hast, die Engländer nicht mag, entschuldige ich mich. Ich hoffe, du verzeihst die Worte, die dieser Trunkenbold gesprochen hat in der Annahme, du würdest nichts verstehen«, und damit zog er seinen Hut und verneigte sich vor mir in großartiger Weise, wie sich seine Vorfahren vor dem König Frankreichs verneigt haben mochten.

Leblanc machte ein langes Gesicht. Dann stand er auf und ging ziemlich schwankend weg, um den Kopf, wie ich hernach erfuhr, in einen Zuber mit kaltem Wasser zu tauchen und einen halben Liter Milch zu trinken, sein liebstes Gegenmittel, wenn er zu viel Hochprozentiges geschluckt hatte. Als er jedenfalls eine halbe Stunde später wieder auftauchte, um unsern Unterricht zu beginnen, war er ziemlich nüchtern und ausgesprochen nett.

Nachdem er gegangen war und mein kindischer Zorn besänftigt war, überbrachte ich Heer Marais die besten Grüße meines Vaters und reichte ihm den Bock und das Geflügel, wobei er sich über letzteres offenbar ungleich mehr freute. Sodann wurden meine Satteltaschen auf mein Zimmer gebracht, einem winzigen Kabuff gleich neben dem Zimmer von Monsieur Leblanc, und Hans damit betraut, die Pferde mit denen der Farm auf die

Weide zu bringen, nachdem sie straffe Kniefesseln bekommen hätten, damit sie nicht heimliefen.

Daraufhin zeigte mir der Heer Marais das Zimmer, in dem wir unterrichtet werden sollten, eine *Sitkammer* oder Wohnstube, wovon dieses Haus im Gegensatz zum typischen Burenheim gleich zwei aufzuweisen hatte. Der Boden, so erinnere ich mich, bestand aus *Daga*, einer Mischung also aus Termitenbauerde und Dung, in die vor dem Aushärten abertausend Pfirsichkerne geworfen wurden, um den Abrieb durch Schuhsohlen zu vermindern – ein primitiver, aber recht wirksamer Behelf, was zudem gefällig aussah. Im übrigen hatte der Raum ein einziges Fenster, das auf die Veranda ging und in diesem sonnigen Klima gedämpftes, aber ausreichendes Licht einließ, zumal es immer offenstand; die Decke bestand aus unverputztem Schilfrohr; ein großer Bücherschrank stand in der Ecke und enthielt viele französische Werke, die größtenteils Monsieur Leblanc gehörten, und in der Zimmermitte stand der schwere Tisch aus einheimischem Gelbholz, der einst als Hackblock gedient hatte. Ich entsinne mich eines kolorierten Drucks des großen Napoleon, der eine siegreiche Schlacht anführte, auf einem Schimmel ritt und mit dem Marschallstab über Haufen von Gefallenen und Verwundeten winkte; und beim Fenster, wo es vom Schilfrohr der Decke hing, eines Nestes von rotschwänzigen Schwalben, hübschen Gesellen, die trotz des immensen Lärms, den sie veranstalteten, Marie und mir in den Unterrichtspausen unendliche Freude bereiteten.

Als ich an jenem Tag schüchtern in dieses heimelige Zimmer ging, wo ich mich allein wähnte und mich genauer umsehen wollte, erstarrte ich vor Schreck, als ich ein seltsames Schluchzen vernahm, das von einem düsteren Winkel hinter dem Bücherschrank zu kommen schien. Verdutzt näherte ich mich vorsichtig und bemerkte eine rosa Gestalt, die wie ein trotziges Kind, den

Kopf an die Wand gelehnt, in der Ecke stand und leise schluchzte.

»Marie Marais, warum weinst du?« fragte ich.

Sie wandte den Kopf, warf die langen, schwarzen Locken zurück, die ins Gesicht hingen, und gab zur Antwort:

»Allan Quatermain, ich weine über die Schande, die dieser betrunkene Franzose über dich und dein Haus gebracht hat.«

»Na und?« meinte ich. »Er hat mich bloß Schwein genannt, aber ich glaube, ich habe ihm gezeigt, daß auch ein Schwein Zähne hat.«

»Ja«, erwiderte sie, »aber er hat nicht speziell dich gemeint, sondern die Engländer schlechthin, die er haßt. Und das Schlimmste daran ist, daß mein Vater auch der Ansicht ist. Auch er haßt die Engländer, und ich glaube, dieser Haß wird uns noch Kummer und Leid bringen und vielen das Leben kosten.«

»Wenn schon, wir haben damit nichts zu tun, richtig?« entgegnete ich mit jugendlicher Unbekümmertheit.

»Was macht dich so sicher?« sagte sie ernst. »Pst! Da kommt Monsieur Leblanc.«

2

Der Angriff auf Maraisfontein

Ich gedenke nicht, den Verlauf der Jahre zu schildern, in denen ich den Unterricht des gebildeten, aber nicht vorurteilsfreien Monsieur Leblanc genoß und mir Kenntnisse der französischen Sprache und andrer Wissensgebiete aneignete. Außerdem ist dazu nichts zu sagen, jawohl. Wenn Monsieur Leblanc nüchtern war,

war er ein ausgezeichneter, kundiger Lehrer, obwohl er dazu neigte, in allerlei Randthemen abzuschweifen, was an sich wiederum lehrsam war. Wenn er beschwipst war, ereiferte er sich und schwang große Reden – meist über Politik und Religion, vielmehr das Gegenteil davon, war er doch ein ausgeprägter Freidenker, gleichwohl er diesen Charakterzug, soviel er auch getrunken hatte, stets vor dem Heer Marais zu verbergen vermochte. Ich darf anmerken, daß gewissermaßen ein kindisches Ehrgefühl uns verwehrte, seine Ansichten in diesen und diversen anderen Dingen auszuplaudern. Wenn er völlig betrunken war, was in der Regel nicht mehr als ein Mal monatlich vorkam, schlief er schlicht, und wir taten, was wir wollten – wiederum verwehrte uns unser kindisches Ehrgefühl, dies zu verraten.

Aber im großen und ganzen kamen wir sehr gut miteinander zurecht, denn nach dem Vorfall bei unsrer ersten Begegnung war er stets höflich zu mir. Marie betete er an wie jeder hier, vom Vater angefangen bis zum geringsten Sklaven. Es erübrigt sich zu sagen, daß ich Marie mehr anbetete als die andern zusammen, zunächst aus kindlicher Liebe heraus und hernach, als wir erwachsen waren, mit der umfassenderen Liebe, welche dann die kindliche durchdrang und vollendete. Das war auch gar nicht verwunderlich, verbrachten wir doch jeweils fast die halbe Woche praktisch allein zusammen und machte Marie, deren Wesen offenherzig war wie der Tag hell, von Anfang an kein Hehl aus ihrer Zuneigung zu mir. Sicher, es war eine sehr diskrete Zuneigung, eine fast schwesterliche oder gar mütterliche, soweit sie sich nach außen sichtbar manifestierte, als ob Marie diesen halben Zoll mehr an Größe oder die ein, zwei Monate Altersvorsprung nicht vergessen könnte.

Zudem wurde, von äußeren Umständen und Veranlagung begünstigt, das Kind zur Frau. Nicht viel mehr als ein Jahr vor unsrer Begegnung war ihre Mutter, deren einziges Kind sie war und die sie von ganzem Herzen liebte, nach langem Siechtum gestorben und hinterließ Marie der Obhut des Vaters und seines Haushalts. Es war wohl dieser herbe Verlust in früher Jugend, der ihr Gemüt mit einem traurigen Zug belegte und sie so viel älter aussehen ließ, als sie war.

So verging die Zeit, und ich betete Marie insgeheim an, aber sprach nicht davon, während Marie mich in Worten und Taten behandelte, als wäre ich ihr lieber jüngerer Bruder. Niemand – nicht einmal ihr Vater oder der meinige oder Monsieur Leblanc – bemerkte das Geringste von diesem eigenartigen Verhältnis oder schien sich träumen zu lassen, daß es schlimme Folgen haben könnte; es wäre ihnen allen sogar sehr zuwider gewesen aus Gründen, die ich noch erläutern werde.

Es erübrigt sich zu sagen, daß sich diese Folgen, als die Zeit reif war, zwangsläufig einstellten und unter dem Druck physischer und moralischer Erregung der Wahrheit ans Licht kam. Und so geschah es.

Wer die Geschichte der Kapkolonie kennt, der weiß vom großen Kaffernkrieg des Jahres 1835. Dieser Krieg fand hauptsächlich im Gebiet von Albany und Somerset statt, so daß wir Bewohner von Cradock insgesamt kaum betroffen waren. Von Natur aus optimistisch und unverzagt angesichts von Gefahren, wie das für alle Siedler in der Wildnis gilt, glaubten wir, vor Angriffen ziemlich sicher zu sein. Und das wäre auch so geblieben ohne die Torheit des Monsieur Leblanc.

Offenbar war Monsieur Leblanc an irgendeinem Sonntag, dem Tag, den ich stets daheim bei meinem Vater verbrachte, ohne Begleitung hinausgeritten zu einigen Bergen etwa fünf Meilen von Maraisfontein entfernt. Man hatte ihn oft gewarnt, daß dies nicht ungefährlich sei, aber offengestanden glaubte der Narr, in diesen Bergen eine reiche Kupfermine entdeckt zu haben, und war darauf bedacht, dieses Geheimnis nicht preiszugeben. Deshalb ritt Monsieur Leblanc sonntags, wo es keinen Unterricht gab und der Heer Marais das

Familiengebet pflegte, wofür Leblanc nichts übrig hatte, für gewöhnlich zu diesen Bergen, um Bodenproben zu nehmen und den Verlauf seiner Kupferader auszuforschen. An diesem bestimmten Sonntag nun war es sehr heiß, so daß er nach getanem Werk von seinem Pferd, einem braven alten Gaul, abstieg. Ohne es anzubinden, verspeiste er das mitgebrachte Mahl, zu dem anscheinend auch eine Flasche Pfirsichlikör gehörte, der ihn schläfrig machte.

Als er gegen Abend wieder wach wurde, bemerkte er, daß sein Pferd verschwunden war, und bildete sich ein, daß es die Kaffern gestohlen hatten, obwohl es eigentlich bloß auf der Suche nach Gras über einen Kamm gestreunt war. Hin und her laufend und Ausschau haltend, kam er bald über den Kamm und sah das Pferd, das scheinbar gerade von zwei Roten Kaffern weggeführt wurde, die, wie üblich, mit einem *Assegai* bewaffnet waren. In Wahrheit hatten die beiden Männer das Pferd gefunden und sich, da sie genau wußten, wem es gehörte, auf die Suche nach seinem Herrn gemacht, den sie zuvor auf den Bergen gesehen hatten, um es ihm zurückzugeben. Auf diese Idee kam Monsieur Leblanc freilich nicht, dessen Gemüt der Geist des Pfirsichlikörs erregt hatte.

Er hob das doppelläufige Gewehr, das er mitführte, und zielte auf den vorderen Kaffern, einen Jüngling, der zufällig der älteste Sohn und künftige Häuptling des Stammes war, und schoß ihn, da die Entfernung sehr gering war, tot. Daraufhin ließ der Gefährte von dem Pferd ab und rannte um sein Leben. Auch auf ihn schoß Leblanc und verwundete ihn leicht am Oberschenkel, aber mehr nicht, so daß er entkam und berichten konnte von dem Vorfall, den er und jeder Eingeborene im Umkreis von Meilen für einen gemeinen und vorsätzlichen Mord hielt. Der Franzose stieg nach dieser Tat auf seinen Gaul und ritt gemächlich heim. Unterwegs indes, als sich der Schnaps in seinem Kopf verflüchtigte, bekam er Zweifel, so daß er beschloß, Henri Marais nichts von seinem Abenteuer zu erzählen, der bekanntermaßen besonders streng darauf bedacht war, den Kaffern keinen Anlaß zum Streit zu geben.

So behielt er die Sache also für sich und ging zu Bett. Bevor er am nächsten Morgen aufstand, war der Heer Marais, der nichts Böses ahnte, zu einem Gehöft in dreißig Meilen Entfernung oder mehr geritten, um dem Farmer dort das Vieh zu bezahlen, das er unlängst gekauft hatte, und ließ sein Heim und seine Tochter recht schutzlos zurück, denn es waren nur Leblanc und einige einheimische Diener anwesend, die praktisch Sklaven waren und auf dem Hof lebten.

In der Nacht auf Montag nun ging ich zu gewohnter Stunde zu Bett und schlief, wie ich es stets tue, wie ein Murmeltier, bis ich gegen vier Uhr morgens wach wurde, weil gegen meine Fensterscheibe geklopft wurde. Ich stahl mich aus dem Bett, tastete nach meiner Pistole, da es recht finster war, kroch zum Fenster, riß es auf und fragte, den Kopf unter den Fenstersims geduckt, um nicht mit einem Assegai Bekanntschaft zu machen, wer da sei.

»Ich, Baas«, hörte ich Hans sagen, unsern Hottentottendiener, der mich, man wird sich erinnern, als Nachreiter bei meinem ersten Besuch nach Maraisfontein begleitet hatte. »Ich habe eine schlimme Nachricht. Hör zu! Der Baas weiß, daß ich draußen war und nach der roten Kuh suchte, die sich verlaufen hatte. Nun, ich fand sie und schlief bei ihr im Veld, als vor zwei Stunden eine Frau, die ich kenne, zu meinem Lagerfeuer kam und mich weckte. Ich fragte sie, was sie zu nachtschlafender Zeit hier suche, und sie antwortete mir, sie sei gekommen, um mir was zu sagen. Sie sagte, junge Männer vom Stamm des Häuptlings Quabie, der in den Bergen drüben lebt, seien zu Besuch in ihrem Kral, und vor wenigen Stunden sei ein Bote des Häuptlings eingetroffen und sagte, sie müßten sofort heimkehren, da der

Häuptling heute bei Tagesanbruch mit allen seinen Männern Maraisfontein angreifen und alle dort umbringen und das Vieh rauben werde!«

»O mein Gott!« rief ich. »Aber warum?«

»Weil, junger Baas«, berichtete der Hottentotte auf der andern Fensterseite schleppend, »weil jemand von Maraisfontein – ich glaube, es war der Geier« (so hieß Leblanc bei den Eingeborenen aufgrund seiner Glatze und Hakennase) – »am Sonntag Quabies Sohn erschossen hat, als dieser sein Pferd gehalten hat.«

»O mein Gott!« sagte ich wieder, »der alte Narr muß betrunken gewesen sein. Wann, sagtest du, soll der Angriff stattfinden? Bei Tagesanbruch?« Und ich blickte zu den Sternen und fügte hinzu: »Oh, das ist in weniger als einer Stunde, und der Baas Marais ist fort.«

»Ja«, krächzte Hans; »und Missie Marie – denk nur, was die Roten Kaffer mit Missie Marie machen, wenn ihr Blut in Wallung kommt.«

Ich schlug mit der Faust durchs Fenster mitten ins Krötengesicht von Hans, das im Sternenschein glänzte.

»Du Hund!« sagte ich, »sattle meine Stute und den Rotschimmel und hol dein Gewehr! Ich komme in zwei Minuten. Beeil dich, oder ich bring dich um!«

»Ich gehe«, erwiderte er und entschwand in die Nacht wie eine verschreckte Schlange.

Dann fing ich an, mich anzuziehen, und schrie dabei, bis mein Vater und die Kaffern ins Zimmer rannten. Während ich meine Sachen überwarf, erzählte ich ihnen alles.

»Schickt Boten«, sagte ich, »zu Marais – er ist auf Bothas Farm – und allen Nachbarn! Los, es geht um Leben und Tod! Sammelt die freundlichen Kaffern und reitet wie der Teufel nach Maraisfontein! Sag nichts, Vater, sag nichts! Geh und tu, was ich sage! Bleib! Gib mir zwei Gewehre, füll meine Satteltaschen mit Pulverdosen und *Looper* und häng sie mir über die Stute! Oh, mach schnell, schnell!«

Endlich verstanden sie und hasteten mit Kerzen und Laternen hin und her. Zwei Minuten später – viel länger hatte es bestimmt nicht gedauert – stand ich vor den Ställen, als Hans auch schon die braune Stute herausführte, ein berühmtes Pferd, wofür ich zwei Jahre mein ganzes Geld gespart hatte. Jemand schnallte die Satteltaschen fest, während ich die Gurte prüfte; jemand anders erschien mit dem robusten Rotschimmel, welcher der Stute, wie ich wußte, in den Tod folgen würde. Es blieb keine Zeit zum Satteln, also kletterte Hans wie ein Affe auf seinen Rücken und klemmte sich zwei Gewehre unter die Arme, während ich nur eines und meine doppelläufige Pistole mitnahm.

»Schick die Boten los!« rief ich meinem Vater zu. »Und zwar schnell, willst du mich lebend wiedersehn! Dann komm nach mit allen Männern, die du auftreiben kannst!«

Schon waren wir auf dem Weg, hatten fünfzehn Meilen vor uns und noch fünfunddreißig Minuten bis Tagesanbruch.

»Langsam den Hang hinauf«, sagte ich zu Hans, »damit die Tiere nicht außer Atem kommen, und dann reite, wie du noch nie geritten bist!«

Diese ersten zwei Meilen bergan! Ich dachte, die Steigung hätte nie ein Ende, und dennoch getraute ich mich nicht, die Stute rennen zu lassen, um sie nicht zuschanden zu reiten. Zum Glück waren sie und ihr Kamerad – der Hengst, ein sehr ausdauerndes, wenn auch nicht ganz so schnelles Pferd – in den vergangenen dreißig Stunden nicht bewegt und seit Sonnenuntergang natürlich nicht mehr gefüttert und getränkt worden. Somit waren sie gut in Form und eifrig bei der Sache; zudem waren wir Leichtgewichte.

Ich nahm die Zügel an, während die Stute die Steigung anging, und das Pferd dahinter hielt Schritt. Wir erreichten den Kamm, und vor uns lag die große Ebene, eine elf Meilen breite, und im Anschluß daran zwei Meilen abschüssiges Gelände nach Maraisfontein.

»Jetzt«, sagte ich zu Hans und gab die Zügel hin, »bleib dran, wenn du kannst!«

Los jagte die Stute, bis mir die kühle Nachtluft um die Ohren pfiff, und der brave Rotschimmel mit dem Hottentotten auf dem Rücken setzte ihr nach. Was für ein Ritt!

Weiter bin ich schon aus gleichem Grunde geritten, aber nie so schnell, denn ich wußte die Kraft meiner Pferde einzuschätzen und kannte ihre Ausdauer. Eine halbe Stunde würden sie das aushalten; aber mehr in dem Tempo, und sie brächen tot zusammen.

Dennoch quälte mich solche Angst, daß ich den Eindruck hatte, wir würden nur im Schneckentempo dahinkriechen.

Der Rotschimmel fiel zurück, sein Hufschlag verklang, und ich war allein mit der Nacht und meiner Angst. Meile um Meile brachten wir hinter uns, denn hie und da bemerkte ich im Sternenlicht einen Fels oder einen skelettierten Tierkadaver, den ich kannte. Einmal jagte ich so unverhofft durch eine ziehende Wildherde, daß ein Springbock, der nicht mehr abbremsen konnte, glatt über mich hinwegsetzte. Ein andermal sackte die Stute mit dem Fuß in einen Ameisenbärenbau und wäre beinahe gestürzt, konnte sich aber noch fangen und blieb zum Glück unverletzt, während ich wieder in den Sattel rutschte, aus dem es mich um ein Haar geworfen hätte. Wenn ich gestürzt wäre; oh, wenn ich gestürzt wäre!

Wir näherten uns dem Rand der Ebene, als ihre Kräfte nachließen. Ich hatte sie überanstrengt; das Tempo war zu gewaltig gewesen. Aus dem gestreckten wurde ein normaler schneller Galopp, als sie die leichte Steigung anging, die zum Rand der Ebene führte. Und jetzt hörte ich hinter mir wiederum den Hufschlag des Rotschimmels. Das ausdauernde Tier holte auf. Als wir zur Kante der Ebene gelangten, war er schon nah, keine fünfzig Yards hinter uns, denn ich hörte ihn leise wiehern.

Dann begann der Abstieg. Der Morgenstern ging gerade unter, im Osten dämmerte es grau. Oh, schaffen wir es bis Tagesanbruch? Schaffen wir es bis Tagesanbruch? – hörte ich immerzu aus dem Hufschlag heraus.

Nun konnte ich die vielen Bäume um den Hof sehen. Und dann schoß ich, was ich erst merkte, als ich hindurch war, durch eine Reihe von Männern, denn im schwachen Lichtschein blitzte der Speer eines Mannes auf, den ich niedergeritten hatte.

Es war also nicht gelogen! Die Kaffern waren da! Ich erschrak von neuem bei dem Gedanken; vielleicht hatten sie ihr mörderisches Werk bereits vollbracht und waren auf dem Rückzug.

Die bange Minute der Ungewißheit – oder waren es nur Sekunden? – schien eine Ewigkeit zu dauern. Aber schließlich verging auch sie. Ich war jetzt an der Tür in der hohen Mauer, welche die Nebengebäude hinterm Haus umschloß, und dort parierte ich instinktiv mein Pferd durch – es blieb gern stehen, das arme Tier –, da ich überlegte, daß ich, ritt ich vors Haus, höchstwahrscheinlich von einem Speer getroffen und außer Gefecht gesetzt würde. Ich probierte an der Tür, die aus massiven Stinkbaumbohlen gezimmert war. Sie war, ob durch Absicht oder Zufall, nicht abgeschlossen. Während ich sie aufstieß, kam Hans angaloppiert, der sich an den Rotschimmel klammerte und das Gesicht in der Mähne verbarg. Das Tier kam neben der Stute zum Stehen, der es nachgelaufen war, und im schwachen Lichtschein sah ich einen Assegai in seiner Flanke stekken.

Fünf Sekunden später standen wir im Hof und schlossen und verriegelten die Tür hinter uns. Dann rissen wir die Satteltaschen mit der Munition von den Pferden und ließen diese stehen, und während ich zum Haus lief, bat ich Hans, die Eingeborenen, die in den

Nebengebäuden schliefen, zu wecken und mit ihnen nachzukommen. Würde sich einer als Verräter erweisen, sollte er ihn auf der Stelle erschießen. Beim Losrennen, so weiß ich noch, zog ich dem Hengst den Speer aus der Flanke und nahm ihn mit.

Dann hämmerte ich gegen die Hintertür des Hauses, die ich nicht öffnen konnte. Nach einer Pause, die mir lange vorkam, wurde ein Fenster aufgeworfen und fragte jemand – es war Maries Stimme – erschrocken, wer da sei.

»Ich bin's, Allan Quatermain«, antwortete ich. »Mach sofort auf, Marie! Du bist in großer Gefahr. Die Roten Kaffern wollen das Haus angreifen.«

Sie eilte im Nachtgewand zur Tür, und endlich war ich im Haus.

»Gott sei Dank ist dir nichts passiert«, keuchte ich. »Zieh dich an, während ich Leblanc hole! Nein, ich bleib, hol du ihn! Ich muß hier auf Hans und eure Sklaven warten.«

Ohne ein Wort rannte sie fort, und sogleich erschien Hans, der acht verschreckte Männer mitbrachte, die gar nicht recht wußten, ob sie wachten oder träumten.

»Sind das alle?« fragte ich. »Verriegelt die Tür und kommt in die *Sitkammer* nach, wo der Baas seine Gewehre verwahrt.«

Dort eingetroffen, erschien Leblanc in Hemd und Hose und hinter ihm Marie, die eine Kerze hielt.

»Was ist los?« wollte er wissen.

Ich nahm Marie die Kerze aus der Hand und stellte sie dicht an der Wand auf den Boden, um damit keine Zielscheibe für einen Assegai oder eine Kugel abzugeben. Dann berichtete ich alles mit knappen Worten.

»Und wann hast du das alles erfahren?« fragte Leblanc auf französisch.

»Vor einer guten halben Stunde in der Missionsstation«, antwortete ich mit einem Blick auf meine Uhr.

»Vor einer guten halben Stunde in der Station! *Peste!*

Das ist unmöglich. Entweder träumst du oder du bist betrunken«, rief er aufgeregt.

»Schon gut, Monsieur, streiten können wir später. Inzwischen sind die Kaffern hier, denn ich bin mitten durch sie hindurchgeritten. Schluß mit dem Gerede, wenn Sie Ihre Haut retten wollen, und ans Werk! Marie, wie viele Gewehre sind hier?«

»Vier«, antwortete sie, »von meinem Vater. Zwei *Roer* und zwei kleinere Büchsen.«

»Und wie viele von den Männern« – und dabei deutete ich auf die Kaffern – »können schießen?«

»Drei gut und einer schlecht, Allan.«

»Gut«, sagte ich. »Sie sollen die Gewehre mit *Looper*« – das heißt Schrot, keine Kugeln – »laden. Die übrigen sollen sich mit ihrem Assegai in den Gang stellen, falls die Quabies versuchen, die Hintertür aufzubrechen.«

Nun gab es in diesem Haus nur insgesamt sechs Fenster, jeweils eines in den Wohn- und eines in den großen Schlafstuben, wobei diese vier zur Veranda gingen, und jeweils eines an der Außenseite des Hauses, durch die die kleinen Schlafkammern, die man durch die großen betrat, Licht und Luft bekamen. Die Rückseite besaß zum Glück keine Fenster, denn die Zimmer waren einreihig angelegt und der Gang, der gute fünfzehn Fuß lang war, verlief von der Hinter- zur Vordertür.

Sobald die Gewehre geladen waren, verteilte ich die Männer und besetzte jedes Fenster mit einem Schützen. Das Fenster der rechten Wohnstube übernahm ich selbst mit zwei Gewehren, und Marie kam zum Laden zu mir, was sie wie alle Mädchen in der Wildnis ziemlich gut beherrschte. So trafen wir kurzerhand unsre Vorkehrungen und waren alle recht zuversichtlich – alle bis auf Monsieur Leblanc, der, wie mir auffiel, sehr nervös war.

Ich möchte damit keinesfalls andeuten, daß er Angst hatte, was wohl nahelag, aber er war ein äußerst mutiger, sogar kühner Mensch. Ich glaube dagegen, daß ihn sein schlechtes Gewissen drückte, weil er uns durch sein Handeln bei Trunkenheit in diese äußerst bedrohliche Lage gebracht hatte. Vielleicht kam noch etwas hinzu; die Vorahnung, daß das Ende seines Lebens nahte, eines Lebens, das mit Verlaub kaum als erfüllt bezeichnet werden konnte. Jedenfalls zappelte er in seiner Fensternische herum und fluchte leise vor sich hin und suchte bald, wie ich aus den Augenwinkeln sah, Zuflucht bei einer Flasche seines liebsten Pfirsichlikörs, die er aus einem Schrank holte.

Auch die Sklaven waren schwermütig wie alle Eingeborenen, die man plötzlich aus dem Nachtschlaf reißt; aber als der Morgen graute, wurden sie froher. Ein schlechter Kaffer ist, wer den Kampf nicht liebt, insbesondere wenn er ein Gewehr hat und von ein, zwei weißen Männern geführt wird.

Nachdem wir uns gerüstet hatten, so gut es ging, wobei ich übrigens noch die Vorder- und Hintertür durch herbeigetragene Möbel verbarrikadieren ließ, trat eine Pause ein, die, wenn ich für mich sprechen darf, der ich damals immerhin fast noch ein Knabe war, meine Nerven äußerst strapazierte. Da stand ich also am Fenster mit den beiden Gewehren, einer Doppelflinte und einem einläufigen *Roer,* einer Elefantenbüchse, die eine gewaltige Ladung aufnahm, die aber wie die Flinte wohlgemerkt ein Steinschloß hatte; denn obwohl es das Zündhütchen schon gab, hinkten wir der Zeit ein wenig hinterher in Cradock. Und neben mir, am Boden kauernd und die Munition zum Nachladen bereithaltend, Marie, vom schulterlangen dunklen Haar umspielt, nun eine schöngewachsene junge Dame. In der ungeheuren Stille flüsterte sie mir zu:

»Warum bist du hergekommen, Allan? Daheim wärst du in Sicherheit. Jetzt wirst du wohl umkommen.«

»Um dich zu retten«, antwortete ich schlicht.

»Um mich zu retten? Oh, das ist edel von dir, aber du hättest dabei an dich selbst denken sollen.«

»Dennoch hätte ich auch an dich gedacht, Marie.«

»Warum, Allan?«

»Weil du ich bist und mehr als ich. Was würde mir mein Leben noch bedeuten, wenn dir etwas geschähe?«

»Ich verstehe nicht recht, Allan«, erwiderte sie und blickte vor sich auf den Boden. »Sag mir, was du meinst.«

»Was ich meine, dummes Mädchen?« sagte ich. »Was kann ich schon andres meinen als daß ich dich liebe, was du, wie ich glaubte, längst wüßtest.«

»Oh!« sagte sie, »*jetzt* verstehe ich.« Dann richtete sie sich auf den Knien auf und näherte ihr Gesicht zum Kuß, woraufhin sie ergänzte: »Schau, das ist meine Antwort, die erste und vielleicht letzte. Danke, Allan, Liebster. Ich bin froh, daß du das gesagt hast, denn vielleicht sterben wir bald oder stirbt einer von uns.«

Als sie diese Worte sprach, flog ein Assegai durchs Fenster und schwirrte über unsre Köpfe hinweg. So ließen wir denn ab von unserm Liebesgeflüster und widmeten uns dem Kampf.

Nun wurde es allmählich hell, als der perlgraue Osthimmel sein Licht verströmte. Noch hatte kein Angriff stattgefunden, aber daß er drohend bevorstand, bewies der Speer, der hinter uns in der verputzten Wand steckte. Vielleicht hatten die Kaffern, als in der Dunkelheit Pferde durch ihre Reihen galoppierten, Angst bekommen, da sie nicht wußten, wie viele es gewesen sein mochten. Vielleicht warteten sie auch, bis sie besser sehen könnten, wo sie mit ihrem Angriff ansetzen sollten. Das waren die Gedanken, die mir durch den Kopf schossen, aber ich irrte mich.

Sie warteten ab, bis sich der Nebel lichtete über der Senke mit den Viehkralen unterhalb des Gehöfts, denn im Nebel sahen sie nichts und konnten das Vieh nicht forttreiben. Dieses wollten sie vorsichtshalber forttreiben, bevor der Kampf ausbräche, auf daß keine Wendung im Kampfgeschehen sie um ihre Beute bringen könnte.

Bald ertönte aus diesen Kralen, wo über Nacht das Hornvieh und die Schafe des Heer Marais zusammengepfercht waren, wovon er, da er ein großer, reicher Farmer war, von ersteren an die hundertfünfzig und von letzteren an die zweitausend besaß, von den Pferden ganz zu schweigen, ein Muhen und Meckern und Wiehern und Menschengeschrei dazu.

»Sie treiben das Vieh fort«, sagte Marie. »Ach, mein armer Vater, er ist ruiniert. Es wird ihm das Herz brechen.«

»Schon schlimm«, meinte ich, »aber es gibt noch Schlimmeres. Horch!«

Während ich sprach, wurden Fußstampfen und wilder Kriegsgesang vernehmbar. Dann tauchten aus dem Nebel, der über der Senke mit den Viehkralen lag, Gestalten auf, die flugs hin und her huschten und gespenstisch wie ein Spuk wirkten. Die Kaffern ordneten ihre Reihen zum Angriff. Keine Minute war vergangen, und es fing an. Den Hang herauf rückten sie in langen, welligen Linien an, einige Hunderte, die pfiffen und kreischten und ihre Speere schwangen; Federbüsche und Kopfputz wehten im Wind, und Kampflust leuchtete aus ihren rollenden Augen. Zwei oder drei von ihnen hatten Gewehre, die sie beim Anrennen abfeuerten, aber wohin die Kugeln flogen, weiß ich nicht – vermutlich übers Haus.

Ich rief Leblanc und den Kaffern zu, erst zu schießen, wenn ich es täte, wußte ich doch, daß sie schlechte Schützen waren und viel davon abhing, daß unser erster Schlag wirksam wäre. Als dann der Anführer dieses Sturms, den ich an seiner Aufmachung und am Gewehr, das er hielt, im rasch zunehmenden Tageslicht erkennen konnte, bis auf dreißig Yards an die *Stoep* herangekommen war, zielte ich mit dem *Roer* auf ihn und schoß ihn nieder. Die schwere Kugel, die durch seinen

Leib schlug, tötete sogar noch einen zweiten Quabie dahinter. Das waren die ersten Menschen, die ich auf dem Schlachtfeld getötet hatte.

Als diese fielen, schossen auch Leblanc und der Rest und richteten mit ihren Schrotladungen auf die Entfernung, die eine gute Streuung erlaubte, ein großes Blutbad an. Nachdem sich der Rauch etwas verzogen hatte, sah ich, daß fast ein Dutzend gefallen war, während die übrigen nach diesem schrecklichen Empfang innehielten. Wären sie nun weitergerannt, während wir laden mußten, hätten sie das Haus vielleicht gestürmt; da sie die schrecklichen Feuerwaffen freilich nicht gewohnt waren, zauderten sie. Einige Männer, an die zwanzig oder dreißig, scharten sich um die gefallenen Kaffern, während ich das zweite Gewehr ergriff und beide Ladungen auf sie abfeuerte, was verheerende Folgen hatte, so daß das gesamte Regiment kehrtmachte und die Flucht ergriff und die Toten und Verwundeten liegenließ. Bei diesem Rückzug jubelten unsere Diener, aber ich hieß sie still sein und schnell laden, wußte ich doch, daß der Feind bald zurückkehren würde.

Eine Weile tat sich jedoch nichts, obwohl wir sie bei den Viehkralen in etwa hundertfünfzig Yards Entfernung sprechen hörten. Marie nutzte diese Pause, wie ich mich entsinne, um Essen zu holen und an uns zu verteilen. Was mich anging, so war ich froh darum.

Nun war die Sonne aufgegangen, wofür ich dem Himmel dankte, denn damit waren wir jedenfalls vor Überraschungen sicher. Zudem nahm mir der lichte Tag einen Teil meiner Angst, denn die Dunkelheit macht Gefahren stets doppelt so schlimm für Mensch und Tier. Während wir noch aßen und die Fensternischen notdürftig gegen das Eindringen sicherten, erschien ein einzelner Kaffer, der über dem Kopf einen Stock schwenkte, an dem zum Zeichen der Waffenruhe ein weißer Ochsenschwanz baumelte. Ich befahl, daß niemand schieße, und als der Mann, ein kühner Geselle, die

Stelle erreichte, wo der tote Anführer lag, rief ich ihn an und fragte, was er wolle, da ich seiner Sprache kundig war.

Er antwortete, er bringe eine Botschaft von Quabie. Die Botschaft laute: daß Quabies ältester Sohn grausam ermordet worden sei von dem fetten weißen Mann, der ›Geier‹ heiße und beim Heer Marais wohne, und daß er, Quabie, Blut für Blut fordere. Dennoch wolle er weder die junge weiße Herrin (gemeint war Marie) noch die andern im Haus töten, da er mit ihnen keinen Streit habe. Wenn wir ihm also den fetten weißen Mann auslieferten, der ›langsam sterben‹ solle, gebe sich Quabie mit dessen Leben und mit dem Vieh zufrieden, das er als Abfindung bereits geholt habe, und lasse uns und das Haus unbehelligt.

Als Leblanc nun verstand, worauf dieses Angebot hinauslief, geriet er völlig außer sich vor Angst und Wut und fing an, auf französisch zu zetern und zu fluchen.

»Still«, sagte ich, »wir haben nicht vor, Sie auszuliefern, obwohl Sie uns den ganzen Ärger beschert haben. Ihre Überlebenschancen sind so groß wie die unsern. Schämen Sie sich nicht, sich so zu benehmen vor den Schwarzen?«

Als er sich schließlich mehr oder weniger beruhigt hatte, rief ich dem Boten zu, daß es nicht die Gepflogenheit von uns Weißen sei, einander auszuliefern, und daß wir gemeinsam leben oder sterben würden. Dennoch solle er Quabie ausrichten, falls wir stürben, würde Rache geübt an ihm und seinem Volk, bis kein einziger mehr übrig wäre, und er somit gut beraten wäre, unser Blut nicht zu vergießen. Zudem, so fügte ich hinzu, seien wir dreißig Mann im Haus (was natürlich gelogen war) und hätten reichlich Munition und Nahrung, so daß er sich und sein Volk, wollte er den Angriff trotzdem fortsetzen, ins Unglück stürzen würde.

Nachdem der Unterhändler dies vernommen hatte,

rief er zurück, bis Mittag wären wir allesamt tot, wenn es nach ihm ginge. Dennoch wollte er Quabie meine Worte getreu ausrichten und seine Antwort überbringen.

Sodann wandte er sich ab und ging davon. Im selben Moment fiel ein Schuß vom Haus, und der Mann stürzte vornüber zu Boden, rappelte sich wieder hoch und torkelte mit zerschmetterter rechter Schulter und baumelndem Arm zu seinen Leuten zurück.

»Wer war das?« fragte ich durch den Raum, der mir die Sicht raubte.

»Ich, *parbleu!*« rief Leblanc. »*Sapristi!* Der Negerteufel wollte mich foltern, mich – Leblanc, den Freund des großen Napoleon. Zumindest habe ich jetzt ihn gefoltert, den ich zu töten gedachte.«

»Ja, Sie Narr«, antwortete ich, »und auch wir werden gefoltert werden aufgrund Ihrer Ruchlosigkeit. Sie haben auf einen Boten mit einer Friedensfahne geschossen, und das werden die Quabies nie verzeihn. Oh, ich sage Ihnen, Sie haben uns ebenso getroffen wie ihn, die wir andernfalls vielleicht geschont worden wären.«

Dies sagte ich recht ruhig und auf holländisch, damit unsere Kaffern mich verstünden, obwohl ich eigentlich kochte vor Wut.

Leblanc indes mäßigte sich nicht.

»Wer bist du denn?« brüllte er, »du erbärmlicher kleiner Engländer, daß du es wagst, mich zu maßregeln, Leblanc, den Freund des großen Napoleon?«

Jetzt zog ich meine Pistole und ging zu ihm hin.

»Schweig, elender Trunkenbold«, sagte ich, denn ich konnte mir denken, daß er im Dunkeln mehr Schnaps getrunken hatte. »Wenn du nicht still bist und mir gehorchst, dann jage ich dir entweder eine Kugel in den Kopf oder liefere dich an diese Männer aus«, und dabei deutete ich auf Hans und die Kaffern, die sich um ihn geschart hatten und ominös flüsterten. »Weißt du, was die mit dir machen? Die werfen dich zum Haus hinaus und lassen dich deinen Streit mit Quabie allein austragen.«

Leblanc blickte von der Pistole zu den Eingeborenen und sah etwas in dem einen oder andern Gesicht oder auch in der Pistole, das ihn einen andern Ton anschlagen ließ.

»Pardon, Monsieur«, sagte er. »Ich war erregt. Ich wußte nicht, was ich sagte. Sie sind zwar noch jung, aber mutig und klug. Ich füge mich«, und er bezog seine Stellung und machte sich daran, sein Gewehr zu laden.

In dem Moment brach zorniges Geschrei aus im Viehkral. Der verwundete Bote war bei den Quabies angelangt und berichtete von der Verräterei der Weißen.

3

Die Rettung

Der zweite Vorstoß der Quabies begann erst gegen halb acht. Selbst die Wilden lieben das Leben und wissen, daß Wunden sehr weh tun, und jene Kaffern bildeten da keine Ausnahme. Der erste Ansturm war ihnen eine bittere Lektion, wovon die Verstümmelten und Sterbenden zeugten, die sich in der sengenden Sonne wenige Schritte vor der Stoep hin und her wälzten, von denen, die sich nicht mehr rührten, ganz zu schweigen. Da der Platz ums Haus frei war und keine Deckung bot, lag es auf der Hand, daß es nicht zu stürmen war, ohne weitere schwere Verluste hinzunehmen. Um solche Verluste zu vermeiden, hätten sich zivilisierte Leute mittels Gräben vorgearbeitet, aber davon hatten die Quabies keine Ahnung; zudem besaßen sie keinerlei Grabwerkzeug.

So kam es, daß sie sich eines anderen und unter jenen

Umständen durchaus wirksamen Behelfs bedienten. Der Viehkral war aus rauhen Steinen lose aufgeschichtet. Diese Steine nahmen sie, wobei jeder Mann zwei oder drei trug, damit vorlief und sie zu groben, etwa zwei Fuß hohen Wällen auftürmte. Diese Wälle wurden sofort von so vielen Kriegern besetzt, wie dahinter Dekkung fanden, indem sie aufeinander lagen. Natürlich waren die Wilden, welche die ersten Steine herbeitrugen, unserm Feuer ausgesetzt, was zur Folge hatte, daß viele fielen, aber es rückten stets genügend andere nach. Da sie an zwölf verschiedenen Stellen bauten und wir nur über sieben Gewehre verfügten, wäre eine der Schanzen, bis wir nachgeladen hätten, bald so hoch gewesen, daß unsre Schrotladungen jenen, die dahinter lagen, nichts mehr hätten anhaben können, gleichwohl die ersten Erbauer vielleicht gefallen wären. Außerdem war unser Vorrat an Munition begrenzt und wurde durch den ständig hohen Verbrauch so knapp, daß zuletzt nur mehr etwa sechs Pulverladungen pro Mann blieben. So war ich schließlich gezwungen, das Feuer einstellen zu lassen, um uns für den großen Sturm zu rüsten, der nun nicht mehr lange ausbleiben konnte.

Als die Quabies merkten, daß keine Kugeln sie mehr behelligten, rückten sie schneller vor und richteten ihren Angriff aufs Südende des Hauses, das nur ein Fenster hatte, womit sie dem Beschuß über die offene Veranda auswichen. Zunächst wunderte ich mich, warum sie dieses Ende wählten, bis Marie daran gemahnte, daß diese Hausseite mit Reet gedeckt war, während der übrige Teil, ein späterer Anbau, ein Schieferdach aufwies.

Ihr Ziel war es, das Dach in Brand zu setzen. Sobald ihre letzte Mauer nahe genug stand (das war gegen halb elf), machten sie sich daran, Speere aufs Dach zu werfen, die mit brennenden Grasbüscheln bestückt waren. Viele gingen aus, aber einer schaffte es schließlich, wie wir aus ihrem Geschrei folgerten. Binnen zehn Minuten stand dieser Hausflügel in Flammen.

Nun waren wir in einer verzweifelten Lage. Wir zogen uns in den Gang zurück, damit keine glühenden Balken auf unsre Eingeborenen fielen, deren Mut sank und die sich nicht mehr darunter aufhalten wollten. Die ungleich kühneren Quabies indes stiegen durchs Südfenster ein und griffen uns in der Tür zur größeren Wohnstube an.

Dort tobte die letzte Schlacht. Als sie gegen uns anrannten, schossen wir, daß sie reihenweise fielen. Wir hatten fast nur mehr Pulver für einen Schuß, als sie sich zurückzogen, aber in dem Moment stürzte das Dach über ihnen ein.

O welch grausiges Bild! Die Rauchschwaden, das Geschrei der Eingeklemmten, Brennenden, der Tumult, die Qual!

Ein Flügel erstürmte die Vordertür.

Leblanc und ein Sklave, der bei ihm stand, wurden von schwarzen Klauen gepackt und hinausgezerrt. Was aus dem Franzosen geworden ist, weiß ich nicht, denn die Eingeborenen haben ihn verschleppt, aber ich fürchte, sein Ende muß schrecklich gewesen sein, da sie ihn lebend erwischt haben. Den Diener stachen sie, wie ich sah, mit dem Assegai nieder, so daß er wenigstens sofort tot war. Ich feuerte meinen letzten Schuß ab auf einen Gesellen, der eine Streitaxt schwang, und rammte dann dem Mann dahinter meinen Gewehrkolben ins Gesicht, woraufhin er zu Boden ging, während ich Marie bei der Hand packte und hinter in die nördlichste Kammer zerrte, wo ich immer schlief, und die Tür schloß und verriegelte.

»Allan«, keuchte sie, »Allan, Liebster, es ist zu Ende. Ich darf diesen Männern nicht in die Hände fallen. Töte mich, Allan!«

»Gut«, antwortete ich, »ich tu's. Ich habe noch meine Pistole. Eine Kugel für dich, die zweite für mich.«

»Nein, nein! Vielleicht kannst du doch noch entkommen. Aber ich als Frau, weißt du, kann's nicht riskieren. Komm schon, ich bin bereit«, und sie kniete vor mir nieder, öffnete die Arme, um den Tod zu empfangen, und blickte aus lieblichen, mitleidigen Augen zu mir auf.

»Es geht nicht, daß man seine Liebe tötet und selber am Leben bleibt«, erwiderte ich heiser. »Wir müssen zusammen gehn«, und ich spannte beide Hähne der Pistole.

Der Hottentotte Hans, der bei uns in der Kammer war, sah es und verstand.

»Es ist recht so und am besten«, sagte er, wandte sich ab und verbarg mit den Händen das Gesicht.

»Warte noch, Allan!« rief sie. »Es reicht, wenn die Tür auf ist, und vielleicht hilft uns Gott doch noch.«

»Vielleicht«, erwiderte ich ungewiß. »Aber ich würde mich nicht darauf verlassen. Nun kann uns nichts mehr retten – es sei denn, die andern kämen uns zur Hilfe, aber darauf können wir nicht hoffen.«

Dann schoß mir ein Gedanke durch den Kopf, und ich fügte mit grimmigem Lachen hinzu: »Wo wir in fünf Minuten wohl sein mögen?«

»Oh, zusammen, Liebster; wir werden zusammen sein für immer in einer andern, schönen Welt, denn du liebst mich doch, nicht wahr, wie ich dich liebe? Das ist vielleicht besser, als hier weiterzuleben, wo wir gewiß zu kämpfen hätten und zuletzt vielleicht doch getrennt würden.«

Ich nickte, denn obwohl ich das Leben liebte, liebte ich Marie mehr und hatte das Gefühl, nach tapferem Kampf ein rühmliches Ende zu nehmen. Inzwischen hämmerten sie gegen die Tür, aber Gott sei Dank hatte Marais feste Türen setzen lassen, die etwas aushielten.

Schließlich gab das Holz nach; ein Assegai drang durch eine geborstene Planke, aber Hans stieß den Speer, den er hielt und den ich aus der Flanke des Pferdes gezogen hatte, in umgekehrter Richtung hinaus, und mit einem Aufschrei wurde der Assegai fallengelassen. Schwarze Männer griffen durch die Öffnung und der Hottentotte hackte und stach mit dem Speer darauf ein. Aber es wurden mehr, mehr Hände, als er zerstechen konnte, und der ganze Türrahmen wurde allmählich nach außen gewuchtet.

»Jetzt, Marie, sei gefaßt«, keuchte ich und hob die Pistole.

»O Jesus, nimm mich auf!« erwiderte sie leise. »Es tut doch nicht weh, Allan?«

»Du wirst gar nichts spüren«, hauchte ich. Ich spürte, wie mir der kalte Schweiß ausbrach, als ich den Lauf einen Zoll vor ihre Stirn hielt und den Finger krümmte. Mein Gott, ja, schon fing ich an, langsam und behutsam abzudrücken, um nur keinen Fehler zu machen.

In dem Moment nun habe ich durch das Wüten der brausenden Flammen, das Geschrei der Wilden und das Kreischen und Stöhnen der Verwundeten und Sterbenden das schönste Geräusch vernommen, das mir je zu Ohren gekommen ist – das Knattern von Schüssen, vielen Schüssen, die nahebei fielen.

»Großer Gott!« schrie ich, »die Buren sind da, um uns zu retten. Marie, ich halte die Tür, solange ich kann. Wenn ich falle, steig aus dem Fenster – von der Kommode aus, die darunter steht – und spring auf die Erde und renn dorthin, wo geschossen wird. So hast du noch eine Chance, eine gute Chance.«

»Und du, und du?« klagte sie. »Ich würde lieber mit dir sterben.«

»Tu, was ich sage!« erwiderte ich grimmig und stürmte zur wankenden Tür.

Sie kippte nach außen fiel um, und dahinter erschienen zwei kräftige Wilde, die ihre Breitspeere schwangen. Ich hob die Pistole, und die Kugel, die für Maries Kopf bestimmt gewesen war, zerschmetterte den Kopf des ersten, während die für mein Herz gedachte Kugel in das Herz des zweiten schlug. Tot brachen sie auf der Schwelle zusammen.

Ich entriß dem einen den Speer und blickte rasch zu Marie um, die gerade auf die Kommode stieg, wie ich durch den dichter werdenden Rauch gerade noch sehen konnte. Ein dritter Quabie griff an. Hans und ich spießten ihn auf, aber sein Ansturm war so heftig, daß die Speerspitzen ihn durchdrangen, als wäre er Luft, und wir beide, da er kein Leichtgewicht war, rückwärts zu Boden geschleudert wurden. Ich rappelte mich wieder hoch; wehrlos, da der Speer in dem Kaffern abgebrochen war, erwartete ich den Tod. Noch einmal blickte ich um und sah, daß es Marie entweder nicht gelungen war, durchs Fenster zu steigen, oder sie es aufgegeben hatte. Jedenfalls stand sie neben der Kommode und stützte sich mit der rechten Hand. In meiner Verzweiflung packte ich die Speerspitze mit der Klinge und riß sie aus dem Leib des Kaffern, denn auch damit, so überlegte ich, könnte ich Marie töten; schon wandte ich mich um und wollte das Werk vollbringen.

Da hörte ich eine wohlbekannte Stimme rufen:

»Lebst du noch, Marie?« Und in der Türöffnung erschien kein Wilder, sondern Henri Marais.

Langsam wich ich vor ihm zurück, denn ich war zu keiner Silbe fähig, und mein letzter grausiger Vorsatz schien mich zu Marie hinzuziehen. Als ich bei ihr war, warf ich den Arm mit der blutigen Klinge um ihren Hals. Während mir schwarz vor Augen wurde, hörte ich sie noch rufen:

»Nicht schießen, Vater. Es ist Allan, Allan, der mir das Leben gerettet hat!«

Danach erinnere ich mich an nichts mehr. Nicht anders erging es Marie, denn wir sanken beide ohnmächtig zu Boden.

Als ich wieder zu mir kam, lag ich auf dem Boden des Wagenhauses im hinteren Hof. Ich konnte nicht sprechen, aber sah aus halb geöffneten Augen die kreidebleiche Marie mit wirr herabhängenden Haaren und beschmutztem Kleid. Sie saß auf einem Kasten, der vor den Wagen kommt, als Kutschbock dient und Kutschkasten heißt. Da sie mich betrachtete, wußte ich, daß sie lebte. Neben ihr stand ein hochgewachsener, dunkler junger Mann, den ich noch nie gesehen hatte. Er hielt ihre Hand und betrachtete sie besorgt, was mich schon damals ärgerte. Ich sah noch mehr: beispielsweise meinen alten Vater, der sich über mich beugte, und *mich* besorgt betrachtete, und draußen im Hof – denn das Wagenhaus hatte keine Tore – eine Reihe von Männern mit Gewehren in der Hand, wovon ich manche kannte und andere nicht. Im Schatten stand, gegen die Mauer gelehnt, meine Vollblutstute, die den Kopf hängen ließ und am ganzen Leib bebte. Daneben lag mit blutiger Flanke der Rotschimmel auf dem Boden.

Ich wollte aufstehen, aber konnte nicht, denn ich spürte dabei Schmerz im linken Oberschenkel, schaute und sah, daß auch er rot war. Es hatte sich nämlich ein Assegai bis auf den Knochen hineingeschnitten. Obwohl ich es zu der Zeit nicht gespürt hatte, wurde mir diese Wunde – zweifelsohne beim Fallen – von dem großen Quabie beigebracht, den Hans und ich aufspießten. Hans war auch hier und bot ein schreckliches, aber zugleich komisches Bild, denn der Quabie war auf ihn gefallen und auf ihm liegengeblieben, und was das für Folgen hatte, kann man sich vorstellen. Da hockte er nun am Boden und schaute hinauf und sperrte sein Fischmaul auf. Dabei formten, wie ich mich erinnere, seine Lippen immerzu das Wort *»Allemachte!«* das heißt ›Allmächtiger‹, eine beliebte holländische Phrase.

Marie bemerkte als erste das Leben in mir. Sie entwand sich der Hand des jungen Mannes, taumelte zu mir und sank neben mir auf die Knie, wobei sie Worte flüsterte, die ich nicht verstand, da ihre Stimme stockte. Dann erfaßte Hans die Lage, rückte trotz seines widrigen Äußeren zappelig an meine andere Seite, hob meine Hand und küßte sie. Als nächstes sprach mein Vater und sagte:

»Gelobt sei Gott, er lebt! Allan, mein Sohn, ich bin stolz auf dich; du hast deine Pflicht getan, wie es sich für einen Engländer gehört.«

»Mußte ja auch die eigene Haut retten, danke, Vater«, murmelte ich.

»Wieso ausgerechnet als Engländer, Mynheer Predicant?« fragte der große Fremde auf holländisch, obwohl er unsre Sprache offenbar verstand.

»Darüber will ich mich jetzt nicht streiten, Sir«, erwiderte mein Vater und richtete sich auf. »Aber wenn es stimmt, was ich höre, so hat ein Franzose in diesem Haus gelebt, der seine Pflicht nicht getan hat; und falls Sie dieser Nationalität angehören, entschuldige ich mich bei Ihnen.«

»Danke, Sir; ich gehöre ihr tatsächlich an – halb. Die andere Hälfte ist portugiesisch, Gott sei Dank nicht englisch.«

»Gott muß sich wirklich wundern, wofür man ihm alles dankt«, versetzte mein Vater höflich.

An dieser Stelle fand die eher unfreundliche Unterhaltung, die mich selbst damals belustigte und zugleich ärgerte, ein Ende, da der Heer Marais gerade hereinkam.

Wie nicht anders zu erwarten bei einem so leicht erregbaren Menschen, war er in schlimmer nervlicher Verfassung. Dankbarkeit über die Rettung seines einzigen, geliebten Kindes, flammender Zorn auf die Kaffern, die Marie töten wollten, und äußerster Schmerz über den Verlust des Großteils seines Besitzes – all diese widersprüchlichen Emotionen brodelten und reagierten in seiner Brust wie antagonistische Elemente im Schmelztiegel.

Die damit einhergehenden Aufwallungen waren vielfältig und überwältigend. Er eilte zu mir, segnete mich und dankte mir (denn er hatte von der Verteidigung gehört), pries mich als jungen Helden und so fort und wünschte mir Gottes Lohn für mein Tun. Hier darf ich vielleicht einfügen, daß *er* mir nie einen Lohn hat zuteilwerden lassen, der Arme. Sodann schimpfte er über Leblanc, der dieses schreckliche Unglück über sein Haus gebracht hatte, und erklärte, dies sei nun die Strafe dafür, daß er so viele Jahre einen Atheisten und Trinker beherbergt habe, nur weil er ein Franzose und ein Mann von Bildung gewesen sei. Jemand, mein Vater nämlich, der trotz seiner Voreingenommenheit einen starken Gerechtigkeitssinn besaß, gemahnte ihn daran, daß der arme Franzose für seine Verfehlungen gebüßt habe oder vielleicht gerade qualvoll büße.

Dies lenkte seine wüsten Beschimpfungen auf die Quabie-Kaffern, die sein Haus teilweise niedergebrannt und fast alles Vieh gestohlen hatten, womit er in einer einzigen Stunde vom reichen zum armen Mann wurde. Er forderte lauthals Rache an den ›schwarzen Teufeln‹, und beschwor alle Anwesenden, ihm zu helfen, sein Vieh zurückzuholen und die Diebe zu töten. Die meisten Anwesenden – es waren an die dreißig Mann ohne die Kaffern und Hottentotten – erklärten, sie seien bereit, gegen die Kaffern vorzugehen. Als Bewohner dieser Gegend glaubten sie, was sie auch äußerten, daß dieses Los morgen auch ihr Los sein könne und werde. Deshalb seien sie gewillt, sofort loszureiten.

Daraufhin griff mein Vater ein.

»Heeren«, sagte er, »mir scheint, bevor ihr Rache sucht, die, wie geschrieben steht, dem Himmel gebührt, wäre es angemessen, insbesondere für den Heer Marais, für das Gerettete Dank zu sagen. Damit meine ich seine Tochter, die nun ohne weiteres tot sein könnte oder schlimmer.«

Er fuhr fort, daß weltliche Güter kämen und gingen nach den Launen des Schicksals, das Leben eines geliebten Menschen indes, habe man es erst einmal verloren, nicht mehr zurückzugewinnen sei. Dieses teure

Leben sei ihm erhalten geblieben, und zwar nicht durch menschliches Zutun – dabei blickte er zu mir –, sondern durch den Herrgott, welcher durch Menschen wirkte. Vielleicht sei den Anwesenden nicht ganz klar, was er (mein Vater) von Hans dem Hottentotten erfahren habe, daß ich nämlich, sein Sohn, im Begriff stand, Marie Marais und mir selbst eine Kugel in den Kopf zu jagen, als die Schüsse derer fielen, die durch meine vor Verlassen der Missionsstation ausgesprochene Warnung herbeigerufen worden seien, und welche mich davon abhielten. Er forderte besagten Hans und besagte Marie auf, dies alles selbst zu berichten, da ich zu schwach dafür war.

Der angesprochene kleine Hottentotte stand, blutverschmiert, wie er war, auf. In der schlichten, dramatischen Weise, die seiner Rasse zueigen ist, schilderte er alles, was vorgefallen war – von der Begegnung mit der Frau im Veld vor gut zwölf Stunden bis zur Ankunft der Retter. Nie habe ich ergriffenere Zuhörer erlebt, und als Hans schließlich auf mich deutete, der ich am Boden lag, und sagte: »Der ist's, der all das vollbracht hat, was man für menschenunmöglich halten möchte – fast noch ein Kind«, brachen die phlegmatischen Buren sogar in Jubel aus. Ich indes rief, wobei ich mich auf die Hände stützte:

»Was ich getan habe, hat auch dieser arme Hottentotte getan, und ohne ihn hätte ich nichts ausrichten können – ohne ihn und die zwei braven Pferde.«

Und wieder jubelten sie, und Marie sagte:

»Ja, Vater, den beiden verdanke ich mein Leben.«

Hierauf sprach mein Vater ein Dankgebet in gebrochenem Holländisch – da er diese Sprache erst in späten Jahren lernte, blieben seine Kenntnisse dürftig –, und die robusten Buren, die um ihn herum knieten, sprachen ihr »Amen« dazu. Wie sich der Leser vorstellen kann, war diese Szene in all ihren Details, die ich hier nicht aufzählen will, denkwürdig und beeindruckend zugleich.

Was diesem Gebet folgte, weiß ich nicht mehr genau, denn wieder schwanden mir die Sinne vor Erschöpfung und vom Blutverlust. Ich glaube jedoch, daß man, nachdem der Brand gelöscht war, die Toten und Verletzten aus dem unversehrten Teil des Hauses schaffte und mich in die kleine Kammer trug, in der Marie und ich jene grausige Szene erlebt hatten, als ich sie um ein Haar getötet hätte. Anschließend brachen die Buren und Marais' Kaffern oder vielmehr Sklaven, die er aus ihren Wohnplätzen abseits des Hauses zusammengetrommelt hatte und die zusammen dreißig bis vierzig Mann ausmachten, auf, um den zurückgeschlagenen Quabie zu verfolgen, wobei etwa zehn Mann zur Bewachung zurückblieben. Hier darf ich vielleicht einfügen, daß von den sieben, acht Mann, die in den Nebengebäuden schliefen und mit uns gekämpft hatten, zwei gefallen und zwei verletzt waren. Die übrigen kamen mit dem Schrecken davon, so daß wir bei der fürchterlichen Schlacht, in deren Verlauf wir den Kaffern so böse zusetzten, nur drei Mann verloren – Leblanc eingeschlossen.

Was die Ereignisse der folgenden drei Tage angeht, so weiß ich nur, was man mir erzählt hat, da ich praktisch die ganze Zeit ohnmächtig gewesen bin aufgrund des Blutverlusts, zu dem sich nach der fürchterlichen Aufregung und den durchgemachten Strapazen auch noch hohes Fieber gesellt hat. Das einzige woran ich mich noch erinnere, ist der Anblick Maries, die sich über mich beugt und mir irgendeine Nahrung – schätzungsweise Milch oder Suppe – einflößt, die ich, wie's scheint, nur aus ihrer Hand angenommen habe. Außerdem hatte ich Visionen, in denen ich die große Gestalt meines weißhaarigen Vaters sah, der wie die meisten Missionare heilkundig war und meine Oberschenkelwunde versorgte und verband. Später sagte er mir, der Speer habe tatsächlich die Wand der Hauptschlagader geritzt, aber sie zum Glück nicht durchtrennt. Ein ganz klein wenig weiter, und ich wäre binnen zehn Minuten verblutet!

An diesem dritten Tag wurde ich aus meiner Entrücktheit gerissen, als großer Lärm anhob beim Haus, aus dem ich die Stimme von Marais heraushörte, der tobte und schrie, und die Stimme meines Vaters, der ihn zu beruhigen versuchte. Sodann kam Marie in die Kammer, die hinter sich den Kaffernkaros zuzog, der als Vorhang diente, da die Tür, wie man sich erinnern wird, herausgerissen war. Als sie sah, daß ich wach und ansprechbar war, eilte sie mit einem freudigen Ausruf an meine Seite, kniete hin und küßte mich auf die Stirn.

»Du bist sehr krank gewesen, Allan, aber jetzt weiß ich, daß du wieder gesund wirst. Solange wir allein sind, was wohl, fürcht' ich«, fügte sie langsam und bedeutungsvoll hinzu, »nicht oft der Fall sein wird in Zukunft, möchte ich dir von Herzen danken für alles, was du zu meiner Rettung getan hast. Ach, wärst du nicht gewesen, wärst du nicht gewesen ...« und sie blickte zu den Blutflecken auf der Erde, bedeckte mit den Händen die Augen und schauderte.

»Unsinn, Marie«, erwiderte ich und ergriff recht zittrig, da ich noch sehr geschwächt war, ihre Hand. »Jeder andere hätte das auch getan, selbst wenn er dich nicht geliebt hätte, wie ich dich liebe. Danken wir Gott, daß es nicht vergebens war. Aber was bedeutet der viele Lärm? Sind die Quabies wieder da?«

Sie schüttelte den Kopf.

»Nein. Die Buren sind von der Verfolgung zurück.«

»Und haben sie sie erwischt und das Vieh wiederbekommen?«

»Nein. Sie fanden nur ein paar Verwundete, die sie erschossen, und die Leiche von Monsieur Leblanc, der Kopf und andere Teile fehlten, welche die Quabies mitnahmen als Medizin, die ihre Krieger angeblich tapfer macht. Quabie hat seinen Kral niedergebrannt und ist mit seinem ganzen Volk zu den andern Kaffern in die

Berge geflohen. Nicht eine Kuh, nicht ein Schaf wurde gefunden bis auf einige entkräftete Tiere, aber denen hatten sie die Kehle durchschnitten. Mein Vater wollte ihnen folgen und die Roten Kaffern in den Bergen angreifen, aber dazu waren die andern nicht bereit. Sie sagten, es seien ihrer Tausende, die anzugreifen Wahnsinn wäre, da keiner lebend heimkehren würde. Er ist außer sich vor Kummer und Zorn, denn wir sind praktisch erledigt, Allan, zumal die britische Regierung gerade die Sklaven in die Freiheit entläßt und uns nur einen sehr geringen Preis zahlt, der nicht einmal ein Drittel des Wertes ausmacht. Aber horch! Er ruft nach mir, und du sollst nicht viel sprechen und dich nicht aufregen, damit du gesund wirst. Jetzt mußt du schlafen und essen und wieder zu Kräften kommen. Dann, mein Lieber, sprechen wir weiter«; und sie beugte sich abermals über mich, bekreuzigte und küßte mich und eilte hinaus.

4

Hernando Pereira

Es vergingen noch mehrere Tage, bis mir gestattet wurde, die kleine, von den Spuren des Kampfes entstellte Kammer zu verlassen, deren bloßer Anblick mir verhaßt wurde. Ich flehte meinen Vater an, mich an die frische Luft zu bringen, aber er weigerte sich, weil er befürchtete, jede Bewegung könnte die Blutung wieder in Gang setzen oder gar die geritzte Schlagader zum Platzen bringen. Zudem heilte die Wunde nicht sehr gut, da der eingedrungene Speer schmutzig gewesen und womöglich zum Abhäuten von Kadavern verwendet worden war, wodurch die Gefahr eines Gangräns drohte, das damals in der Regel den Tod bedeutete. Obwohl ich nur mit kaltem Wasser behandelt wurde, da Antiseptika seinerzeit noch unbekannt waren, fügte es sich, daß mein junges, gesundes Blut triumphierte und kein Wundbrand eintrat.

Noch düsterer machte jene Tage, daß ich Marie kaum zu sehen bekam, welche die Kammer nun in Begleitung ihres Vaters betrat. Einmal konnte ich sie fragen, warum sie nicht häufiger und allein kam. Ihre Miene wurde betrübt, als sie mir zuflüsterte: »Weil ich nicht darf, Allan«, woraufhin sie ohne ein weiteres Wort ging.

Ich fragte mich, warum sie nicht durfte, und kam auf folgende Antwort: Sicher geschah dies wegen des großen jungen Mannes, der mit meinem Vater im Wagenhaus gestritten hatte. Marie hatte mir nie von ihm erzählt und verschwiegen, was er hier zu schaffen hatte.

Anscheinend war er das einzige Kind von Henri Marais' Schwester, die einen Portugiesen aus der Delagoa-Bucht namens Pereira heiratete, der als Händler vor vielen Jahren in die Kapkolonie kam und sich dort niederließ. Sowohl er als auch seine Frau waren mittlerweile gestorben, und ihr Sohn Hernando, Maries Cousin, hatte ihr ganzes beträchtliches Vermögen geerbt.

Nun fiel mir in der Tat wieder ein, daß Heer Marais in den letzten Jahren diesen Hernando oder Hernan, wie die Buren ihn kurz nannten, als Erben großer Reichtümer erwähnte, dessen Vater als Inhaber eines staatlichen Monopols durch den Handel mit Wein und Branntwein ein Vermögen gemacht hatte. Oft war er auf Besuch nach Maraisfontein eingeladen worden, aber seine Eltern, die ihn abgöttisch liebten und in einer besiedelten Gegend unweit von Kapstadt lebten, wollten es nicht zulassen, daß er eine so weite Reise in diese wilde Gegend anträte.

Seit ihrem Tod war dies jedoch anders. Anscheinend entzog der Gouverneur der Kolonie mit dem Ableben des alten Pereira das Wein- und Branntweinmonopol, das er als Schiebung und Skandal bezeichnete, was Hernando Pereira sehr erzürnte, obwohl er kein Geld mehr nötig hatte, und ihn veranlaßte, sich mit Herz und Seele dem Traktieren der unzufriedenen Buren zu verschreiben. Nun fungierte er gar als einer der Organisatoren des Großen Trecks, der gerade geplant wurde. An sich hatte er schon begonnen und führte in das teilweise unbekannte Land jenseits der Grenzen, wo die holländischen Bauern eigene Gebiete errichten wollten.

Das war die Geschichte von Hernando Pereira – der mein Rivale um die Hand der lieblichen, schönen Marie Marais werden sollte – nein, schon war.

Eines Abends, als mein Vater und ich allein im Kämmerlein waren, wo er bei mir schlief, und er sein allabendliches Vorlesen aus der Schrift beendet hatte, nahm ich mir ein Herz und vertraute ihm an, daß ich Marie liebte und heiraten wolle und daß wir uns während des Kaffernüberfalls auf den Hof ewige Treue geschworen hätten.

»Liebe und Krieg, ich sag's ja!« meinte mein Vater und sah mich ernst an, aber zeigte keine Spur von Erstaunen, als kenne er unser Geheimnis bereits. Dies war auch nicht verwunderlich, denn wie er mir hernach verriet, hatte ich in meinem Delirium nichts anderes getan, als in den zärtlichsten Tönen von Marie zu schwärmen. Außerdem war Marie, als mein Zustand am schlimmsten war, vor ihm in Tränen ausgebrochen und hatte ihm ihre Liebe zu mir offen eingestanden.

»Liebe und Krieg, jawohl!« wiederholte er und fügte gütig hinzu: »Mein armer Junge, ich fürchte, da gerätst du in arge Schwierigkeiten.«

»Wieso, Vater?« fragte ich. »Ist es falsch, daß wir uns lieben?«

»Falsch nicht, sondern ganz natürlich angesichts der Umstände. Ich hätte mir denken können, daß es dazu führen muß. Nein, falsch nicht, aber höchst unglücklich. Als erstes sehe ich nicht gern, daß du eine Ausländerin heiratest und dich mit diesen treulosen Buren einläßt. Ich habe gehofft, du würdest einmal – in ein paar Jahren, denn du bist fast noch ein Kind, Allan – eine englische Frau finden, und ich hoffe es noch.«

»Niemals!« rief ich.

»Niemals ist ein langes Wort, Allan, und ich sage dir, jawohl, was du für unmöglich hältst, mag eines Tages doch noch geschehen ...« Worte, die mich damals mächtig ärgerten, aber an die ich in den Jahren danach noch oft dachte.

»Aber«, fuhr er fort, »selbst wenn ich meine Wünsche, vielleicht auch Vorurteile, beiseite lasse, denke ich, daß dein Fall aussichtslos ist. Obwohl Henri Marais dich durchaus mag und dir jetzt dankbar ist, weil du seine geliebte Tochter gerettet hast, darfst du nicht vergessen, daß er uns Engländer zutiefst haßt. Ich glaube, er würde seine Tochter lieber einem Halbblut geben als einem Engländer, insbesondere einem armen Engländer, wie du einer bist und bleiben wirst, falls du nicht zu Geld kommst. Ich, Allan, kann dir nicht viel hinterlassen.«

»Ich könnte zu Geld kommen, Vater, beispielsweise mit Elfenbein. Du weißt, daß ich ein guter Schütze bin.«

»Allan, ich glaube nicht, daß du je zu viel Geld kommen wirst, denn du hast keine Ader dafür. Solltest du doch zu Geld kommen, so würdest du es nicht lange halten können. Wir sind eine alte Familie, und ich kenne unsern Stammbaum auf alle Fälle bis zur Zeit Heinrich VIII. Nicht einer von uns war je wirtschaftlich erfolgreich. Aber selbst wenn wir annehmen, daß du dich als Ausnahme zur Regel erweist, so läßt sich das nicht auf einmal bewerkstelligen, nicht wahr? Ein Vermögen wächst nicht über Nacht wie Pilze heran.«

»Das wohl nicht, Vater. Trotzdem, mit ein bißchen Glück ...«

»Möglich. Aber vorerst mußt du gegen einen Mann ankämpfen, der das Glück, sprich Geld, schon in der Tasche hat.«

»Was meinst du damit?« fragte ich und setzte mich auf.

»Ich meine Hernando Pereira, Allan, Marais' Neffen, der angeblich einer der reichsten Männer in der Kolonie ist. Ich weiß, daß er Marie heiraten will.«

»Woher weißt du das, Vater?«

»Marais hat es mir heute nachmittag gesagt, vermutlich nicht ohne Absicht. Hernando Pereira, der sie zuletzt gesehen hatte, als sie noch ein Kind war, war angetan von ihrer Schönheit, als er sie zum ersten Mal wiedersah nach eurer Rettung und als er hierblieb, um das Haus zu bewachen, während die andern die Quabies verfolgten – nun, du kannst es dir denken. So was geht schnell bei diesen Südländern.«

Ich drückte mein Gesicht ins Kissen und biß mir auf die Lippen, um den Seufzer zu ersticken, der meiner Kehle entfahren wollte, als ich erkannte, wie aussichtslos die Lage war. Wie konnte ich gegen diesen reichen, vom Glück begünstigten Mann bestehen, dem der Vater meiner Verlobten natürlich den Vorzug geben würde? Dann erhellte ein Hoffnungsschimmer die Schwärze meiner Verzweiflung. Wenn ich es nicht könnte, so vielleicht Marie. Sie hatte einen starken Willen und ein treues Herz. Sie ließe sich nicht kaufen und wohl auch nicht einschüchtern.

»Vater«, sagte ich, »vielleicht kann ich Marie nie heiraten, aber Hernando Pereira auch nicht, glaube ich.«

»Warum nicht, mein Junge?«

»Weil sie mich liebt, Vater, und sich daran nichts ändern wird. Ich glaube, eher würde sie sterben.«

»Dann muß sie eine sehr ungewöhnliche Frau sein. Aber wie dem auch sei; die Zukunft bringt es an den Tag. Ich kann nur beten und hoffen, was immer geschehe, möge zu eurem Besten geschehen. Sie ist ein nettes Mädchen, und ich mag sie, auch wenn sie eine Burin – oder Französin ist. Aber genug geredet, Allan. Du mußt schlafen. Du weißt, du darfst dich nicht aufregen, damit sich die Wunde nicht mehr entzündet.«

»Schlafen. Nicht aufregen«, murmelte ich stundenlang vor mich hin, wobei sich ein bitterer Beigeschmack einstellte. Schließlich überkam mich Apathie oder Schwäche, so daß ich in ein Gespinst böser Träume abglitt, die ich Gott sei Dank vergessen habe. Wenn freilich später gewisse Ereignisse eingetreten sind, so habe ich immer gedacht und denke es noch, daß diese irgendwie Teil jener Alpträume gewesen sind.

Am Morgen nach diesem Gespräch durfte ich endlich hinaus und wurde auf die Stoep getragen, wo man mich unter eine vom Brand verschmutzte Decke auf eine bespannte Pritsche oder einfache Liege bettete. Nachdem ich entzückt meinen ersten Hunger nach Sonne und frischer Luft gestillt hatte, sah ich mich um. Vor dem Haus oder dem, was davon übriggeblieben war, stand im Halbkreis, so daß der letzte jeweils ans Ende der Stoep gerückt war, eine Reihe von Wagen, die zu einem Lager aufgestellt und von unten durch einen aufgeworfenen Erdwall und dorniges Mimosengestrüpp gesichert waren. Offensichtlich war diese Wagenburg, in der die Wache aus Buren und bewaffneten Eingeborenen, die nach wie vor aufrechterhalten wurde, nachts schlief, zur Abwehr neuer möglicher Angriffe durch die Quabies oder andere Kaffern errichtet worden.

Tagsüber indes wurde der mittlere Wagen zur Seite geschoben, um einen Durchlaß zu bilden. Durch diese Öffnung sah ich, daß außerhalb eine lange Mauer gleichfalls im Halbkreis errichtet war und einen Platz umschloß, der ausreichte, um nachts alles Vieh, das dem Heer Marais verblieben war, mitsamt dem Vieh der Freunde einzustellen, welche vermeiden wollten, daß ihre Rinder in den tiefen Bergen verschwänden. Inmitten dieses improvisierten Krals erhob sich ein langgestreckter, niedriger Hügel, welcher, wie ich später erfuhr, die beim Angriff aufs Haus Gefallenen barg. Die beiden Sklaven, die bei der Verteidigung ums Leben kamen, waren in dem kleinen Garten begraben, den Marie angelegt hatte, und der enthauptete Leichnam von Leblanc in der kleinen, gemauerten Gruft rechts vom Gehöft, wo einige frühere Besitzer und ein, zwei Verwandte des Heer Marais samt seiner Gattin ruhten.

Während ich all dies betrachtete, trat Marie auf die Veranda, die vom abgebrannten Teil des Hauses kam und der Hernan Pereira folgte. Als sie mich sah, lief sie mit ausgebreiteten Armen an mein Lager, als wollte sie mich umarmen. Sich offenbar besinnend, hielt sie mit einemmal neben mir inne, lief bis zum Haaransatz rot an und sagte verlegen:

»Oh, Heer Allan« – sie hatte mich noch nie zuvor mit Heer angesprochen – »es freut mich, daß der Heer Allan draußen ist! Wie geht es dem Heer Allan?«

»Recht gut, danke«, erwiderte ich, wobei ich mir auf die Lippen biß, »wie du wüßtest, wenn du mich öfter besucht hättest, Marie.«

Im nächsten Moment schon bereute ich diese Worte, denn ich sah Tränen in ihre Augen schießen und ihre Brust sich heben und senken wie beim Schluchzen. Allerdings gab Pereira, nicht Marie, eine Antwort, denn Marie war im Moment wohl zu keiner Silbe fähig.

»Mein lieber Junge«, sagte er wichtigtuerisch und gönnerhaft und in Englisch, das er perfekt beherrschte. »Ich glaube, meine Cousine hat mit der Versorgung der vielen Leute in den letzten Tagen alle Hände voll zu tun gehabt, auch ohne laufen und nach der Schnittwunde im Bein sehen zu müssen. Allerdings freut es mich, vom werten Vater zu hören, daß die Wunde fast verheilt ist und man bald wieder spielen gehen kann, wie man das in diesem Alter tut.«

Nun war ich es, der sprachlos war und dem Tränen in die Augen schossen, Tränen der Wut, denn ich war wohlgemerkt noch sehr schwach. Aber Marie sprach für mich.

»Ja, Hernan«, sagte sie mit kalter Stimme, »Gott sei Dank wird Heer Allan Quatermain bald wieder in der Lage sein zu spielen, blutige Spiele zu spielen wie die Verteidigung von Maraisfontein mit acht Mann gegen die ganze Quabie-Horde. Dann gnade Gott denen, die ihm vor die Flinte kommen«, und sie warf einen Blick auf den Hügel, der die toten Kaffern bedeckte, wovon ich tatsächlich viele getötet hatte.

»Oh, nichts für ungut, Marie«, erwiderte Pereira mit seiner wohlklingenden Stimme, »ich wollte mich nicht lächerlich machen über deinen jungen Freund, der zweifelsohne so mutig ist, wie man es allen Engländern nachsagt, und sich wacker geschlagen hat, als er das Glück gehabt hat, dich beschützen zu dürfen, liebe Cousine. Aber wie du weißt, ist er nicht der einzige, der ein Gewehr halten kann, wie du anscheinend annimmst und was ich ihm gern in kameradschaftlicher Art beweise, wenn er wieder bei Kräften ist.«

Hierbei trat er einen Schritt näher und blickte auf mich herab, woraufhin er lachend hinzufügte: »Allemachte! Ich fürchte, das wird momentan noch nicht möglich sein. Hm, der Junge sieht aus, als könnte man ihn wie eine Feder wegblasen.«

Immer noch sagte ich nichts, sondern betrachtete ihn nur, den hochgewachsenen, prächtigen Mann, der sich über mir aufbaute in seiner feinen Aufmachung, denn er war vornehm nach der damaligen Mode gekleidet, mit der frischen Farbe, den breiten Schultern und dem Gesicht, das von Gesundheit und Vitalität strotzte. Im Geiste verglich ich mich mit ihm, so wie ich nach Fieber und Blutverlust aussah, ein klägliches, bleiches Würstchen mit struppigem braunen Haar auf dem Kopf und nur spärlichem Bartwuchs, mit spindeldürren Armen und einer schmutzigen Decke als Gewand. Wie konnte ich in irgendeiner Hinsicht neben ihm bestehen? Welche Chance hatte ich gegen diesen feisten, dreisten Kerl, der mich und meine Landsleute haßte und der mich, selbst wenn ich gesund wäre, wie ein Kind behandelte?

Und doch, und doch kam mir, der ich gedemütigt und verhöhnt dalag, eine Erkenntnis, wie immer nämlich mein Äußeres auch sein möge, bezüglich Geist, Mut, Entschlossenheit und Können, kurzum in allem, was einen Mann wirklich ausmacht, war ich Pereira mehr als gewachsen. Ja, und daß ich ihn mittels dieser Qualitäten, mochte ich auch arm und schwach erscheinen, letztendlich schlagen und behalten würde, was ich bereits gewonnen hatte, nämlich die Liebe Maries.

Das waren die Gedanken, die mir durch den Kopf gingen, und der Tenor davon teilte sich irgendwo wohl Marie mit, die oft meine Gedanken las, ehe meine Lippen sie aussprachen. Jedenfalls wandelte sich ihr Verhalten. Sie richtete sich auf. Ihre feinen Nüstern blähten sich, und ein stolzer Blick trat in ihre dunklen Augen, als sie nickte und so leise, daß wohl nur ich es verstand, hauchte:

»Ja, ja, hab keine Angst.«

Pereira sprach nun wieder (er hatte sich abgewandt, um mit dem Stahl seiner Zunderbüchse Feuer zu schlagen, und brachte gerade den Funken durch Blasen zum Glühen, wonach er sich seine große Pfeife ansteckte):

»Nebenbei bemerkt, Heer Allan«, sagte er, »das ist eine ausgezeichnete Stute, die Sie da haben. Offenbar hat sie die Strecke zwischen der Missionsstation und Maraisfontein in einer traumhaften Zeit bewältigt, wie übrigens der Rotschimmel ja auch. Mir gefällt sie, nachdem ich gestern kurz auf ihr galoppiert bin, um sie zu bewegen, und obwohl ich weiß, daß sie für mein Gewicht nicht ganz geeignet ist, werd ich sie kaufen.«

»Die Stute ist nicht zu verkaufen, Herr Pereira«, sagte ich und sprach damit zum ersten Mal. »Und ich entsinne mich nicht, jemandem erlaubt zu haben, sie zu bewegen.«

»Nein, Ihr Vater erlaubte es, oder war es dieser kleine,

häßliche Wicht von einem Hottentotten? Ich weiß es nicht mehr. Und wenn Sie sagen, sie wäre nicht zu verkaufen – nun, in dieser Welt ist alles käuflich zu einem entsprechenden Preis. Ich gebe Ihnen – mal sehen, ach, was spielt Geld schon für eine Rolle, wenn man genug hat? Ich gebe Ihnen hundert englische Pfund für die Stute; und damit Sie mich nicht für blöd halten. Ich sage Ihnen, das hole ich bestimmt wieder herein und mehr bei den großen Rennen drunten im Süden. Was sagen Sie also?«

»Ich sage, die Stute ist nicht zu verkaufen, Heer Pereira.« Dann hatte ich einen Einfall, eine Inspiration, die ich wie immer sofort einsetzte. »Aber«, fügte ich langsam hinzu, »wenn Sie wollen, schieße ich, sobald ich kräftiger bin, mit Ihnen um sie, wobei Sie Ihre hundert Pfund und ich die Stute setzen.«

Pereira brach in Gelächter aus.

»Hört, Freunde!« rief er einigen Buren zu, die gerade zum Haus schlenderten, um ihren Morgenkaffee zu trinken. »Dieser kleine Engländer will gegen mich im Schießen antreten und setzt seine feine Stute gegen hundert britische Pfund; gegen mich, Hernando Pereira, der jedes Wettschießen gewonnen hat, an dem ich je teilgenommen habe. Nein, nein, mein Freund Allan, ich bin kein Dieb und ich will Ihnen nicht Ihre Stute stehlen.«

Nun befand sich unter jenen Buren zufällig der berühmte Heer Pieter Retief, ein feiner Mensch von edlem Charakter, der damals in der Blüte des Lebens stand und wie Heer Marais von hugenottischer Abstammung war. Er war von der Regierung zum Grenzkommandanten ernannt worden, war jedoch aufgrund von Differenzen mit dem Vizegouverneur, Sir Andries Stockenstrom, von diesem Amt kürzlich zurückgetreten und organisierte derzeit den Treck aus der Kolonie. Ich sah Retief damals zum ersten Mal und ach! – ahnte nicht, wo und wie ich ihn ein letztes Mal sehen sollte. Aber all dies ist nun Geschichte, wovon ich später noch zu berichten habe.

Während Pereira mich nun verhöhnte und sich seiner Tüchtigkeit rühmte, sah Pieter Retief mich an, und unsre Blicke begegneten sich.

»Allemachte!« rief er, »ist das der junge Mann, der mit einer Handvoll Hottentotten und Sklaven diesen Hof fünf Stunden gegen den gesamten Quabie-Stamm gehalten und verteidigt hat?«

Jemand bejahte und bemerkte noch, daß ich im Begriff gestanden hätte, Marie Marais und mich zu erschießen, als Hilfe gekommen sei.

»Dann, Heer Allan Quatermain«, sagte Retief, »geben Sie mir die Hand«, und er nahm meine schmalen, schwachen Finger in seine starke Hand und fuhr fort: »Ihr Vater wird heute stolz auf Sie sein, wie auch ich es wäre, wenn ich einen solchen Sohn hätte. Großer Gott! Wo werden Sie enden, wenn Sie schon soviel zuwege bringen, wo Sie doch fast noch ein Kind sind? Freunde, da ich erst gestern herkam, ließ ich mir die ganze Geschichte von den Kaffern erzählen und von der *mooi meisje*« (hübschen jungen Dame), und dabei nickte er Marie zu. »Zudem bin ich Gelände und Haus abgegangen und habe gesehn, wo jeder einzelne gefallen ist – unschwer zu erkennen anhand der Blutspuren –, gefallen meist durch die Kugel dieses Engländers mit Ausnahme eines der drei letzten Krieger, den er mit dem Speer getötet hat. Nun, ich sage euch, daß ich bei all meiner Erfahrung nie eine besser geplante oder geschickter ausgeführte Verteidigung gegen eine große Übermacht erlebt habe. Die größte Leistung war vielleicht auch, wie dieser junge Löwe handelte, als er die Nachricht erhielt, und welch tollen Ritt er von der Missionsstation zurücklegte. Ich sage noch einmal, sein Vater sollte stolz auf ihn sein.«

»Nun, was das angeht, so bin ich es auch, Mynheer«, erklärte mein Vater, der nach seinem morgendlichen

Spaziergang soeben zu uns stieß, »obwohl ich Sie bitte, nicht mehr zu sagen, damit der Junge nicht zu eingebildet wird.«

»Ach was!« entgegnete Retief, »Menschen dieses Kalibers sind nicht eingebildet; es sind die Großsprecher, die eingebildet sind«, wobei er aus den Winkeln seiner klugen Augen zu Pereira lugte, »die Pfaue, die sich aufplustern. Ich glaube, der junge Mann ist eher so einer wie euer großer Seefahrer – wie heißt er gleich? Nelson? – der die Franzosen vernichtend geschlagen hat und gestorben ist, um ewig zu leben. Er war auch klein, hört man, und hatte einen schlechten Magen.«

Ich muß gestehen, daß nie ein Lob süßer in meinen Ohren geklungen hat als die Worte des Kommandanten Retief, sind sie doch gefallen, als ich gerade am Boden zerstört gewesen bin. Zudem, wie ich in Maries Miene und, wie ich hinzufügen darf, im Gesicht meines Vaters lesen konnte, gab es mehr Ohren, denen sie genehm waren. Auch die Buren, allesamt recht brave, ehrliche Menschen, hörten sie offenbar gern, denn sie sagten:

»Ja ja, ganz recht!«

Nur Pereira wandte sich ab und widmete sich seiner Pfeife, die ausgegangen war.

Sodann fuhr Retief fort:

»Was gibt es, das wir uns anhören sollen, Mynheer Pereira? Daß dieser Heer Allan Quatermain angeboten hat, mit Ihnen um die Wette zu schießen? Nun, warum nicht? Wenn er Kaffern trifft, die mit Speeren gegen ihn anrennen, wie er's getan hat, dann trifft er was andres wohl auch. Sie sagen, Sie wollen ihm nicht sein Geld stehlen – nein, es war sein schönes Pferd –, weil Sie schon so viele Preise beim Wettschießen gewonnen haben. Aber haben *Sie* je einen Kaffern getroffen, der mit dem Assegai gegen *Sie* anrennt, Mynheer, der Sie drunten leben, wo es sicher ist? Wenn ja, so habe ich davon noch nichts gehört.«

Pereira erwiderte, ich hätte seiner Meinung nach kein

Wettschießen auf Kaffern vorgeschlagen, die mit dem Assegai angriffen, sondern auf ein anderes Ziel – was für eins, das wisse er nicht.

»Stimmt schon«, sagte Retief. »Nun, Mynheer Allan, was schlagen Sie also vor?«

»Daß wir uns ins große Kloof stellen zwischen die *Vleis* – der Heer Marais kennt die Stelle –, wenn eine Stunde vor Sonnenuntergang die Wildgänse darüberfliegen, und derjenige, der sechs davon mit den wenigsten Schüssen herunterholt, der Sieger ist.«

»Wenn wir mit Schrot laden, wird das nicht schwer sein«, meinte Pereira.

»Mit Schrot läßt sich kaum ein Vogel erlegen, Mynheer«, entgegnete ich, »denn sie fliegen siebzig bis hundert Yards hoch. Nein, mit dem Gewehr, meine ich.«

»Allemachte!« unterbrach ein Bure. »Da braucht man aber viel Munition, wenn man in der Höhe eine Gans mit einer Kugel treffen will.«

»Das ist mein Angebot«, sagte ich, »das ich folgendermaßen ergänze: nachdem jeder zwanzig Schuß gefeuert hat, gewinnt, wer die meisten Gänse erlegt hat, selbst wenn es nicht die vollen sechs sind. Ist der Heer Pereira einverstanden? Wenn ja, wage ich es, gegen ihn anzutreten, obwohl er schon so viele Preise gewonnen hat.«

Der Heer Pereira wirkte äußerst skeptisch; so skeptisch, daß ihn die Buren schon auszulachen begannen. Schließlich wurde er ziemlich ärgerlich und erklärte, er sei bereit, gegen mich auf Böcke oder Schwalben oder Leuchtkäfer oder alles, was ich wolle, zu schießen.

»Dann nehmen wir die Gänse«, erwiderte ich, »da es wohl noch eine Weile dauern wird, bis ich soweit bei Kräften bin, daß ich Böcken oder anderm Wild werde nachreiten können.«

Sodann wurden die Bedingungen des Wettkampfes offiziell niedergeschrieben von Marie, da mein Vater, der sich durchaus für das sportliche Ereignis interessierte, nichts mit dieser ›Geldwetterei‹, wie er sich ausdrückte, zu tun haben wollte und außer mir kein andrer von den Anwesenden so gut mit der Feder umgehen konnte, daß er ein langes Schriftstück zuwege gebracht hätte. Dieses wurde sodann von uns beiden unterzeichnet, was Hernan Pereira, wie ich fand, recht unwillig tat. Zudem wurde, falls ich entsprechend genesen wäre, als Zeitpunkt der gleiche Tag in einer Woche bestimmt. Im Falle von Unstimmigkeiten wurde der Heer Retief, der noch eine Zeitlang in Maraisfontein oder seiner Nachbarschaft blieb, zum Schiedsrichter und Verwahrer der Einsätze bestellt. Ebenso wurde vereinbart, daß keiner von uns den festgelegten Ort vor dem Wettbewerb aufsuchen oder auf die Gänse schießen dürfe. Dennoch stand es uns frei, in der Zwischenzeit mit anderen Zielen beliebig zu üben und jedes gewünschte Gewehr zu benutzen.

Nachdem diese Vereinbarungen unter Dach und Fach waren, wurde ich, von den Aufregungen des Morgens ziemlich erschöpft, in meine Kammer zurückgetragen. Hier wurde mir mein Mittagsmahl gebracht, das Marie gekocht hatte. Ich aß, da die frische Luft meinen Appetit angeregt hatte, woraufhin mein Vater in Begleitung von Heer Marais hereinkam, um mit mir zu reden. Letzterer fragte mich sogleich recht höflich, ob ich mich wohl bei Kräften fühle, heute nachmittag die Heimreise anzutreten in einem gefederten Ochsenkarren, wobei ich auf einer lederbespannten *Cartel* oder Matratze liegen könnte.

»Sicherlich«, erwiderte ich, und meine Antwort wäre nicht anders ausgefallen, wenn ich in den letzten Zügen gelegen hätte, spürte ich doch, daß er mich loshaben wollte.

»Es ist nämlich so, Allan«, erklärte er unbeholfen, »ich bin nicht ungastlich, wie du denken magst, insbesondere nicht gegenüber einem, dem ich so viel verdanke. Aber du und mein Neffe Hernan, ihr scheint nicht gut miteinander auszukommen, und wie du dir denken kannst, möchte ich es mir, fast bettelarm geworden, mit meinem einzigen reichen Verwandten nicht verderben.«

Ich entgegnete, daß ich dazu keinen Anlaß geben wollte. Indes kam es mir so vor, als wollte der Heer Pereira mich verhöhnen und mir vor Augen führen, was für ein armer Wurm ich sei im Gegensatz zu ihm – ich, krank und fast noch ein Kind, ein Nichts.

»Ich weiß«, sagte Marais nervös, »mein Neffe ist vom Glück verwöhnt und damit etwas großtuerisch. Er bedenkt nicht, daß die Schlacht nicht immer der Starke und das Rennen nicht immer der Schnelle gewinnt, der er jung und reich und stattlich ist, ein von Geburt an verhätscheltes Kind. Es tut mir leid, aber was ich nicht ändern kann, das muß ich hinnehmen. Wenn ich meinen Mais nicht kochen kann, muß ich ihn grün essen. Überhaupt, Allan, hast du noch nicht gehört, daß Eifersucht die Menschen gemein und grob macht?« wobei er mich fragend ansah.

Ich gab darauf keine Antwort, denn wenn man nicht weiß, was man sagen soll, ist Schweigen oft am besten, woraufhin er fortfuhr:

»Mit Bestürzung habe ich von diesem dummen Wettschießen gehört, das ohne mein Wissen und ohne meine Einwilligung verabredet worden ist. Falls er gewinnt, lacht er nur noch mehr über dich, und falls du gewinnst, ärgert er sich mächtig.«

»Das war nicht meine Schuld, Mynheer«, erwiderte ich. »Er wollte mich zwingen, meine Stute zu verkaufen, die er ohne meine Erlaubnis geritten hatte, und prahlte ständig, was für ein famoser Schütze er sei. Schließlich platzte mir der Kragen, und so forderte ich ihn heraus.«

»Das wundert mich nicht, Allan; ich nehme es dir nicht übel. Trotzdem bist du dumm, denn ihm wird es nichts ausmachen, wenn er sein Geld verliert. Die schöne Stute hingegen ist dein kostbarster Besitz, und ich sähe ungern mit an, daß du dich von diesem Tier trennen müßtest, das uns einen so guten Dienst erwiesen hat. Tja, aber das ist jetzt so; vielleicht kommt ja noch etwas dazwischen und verhindert diese Prüfung; ich hoffe es.«

»Das hoffe ich nicht«, entgegnete ich stur.

»Bestimmt, wo du jetzt doch leidest wie ein wund gerittenes Pferd. Aber hör zu, Allan, und Sie auch, Prediger: Es gibt andere, wichtigere Gründe als diesen kleinen Zank, warum ich euch vorerst lieber wegschicke. Ich muß mich mit meinen Landsleuten beraten hinsichtlich geheimer Angelegenheiten, die unser Wohlergehen und unsre Zukunft betreffen, und es wäre ihnen natürlich gar nicht recht, wenn die ganze Zeit zwei Engländer im Haus wären, die sie für Spitzel halten könnten.«

»Mehr brauchen Sie nicht zu sagen, Heer Marais«, warf mein Vater erregt ein. »Es wäre uns noch weniger recht, zu bleiben, wo wir nicht erwünscht sind und wo man uns mit Argwohn betrachtet wegen des Verbrechens, Engländer zu sein. Durch Gottes Güte war es meinem Sohn vergönnt, Ihnen und den Ihren einen Dienst zu erweisen, aber das ist nun vorbei und vergessen. Lassen Sie den Karren, den Sie uns freundlicherweise leihen, einspannen. Wir brechen sofort auf.«

Daraufhin begann Henri Marais, der im Grunde ein Gentleman war, obwohl er schon damals rabiat und kopflos reagierte, wenn er gereizt wurde oder unter den Einfluß seines Rassenhasses geriet, sich recht demütig zu entschuldigen, wobei er meinem Vater versicherte, er werde nichts vergessen und wolle uns nicht kränken. Also legten sie ihren Groll bei, und nach einer Stunde fuhren wir ab.

Alle Buren fanden sich ein, um uns zu verabschieden, bedachten mich mit vielen freundlichen Worten und erklärten, wie sehr sie sich aufs Wiedersehen am kommenden Donnerstag freuten. Pereira, der unter ihnen stand, war gleichfalls recht umgänglich und bat mich, auf alle Fälle vorher gesund zu werden, da er nicht jemand schlagen wolle, der ein Krüppel sei, auch nicht bei einem Wettschießen auf Gänse. Ich versprach, mein Bestes zu tun; was mich anbeträfe, so wollte ich bei keinem Spiel geschlagen werden, wenn ich mir den Sieg in den Kopf gesetzt hätte, ob es nun um viel oder wenig ginge. Dann drehte ich, da ich auf dem Rücken lag, den Kopf herum, um Marie Lebewohl zu sagen, die aus dem Haus in den Hof geeilt war, wo der Wagen stand.

»Auf Wiedersehen, Allan«, sagte sie, gab mir die Hand und bedachte mich mit einem Blick, den bestimmt kein andrer bemerkte. Dann beugte sie sich über mich, wobei sie vorgab, den Karos, mit dem ich bedeckt war, zu ordnen, und flüsterte mir zu:

»Gewinn, wenn du mich liebst. Ich werde jeden Abend zu Gott darum beten, denn das wird ein Omen sein.«

Ich glaube, das Flüstern war vernehmlich, wenngleich die Worte unverständlich blieben, denn ich sah, wie Pereira sich auf die Lippen biß und anschickte, Marie zu unterbrechen. Pieter Retief jedoch rückte mit seiner großen Gestalt recht plump vor ihn und sagte mit einem herzhaften Lachen, das bezeichnend für ihn war:

»Allemachte! Freund, lassen Sie die *Missje* doch dem jungen Mann, der ihr das Leben gerettet hat, eine gute Reise wünschen.«

Im nächsten Moment schrie Hans, der Hottentotte, in üblicher Manier auf die Ochsen ein, und schon rollten wir zum Tor hinaus.

Oh, wenn ich den Heer Retief vorher gemocht hatte, so liebte ich ihn jetzt!

5
Das Wettschießen

Die Reise zurück zur Missionsstation stand in seltsamem Gegensatz zu jener, die ich vor wenigen Tagen hinter mich gebracht hatte. Damals die Dunkelheit, durch welche die schnelle Stute unter mir dahinflog wie ein Vogel, die schreckliche Angst in meinem Herzen, ob ich denn zu spät käme, während ich mit wildem Blick nach den verblassenden Sternen und dem ersten Grau der Morgendämmerung ausschaute. Nun das Ächzen des Ochsenkarrens, das vertraute Veld, der Glanz des friedvollen Sonnenscheins und tiefe Dankbarkeit im Herzen, jedoch auch neues Entsetzen, daß mir die reine, heilige Liebe, die ich gewonnen hatte, gewaltsam entrissen oder abgelistet werden könnte.

Nun, wie die eine Sache in Gottes Hand gelegen hatte, so auch die andere, und mit dieser Gewißheit mußte ich mich begnügen. Die erste Prüfung hatte mit Tod und Sieg geendet. Womit mochte die zweite enden? Dies fragte ich mich, und es war mir, als purzelten mir Wörter durch den Kopf, die sich zu einem Satz ordneten, der nicht meinem Denken entsprang, nämlich: »Im Sieg, der Tod ist.« Bei näherer Betrachtung ergab dies für mich natürlich keinen Sinn. Wie Sieg Tod bedeuten könne verstand ich nicht – zumindest damals nicht, der ich noch jung und unerfahren war.

Während wir durchaus bequem dahinfuhren, da der Weg gut und der Wagen gefedert war, so daß mein Bein nicht schmerzte, fragte ich meinen Vater, wie das seiner Ansicht nach zu verstehen sei, wenn der Heer Marais sage, die Buren hätten in Maraisfontein etwas zu erledigen, wobei wir als Engländer unerwünscht seien.

»Wie das zu verstehen ist, Allan? Das ist so zu verstehen, daß sich die treulosen Holländer gegen die Krone verschwören und befürchten, wir könnten den Verrat melden. Entweder planen sie den Aufstand wegen des völlig gerechtfertigten Erlasses zur Sklavenbefreiung oder unsrer Weigerung, alle Kaffern auszurotten, mit denen sie immer wieder Streit haben, oder aber sie haben vor, die Kolonie zu verlassen. Ich persönlich halte letzteres für wahrscheinlich, denn schon sind, wie du gehört hast, einige Gruppen losgezogen. Und wenn ich mich nicht irre, wollen noch viele folgen, so auch Marais und Retief und dieser Verschwörer Pereira. Sollen sie doch gehn! Je eher, desto besser, sage ich, denn ich bezweifle nicht, daß die englische Flagge sie beizeiten einholen wird.«

»Ich hoffe, sie gehen nicht«, erwiderte ich mit einem nervösen Lachen. »Jedenfalls nicht, bevor ich meine Stute zurückgewonnen habe.« (Diese blieb bei Retief als Verwahrer der Einsätze, bis das Wettschießen ausgetragen wäre.)

Die restliche Zeit dieser zweieinhalbstündigen Fahrt klagte mein Vater, der sich sehr ehrenhaft und patriotisch gab, lauthals über das schlechte Verhalten der Buren, die jeden Missionar haßten und verleumdeten, die britische Herrschaft und ihre Beamten mißbilligten und verabscheuten, an der Sklaverei festhielten und bei jeder Gelegenheit die Kaffern umbrachten. Ich hörte ihm aus Höflichkeit zu, denn es war nicht ratsam, meinen Vater zu reizen, wenn er in dieser Stimmung war. Im übrigen wußte ich, der ich viel mit Holländern verkehrte, daß es auch eine Kehrseite der Medaille gab, daß nämlich die Missionare gelegentlich die Holländer verleumdeten (was tatsächlich vorkam) und daß die britische Herrschaft oder besser das Parteienregiment oft seltsam mit den Interessen ferner Kolonien umsprang. Daß Beamte und vorübergehende Würdenträger ebenso – wie beispielsweise Gouverneure mit kurzzeitiger Amtsgewalt – die Buren häufig falsch darstellten und unterdrückten. Daß die Kaffern, durch die unstete Politik dieser Parteienregimenter und ihrer Diener bestärkt, den Buren häufig das Vieh raubten und sie, bot sich eine Gelegenheit, mitsamt den Frauen und Kindern ermordeten, wie sie es in Maraisfontein versucht hatten, obgleich dort zugegebenermaßen eine Provokation vorgelegen hatte. Daß die rechtschaffenen Briten die Sklaven befreit hatten, ohne die Eigentümer angemessen zu entschädigen und so fort.

Aber offengestanden waren es nicht diese hochpolitischen, für einen einfachen Jungen wie mich recht unzugänglichen Fragen, mit denen ich mich befaßte. Was mich beschäftigte und mein Herz betrübte war der Gedanke, daß Marie Marais, sollten Henri Marais und seine Freunde fortziehen, zwangsläufig mitgehen müßte; und daß ich als Engländer mich dieser abenteuerlichen Gesellschaft nicht anschließen dürfte, während Hernando Pereira dies durchaus könnte und würde.

Am Tag nach unserer Heimkunft war ich dank der frischen Luft, dem guten Essen, das mir wieder schmeckte, und reichlich bemessener Gaben von Pontac – einem kräftigen kapländischen Wein, Mittelding zwischen Portwein und Burgunder – soweit genesen, daß ich auf Krücken, die Hans mir aus Kaffernstöcken gebastelt hatte, umherhumpeln konnte. Es ging rasch bergauf mit mir, und am Morgen darauf widmete ich mich ernstlich dem Wettschießen, da mir nur mehr fünf Tage zum Üben blieben.

Nun fügte es sich, daß einige Monate zuvor ein junger Engländer aus gutem Hause – es handelte sich um den werten Vavasseur Smyth –, der einen Verwandten im Staatsdienst zur Kapkolonie begleitete, auf der Suche nach Jagdmöglichkeiten zu uns gestoßen war, wovon ich ihm einiges bieten konnte. Er hatte neben anderen Waffen ein Gewehr bei sich, ein für die damalige Zeit erlesenes, kleinkalibriges Stück mit Stecher und Nippel für Zündhütchen, damals noch eine recht junge Erfindung. Es stammte von einem Büchsenmacher namens J. Purdey in London und hatte, da es sich um eine Präzisionswaffe handelte, eine ansehnliche Summe gekostet. Als sich der werte V. Smyth – von dem ich nie wieder gehört habe – von uns zur Heimreise nach England verabschiedete, schenkte er mir, da er ein großzügiger junger Mann war, zur Erinnerung freundlicherweise dieses Gewehr, das ich noch heute besitze.*

---

* Dieses einläufige Gewehr, das Allan Quatermain beschreibt und eine so herausragende Rolle in dieser Epoche seines Lebens gespielt hat, ist mir von Mr. Curtis übersandt worden und liegt nun vor mir. Gefertigt wurde es 1835 von J. Purdey, $314\,^{1}/_{2}$ Oxford Street, London, und ist ein erlesenes Stück Handwerkskunst. Ohne Ladestock, der abhanden gekommen ist, wiegt es nur 5 Pfund und $3\,^{3}/_{4}$ Unzen. Der Lauf ist oktagonal, und die Bohrung, die für eine runde Kugel ausgelegt ist, mißt $^{1}/_{2}$ Zoll. Der Hahn konnte mittels eines Sicherungsflügels gesperrt werden.

Eine weitere Eigentümlichkeit der Waffe, die ich bislang nirgendwo sonst gesehen habe, besteht darin, daß der sowieso leichtgängige Abzug, wenn von hinten gedrückt, dermaßen empfindlich wird, daß die geringste Berührung zur Betätigung ausreicht.

Es hat zwei für 150 und 200 Yards ausgelegte Visierklappen zusätzlich zum starren Visier, das auf 100 Yards abgestellt ist.

Auf dem Schloß sind ein Hirsch und eine Geiß eingraviert, wobei ersterer liegt und letztere steht.

Für seinen Typ und seine Entstehungszeit ist es ein außergewöhnlich gutes und handliches Gewehr mit einer Kolbenkappe aus Horn am Schaft und einer herausgearbeiteten Backe, an der die Wange des Schützen ruht.

Welche Ladung es aufnahm, weiß ich nicht, aber ich kann mir vorstellen, daß es $2\,^{1}/_{2}$ bis 3 Drachmen Pulver faßte. Es leuchtet ein, daß diese heute veraltete Waffe in den Händen von Allan Quatermain Bestleistungen ermöglichte innerhalb ihrer Reichweite und daß das Vertrauen, das er in sie legte beim Wettbewerb im Groote Kloof und beim späteren Geierschießen an der Hinrichtungsstätte, einer schweren Prüfung, wobei das Leben vieler von seiner Treffsicherheit abhing, gerechtfertigt war – was ja der Ausgang jeweils bestätigt.

Die Firma Purdey teilte mir auf mein Anschreiben bezüglich dieses Gewehrs mit, daß Colonol Forsyth 1820 mit kupfernen Zündhütchen experimentierte und daß die Firma diese 1824 zu einem Preis von £ 15 s. per 1000 vertrieb, obgleich sie erst einige Jahre später allgemein in Gebrauch kamen. – *Der Herausgeber.*

Dies lag nun ungefähr sechs Monate zurück, und in diesem halben Jahr hatte ich dieses Gewehr oft bei der Jagd benutzt, beispielsweise zum Schießen von Bläßbock oder auch Trappe. Es erwies sich als äußerst präzise bis zu einer Reichweite von zirka zweihundert Yards; trotzdem nahm ich es nicht mit, als ich in höchster Eile nach Maraisfontein ritt, da es nur einläufig war und vom Kaliber zu klein, um es notfalls mit Schrot zu laden. Für der Herausforderung Pereiras freilich war es dieses Gewehr oder keines, das ich zu verwenden gedachte; hätte ich es nicht besessen, so wäre ich gar nicht zu diesem Wettbewerb angetreten.

Nun war es so, daß Mr. Smyth mir zu dem Gewehr einen beträchtlichen Vorrat an speziell gegossenen Kugeln und eine große Menge der neuen Zündhütchen dagelassen hatte, von importiertem Pulver höchster Güte ganz zu schweigen. Mit reichlich Munition bestückt, machte ich mich also ans Üben. In einem tiefen Kloof nahe der Station, das viele Fels- und Turteltauben in großer Höhe überflogen, setzte ich mich auf einen Stuhl und begann, auf die dahinjagenden Vögel zu schießen.

Nun darf ich in meinem Alter behaupten, ohne fürchten zu müssen, als Prahlhans abgestempelt zu werden, daß ich eine besondere Gabe habe, nämlich ein begnadeter Schütze zu sein, was ich wohl einer eigenartigen Kombination von Urteilsvermögen, scharfen Augen und ruhiger Hand verdanke. Ich kann wahrhaftig behaupten, in meinen besten Tagen keinen andern gekannt zu haben, der mich beim Schießen auf lebende Ziele übertroffen hätte. Von starren Zielen, womit ich wenig Erfahrung habe, möchte ich das nicht behaupten. Seltsamerweise war ich in dieser Kunst, gleichwohl mir die Übung fehlte, wozu ich mittlerweile so reichlich Gelegenheit hatte, schon als Jugendlicher ebensogut wie später und natürlich viel besser als jetzt. Dies konnte ich in jener Situation bald unter Beweis stellen, denn nach einigen Versuchen zeigte sich, daß ich selbst die pfeilschnell und kerzengerade fliegenden Felstauben reihenweise über mir aus der Luft holen konnte, und dies wohlgemerkt nicht mit Schrot, sondern mit einer einzigen Kugel, eine für viele unglaubliche Leistung.

So verstrichen die Tage, und ich übte und war mit jedem Abend ein bißchen besser geworden in diesem fürchterlich schwierigen Geschäft. Denn ich lernte, immer exakter die Kapazität meines Gewehrs einzuschätzen und immer präziser die Toleranz zu bestimmen, die einzuräumen war aufgrund der Fluggeschwindigkeit und -höhe des Vogels und der wind- und lichtbedingten Abweichungen. Während dieser Tage machte meine Genesung zudem so rasche Fortschritte, daß ich am Ende fast völlig wiederhergestellt war und mit Hilfe nur eines Stockes gehen konnte.

Schließlich brach der ereignisreiche Donnerstag an, und gegen Mittag – da ich lange schlief und keine Schießübungen mehr machte – fuhr ich, das heißt ließ ich mich in einem kapholländischen Zweispänner zu der Stelle fahren, die man Groote Kloof oder Große Kluft nannte. Über diese Schlucht wechselten die Wildgänse von ihren *Pans* oder Futterplätzen im Hochland zu den andern *Pans*, die einige Meilen darunter lagen, und von dort wohl geradenwegs zur Küste, wohin sie bei Sonnenuntergang zurückkehrten.

Als wir gegen vier Uhr nachmittags am Eingang zum Groote Kloof ankamen, waren mein Vater und ich erstaunt, dort eine Menge Buren mitsamt einigen ihrer jüngeren Frauenzimmer versammelt zu sehen, die zu Pferd oder mit Wagen angereist waren.

»Du meine Güte!« sagte ich zu meinem Vater, »wenn ich gewußt hätte, daß die wegen eines Wettschießens einen solchen Zirkus veranstalten, hätte ich wohl die Finger davon gelassen.«

»Hm«, erwiderte er, »ich glaube, es steckt mehr dahinter als deine Wette. Wenn ich mich nicht sehr täusche, mußte es als Vorwand für eine Zusammenkunft an einem abgeschiedenen Ort herhalten, um die Obrigkeit nicht mißtrauisch zu machen.«

In der Tat sollte mein Vater recht behalten. Vor unsrer Ankunft hatte sich die Mehrheit jener Buren nach langer, eingehender Besprechung darauf verständigt, den Staub der Kolonie abzuschütteln und im Norden eine neue Heimat zu suchen.

Sogleich waren wir mitten unter ihnen, und mir fiel sofort auf, daß ihre Mienen bedrückt und nachdenklich waren. Pieter Retief bemerkte mich, als mein Vater und Hans, den ich zum Laden mitgebracht hatte, mir aus dem Wagen halfen, und machte ein verwirrtes Gesicht. Offenbar war er mit seinen Gedanken ganz woanders. Dann besann er sich und rief mit seiner fröhlichen Stimme:

»He, da ist unser kleiner Engländer, der sich als Ehrenmann dem Wettkampf stellt. Lieber Marais, hören Sie auf, ihre Verluste zu beklagen« – dies in strengem Ton – »und sagen Sie ihm guten Tag.«

So kam Marais denn zu mir, und mit ihm Marie, die lächelnd errötete, aber in meinen Augen mehr denn je wie eine reife Frau wirkte; eine Frau, welche die Kindheit hinter sich gelassen hatte und den Widrigkeiten des richtigen Lebens ausgesetzt war. Dicht, sehr dicht hinter ihr, wie mir sofort auffiel, folgte Hernan Pereira. Er war noch vornehmer gekleidet als sonst und trug in der Hand ein nagelneues, einläufiges Gewehr, das gleichfalls für Zündhütchen ausgerüstet war, aber ein, wie ich fand, ziemlich großes Kaliber für die Gänsejagd hatte.

»Sie sind also wieder wohlauf«, stellte er mit freundlicher Stimme fest, die nicht echt wirkte. Vielmehr verriet sie mir, daß er wünschte, ich wäre es nicht. »Nun, Mynheer Allan, Sie sehen, ich bin bereit, Sie niederzuschießen.« (Das meinte er nicht wörtlich – eigentlich aber doch.) »Ich sage Ihnen, die Stute gehört mir praktisch schon, denn ich habe geübt, nicht wahr, Marie, wie die

Aasvögel rund ums Haus zu ihrem Leidwesen gespürt haben.«

»Ja, Hernan«, sagte Marie, »geübt hast du, aber das hat Allan vielleicht auch.«

Mittlerweile hatte sich das Burenvolk um uns versammelt und bekundete jetzt großes Interesse am bevorstehenden Wettbwerb, was nicht verwunderlich war für Leute, die ihr Gewehr selten aus der Hand legten und die Schießkunst als höchste aller Fertigkeiten erachteten. Freilich durften sie nicht lange bei uns bleiben, da die Kaffern sagten, die Gänse begännen ihren nachmittäglichen Flug in der nächsten halben Stunde. Also wurden die Zuschauer gebeten, sich unter dem steilen Fels der Kloofwand aufzustellen, wo sie für die Vögel, die droben hereinflögen, nicht sichtbar wären, und sich ruhig zu verhalten. Sodann bezogen Pereira und ich – ich mit meinem Lader, er indes allein, da es ihm, wie er sagte, störte, stünde jemand neben ihm – zusammen mit Retief, dem Schiedsrichter, etwa hundertfünfzig Yards vor der Wand Stellung. Dort verbargen wir uns, so gut es ging, vor den scharfen Augen der Vögel hinter einem Gebüsch, das an dieser Stelle wuchs.

Ich setzte mich auf einen Klappstuhl, den ich mitgebracht hatte, da mein Bein noch zu schwach war für längeres Stehen, und wartete. Sogleich ließ Pereira durch Retief mitteilen, daß er um einen Gefallen bitte, nämlich die ersten sechs Schüsse abfeuern zu dürfen, da das Warten ihn nervös machen würde.

»Gewiß«, erwiderte ich darauf, obwohl ich genau wußte, was er mit dieser Bitte bezweckte: die ersten Gänse nämlich, welche die Vorhut bildeten und wir ›Späher‹ nannten, kamen erfahrungsgemäß tief und langsam daher, während die andern hoch und schnell flogen. Dies geschah auch so, denn es gibt keinen Vogel, der schlauer ist als die verkannte Gans.

Nachdem wir etwa eine Viertelstunde gewartet hatten, warnte Hans:

»Pst! Eine Gans.«

Noch während er sprach, hörte ich, gleichwohl ich den Vogel noch nicht sehen konnte, ihr *»Gagagag«* und ihr kräftiges Flügelschlagen.

Dann kam er in Sicht, ein alter Gänserich und vermutlich Leittier der Schar, der so tief flog, daß er keine zwanzig Fuß über der Felskante und keine dreißig Yards über uns passierte: ein leichtes Ziel. Pereira schoß, und der Vogel fiel, recht langsam zwar, etwa hundert Yards hinter uns zu Boden, wobei Retief feststellte:

»Einer für uns.«

Pereira lud wieder, und schon kamen drei weitere Gänse daher, die gleichfalls tief flogen und denen voraus einige Enten flatterten; wieder passierten sie unmittelbar über uns, wozu sie aufgrund der Geländeformation der Schlucht im welligen Veld darüber, der sie folgten, gezwungen waren. Pereira feuerte, und zu meinem Erstaunen fiel nicht der erste, sondern der zweite Vogel, der ein gutes Stück dahinter folgte.

»Haben Sie auf diese oder auf die andere Gans gezielt?« fragte Retief.

»Auf diese natürlich«, erwiderte er lachend.

»Er lügt«, murmelte der Hottentotte. »Auf die erste hat er gezielt, und die zweite hat er abgeschossen.«

»Sei still«, antwortete ich darauf. »Wer wird denn wegen so was lügen?«

Wieder lud Pereira. Als er damit fertig war, näherten sich weitere Gänse, diesmal in einem Dreieck aus sieben mit dem Leitvogel an der Spitze, das höher flog als die bisherigen Gänse. Er schoß, und nicht einer, sondern gar zwei Vögel fielen herunter, nämlich der Anführer und der nach rechts und etwas nach hinten versetzte Nachbar.

»Oh!« rief Pereira, »haben Sie gesehen, wie sich die Vögel gekreuzt haben beim Abdrücken? Was für ein Glück. Freilich zähle ich den zweiten nicht, wenn der Heer Allan Einwände hat.«

»Nein, habe ich nicht gesehn«, erwiderte Retief, »aber sie müssen sich wohl gekreuzt haben, denn sonst hätte dieselbe Kugel nicht zwei durchbohrt.«

Hans und ich indes sahen einander an und lachten. Noch sagten wir nichts.

Durch die Zuschauer unterm Kliff ging ein Raunen; man beglückwünschte und bewunderte ihn. Wieder lud Pereira, legte an und zielte auf eine ziemlich hoch fliegende Gans – gute siebzig Yards in der Luft. Er traf sie recht gut, denn es flogen die Brustfedern; aber zu meinem Erstaunen fing sich der Vogel wieder, nachdem er kurz abgesackt war, als würde er zu Boden fallen, flatterte weiter und verschwand aus der Sicht.

»Zähe Viecher, diese Gänse!« rief Pereira. »Vertragen so viel Blei wie eine Seekuh.«

»Wirklich sehr zäh«, meinte Retief skeptisch. »Habe noch keinen Vogel gesehen, der mit einer Unze Blei in der Brust weitergeflogen ist.«

»Ach, der wird bald tot herunterfallen irgendwo«, versetzte Pereira beim Pulverstopfen.

Binnen vierer Minuten hatte Pereira seine beiden letzten Schüsse abgegeben, wobei er sich, was ihm zustand, niedrige und leichte Jungvögel aussuchte, die langsam über ihn hinwegflogen. Er schoß sie beide ab, obwohl die letzte nach der Landung noch über den Boden ins hohe Gras watschelte.

Nun kam gedämpfter Beifall vom Publikum, vor dem sich Pereira dankend verbeugte.

»Sie werden sehr gut schießen müssen, Mynheer, Allan«, sagte Retief zu mir, »wenn Sie dieses Ergebnis schlagen wollen. Selbst wenn ich einen der beiden Vögel, die von einem einzigen Schuß getroffen wurden, abziehe, was ich wohl tun werde, so hat Hernan mit sechs Schuß fünf erlegt, was kaum zu überbieten ist.«

»Ja«, antwortete ich. »Aber seien Sie so gut, Mynheer, und lassen Sie die Gänse einsammeln und auf eine Stelle legen, damit sie nicht mit den meinen verwechselt werden, falls ich das Glück habe, welche zu treffen.«

Er nickte, und ein paar Kaffern wurden losgeschickt, um die Gänse herzubringen. Die eine oder andere, so fiel mir auf, flatterte noch und mußte durch Umdrehen des Kragens getötet werden, aber ich schaute sie mir zu dem Zeitpunkt nicht näher an. Während dies geschah, wandte ich mich an Retief und bat ihn, Pulver und Kugeln, die ich benutzen wollte, zu prüfen.

»Wozu soll das gut sein?« fragte er und sah mich verwundert an. »Pulver ist Pulver und Kugel ist Kugel.«

»Doch wohl zu nichts«, meinte Pereira zu Retief. »Aber tun Sie mir den Gefallen und werfen Sie einen Blick darauf.«

Auf mein Geheiß nahm Hans sechs Kugeln und legte sie dem Schiedsrichter in die Hand, wobei er diesen bat, sie uns auszuhändigen, sobald wir sie bräuchten.

»Die müssen sehr viel kleiner sein als Hernans Kugeln«, erklärte Retief, »der kräftiger ist und ein schwereres Gewehr verwendet.«

»Ja«, erwiderte ich knapp, während Hans das Pulver ins Gewehr stopfte und den Pfropf aufsetzte. Dann nahm er eine Kugel aus Retiefs Hand und stopfte diese darauf, setzte das Zündhütchen ein und reichte es mir.

Mittlerweile kamen die Gänse in Scharen, da der Zug voll in Gang war. Nur flogen sie höher und schneller als die Vorhut: entweder weil die ersten, welche die Kaffern beim Auflesen der abgeschossenen sahen, höher gestiegen waren – ein Beispiel, das die nachfolgenden bemerkten und befolgten –, oder weil sie auf irgendeine verborgene Weise von der Gefahr Wind bekommen hatten.

»Das haben Sie nun davon, Allan«, meinte Retief. »Man hätte abwechselnd schießen sollen.«

»Vielleicht«, erwiderte ich, »aber daran läßt sich nun nichts mehr ändern.«

Dann erhob ich mich mit dem Gewehr in der Hand

»Ich brauchte nicht lange zu warten, denn sogleich kamen Gänse in Keilformation herüber ...« *(Siehe S. 86)*

von meinem Stuhl. Ich brauchte nicht lange zu warten, denn sogleich kamen Gänse in Keilformation herüber – fast hundert Yards hoch. Ich visierte den ersten Vogel, zog den Lauf an die acht Yards vor ihn, um die Geschwindigkeit auszugleichen, und drückte ab. Im nächsten Moment hörte ich die Kugel krachen, aber ach, ich hatte nur den vorgestreckten Schnabel getroffen, von dem Splitter herunterfielen. Der Vogel selbst schwankte nur kurz, behielt seine Geschwindigkeit als Führer des Zuges bei und flog offenbar unverletzt weiter.

»Baas, Baas«, flüsterte Hans, der das Gewehr nahm und sich daran machte, es zu laden, »viel zu weit vorne. Diese großen Wasservögel fliegen nicht so schnell wie die Felstauben.«

Ich nickte nur, um keinen Atem zu verschwenden. Zitternd vor Aufregung, denn wenn ich den nächsten Vogel verfehlte, wäre das Spiel wohl verloren, nahm ich das Gewehr aus seiner Hand entgegen.

Kaum hatte ich es, kam auch schon eine einzelne Gans daher, die wie die andern ziemlich hoch flog, »als wäre der Teufel hinter ihr her«, wie Retief bemerkte. Diesmal räumte ich zum Ausgleich der Geschwindigkeit den gleichen Abstand ein und drückte ab.

Wie ein Stein plumpste sie herunter und schlug kurz hinter mir auf; der Kopf war abgerissen.

»Baas, Baas«, flüsterte Hans, »noch zu weit vorne. Warum aufs Auge zielen, wenn man den ganzen Leib zur Verfügung hat?«

Wieder nickte ich und atmete dabei erleichtert auf. Wenigstens war die Partie noch unentschieden. Bald zog ein großer Schwarm über uns hinweg, zu dem sich Stock- und Pfeifenten gesellt hatten. Ich nahm den äußersten rechten Vogel ins Visier, um nicht den Eindruck zu erwecken, blindlings in die Schar gefeuert zu haben. Er fiel mit durchschossener Brust herunter. Nun wußte ich, daß ich die Nervosität überwunden hatte und fürchtete mich nicht mehr.

Obwohl zwei Vögel extrem schwierig und hoch waren, wovon der eine schätzungsweise hundertzwanzig Yards in der Luft und der andere auch nicht einfach zu treffen war, schoß ich, um es kurz zu machen, die nächsten drei der Reihe nach ab und hätte, davon bin ich wahrhaftig überzeugt, noch ein Dutzend erlegt ohne Fehlschuß, schoß ich doch wie nie zuvor.

»Sagen Sie Allan«, fragte Retief in der Pause zwischen dem fünften und sechsten Schuß neugierig, »wieso fallen Ihre Gänse ganz anders als Hernans Gänse?«

»Fragen Sie ihn und stören Sie mich nicht«, erwiderte ich und holte auch schon den Vogel Nummer 5 herunter mit dem besten Schuß der Serie.

Das Publikum staunte und spendete Beifall, und ich sah Marie ein weißes Taschentuch schwenken.

»Schluß«, sagte der Schiedsrichter.

»Einen Moment Ruhe noch«, erwiderte ich. »Ich will noch auf etwas anderes schießen außerhalb des Wettbewerbs, nur um zu sehen, ob ich wie der Heer Pereira zwei Vögel mit einer Kugel erlegen kann.«

Retief gewährte mir den Wunsch mit einem Nicken, und mit erhobener Hand forderte er das Publikum auf, sich nicht zu rühren, und hieß er Pereira, der mich unterbrechen wollte, still zu sein.

Nun waren mir während des Wettschießens zwei Greifvögel von der Größe des britischen Wanderfalken aufgefallen, die hoch über dem Kloof, wo sie vermutlich brüteten, ihre Kreise zogen und sich von den Schüssen anscheinend nicht stören ließen. Oder aber sie hatten die eine oder andere erlegte Gans erspäht. Ich legte das Gewehr an und wartete lange auf meine Chance, die ich schließlich bekam. Schon sah ich das größere Falkenweibchen etwa zehn Yards oberhalb des Männchens dessen Kreisbahn kreuzen. Ich zielte; ich schätzte – in dem Moment arbeitete mein Verstand wie eine Rechenmaschine – die Flugbahnen und Geschwindigkeiten der Vögel ein, die zu berücksichtigen waren. Der untere segelte in neunzig Yards Höhe. Mit einem Stoßgebet auf den Lippen drückte ich ab, während alle Augen nach oben gerichtet waren.

Herunter fiel der untere Falke; eine halbe Sekunde Pause, und herunter fiel auch der obere und plumpste tot auf den toten Gefährten!

Nun brachen die Buren, denen es sonst mißfiel, wenn ein Engländer sich hervortat, sogar in jauchzenden Beifall aus. Noch nie hatten sie einen derartigen Schuß gesehn – wie ich offengestanden auch nicht.

»Mynheer Retief«, sagte ich, »ich kündigte an, daß ich versuchen wolle, beide Vögel abzuschießen, nicht wahr?«

»Ja. Allemachte! Sie haben es geschafft! Aber sagen Sie doch, Allan Quatermain, sind das noch Auge und Hand eines Menschen?«

»Da müssen Sie meinen Vater fragen«, erwiderte ich achselzuckend, setzte mich auf meinen Stuhl und wischte mir über die Stirn.

Die Buren eilten herbei, allen voran Marie, die heranschwebte; hintendrein watschelten ihre robusten Frauenzimmer, und alle umringten sie mich und redeten gleichzeitig. Ich hörte nicht, was sie sagten, denn ich tauschte innige Blicke mit Marie aus, bis ich Pereira rufen hörte:

»Tja, das war nett, recht nett, aber trotzdem beanspruche ich den Sieg, da ich sechs Gänse geschossen habe und er nur fünf.«

»Hans«, sagte ich, »bring meine Gänse her!« und sie wurden gebracht. Eine jede wies einen ordentlichen Durchschuß auf. »So«, sagte ich, »überprüfen Sie die Wunde bei diesen Vögeln und dann bei jenem zweiten Vogel, den Heer Pereira erlegte, als er zwei mit einem Schuß herunterholte. Ich glaube, es wird sich zeigen, daß seine Kugeln wohl zersplittert sind.«

Retief ging hin und betrachtete sämtliche Vögel, die er der Reihe nach aufhob. Schließlich schleuderte er den letzten fluchend zu Boden und rief mit mächtiger Stimme:

»Mynheer Pereira, warum bringen Sie Schande über uns vor diesen beiden Engländern? Ich sage, Sie haben entweder Schrot benutzt oder aber Kugeln, die in Viertel gesägt und zusammengeklebt oder mit Draht umwickelt waren. Seht, seht!« Und er deutete auf die Schußwunden, wovon ein Vogel beispielsweise gleich drei aufwies.

»Na und?« erwiderte Pereira gelassen. »Die Abmachung lautete, daß Kugeln zu verwenden seien, aber es wurde mit keinem Wort gesagt, daß sie nicht eingesägt sein dürften. Sicherlich waren Heer Allans Kugeln in gleicher Weise präpariert.«

»Nein«, entgegnete ich. »Wenn ich sage, ich schieße mit einer Kugel, so meine ich eine ganze Kugel, keine zersägte und wieder zusammengeflickte, die sich nach dem Austritt aus dem Lauf wie Schrot streuen würde. Aber ich will nicht über die Sache reden. Es obliegt dem Heer Pieter Retief, der nach seinem Gutdünken zu entscheiden hat.«

Nun fingen die Buren aufgeregt zu streiten an, währenddessen Marie mir unbemerkt zuflüsterte:

»Oh, was bin ich froh, Allan. Ganz egal, wie entschieden wird, du hast gewonnen, und das ist ein gutes Zeichen.«

»Ich weiß nicht, inwiefern eine Gans ein gutes Zeichen ist, Liebling«, gab ich zur Antwort. »Das heißt, von den alten Römern einmal abgesehen. Jedenfalls würde ich sagen, die Zeichen stehn schlecht, denn gleich bricht hier eine wüste Rauferei aus.«

Aber dann erhob Retief die Hand und rief:

»Ruhe! Ich habe entschieden. In den aufgesetzten Spielregeln ist nicht davon die Rede, daß die Kugeln nicht angesägt sein dürfen, weshalb Hernan Pereiras Vögel zu werten sind. Allerdings ist in dem Schriftstück davon die Rede, daß jeder zufällig getroffene Vogel nicht gezählt wird, weshalb Pereira eine Gans abzuziehen ist, womit jeder Schütze gleich viel hat. Entweder geht das Spiel also unentschieden aus, da inzwischen keine Gänse mehr kommen, oder es muß an einem anderen Tag ausgetragen werden.«

»Ach, wenn es Zweifel gibt«, erklärte Pereira, der merkte, daß die öffentliche Meinung gegen ihn gerichtet war, »dann soll der Engländer das Geld ruhig nehmen. Ich meine wohl, er kann es gebrauchen, denn als Sohn eines Missionars ist man nicht reich.«

»Es gibt keine Zweifel«, erwiderte ich, »denn ob arm oder reich, nicht für tausend Pfund würde ich noch einmal gegen jemanden schießen, der solche Tricks anwendet. Behalten Sie Ihr Geld, Mynheer Pereira, und ich behalte meine Stute. Der Schiedsrichter hat den Ausgang für unentschieden erklärt, womit die Sache beendet ist.«

»Nicht ganz«, unterbrach Retief, »denn ich habe noch ein Wörtchen zu sagen. Lieber Allan, Sie haben fair gespielt, und ich glaube, es gibt in Afrika keinen zweiten, der so gut schießt wie Sie.«

»Stimmt«, meinten die Buren.

»Mynheer Pereira«, fuhr Retief fort, »obwohl auch Sie, wie bekannt ist, ein guter Schütze sind, wären Sie, davon bin ich überzeugt, geschlagen worden, hätten Sie fair gespielt, aber so haben Sie sich Ihre hundert Pfund gespart. Mynheer Pereira«, fügte er mit mächtiger Stimme hinzu: »Sie sind ein Schwindler, der über uns Buren Schande gebracht hat. Was meine Person betrifft, so will ich Ihnen nie mehr die Hand schütteln.«

Nach diesen deutlichen Worten – denn war sein Unmut erst einmal geweckt, mäßigte sich Retief in seinen Äußerungen nicht – wurde Pereiras rotes Gesicht weiß wie Kreide.

»Herrgott, Mynheer«, sagte er, »dafür werden Sie mir büßen.« Und seine Hand flog schon ans Messer am Gürtel.

»Was!« rief Retief, »wollen Sie auch gegen mich schießen? Wenn das so ist, bin ich bereit, ob mit ganzen Kugeln oder zerteilten. Keiner soll sagen, Pieter Retief habe sich vor einem andern gefürchtet, vor einem gar, der so unverschämt ist und sich einen Preis erschleichen will, wie die Hyäne dem Löwen einen Knochen abjagt. Los, Hernan Pereira, los!«

Nun kann ich wirklich nicht sagen, was passiert wäre, obwohl ich mir ziemlich sicher bin, daß Pereira nicht die Stirn gehabt hätte, sich mit dem gewaltigen Retief zu duellieren, dessen Mut sprichwörtlich war im ganzen Land wie auch seine Rechtschaffenheit. Jedenfalls trat nun Henri Marais dazwischen, der die ungute Situation erfaßte und den Streit mit offenkundigem Unmut verfolgt hatte, und sagte:

»Mynheer Retief und Neffe Hernan, ihr seid beide meine Gäste, und ich dulde keinen Streit aufgrund dieser Bagatelle, zumal ich sicher bin, daß Hernan nicht schwindeln wollte, sondern nur tat, was er für erlaubt hielt. Warum sollte er auch, ist er doch einer der besten Schützen der Kolonie, gleichwohl der junge Allan Quatermain hier vielleicht noch besser sein mag? Meinen Sie das nicht auch, lieber Retief«, fügte er flehend hinzu, »zumal doch besonders jetzt brüderliche Eintracht zwischen uns vonnöten ist?«

»Nein«, flammte Retief auf, »ich bin nicht bereit zu lügen, nur um Ihnen oder sonst jemand gefällig zu sein.«

Marais nun, der einsah, daß der Kommandant völlig unbeugsam blieb, ging zu seinem Neffen und redete flüsternd auf ihn ein. Was er sagte, weiß ich nicht. Jedenfalls hatte es zur Folge, daß Pereira, nachdem er sowohl Retief als auch mich mit finstren Blicken bedacht hatte, sich abwandte und zu seinem Pferd stapfte, in den Sattel stieg und mit seinen beiden hottentottischen Nachreitern davongaloppierte.

Das war das letzte, was ich von Hernan Pereira für

lange Zeit zu sehen bekam, und ich wünschte von Herzen, es wäre die letzte Begegnung geblieben. Aber dem sollte nicht so sein.

6

Der Abschied

Das Burenvolk, das angeblich ins Kloof gekommen war, um das Wettschießen zu sehen, obwohl es sich eigentlich zu einem ganz anderen Zwecke eingefunden hatte, löste sich nun allmählich auf. Die einen ritten auf der Stelle ab, während die andern zu ihren Wagen gingen, die sie in einiger Entfernung abgespannt stehen hatten, und heimwärts fuhren in alle Richtungen. Mit Freude kann ich feststellen, daß eine ganze Reihe der besten Männer vor dem Aufbruch zu mir kam, um mir sowohl zur Verteidigung von Maraisfontein als auch zu meinen Schießkünsten zu gratulieren. Zudem bekundeten nicht wenige ganz unverblümt, was sie von Pereira hielten.

Nun war abgemacht, daß mein Vater und ich die Nacht in Maraisfontein verbringen und am nächsten Morgen den Heimweg antreten sollten. Mein Vater indes, der die Vorgänge still, aber aufmerksam beobachtet hatte und zu dem Schluß gekommen war, daß wir dort nach diesen Ereignissen kaum willkommen wären und Pereira derzeit besser meiden sollten, trat vor Marais, verabschiedete sich und erklärte, wir würden die Stute abholen lassen.

»Aber nein doch«, erwiderte Marais. »Sie sind meine Gäste heut nacht. Und keine Sorge, Hernan wird nicht anwesend sein. Er hat eine Geschäftsreise angetreten.«

Da mein Vater noch zögerte, fügte Marais hinzu: »Mein Freund, ich bitte Sie zu kommen, denn ich habe

Ihnen etwas Wichtiges zu sagen, was sich hier nicht sagen läßt.«

Daraufhin gab mein Vater zu meiner Freude und Erleichterung nach. Denn hätte ich andernfalls Gelegenheit gehabt, Marie noch viel Wichtigeres zu sagen? Nachdem also die Gänse und die beiden Falken, die ich für Marie abbalgen wollte, eingesammelt waren, ließ ich mir in den Wagen helfen, und schon fuhren wir los und erreichten Maraisfontein, als die Nacht anbrach.

Sobald wir an jenem Abend gegessen hatten, bat Heer Marais meinen Vater und mich zu einem Gespräch in die Wohnstube. Nach kurzer Überlegung, wie mir schien, bat er auch seine Tochter, die gerade das Geschirr abräumte und mit der ich bisher noch nicht hatte reden können, mit uns zu kommen und die Tür hinter sich zu schließen.

Kaum hatten wir alle Platz genommen und wir Männer uns eine Pfeife angesteckt, obgleich mir die angespannte Atmosphäre den Appetit auf Tabak nahm, begann Marais seine Ausführungen in Englisch, das er gebrochen sprach; dies mit Rücksicht auf meinen Vater, der es sich zur Ehrensache erkor, kein Holländisch zu verstehen, obwohl er Marais in dieser Sprache antwortete, wenn dieser vorgab, kein Englisch zu sprechen. Mit mir sprach er holländisch und mit Marie gelegentlich französisch. Es war eine recht seltsame, vielsprachige Unterredung.

»Junger Allan«, sagte er, »und du, Marie, meine Tochter, mir ist zu Ohren gekommen, daß ihr, obwohl ich euch keine Erlaubnis gab zum *Opsit*« (das heißt, abends allein bei Kerzenschein zusammenzusitzen, wie es bei den Buren für Liebende der Brauch war), »habt ihr einander schöne Augen gemacht.«

»Das stimmt, Mynheer«, räumte ich ein. »Ich habe nur auf eine Gelegenheit gewartet, Ihnen zu sagen, daß wir uns während des Angriffs der Quabies aufs Haus ewige Treue geschworen haben.«

»Allemachte! Allan, eine merkwürdige Zeit habt ihr euch da ausgesucht«, entgegnete Marais und zupfte an seinem Bart. »Ein Schwur mit Blut wird auch mit Blut enden.«

»Abergläubischer Unsinn, dem ich nicht zustimmen kann«, warf mein Vater ein.

»Vielleicht«, meinte ich. »Ich weiß es nicht; das weiß Gott allein. Ich weiß nur, daß wir uns ewige Treue geschworen haben, als wir den sicheren Tod nahe wähnten, und daß wir das Versprechen halten werden, bis der Tod uns scheidet.«

»Ja, Vater«, fügte Marie hinzu, die sich, das Kinn in die Hand gestützt, über den geritzten Holztisch beugte und ihren Vater aus rehbraunen Augen ansah. »Ja, mein Vater, so ist es, wie ich dir schon gesagt habe.«

»Und ich sage dir, Marie, was ich schon einmal gesagt habe, und Ihnen auch, Allan: es darf nicht sein«, hielt Marais dagegen und schlug mit der Faust auf den Tisch. »Ich habe nichts gegen Sie einzuwenden, Allan; ich schätze Sie, denn Sie haben mir einen großen Dienst erwiesen, aber es darf nicht sein.«

»Warum nicht, Mynheer?« wollte ich wissen.

»Aus drei Gründen, Allan, wovon ein jeder unabänderlich ist. Sie sind Engländer, und ich will nicht, daß meine Tochter einen Engländer heiratet; das ist der erste. Sie sind arm, was keine Schande ist, aber da ich nun mittellos bin, kann meine Tochter keinen Armen heiraten; das ist der zweite. Sie leben hier, und meine Tochter und ich verlassen dieses Land, weshalb Sie sie nicht heiraten können; das ist der dritte«, schloß er.

»Gibt es nicht auch noch einen vierten?« fragte ich, »welcher der wahre Grund ist? Daß nämlich Ihre Tochter ein andrer bekommen soll?«

»Ja, Allan; da Sie mich dazu zwingen – hier also der vierte. Ich habe meine Tochter ihrem Cousin, Hernando Pereira, versprochen, einem wohlhabenden, gestandenen Mann, der kein Spund ist und weiß, was er will, und eine Frau ernähren kann.«

»Verstehe«, erwiderte ich ruhig, obwohl in meinem Herzen ein Sturm losbrach. »Aber sagen Sie, Mynheer, hat Marie sich verlobt – aber vielleicht gibt sie selbst Antwort?«

»Ja, Allan«, erwiderte Marie in ihrer stillen Art, »ich habe mich verlobt – mit dir, und keinem andern.«

»Hören Sie, Mynheer?« sagte ich zu Marais.

Reizbar, wie er war, regte er sich mächtig auf. Er tobte und zeterte und beschimpfte uns beide. Er sagte, das würde er nie dulden; eher wolle er seine Tochter zu Grabe tragen. Ich hätte sein Vertrauen mißbraucht und seine Gastfreundschaft ausgenutzt; er würde mich erschießen, falls ich seine Tochter anfaßte. Sie sei minderjährig, und er habe das Recht, sie zu verheiraten. Sie müsse mit ihm gehn, wohin er gehe, während ich gewiß nicht mitziehen dürfte und dergleichen mehr.

Als er sich endlich verausgabt und seine Lieblingspfeife auf den Tisch geknallt hatte, sprach Marie und sagte:

»Vater, du weißt, daß ich dich innig liebe, denn seit Mutters Tod sind wir einander ein und alles, nicht wahr?«

»Gewiß Marie, du bedeutest mir so viel wie mein Leben und mehr.«

»Also gut, Vater, darum respektiere ich dich und deinen Willen, was immer das Gesetz auch sagt. Ich respektiere, daß du das Recht hast, mir die Heirat mit Allan zu untersagen, und falls du sie untersagst, werde ich ihn – zumindest solange ich minderjährig bin – nicht heiraten, weil ich dir zum Gehorsam verpflichtet bin. Aber ...« Hierbei erhob sie sich und blickte ihm unverwandt in die Augen; ach, wie erhaben sie nun wirkte in ihrer schlichten Kraft und jugendlichen Anmut! »Aber eines, Vater, erkenne ich nicht an, nämlich dein Recht, mich zu zwingen, einen andern zu heiraten. Als Frau, die über sich bestimmen kann, verweigere ich dir dieses Recht; und obschon es mich schmerzt, Vater, dir etwas abzuschlagen, sage ich dir, daß ich lieber sterben möchte. Ich habe mich Allan auf Gedeih und Verderb versprochen, und wenn ich Allan nicht heiraten kann, so heirate ich keinen, bis ich ins Grab sinke. Falls meine Worte dich schmerzen, so bitt ich dich um Vergebung, aber auch um Verständnis, daß diese meine Worte unabänderlich sind.«

Marais betrachtete seine Tochter, und die Tochter betrachtete ihn. Zunächst glaubte ich, er wolle sie verfluchen; aber wenn dies sein Vorsatz gewesen wäre, so ließ er sich wohl durch den Ausdruck ihrer Augen davon abbringen, denn er erwiderte lediglich:

»Störrisch wie alle deine Landsleute! Nun, wer sich nicht führen läßt, den möge das Schicksal geleiten. So gebe ich denn diese Sache in die Hände des Schicksals. Solange du minderjährig bist – das heißt, noch gut zwei Jahre – darfst du nicht heiraten ohne meine Einwilligung, was du soeben auch versprochen hast. Bald ziehen wir aus diesem Land in ferne Gegenden. Wer weiß, was dort geschehen mag?«

»Ja«, sagte mein Vater feierlich, der damit zum ersten Mal sprach, »wer weiß es außer Gott, der alles lenkt und seinem Willen beugt, Henri Marais? Hören Sie«, fuhr er fort, da Marais keine Antwort gab, sondern finster vor sich auf den Tisch starrte. »Sie wollen nicht, daß mein Sohn Ihre Tochter heiratet, und haben verschiedene Gründe, wovon einer ist, daß Sie ihn für arm halten, während ein reicherer Mann sich anbietet, nachdem *Sie* durch eine Schicksalswendung arm geworden sind. Ein weiterer und ungleich wichtiger Grund, der eigentliche, ist seine englische Rasse, welche Sie dermaßen hassen, daß Sie, gleichwohl er durch Gottes Gnade ihr Leben gerettet hat, nicht bereit sind, ihn nunmehr an ihrem Leben Anteil haben zu lassen. Stimmt's?«

»Ja, Mynheer Quatermain. Ihr Engländer seid Menschenschinder und Halsabschneider«, erwiderte er gereizt.

»Und so wollen Sie Ihre Tochter einem Mann geben, der sich als bescheiden und rechtschaffen erwiesen hat, der die Engländer ordentlich haßt und sich gegen seinen König verschwört, Hernando Pereira nämlich, den Sie mögen, weil er allein von Ihrem alten Geschlecht übriggeblieben ist.«

Angesichts der Vorfälle des Nachmittags verschlug es Marais bei diesen sarkastischen Worten die Sprache.

»Nun«, fuhr mein Vater fort, »obwohl ich Marie mag und als nettes Mädchen mit Herzensbildung schätze, will auch ich nicht, daß sie meinen Sohn heiratet. Ich sähe es lieber, wenn er eine Engländerin heiratete und nicht mit den verschwörerischen Buren verstrickt würde. Dennoch liegt es auf der Hand, daß die beiden sich von ganzem Herzen lieben, was wohl ihre Bestimmung ist. Ich sage Ihnen, die beiden zu trennen und ihr oder ihm eine andere Ehe aufzuzwingen, das wäre demnach ein Verbrechen vor Gott, das er gewiß nicht ungestraft hinnähme und das er Ihnen heimzahlte. Allerlei Seltsames mag Ihnen widerfahren in dem Land, in das Sie ziehen, Henri Marais. Wollen Sie sich also nicht damit begnügen, Ihre Tochter in sicheren Händen zurückzulassen?«

»Niemals!« schrie Marais. »Sie soll mich in eine neue Heimat begleiten, auf der nicht der Schatten eurer verfluchten britischen Flagge lastet.«

»Dann habe ich nichts mehr zu sagen. Möge es Ihnen jetzt und fortan zur Last gelegt werden«, erwiderte mein Vater ernst.

Nun konnte ich mich nicht länger zurückhalten und warf ein:

»Aber ich, Mynheer. Wenn Sie Marie und mich trennen, so ist das eine Sünde, die ihr das Herz brechen wird. Was meine Armut angeht, so besitze ich vielleicht mehr, als Sie denken, und in diesem reichen Land kann jeder zu Wohlstand kommen, der arbeitet, was ich ihretwegen täte. Der Mann, dem Sie sie geben wollen, hat erst heute seinen wahren Charakter gezeigt, denn wer zu solch niederen Mitteln greift, um einen Preis zu gewinnen, der wird noch niedrigere Mittel einsetzen, um den größeren Preis zu erlangen. Darüber hinaus wird die Rechnung nicht aufgehen, da Marie ihn nicht heiraten will.«

»Das wird sie doch«, erwiderte Marais. »Ob oder ob nicht, auf alle Fälle wird sie mich begleiten und nicht hier als Frau eines englischen Knaben zurückbleiben.«

»Begleiten werd ich dich, Vater, und deine Geschicke teilen bis zuletzt. Aber Hernando Pereira, den heirate ich nicht«, erklärte Marie leise.

»Vielleicht, Mynheer«, fügte ich hinzu, »werden noch einmal Zeiten kommen, wo Sie über die Hilfe eines ›englischen Knaben‹ froh sein werden.«

Diese Worte entrissen sich meiner Brust ungewollt wie der Aufschrei eines geschlagenen Tiers, ein Erguß des Herzens, von Marais' Grausamkeiten und Kränkungen angestachelt. Ich ahnte damals kaum, daß sie sich noch einmal bewahrheiten sollten, aber zuweilen fügt es sich, daß wir aus den rätselhaften Quellen geheimen Wissens in unsrer Seele die Wahrheit schöpfen.

»Wenn ich Ihre Hilfe brauche, werd ich darum bitten«, tobte Marais, der wußte, daß er im Unrecht war und dieses durch seine Heftigkeit überdecken wollte.

»Ob erbeten oder ungebeten, ich werde sie Ihnen, solange ich lebe, geben wie bisher, Mynheer Marais. Gott vergebe Ihnen den Kummer, den Sie über Marie und mich bringen.«

Nun fing Marie zu weinen an, und da ich diesen Anblick nicht ertragen konnte, bedeckte ich mit den Händen die Augen. Marais, der, von seinen Zuständen der Voreingenommenheit und Gereiztheit abgesehen, ein weiches Herz hatte, war ebenfalls gerührt, aber versuchte, seine Gefühle durch Rauheit zu verbergen. Er fluchte über Marie und schickte sie zu Bett, woraufhin sie noch immer weinend gehorchte. Daraufhin erhob sich mein Vater und sagte:

»Henri Marais, wir können heut abend nicht mehr heimkehren, weil die Pferde im Kral stehen, wo man sie in der Dunkelheit kaum herausfinden kann, also müssen wir bis zum Tagesanbruch Ihre Gastfreundschaft beanspruchen.«

»*Ich* nicht«, rief ich. »Ich schlafe im Wagen.« Und schon humpelte ich zur Stube und zum Haus hinaus und ließ die beiden Väter zurück.

Was sich nunmehr zwischen ihnen abspielte weiß ich nicht. Ich ließ mir erzählen, daß mein Vater, der ebenfalls leicht in Rage geriet, wenn entsprechend gereizt, und geistig und intellektuell überlegen war, Marais die Meinung sagte und ihn dumm und gemein schalt in deutlichen Worten, welche dieser nicht so schnell vergessen würde. Ich glaube, er rang ihm sogar das Geständnis ab, daß sein Verhalten grausam sei, das er freilich damit rechtfertigte, daß er vor Gott gelobt habe, seine Tochter würde keinen Engländer heiraten. Außerdem, sagte er, habe er sie allen Ernstes Pereira, dem eigenen Neffen, versprochen, den er liebte, und könne sein Wort nicht brechen.

»Nein«, antwortete mein Vater, »denn in dem Wahnsinn, der jedem zerstörerischen Handeln vorausgeht, ziehen Sie es vor, Marie das Herz zu brechen und vielleicht sogar ihr Blut zu vergießen.«

Woraufhin er ging.

Die Dunkelheit war groß. Durch sie tastete ich mich zum Wagen vor, der im Veld am Haus stand, wo er abgespannt worden war, wobei ich mir in meinem Elend von Herzen wünschte, die Kaffern möchten diese stockfinstere Nacht zu einem neuerlichen Angriff erwählen und mir den Garaus machen.

Als ich den Wagen erreichte und die Laterne ansteckte, die wir stets mitführten, wunderte ich mich, daß bereits ein notdürftiges Schlaflager gerichtet war. Die Sitze waren herausgeräumt, der hintere Vorhang verschlossen und so weiter. Zudem war die Deichsel mit einem Ochsenjoch abgestützt, so daß man eben liegen konnte in dem Karren. Während ich mich noch fragte, wer diese getan haben könnte, stieg Hans aufs Trittbrett, der zwei Karos bei sich hatte, die entweder ausgeliehen oder gestohlen waren, und sich erkundigte, ob es so bequem sei.

»O ja!« gab ich zur Antwort. »Aber wieso wolltest du im Wagen schlafen?«

»Wollte ich nicht, Baas«, erwiderte er. »Wollte ich nicht; richtete es für dich. Woher ich wußte, daß du kommst? Oh, ganz einfach. Ich saß auf der Stoep und hörte alles, was in der *Sitkammer* gesprochen wurde. Das Fenster, Baas, das die Quabies eingeschlagen haben, ist noch nicht gerichtet. Du meine Güte! Das war vielleicht ein Gespräch. Ich wußte gar nicht, daß die Weißen so viel zu reden haben bei einer so einfachen Sache. Du willst die Tochter des Baas Marais heiraten; der Baas will, daß sie einen andern heiratet, der mehr Vieh bezahlen kann. Nun, unter uns wäre das schnell geklärt, denn der Vater hätte einen Stock genommen und dich mit dem dicken Ende aus der Hütte geprügelt. Dann hätte er mit dem dünnen Ende das Mädchen verhauen, bis es versprochen hätte, den andern Mann zu nehmen, und alles wäre schön geregelt. Aber ihr Weißen, ihr redet und redet, und nichts ist geregelt. Du willst nach wie vor die Tochter heiraten, und die Tochter will nach wie vor nicht den Mann mit dem vielen Vieh heiraten. Zudem hat es dem Vater eigentlich nichts anderes eingebracht als ein betrübtes Herz und großes drohendes Unglück.«

»Drohendes Unglück, Hans?« fragte ich beiläufig, denn seine naiven Anschauungen zum Kern der Sache waren irgendwie doch interessant.

»Oh, Baas Allan, aus zweierlei Gründen. Erstens, weil dein ehrwürdiger Vater, der mich zum wahren Christen bekehrt hat, ihm das vorausgesagt hat und ein so guter Predikant wie er den Zorn Gottes anzieht wie ein Baum den Blitz und wir alle wissen, was mit einem passiert, der unter einem Baum steht, in den der Blitz fährt. Das ist mein erster Grund als Christenmensch. Mein zweiter Grund als schwarzer Mann, der außer Frage steht, ist es doch schon immer so gewesen, seit es Schwarze gibt, ist der, daß die Tochter durch Bande des Blutes dein ist. Du hast ihr mit deinem Blut das Leben gerettet«, und dabei deutete er auf mein Bein, »und somit gehört sie für immer dir, denn Blut zählt mehr als Vieh. Wer euch trennen will, der bringt somit Blut über sie und ihn, der sie dir wegnehmen will. Blut! Blut! Und über sich – was weiß ich?« Er fuchtelte mit den gelben Armen und sah mich ganz unheimlich aus seinen kleinen schwarzen Augen an.

»Unsinn!« entgegnete ich. »Warum denn so böse reden?«

»Weil's wahr ist, Baas Allan! Oh, du lachst, weil ich ein armer Hottentotte bin, aber ich weiß es von meinem Vater und der von seinem Vater; von Generation zu Generation. Amen. Du wirst schon sehn. Du wirst sehn, wie ich gesehn habe und wie der Heer Marais sehen wird, der – hätte der Herrgott ihn nicht toll gemacht, denn toll ist er, Baas, wie wir Schwarzen wissen, auch wenn ihr Weißen das nicht wißt – bis ins hohe Alter in seinem Haus hätte leben können und einen guten Schwiegersohn gehabt hätte, welcher ihn in seine Decke gehüllt und begraben hätte.«

Nun hatte ich wohl genug von diesen schaurigen Reden. Freilich ist es leicht, die Eingeborenen samt ihres Aberglaubens zu verlachen, aber nach den vielen Erfahrungen meines langen Lebens muß ich eingestehen, daß dieser nicht immer jegliche Wahrheit entbehrt. Die Eingeborenen verfügen gewissermaßen über einen sechsten Sinn, den der zivilisierte Mensch verloren hat, wie mir scheint.

»Apropos Decke«, sagte ich, um das Thema zu wechseln, »von wem hast du die Karos?«

»Von wem? Von der Missie natürlich, Baas. Als ich hörte, daß du im Wagen schläfst, ging ich zu ihr und lieh mir was zum Zudecken für dich. Da fällt mir wieder ein, sie hat mir einen Brief für dich gegeben«, und er tastete danach, zuerst unter seinem dreckigen Hemd, dann unter der Achsel und schließlich im krausen Haar, woraus er einen kleinen Zettel zog, der zu einem Kügelchen zerknüllt war. Ich entfaltete ihn und las folgende Worte, die mit Bleistift und auf französisch geschrieben waren:

Ich werde eine halbe Stunde vor Sonnenaufgang im Pfirsichgarten sein. Sei dort, wenn du mir Lebewohl sagen willst. M.

»Hast du eine Antwort, Baas?« fragte Hans, nachdem ich den Zettel in meine Tasche gesteckt hatte. »Wenn ja, so kann ich sie unbemerkt überbringen.« Dann schien ihm plötzlich eine Idee zu kommen, und er fügte hinzu: »Warum überbringst du sie nicht selbst? Das Fenster der Missie läßt sich leicht öffnen, und sie wäre gewiß erfreut, dich zu sehen.«

»Schweig!« sagte ich. »Ich lege mich schlafen. Weck mich eine Stunde vor dem Hahnenruf – und – bleib noch! – sieh zu, daß die Pferde aus dem Kral kommen, damit du sie nicht ohne weiteres finden kannst, falls Hochwürden in aller Frühe aufbrechen möchte. Aber laß sie nicht weit gehen, denn wir sind hier nicht gern gesehn als Gäste.«

»Jawohl, Baas. Übrigens, Baas, der Heer Pereira, der dich mit den Gänsen übers Ohr hauen wollte, schläft in einem verlassenen Haus keine zwei Meilen von hier. Er trinkt Kaffee, wenn er am Morgen aufsteht, und sein

Diener, der ihn kocht, ist ein guter Freund von mir. Möchtest du denn, daß ich ihm etwas in den Kaffee mische? Nichts, was ihn umbringt, denn das ist gegen das Gebot in der Schrift, sondern etwas, das ihn nur ziemlich verrückt macht, denn dagegen wird in der Schrift nichts gesagt. Wenn ja, so habe ich eine sehr gute Medizin, die ihr Weißen nicht kennt und die den Kaffeegeschmack verbessert, womit dir viel erspart bleiben mag. Nicht wahr, wenn er splitternackt angetanzt käme wie ein gemeiner Kaffer, so würde ihn der Heer Marais, obwohl der eigentlich auch verrückt ist, vielleicht nicht mehr zum Schwiegersohn wollen.«

»Oh, scher dich zum Teufel, wo du hingehörst!« erwiderte ich, drehte mich um und stellte mich schlafend.

Es wäre gar nicht nötig gewesen, diese treue Seele, den schlauen, aber gewissenlosen Hans damit zu betrauen, mich früh zu wecken, denn ich tat wohl die ganze Nacht kein Auge zu. Die Gedanken, die mich beschäftigten, spare ich aus, denn man kann sich leicht vorstellen, wie einem jungen Mann, der es ernst meinte und der um seine erste Liebe gebracht werden sollte, zumute war.

Lange vor dem Morgengrauen stand ich schon im Pfirsichgarten, jenem Hain, in dem wir uns das erste Mal begegnet waren, und wartete. Endlich kam Marie, in helle Gewänder gehüllt, zwischen den Stämmen angehuscht wie ein graues Gespenst. Ach, wieder allein mit ihr. Allein in der tiefen Einsamkeit und Stille, die dem afrikanischen Morgengrauen vorangeht, wenn alle Geschöpfe, welche die Nacht lieben, schon das Lager und Versteck aufgesucht haben, während alle Geschöpfe, die den Tag lieben, noch im tiefsten Schlummer liegen.

Sie sah mich und hielt inne, breitete die Arme aus und drückte mich wortlos an ihre Brust. Schließlich sagte sie, fast flüsternd:

»Allan, ich darf nicht lange bleiben, denn wenn mein

Vater uns zusammen ertappt, würde er dich in seinem Wahn wohl erschießen.«

Also dachte sie wie stets zuerst an mich, nicht an sich.

»Und was ist mit dir Liebste?« fragte ich.

»Oh!« entgegnete sie, »das spielt keine Rolle. Wenn's keine Sünde wäre, wünschte ich, er würde mich erschießen, denn dann hätte ich all die Qualen hinter mich gebracht. Ich sagte dir doch, Allan, als die Kaffern uns auf den Leib rückten, daß es vielleicht besser wäre zu sterben. Und siehe, mein Herz hat die Wahrheit ausgesprochen.«

»Gibt es keine Hoffnung mehr?« keuchte ich. »Wird er uns wirklich trennen und dich in die Wildnis mitnehmen?«

»Bestimmt, davon läßt er sich durch nichts abbringen. Eine Hoffnung freilich gibt es noch, Allan. In zwei Jahren, falls ich das noch erlebe, bin ich volljährig und kann heiraten, wen ich will. Und ich schwöre dir, ich heirate keinen andern als dich, nein, selbst dann nicht, wenn du morgen sterben solltest.«

»Hab Dank für diese Worte.«

»Wieso?« fragte sie schlicht. »Was könnte ich anderes sagen? Möchtest du, daß ich meinem eigenen Herzen Gewalt antue und treulos und beschämt durchs Leben gehe?«

»Und ich, ich schwöre es auch«, warf ich ein.

»Nein, schwöre nichts. Ich weiß, daß du mich lieben wirst, solange ich lebe. Aber wenn ich gehen muß, möchte ich, daß du dir eine andere gute Frau nimmst, denn es ist nicht gut und recht, wenn ein Mann allein lebt. Bei uns Frauen verhält sich das anders. Hör zu, Allan, denn schon fangen die Hähne zu krähen an, und es wird hell. Du mußt bei deinem Vater ausharren. Wenn es mir möglich ist, werde ich dir hin und wieder schreiben und berichten, wo wir sind und wie es uns ergeht. Aber falls ich nicht schreibe, mußt du wissen, daß ich nicht kann oder keinen Boten finde oder die

Briefe falsch ausgeliefert werden, denn wir ziehn in unbekannte Gegenden mitten unter die Wilden.«

»Und wohin geht's?« fragte ich.

»Zu dem großen Hafen, glaube ich, der Delagoa-Bucht heißt und wo die Portugiesen herrschen. Mein Cousin Hernan, der mit uns zieht« – und sie schauderte in meinen Armen – »ist ein halber Portugiese. Er erzählt den Buren, er habe Verwandte dort, die ihm vielversprechend geschrieben und erklärt hätten, sie würden uns gutes Siedlungsland geben, wohin uns die Engländer nicht folgen könnten, welche er und mein Vater so sehr hassen.«

»Ich habe gehört, es sei lauter Fieberveld und das Land dazwischen sei mit grimmigen Kaffern bevölkert«, bemerkte ich mit einem dumpfen Seufzer.

»Vielleicht. Ich weiß es nicht, und es ist mir gleich. Zumindest ist das die Einstellung, die mein Vater hat, obwohl sich das natürlich angesichts der Umstände noch einmal ändern mag. Ich werde versuchen, dir zu berichten, Allan. Wenn nicht, wirst du es vielleicht selber in Erfahrung bringen können. Und dann, und dann – falls wir beide noch leben und du mich noch magst, die ich dich immer lieben werde – kommst du nach, sobald ich volljährig bin, und ich, da können sie sagen und tun, was sie wollen, heirate dich, dich und keinen andern. Sollte ich umkommen, was gut möglich ist, ach, dann wird mein Geist über dich wachen und deiner harren, bis du mir in die Gegenwart Gottes nachfolgst. Sieh, es wird hell. Ich muß gehn. Lebewohl, mein Liebster, meine erste und einzige Liebe, bis wir uns – wenn nicht im Leben, so im Tode – wiedersehn!«

Noch einmal klammerten wir uns aneinander und küßten uns und stammelten Worte des Abschieds, und dann löste sie sich aus meinen Armen und entschwand. Ach, ach! Als ich sie durchs taubenetzte Gras forteilen hörte, war mir, als würde mir das Herz aus der Brust gerissen. Ich habe viel erlitten im Leben, aber ich habe, glaube ich, nie Schlimmres durchgemacht als in dieser Stunde des Abschieds von Marie. Denn gibt es letztendlich eine größere Freude als die Freude der ersten echten Liebe und größeren Kummer als den Kummer über ihren Verlust?

Eine halbe Stunde später ließen wir die blühenden Bäume von Maraisfontein hinter uns, während sich vor uns das von Bränden verzehrte Veld auftat, so schwarz, wie das Leben für mich geworden war.

7

Allans Ruf

Marais, Pereira und Gefährten, ein Häuflein von insgesamt etwa zwanzig Männern, dreißig Frauen und Kindern und zirka fünfzig Mischlingen und nachreitenden Hottentotten, treckten vierzehn Tage später aus der Heimat in die Wildnis. Ich ritt auf die Kuppe eines Tafelberges und sah die lange Wagenkolonne mit Marie eine Meile oder mehr unter mir langsam gen Norden übers Veld kriechen.

Ich war arg versucht, hinunterzugaloppieren und ein letztes Gespräch mit Marie und ihrem Vater zu suchen. Aber mein Stolz hielt mich davon ab. Henri Marais hatte verbreiten lassen, daß er mich, würde ich mich noch einmal in die Nähe seiner Tochter wagen, mit einem *Sjambock,* einer ledernen Peitsche, grün und blau schlagen. Vielleicht ahnte er etwas von unsrer letzten Begegnung im Pfirsichhain. Ich weiß es nicht. Allerdings weiß ich genau, daß ich, hätte jemand einen *Sjambock* gegen mich erhoben, mit einer Kugel geantwortet hätte. Dann hätte Blut zwischen uns gestanden, was schwieriger zu überwinden ist als ganze Ströme der Wut und Eifersucht. Also beobachtete ich die Wagen nur, bis sie außer Sicht waren, und galoppierte dann über den mit Felsen übersäten Hang heim, wobei ich mir wünschte, das Pferd möge stolpern und ich mir den Hals brechen.

Als ich die Station erreichte, war ich freilich froh, daß es nicht geschehen war, denn ich fand meinen Vater auf der Stoep, wo er einen Brief las, den ein berittener Hottentotte überbracht hatte.

Er stammte von Henri Marais und lautete folgendermaßen:

»Hochwürdiger Heer, Freund Quatermain,
ich sende diesen Brief, um mich zu verabschieden, denn obwohl Sie Engländer sind und wir uns zuweilen gestritten haben, schätze ich Sie im Grunde sehr. Jetzt, da wir aufbrechen, mein Freund, lasten Ihre drohenden Worte wie Blei auf mir; ich weiß nicht, warum. Aber was geschehen ist läßt sich nicht mehr ändern, und ich baue darauf, daß alles ein gutes Ende nimmt. Wenn nicht, so darum, weil es dem Herrgott anders gefallen hat.«

Hier sah mein Vater auf und sagte: »Wenn den Menschen aufgrund der eigenen Leidenschaft und Torheit Unglück widerfährt, so schieben sie die Schuld stets auf die Vorsehung.«

Dann las er weiter vor:

»Ich fürchte, Ihr Sohn Allan, ein braver Junge, wie ich weiß, und ehrlicher Mensch, wird glauben, ich hätte ihn grob und undankbar behandelt. Aber ich habe nur getan, was ich tun mußte. Es stimmt, Marie, die wie ihre Mutter stur und dickköpfig ist, schwört, daß sie keinen andern heiraten wird. Aber die Natur wird dafür sorgen, daß sie das bald vergißt, zumal ein so feiner Mensch auf ihre Hand wartet. Also bitten Sie Allan, sich meine Tochter aus dem Kopf

zu schlagen; er soll, wenn er im rechten Alter ist, eine Engländerin heiraten. Ich habe vor unserm Gott einen heiligen Schwur getan und gelobt, daß Allan meine Tochter mit meiner Zustimmung niemals heiraten wird.

Mein Freund, ich schreibe Ihnen, weil ich Ihnen mehr vertraue als den geriebenen Agenten. Die Hälfte des insgesamt sehr dürftigen Preises, den ich für die Farm erzielte, steht noch zur Zahlung aus durch Jacobus van der Merve, der hierbleibt und unsre sämtlichen Ländereien aufkauft. Es sind £ 100 englisches Geld, fällig in genau einem Jahr, und anbei finden Sie eine Vollmacht, diesen Betrag in Empfang zu nehmen und zu quittieren. Gleichfalls schuldet mir Ihre britische Regierung £ 253 für die freigekauften Sklaven, die gute £ 1000 wert gewesen wären. Zum Empfang dieser Summe berechtigt Sie die Vollmacht ebenfalls. Was meine Forderungen gegen die besagte verdammte Regierung aufgrund des durch die Quabie-Kaffern erlittenen Schadens angeht, so wird sie diese nicht anerkennen mit der Begründung, der Angriff sei durch den Franzosen Leblanc, Mitglied meines Haushalts, ausgelöst worden.«

»Und zurecht«, meinte mein Vater dazu.

»Wenn Sie diese Gelder erhalten, falls überhaupt, so bitte ich Sie, mir diese auf sicherem Wege zu übersenden. Meinen Aufenthalt werden Sie im Laufe der Zeit sicher erfahren, obwohl ich hoffe, bis dahin wieder vermögend und auf das Geld nicht angewiesen zu sein. Leben Sie wohl, und Gott behüte Sie, wie er auch mich und Marie und alle Treckburen behüte. Der Überbringer wird beim ersten Abspannen mit Ihrer Antwort zu uns stoßen.

HENRI MARAIS.«

»Nun«, seufzte mein Vater, »ich schätze, ich muß diese Pflicht annehmen, gleichwohl ich keineswegs verstehe, warum er mich, einen ›verdammten‹ Engländer, mit dem er heftig gestritten hat, mit dem Eintreiben seiner Schuld betraut und nicht einen von den Buren nimmt, zu denen er sich zugehörig fühlt und die ihm so teuer sind. Ich schreibe ihm gleich. Du, Allan, siehst zu, daß der Bote etwas zu essen und das Pferd Futter kriegt.«

Ich nickte und ging zu dem Mann, der mit mir Maraisfontein verteidigt hatte und ein guter Kerl war, solange er keinen Schnaps in die Finger bekam.

»Heer Allan«, sagte er, sah sich um und vergewisserte sich, daß uns niemand hörte. »Für Sie habe ich auch ein Brieflein.« Damit zog er aus seiner Tasche eine Nachricht, die keinen Empfänger trug.

Ich riß den Brief gespannt auf. Auf französisch, damit kein Bure es lesen könnte, falls es ihm in die Hände fiele, stand da geschrieben:

»Sei tapfer und bleib treu und vergiß mich nicht, wie ich Dich nicht vergessen werde. Ach, Herzallerliebster, adieu, adieu!«

Es stand keine Unterschrift darunter, aber war diese denn nötig?

Ich schrieb eine entsprechende Antwort, deren Inhalt man sich wird vorstellen können. Ich selbst habe den genauen Wortlaut vergessen, zumal nun fast ein halbes Jahrhundert dazwischenliegt. Seltsamerweise ist es das Gesprochene, woran ich mich trotz der langen Zeit erinnere, während mir das, was ich niedergeschrieben habe, entfallen ist. War es erst einmal notiert, entledigte sich das Gedächtnis wohl seiner, um sich nicht länger damit plagen zu müssen. Zu gegebener Zeit ritt der Bote mit meinem und meines Vaters Brief fort, und dies war unser letzter direkter Kontakt zu Henri und Marie Marais für über ein Jahr.

Diese langen Monate waren insgesamt wohl die unglücklichsten meines Lebens. Nun ist dieser Lebensabschnitt immer problematisch; der Übergang vom Jugendlichen zum reifen, verantwortungsbewußten Manne, der sich in Afrika normalerweise eher vollzieht als hierzulande, wo die jungen Engländer mir oft noch mit fünfundzwanzig wie Kinder vorkommen. Die geschilderten Umstände trugen in meinem Fall das ihre dazu bei, so daß ich, der ich von der Unbeschwertheit der Jugend hätte beseelt sein sollen, unter dem Joch meiner ersten reifen Liebe von Kummer und Sorgen bedrückt war.

Ich konnte mir Marie nicht aus dem Kopf schlagen; ihr Bild war bei mir Tag und Nacht, insbesondere nachts, so daß ich schlecht schlief. Ich wurde verdrießlich, überempfindlich und reizbar. Hartnäckiger Husten stellte sich ein, und ich glaubte, wie die andern auch, daß es bergab gehe mit mir. Hans, so erinnere ich mich, fragte sogar einmal, ob ich nicht mitkommen und ihm die genaue Stelle zeigen wolle, wo ich begraben sein möchte, damit Unstimmigkeiten völlig ausgeschlossen seien, wenn ich nicht mehr zum Sprechen fähig wäre. Bei dieser Gelegenheit trat ich Hans, wobei es überhaupt äußerst selten vorkam, daß ich Hand an einen Eingeborenen legte. Offengestanden hatte ich nicht die geringste Absicht, im Grab zu enden. Ich wollte leben und Marie heiraten, nicht sterben und von Hans in die Grube gelegt werden. Nur waren die Aussichten auf eine Heirat mit Marie oder auch nur ein Wiedersehen sehr gering, weshalb ich so verzagt war.

Natürlich drangen uns hin und wieder Neuigkeiten von den Treckburen zu Ohren, waren aber äußerst konfus. Es gab so viele verschiedene Gruppen; ihre Abenteuer waren so schwer nachvollziehbar und oft so schlimm, wie ich ergänzen darf; nur die Allerwenigsten waren des Schreibens kundig; gewaltig waren die Entfernungen. Jedenfalls hörten wir nichts über Marais' Gruppe, von einem Gerücht abgesehen, daß sie in eine Gegend im jetzigen Transvaal namens Rustenberg getreckt seien und von dort weiter in Richtung Delagoa-

Bucht in ein unbekanntes Veld, wo sich ihre Spur verloren habe. Von Marie selbst erhielt ich keine Nachricht, was den Schluß zuließ, daß sie höchstwahrscheinlich keine Gelegenheit gefunden hatte, einen Brief zu senden.

Als mein Vater meine Niedergeschlagenheit beobachtete, empfahl er als Abhilfe, ich solle ins theologische Seminar zu Kapstadt gehen und mich auf meine Priesterweihe vorbereiten. Allerdings wollte ich keine kirchliche Laufbahn einschlagen; vielleicht spürte ich, daß ich dazu eigentlich nicht geeignet war; vielleicht ahnte ich, daß ich als Geistlicher keine Gelegenheit hätte, in den Norden zu gehen, wenn mein Ruf käme. Denn daß dieser Ruf käme, daran glaubte ich fest.

Mein Vater, der sich wünschte, ich würde einem andern Ruf Folge leisten, ärgerte sich sehr über mich. Er verlangte allen Ernstes, daß ich den Beruf ergriffe, den er bekleidete, zumal in seinen Augen, und das sah ich ähnlich, keine andere Laufbahn für mich offenstünde. Natürlich sollte er recht behalten, da ich schließlich keine einschlug, es sei denn, man bezeichnete die Großwildjagd und den Handel mit den Kaffern als Laufbahn. Ich weiß es nicht. Trotzdem man keine Reichtümer damit verdienen kann, muß ich dennoch sagen, daß ich jetzt an meinem Lebensabend froh bin, keine andere Laufbahn eingeschlagen zu haben. Ich war wie geschaffen dafür; das war die unscheinbare Lücke im Weltgefüge, die auszufüllen meine Bestimmung war, dessen einzige Talente eine außergewöhnliche Schießkunst waren und die allgemeiner verbreitete Gabe der Beobachtung, gepaart mit ein wenig laienhafter Philosophie.

So heftig wurden unsere Auseinandersetzungen zum Thema Kirche, in deren Verlauf ich natürlich, wie man sich vorstellen kann, einige unorthodoxe Ansichten vertrat, insbesondere hinsichtlich unserer Methoden der Kaffern-Christianisierung, daß ich äußerst dankbar war, als eine Wende eintrat, die mich von zu Hause fortführte. Die Geschichte meiner Verteidigung von Maraisfontein hatte sich weit verbreitet, und noch weiter meine Leistungen als Schütze, insbesondere im Gänsekloof. Das führte dazu, daß die Obrigkeit mich einzog zum Dienst in den ständigen Grenzkriegen mit den Kaffern und mich sofort zum Leutnant in einer Grenzeinheit bestellte.

Nun haben die Ereignisse jenes Krieges mit der Geschichte, die ich hier erzähle, nichts zu tun, weshalb ich sie gänzlich außer acht zu lassen gedenke. Ich diente ein Jahr und erlebte viele Abenteuer, ein, zwei Siege und einige Niederlagen. Einmal wurde ich leicht verwundet, zweimal entkam ich dem Tod mit knapper Not. Einmal wurde ich getadelt, weil ich ein törichtes Risiko einging und einige Männer verlor. Zweimal wurde ich belobigt für sogenannte Heldentaten, weil ich beispielweise einen verwundeten Kameraden unter Beschuß, meist durch Assegais, aus dem Gefahrenbereich schaffte oder nachts praktisch allein in die Festung eines Häuptlings vordrang und diesen erschoß.

Schließlich wurde dieser Krieg durch einen provisorischen Frieden beigelegt und meine Einheit aufgelöst. Ich kehrte heim und war kein junger Spund mehr, sondern ein Mann mit Erfahrung und recht einzigartiger Kenntnis der Kaffern, ihrer Sprachen, ihrer Geschichte, ihrer Denkweise und ihrer Kampfmethoden. Zudem hatte ich den Umgang mit britischen Offizieren gepflegt und von denen viel gelernt, was ich bislang mangels Gelegenheit nicht hatte lernen können, insbesondere die Tugenden und den Schliff, wie ich hoffe, des englischen Gentleman.

Ich war erst gute drei Wochen daheim in der Missionsstation, aber langweilte mich bereits vor Müßiggang, als der Ruf, auf den ich gewartet hatte, endlich kam.

Eines Tages besuchte ein *Smous* – das ist ein Weißer

von niederem Stand, meist ein Jude, der als fahrender Händler mit den einfachen Buren und mit den Kaffern Geschäfte macht und sie möglichst übers Ohr haut – mit seinem Karren voller Waren die Station. Ich wollte ihn schon fortschicken, da ich für solches Pack nichts übrig hatte, als er mich fragte, ob ich Allan Quatermain hieße. »Ja«, sagte ich, woraufhin er erklärte, einen Brief für mich zu haben und ein in Segeltuch geschlagenes Päckchen hervorzog. Ich fragte ihn, woher er es habe, und er antwortete, von einem Mann, den er in Port Elizabeth getroffen habe, einem Händler der Ostküste, welcher ihm, als er erfuhr, daß er in die Gegend von Cradock ziehe, den Brief anvertraut habe. Der Mann habe gesagt, daß der Brief sehr wichtig sei und der Empfänger mich bei Erhalt reich belohnen werde.

Während der Jude (ein solcher war er wohl) redete, öffnete ich das Segeltuch. Es befand sich darin ein Stück Leinen, das geölt war, um Nässe fernzuhalten, und in roter Tinte mich oder meinen Vater als Empfänger auswies. Auch dieses öffnete ich, wobei ich einige Mühe hatte, da es so sorgfältig vernäht war, und fand darin ein Briefbündel, das in Maries Handschrift wiederum an mich oder meinen Vater adressiert war.

Mein Gott! Als ich das sah, hüpfte mir das Herz vor Freude! Ich rief nach Hans, der für das leibliche Wohl des *Smous* sorgen sollte, und ging in meine Kammer, wo ich den Brief las, der so lautete:

»Lieber Allan,
ich weiß nicht, ob meine Briefe, die ich Dir geschrieben habe, in Deine Hände gelangt sind oder ob Du diesen überhaupt erhältst. Trotzdem sende ich ihn auf gut Glück durch einen Halbportugiesen, einen Wanderer, der zur Delagoa-Bucht geht, die etwa fünfzig Meilen, wie ich glaube, von dem Ort am Krokodilfluß entfernt liegt, von wo ich nun schreibe. Mein Vater hat ihn nach unserm alten Heim Maraisfontein genannt. Falls die andern Briefe Dich erreicht

haben, wirst Du wissen, was wir Schreckliches durchgemacht haben auf unsrer Reise: die Angriffe der Kaffern bei Zoutpansberg, wo eine unsrer Gruppen völlig ausgelöscht worden ist und so fort. Wenn nicht, so muß diese Geschichte warten, denn sie wäre zu lang für den Brief, zumal ich wenig Papier und Bleistift habe. Es reicht also, wenn ich sage, daß wir, fünfunddreißig weiße Männer, Frauen und Kinder, zu Beginn des Sommers, als das Gras sproß, vom Lydenburg-Distrikt aufbrachen – eine beschwerliche Reise über Berge und durch Hochwasser führende Flüsse. Nach vielen Verzögerungen – zuweilen wurden wir Monate aufgehalten – erreichten wir diesen Ort hier vor etwa acht Wochen, und wir haben jetzt Anfang Juni, falls wir die Zeit richtig gezählt haben, was ich bezweifle.

Der Ort ist eine Augenweide, ein flaches, üppiges Veld, mit großen Bäumen bestanden und etwa zwei Meilen vom großen Fluß, genannt Krokodil, entfernt. Da es Trinkwasser gibt, beschlossen mein Vater und Hernan Pereira, der nun über ihn das Sagen hat, hier zu bleiben, obwohl einige andere näher zur Delagoa-Bucht vorstoßen wollten. Es gab viel Streit darüber, aber schließlich konnte mein Vater oder vielmehr Pereira sich durchsetzen, zumal die Ochsen erschöpft und viele schon eingegangen waren vom Biß der giftigen Fliege namens Tsetse. Also parzellierten wir das Land, das leicht für Hunderte reicht, und begannen, einfache Häuser zu bauen.

Dann brach Unglück über uns herein. Die Kaffern raubten den Großteil unsrer Pferde, während sie einen direkten Angriff bisher nicht wagten, und die restlichen Pferde – bis auf zwei, die Hernan gehören – wurden krank und verendeten; das letzte erst gestern. Auch sämtliche Ochsen erlagen dem Biß der Tsetse oder anderer Krankheiten. Das Schlimmste freilich ist, daß dieses Land, obwohl es so gesund aussieht, mit Fieber verseucht ist, das wohl mit dem Nebel vom Fluß kommt. Schon sind von den insgesamt fünfunddreißig zehn tot – zwei Männer, drei Frauen und fünf Kinder – und viele mehr erkrankt. Gott sei Dank blieben mein Vater und ich und mein Cousin Pereira bisher verschont. Obwohl wir alle in guter körperlicher Verfassung sind, weiß ich nicht, wie lange wir aushalten können. Zum Glück haben wir reichlich Munition und wimmelt es hier von Wild, so daß alle Männer, die noch bei Kräften sind, so viel Fleisch schießen können, wie sie wollen, und das zu Fuß, das wir Frauen salzen und in der Sonne dörren. Verhungern brauchen wir also lange nicht, selbst wenn das Wild sich zurückzieht.

Trotzdem, lieber Allan, werden wir wohl, wenn keine Hilfe kommt, samt und sonders sterben, denn Gott allein kennt das Leid, das wir hier erdulden, und den grausigen Anblick der Kranken und Sterbenden ringsum. Eben jetzt liegt ein kleines Mädchen bei mir, das an Fieber stirbt.

Oh, Allan, hilf uns, wenn Du kannst! Wegen unsrer Kranken können wir nicht in die Delagoa-Bucht gehen, und selbst wenn wir es täten, hätten wir kein Geld, um dort irgend etwas zu kaufen, denn alles Geld, das wir bei uns hatten, ging mit einem Wagen in einem überschwemmten Fluß verloren. Es war eine große Summe, denn darunter befand sich das stattliche Vermögen von Hernan, das er in Gold vom Kap mitgebracht hatte. Obendrein können wir nirgendwo anders hin, da wir keine Ochsen und Pferde mehr haben. Wir haben jemand zur Delagoa-Bucht geschickt, wo es, wie wir hören, welche gibt, um sie auf Kredit zu kaufen, aber die Verwandten meines Cousins, von denen er immer gesprochen hat, sind entweder tot oder verzogen und ansonsten traut uns keiner über den Weg. Mit den Kaffern der Nachbarschaft, die reichlich Vieh besitzen, liegen wir im Zwist, da mein Cousin und andere Buren leider versuchten, ihnen ein paar Tiere ohne Bezahlung abzunehmen. So sind wir also recht hilflos und können nur auf den Tod warten.

Allan, mein Vater sagt, er habe Deinen Vater gebeten, Schulden für ihn einzutreiben. Wenn es Dir oder Freunden möglich wäre, mit diesem Geld per Schiff nach Delagoa zu kommen, so ließen sich damit wohl genügend Ochsen für ein paar Wagen kaufen. Dann könnten wir vielleicht zu-

rücktrecken und uns einer Gruppe von Buren anschließen, die unsres Wissens das Quathlamba-Gebirge nach Natal überquert haben. Oder aber wir könnten in die Bucht ziehen und ein Schiff suchen, das uns aus dieser schrecklichen Gegend fortbrächte. Falls Du kommst, könnten die Eingeborenen Dir den Weg zu uns weisen.

Aber wir wagen nicht zu hoffen, daß Du kommst oder daß Du uns, falls Du kommst, lebend vorfindest.

Allan, Liebster, ich habe Dir noch etwas zu sagen, obwohl ich es kurz machen muß, weil sich das Papier zum Ende neigt. Ich weiß nicht, ob ich Dir – vorausgesetzt, Du lebst und bist wohlauf – noch etwas bedeute, die ich schon so lange fort bin – mir kommt es wie ewige Jahre vor –, aber mein *Herz schlägt noch, wie ich gelobt habe, nämlich für Dich. Natürlich hat Hernan mich bedrängt, ihn zu heiraten, was auch der Wunsch meines Vaters wäre. Aber ich habe stets nein gesagt. Jetzt ist in unserm Elend von Hochzeit nicht mehr die Rede, was das einzig Gute an der Sache ist. Bald, Allan, bin ich volljährig, falls ich das noch erlebe. Dennoch wirst Du wohl nicht mehr an eine Heirat mit mir denken, der Du vielleicht bereits mit einer andern verheiratet bist, zumal ich und die meinen nun nicht mehr als vagabundierende Bettler sind. Dennoch hielt ich es für richtig, Dir das zu sagen, weil es vielleicht doch interessiert.*

Ach, warum hat Gott meinem Vater nur eingegeben, die Kapkolonie zu verlassen, nur weil er die britische Regierung gehaßt hat und von Hernan und andern überredet worden ist? Ich weiß es nicht; jedenfalls bereut der Ärmste es nun bitterlich. Es ist ein Jammer, wenn man ihn sieht; manchmal glaube ich, daß er den Verstand verliert.

Das Papier ist zu Ende, der Bote bricht auf, und das kranke Kind liegt in den letzten Zügen und braucht mich jetzt. Wird dich mein Brief je erreichen? Ich lege das wenige Geld bei, das ich noch habe, für die Auslieferung – etwa vier englische Pfund. Falls nicht, so bedeutet dies unser Ende. Falls ja, und falls Du nicht kommen kannst oder jemand anders schickst, so bete wenigstens für uns. Ich träume von

Dir jede Nacht und denke jeden Tag an Dich, denn wie sehr ich Dich liebe, das kann ich nicht in Worte fassen.

Im Leben und Tod

DEINE MARIE«

So lautete also dieser schreckliche Brief. Ich habe ihn noch; er liegt vor mir mit seinen zerflederten Seiten und der schwachen Bleistiftschrift, die hie und da durch Tränen verwischt ist, den Tränen Maries, die ihn schrieb, und den Tränen von mir, der ihn las. Ich frage mich, ob es ein ergreifenderes Dokument für die schlimmen Leiden der Treckburen gibt, insbesondere derjenigen, welche in das verseuchte Veld nahe Delagoa vorstießen wie beispielsweise Marais' Expedition und der Trupp unter Triechards Führung. Lieber, wie es vielen ihrer Landsleuten erging, rasch durch die Speere des Umzilikazi und andrer Wilder sterben als diese langwierigen Qualen durch Fieber und Hungersnot.

Als ich den Brief zu Ende gelesen hatte, betrat mein Vater, der Kaffern seiner Mission besucht hatte, das Haus, und ich eilte zu ihm in die Stube.

»He, Allan, was ist denn los mit dir?« fragte er, als er mein tränenüberströmtes Gesicht sah.

Ich reichte ihm den Brief, denn ich war zu keinem Wort fähig, und mit Mühe entzifferte er ihn.

»Barmherziger Gott, was für eine Schreckensbotschaft!« sagte er, als er am Ende war. »Diese armen Leute! Diese armen, irregeleiteten Leute! Wie ist ihnen nur zu helfen?«

»Ich weiß, wie man ihnen helfen kann, Vater, wie man's zumindest versuchen kann. Ich versuche, zu ihnen vorzustoßen.«

»Bist du des Wahnsinns?« fragte er. »Wie willst du allein in die Delagoa-Bucht kommen, dort Vieh kaufen und diese Leute retten, die vermutlich schon alle tot sind?«

»Die ersten beiden Punkte sind durchaus machbar,

Vater. Ein Schiff wird mich zur Bucht bringen. Du hast Marais' Geld, und ich habe die fünfhundert Pfund, die mir die alte Tante in England letztes Jahr vermacht hat. Gott sei Dank liegt das Geld aufgrund meines Kriegseinsatzes noch unangetastet auf der Bank in Port Elizabeth. Das sind insgesamt etwa achthundert Pfund, womit sich eine Menge Vieh und anderes mehr kaufen ließe. Was den dritten Punkt angeht, so liegt das wohl nicht in unsrer Hand. Mag sein, das sie nicht zu retten sind; mag sein, daß sie tot sind. Ich kann es nur versuchen.«

»Aber Allan, Allan, du bist mein einziger Sohn, und wenn du gehst, werde ich dich wohl nie wiedersehn.«

»Ich habe in jüngster Zeit so manche Gefahr bestanden, Vater, und bin noch am Leben und wohlauf. Außerdem, wenn Marie tot ist ...« Ich hielt kurz inne und fuhr dann leidenschaftlich fort: »Versuch nicht, mich abzuhalten, denn ich sage dir, Vater, ich lasse mich nicht abhalten. Denk an die Worte im Brief und überleg, was für ein gemeiner Hund ich wäre, würde ich seelenruhig hier hocken, während Marie dort umkommt. Hättest du so gehandelt, wenn Marie meine Mutter wäre?«

»Nein«, erwiderte der alte Herr. »Also geh, und Gott behüte dich, Allan, wie auch mich, denn ich rechne nicht damit, dich je wiederzusehen.« Und er wandte eine Weile das Gesicht ab.

Dann packten wir es an. Der *Smous* wurde gerufen und über das Schiff, das den Brief aus Delagoa gebracht hatte, gefragt. Offenbar handelte es sich um eine Brigg namens *Seven Stars* mit britischem Eigner, dessen Kapitän, ein gewisser Richardson, am Morgen des 3. Juli nach Delagoa ablegen wollte oder mit anderen Worten – binnen vierundzwanzig Stunden also.

Vierundzwanzig Stunden! Und Port Elizabeth war hundertachtzehn Meilen entfernt, und die *Seven Stars* stäche vielleicht eher in See, wenn die Ladung an Bord und Wind und Wetter günstig wären. Zudem vergingen, hätte sie erst die Anker gelichtet, Wochen oder Monate, bis ein anderes Schiff in die Delagoa-Bucht segelte, denn seinerzeit gab es natürlich keine Postschiffe.

Ich blickte auf meine Uhr. Es war vier Uhr Nachmittag, und einem Kalender, den wir besaßen und der die Gezeiten von Port Elizabeth und andrer Häfen Südafrikas angab, entnahmen wir, daß die *Seven Sister,* sofern sie den Fahrplan einhielt, wahrscheinlich nicht vor acht Uhr morgen in See stäche. Hundertzwanzig Meilen in gut vierzehn Stunden, zum Teil durch rauhes, bergiges Gelände! Nun, andrerseits waren die Wege recht gut und trocken, war kein Hochwasser zu durchqueren, obwohl der eine oder andere Fluß zu durchschwimmen wäre, und es war Vollmond. Es war zu schaffen – wenn auch knapp; und jetzt war ich wirklich froh, daß Hernan Pereira beim Wettschießen meine schnelle Stute nicht gewonnen hatte.

Ich rief Hans, der draußen herumlungerte, und sagte ganz ruhig:

»Ich reite nach Port Elizabeth und muß morgen früh um acht dort sein!«

»Allemachte!« rief Hans aus, der die Strecke schon mehrmals geritten war.

»Du wirst mitkommen und mich von Port Elizabeth zur Delagoa-Bucht begleiten. Sattle die Stute und den Rotschimmel und leg dem Braunen, den wir zum Auswechseln mitnehmen, Zaumzeug an. Laß sie fressen, aber nicht saufen. Wir brechen in einer halben Stunde auf.« Des weitern erteilte ich gewisse Anweisungen bezüglich der mitzunehmenden Gewehre, Satteltaschen, Kleider, Decken und dergleichen und hieß ihn sofort anfangen.

Hans zögerte keine Sekunde. Er hatte mich auf dem jüngsten Feldzug begleitet und war an jähe Befehle gewöhnt. Darüber hinaus wäre er wohl, selbst wenn ich ihm gesagt hätte, wir ritten zum Mond, abgesehen von seinem obligatorischen ›Allemachte!‹ ohne Einwendungen mitgekommen.

In der folgenden halben Stunde hatte ich alle Hände voll zu tun. Henri Marais' Geld war aus der Kassette zu holen und in einer antilopenledernen Gürteltasche zu verstauen, die ich mir umschnallte. Von meinem Vater war ein Brief an den Vorsteher der Bank in Port Elizabeth zu verfassen, der mich als Eigentümer der dort unter meinem Namen hinterlegten Summe auswies. Eine Mahlzeit war einzunehmen und Proviant mitzunehmen. Die Pferdehufe waren zu überprüfen, und etwas Kleidung war in die Satteltaschen zu packen. Es gab noch mehr zu tun, aber das habe ich vergessen. Dennoch stand nach fünfunddreißig Minuten die große, schlanke Stute vor der Tür. Hinter ihr auf dem Rotschimmel saß Hans, der sich eine große Kranichfeder an den Hut gesteckt hatte und den Braunen führte, einen Vierjährigen, den ich mir mit der trächtigen Stute eingehandelt hatte. Von jung auf mit Hafer gefüttert, war es ein gut gewachsenes Pferd, das freilich seiner Mutter, was das Tempo anging, nicht das Wasser reichen konnte.

Im Gang umarmte und küßte mich mein armer alter Vater, der es gar nicht fassen konnte, daß alles so schnell ging und pressant war.

»Gott segne dich, mein lieber Junge«, sagte er. »Ich hatte wenig Zeit zur Besinnung, aber ich bete darum, daß alles einen guten Ausgang nehme und wir uns wiedersehn mögen in dieser Welt. Wenn nicht, so beherzige, was ich dich gelehrt habe. Falls ich dich überlebe, werde auch ich beherzigen, daß du bei der Erfüllung deiner Pflicht gestorben bist. Ach, was für Verdruß der blinde Zorn des Henri Marais über uns alle gebracht hat! Nun, ich habe ihn davor gewarnt. Also leb wohl, mein lieber Junge, leb wohl! Ich bin im Gebete bei dir, und was mich betrifft ... Nun, ich bin ein alter Mann, und was macht es schon, wenn ich mein graues Haupt gramgebeugt ins Grab lege?«

Ich küßte ihn und sprang mit Wehmut im Herzen in den Sattel. In fünf Minuten war die Station außer Sicht.

Dreizehneinhalb Stunden später parierte ich auf dem Kai von Port Elizabeth mein Pferd durch und erwischte eben noch den Käpten Richardson, der gerade sein Boot bestieg, um zur *Seven Stars* hinauszurudern, die bereits unter vollen Segeln stand. So gut ich konnte in meinem erschöpften Zustand, erklärte ich ihm meine Lage und überredete ihn, bis zur nächsten Tide zu warten. Ich dankte Gott für meine schnelle Stute – der Rotschimmel war dreißig Meilen vor dem Ziel zusammengebrochen, und Hans folgte auf dem Braunen nach, war aber noch nicht da –, und führte sie zum nächsten Gasthaus, wo sie sich niederlegte und starb. Nun, sie hatte ihren Dienst getan, und es gab kein zweites Pferd im Land, das jenes Schiff noch erreicht hätte.

Nach einer Stunde oder länger kam Hans, auf den Braunen einschlagend, angeritten. Hier darf ich vielleicht einfügen, daß der Braune und der Rotschimmel sich von den Strapazen erholten. Ich ritt sie noch viele Jahre, bis sie recht alt waren. Nachdem ich gegessen oder zu essen versucht und ein wenig gerastet hatte, ging ich zur Bank, konnte dem Vorsteher die Situation plausibel erklären und mit Mühe und Not – denn Gold war rar in Port Elizabeth – dreihundert Pfund in Sovereigns abheben. Für die restlichen zweihundert gab er mir einen Wechsel, der bei einer Agentur in Delagoa einzulösen wäre, zusammen mit einem Empfehlungsschreiben für diese und den portugiesischen Gouverneur, welcher bei diesem Institut offenbar in der Kreide stand. Nach kurzer Überlegung gab ich jedoch den Wechsel zurück, während ich die Briefe behielt, und investierte diese £ 200 in verschiedensten Waren, die ich hier nicht näher aufzuzählen brauchte, aber für den Handel mit den Kaffern der Ostküste für geeignet hielt. Eigentlich kaufte ich praktisch die Geschäfte von Port Elizabeth leer und schaffte es gerade noch, die Waren mit Hilfe von Hans und den Kaufleuten zu verpacken und an Bord zu schaffen, als die *Seven Stars* auch schon in See stach.

Binnen vierundzwanzig Stunden nach Aufbruch von der Missionsstation sahen Hans und ich hinten in der Ferne Port Elizabeth verblassen, während sich vor uns eine weite, stürmische See auftat.

8

Das Todescamp

Es ging alles gut auf dieser Reise, von meinem persönlichen Befinden abgesehen. Da ich seit meiner Kindheit nicht mehr auf dem Meer gewesen und kein geborener Seefahrer war, wurde mir speiübel, als wir Tag für Tag die See durchpflügten, die zusehends rauher wurde. Hinzu kam, daß mich, obwohl ich alles andere als schwächlich war, der schreckliche Ritt überanstrengt hatte. Neben dem Unwohlsein plagte mich eine bange Ungewißheit, wie sich jeder mit ein bißchen Phantasie wird vorstellen können. Hin und wieder wünschte ich mir sogar, die *Seven Stars* möge zum Grund des Meeres sinken und mir und meinem Elend ein Ende bereiten.

Mein Elend freilich wurde, soweit es das körperliche Befinden anging, von den Leiden des getreuen Hans wohl noch übertroffen, der nämlich noch nie zuvor den Fuß auf die Planken eines Schiffes gesetzt hatte. Zum Glück, möchte ich sagen, denn hätte er die Schrecken des Meeres gekannt, hätte er, so sehr er mich auch liebte, den einen oder andern Weg gefunden, mich die Reise in der *Seven Stars* allein antreten zu lassen. Da lag er nun auf dem Boden meiner winzigen Kabine und rollte, von Entsetzen ergriffen, mit dem schweren Seegang der Brigg hin und her. Er war überzeugt davon, daß wir ertrinken würden, und wenn ihm seine heftige Seekrankheit eine Pause gönnte, lamentierte er bitterlich in Holländisch, Englisch und diversen Eingeborenensprachen und stieß Flüche und Gebete der primitivsten, elementarsten Art aus.

Nach den ersten vierundzwanzig Stunden teilte er mir mit viel Gejammer mit, daß sich sein Inneres nach außen gekehrt habe und er nun hohl ›wie eine Kürbisflasche‹ sei. Des weiteren stellte er fest, daß ihm all das Übel nur widerfahre, weil er in seiner Torheit die Religion seines Volkes (was mochte diese sein, frage ich mich) aufgegeben und sich von meinem Vater habe ›weißwaschen‹, das heißt taufen lassen.

Da er nun, erwiderte ich, nicht länger gelb, sondern weiß sei, solle er tunlichst so bleiben, denn offenbar wollten die hottentottischen Götter nichts mehr zu tun haben mit einem, der sich von ihnen abgewandt habe. Daraufhin zog er eine scheußliche Grimasse, die mich trotz meines Kummers zum Lachen brachte, stieß einen tiefen Seufzer aus und verstummte so nachhaltig, daß ich glaubte, er müsse tot sein. Der Matrose indes, der mir das Essen – was für Essen! – brachte, versicherte mir, daß er tot nicht sei und band ihn mit Arm und Bein fest an die Füße der Koje, damit er sich beim Herumrollen nicht verletze.

Am nächsten Morgen wurde Hans auf nüchternen Magen Brandy verabreicht, wovon er völlig betrunken wurde; fortan nahm er alles leichter. Diese gelöste Stimmung stellte sich insbesondere dann ein, wenn die Zeit für seine ›Brandy-Medizin‹ näherrückte. Wie die meisten Hottentotten trank Hans nämlich für sein Leben gern Schnaps und nähme viel in Kauf für einen Schluck, sogar die helle Entrüstung meines Vaters.

Ich glaube, am vierten Tag endlich ging es stampfend und schlingernd über die flache Sandbank von Port Natal und hatten wir eine Weile Ruhe im Schutz der Landspitze an der herrlichen Bucht, an dessen Ufer nun die Stadt Durban steht. Damals war es nur ein kläglicher Haufen aus ein paar Baracken, die später von den Zulu niedergebrannt wurden, und ein paar Kaffernhütten. Denn die wenigen Weißen, die dort lebten, wohnten meist mit Eingeborenen und hatten, wie ich ergänzen darf, Eingeborenenfrauen.

Wir verbrachten zwei Tage in dieser Siedlung von Durban, wo Käpten Richardson Ladung zu löschen hatte für die englischen Siedler, von denen der eine oder andere den Handel mit den Eingeborenen begonnen hatte und mit den auswandernden Buren, die allmählich auf dem Landweg in die Gegend vordrangen. Jene Tage verbrachte ich an Land, obwohl ich Hans nicht gestattete, mich zu begleiten, damit er mir nicht durchbrenne. Ich nutzte die Zeit, möglichst viele Erkundigungen über die derzeitige Lage einzuziehen, insbesondere in Hinblick auf die Zulu, einem Volk, das ich bald näher kennenlernen sollte. Es erübrigt sich zu sagen, daß ich sowohl bei den Eingeborenen als auch den Weißen nachfragte, ob etwas über das Schicksal von Marais' Gruppe bekannt wäre, aber offenbar hatten sie noch nicht einmal davon gehört. Eins freilich konnte ich in Erfahrung bringen, daß nämlich Pieter Retief, mein alter Bekannter, mit großer Gefolgschaft das Quathlamba-Gebirge, das wir heute als Drakensberg kennen, überquert und das Gebiet von Natal betreten hatten. Dort wollten sie sich niederlassen, falls sie das Einverständnis des Zulukönigs Dingaan bekämen, eines grimmigen Herrschers, der mit seinem Heer offenbar sehr gefürchtet war.

Am dritten Morgen stach die *Seven Stars* mit günstigem Wind in See. Ich war unsäglich erleichtert, hatte ich doch eine Verzögerung befürchtet. Drei Tage später fuhren wir in den Hafen von Delagoa ein, einem weiten Becken, das sich über viele Meilen erstreckt. Trotz seiner flachen Einfahrt ist er der beste natürliche Hafen Südostafrikas, den die Engländer nun leider verloren haben.

Sechs Stunden später ankerten wir gegenüber einer Sandbank, auf der ein verfallenes Fort und eine schäbige Siedlung namens Lorenzo Marquez stand, wo die Portugiesen ein paar Soldaten, zumeist Farbige, stationiert hatten. Auf meine Probleme mit dem Zoll, wenn man ihn als solchen überhaupt bezeichnen kann, will ich nicht näher eingehen. Es genügte zu sagen, daß ich meine Waren letztendlich löschen durfte, auf die ein wohl saftiger Zoll zu entrichten gewesen wäre. Ich bewerkstelligte dies, indem ich fünfundzwanzig Sovereigns an diverse Amtspersonen verteilte; das fing an beim amtierenden Gouverneur und hörte auf bei einem betrunkenen schwarzen Feger, der in einem Wachhäuschen am Kai saß.

Früh am nächsten Morgen stach die *Seven Stars* wieder in See, da sie Schwierigkeiten mit den Behörden hatte, welche sie zu beschlagnahmen drohten; die genauen Gründe habe ich vergessen. Ihr Ziel waren die ostafrikanischen Häfen und vermutlich auch Madagaskar, wo ein einträgliches Handelsgeschäft mit dem Transport von Vieh und Sklaven zu tätigen war. Käpten Richardson erklärte mir, er sei vielleicht in zwei, drei Monaten wieder in Lorenzo Marquez, vielleicht aber auch nicht. Tatsächlich sollte letzteres eintreten, da die *Seven Stars* irgendwo an der Küste droben auf eine Sandbank auflief, wobei die Besatzung sich nach schweren Prüfungen nach Mombasa durchschlagen konnte.

Nun, sie hatte mir ihre Schuldigkeit getan, denn ich erfuhr später, daß nach ihrer Abfahrt ein ganzes Jahr lang kein Schiff mehr in der Bucht anlegte. Wenn ich sie in Port Elizabeth also nicht erwischt hätte, so hätte ich überhaupt nicht kommen können – vom Landweg natürlich einmal abgesehen. Dieser hätte unter günstigsten Umständen viele Monate beansprucht und wäre allein gar nicht zu bewerkstelligen gewesen.

Und nun zurück zu meiner Geschichte.

Es gab kein Gasthaus in Lorenzo Marquez. Durch die Güte einer einheimischen Mischlingsfrau jedoch, welche ein wenig Holländisch sprach, bekam ich eine Unterkunft in einem baufälligen Haus, das einem ausschweifenden Mann gehörte, der sich Don José Ximenes nannte, aber eigentlich auch ein Mischling war. Hier wurde mir Glück zuteil. Don José trieb nämlich, wenn er nüchtern war, Handel mit Eingeborenen und hatte diesen vor einem Jahr zwei gute Ochsenwagen abgekauft. Vermutlich waren diese wandernden Buren gestohlen oder nach deren Ermordung oder Fiebertod herrenlos aufgefunden worden. Diese Wagen verkaufte er mir nur zu gern für ein Butterbrot. Ich glaube, ich bezahlte zwanzig englische Pfund für die beiden und weitere dreißig für die zwölf Ochsen, die er zusammen mit den Wagen erworben hatte. Es waren schöne Tiere, Afrikaner, die nach langer Rast recht feist und stark geworden waren.

Natürlich reichten zwölf Ochsen nicht aus, um zwei Wagen zu ziehen – oder auch nur einen. Deshalb ließ ich, als ich erfuhr, daß es auf dem Festland Eingeborene gab, die reichlich Vieh besaßen, verbreiten, daß ich kaufen wolle und in Decken, Tuchen, Perlen und dergleichen bezahle. Dies hatte zur Folge, daß ich binnen zweier Tage aus vierzig, fünfzig Ochsen auswählen konnte, kleinen Tieren der Zulu-Rasse, welche, so sollte ich ergänzen, nicht eingefahren waren. Dennoch waren sie robust und an das Veld und seine Krankheiten gewöhnt. Und hier kamen meine zwölf Ochsen ins Spiel. Indem wir jeweils sechs auf die beiden Wagen verteilten, wobei zwei den Anfang und Schluß bildeten und weitere zwei in der Mitte eingespannt wurden, gelang es Hans und mir, die andern zehn, die für ein Gespann erforderlich waren, unterzuordnen.

Mein Gott, wie wir schufteten in jener Woche, bis alles bereit war und wir von Lorenzo Marquez aufbrechen konnten! Da waren die Wagen auszubessern und zu beladen, die wilden Ochsen zu kaufen und einzufahren, Vorräte zu beschaffen und einheimische Diener anzuheuern, wovon ich, und das war ein Glücksfall, acht Männer bekam, die einem der Zulustämme angehörten und in ihre Heimat zurück wollten, von wo aus sie mit einigen Buren losgezogen waren. Ich glaube kaum, daß wir mehr als zwei, drei Stunden von den vierundzwanzig schliefen.

Aber, so wird man fragen, was war mein Ziel, wohin wollte ich, welche Erkundigungen hatte ich eingezogen? Um die letzte Frage zuerst zu beantworten: Ich hatte nichts unversucht gelassen, um Näheres herauszufinden, aber mit wenig oder keinem Erfolg. In Maries Brief stand, daß sie ihre Lager am Ufer des Krokodilflusses etwa fünfzig Meilen von der Delagoa-Bucht aufgeschlagen hatten. Ich fragte alle Portugiesen, die mir über den Weg liefen, was schließlich nicht viele waren, ob sie etwas von einem derartigen Lager ausgewanderter Buren gehört hätten. Freilich hatten die Portugiesen offenbar nichts gehört, von meinem Wirt Don José abgesehen, der sich dunkel an etwas erinnerte, das ihm nicht mehr einfiel.

Eigentlich waren die wenigen, die in Lorenzo Marquez lebten, durch Alkohol und andre Laster dermaßen abgestumpft, daß sie sich um das Geschehen ringsum gar nicht kümmerten, wenn es nicht von unmittelbarem Belang für sie war. Zudem erfuhren sie von den Eingeborenen, die sie prügelten und ausbeuteten, wenn sie in ihrem Dienst standen, oder bekriegten, wenn nicht, wenig und war das Wenige gelogen, herrschte doch seit Generationen Streit zwischen den Rassen. Von den Portugiesen brachte ich also nichts in Erfahrung.

Sodann wandte ich mich an die Kaffern, insbesondere an jene, denen ich Vieh abgekauft hatte. *Diese* hatten gehört, daß einige Buren den Krokodilfluß erreicht hätten; das sei Monde her, aber wie viele, wußten sie nicht. Dieses Gebiet freilich, sagten sie, stehe unter der Herrschaft eines Häuptlings, mit dem sie befeindet seien und der jeden Angehörigen ihrer Rasse, der sich dorthin wage, töten ließe. Deshalb wüßten sie nichts Genaues. Dennoch meinte einer von ihnen, eine Frau, die er als Sklavin gekauft habe und die vor wenigen Wochen durch das fragliche Gebiet gekommen sei, habe gesagt, diese Buren seien alle am Fieber gestorben. Sie habe aus der Ferne ihre Wagenplanen gesehen; »waren die Buren tot, so waren die Wagen aber noch am Leben«, fügte sie hinzu.

Ich fragte, ob ich mit der Frau sprechen könne, aber der Eingeborene weigerte sich, sie herauszugeben. Nach langem Zureden bot er jedoch an, sie mir zu verkaufen, da er ihrer überdrüssig geworden sei. Also handelte ich mit dem Mann und willigte schließlich ein gegen einen Preis von drei Pfund Kupferdraht und acht Ellen blaues Tuch. Am Morgen darauf wurde sie herausgegeben, eine äußerst häßliche Person mit großer, platter Nase, die aus dem Innern Afrikas stammte, von Arabern gefangengenommen und verkauft worden und durch viele Hände gegangen war. Ihr Name, soweit ich ihn aussprechen kann, war Jeel.

Ich hatte große Mühe, mich mit ihr zu verständigen, fand aber schließlich unter meinen angeheuerten neuen Kaffern einen, der ihre Sprache ein wenig verstand. Dennoch war es nicht einfach, sie zum Reden zu bringen, da sie noch nie einen weißen Mann gesehen hatte und glaubte, ich hätte sie zu irgendeinem abscheulichen Zweck gekauft. Als sie jedoch merkte, daß sie gut behandelt wurde, machte sie den Mund auf und erzählte die gleiche Geschichte, die ihr Vorbesitzer wiedergegeben hatte, ohne etwas hinzuzufügen oder wegzulassen. Schließlich fragte ich sie, ob sie mich zu dem Ort führen könne, wo sie die »lebenden Wagen« gesehen habe.

»O ja«, antwortete sie, die sie schon viele Wege beschritten und keinen vergessen hatte.

Das war natürlich alles, was ich von der Frau wollte, die mir letztendlich, wenn ich das sagen darf, viele Scherereien machte. Das arme Ding hatte noch nie Güte erfahren, und ihre Dankbarkeit für das bißchen Güte, das ich ihr entgegenbrachte, war so immens, daß sie mir damit lästig wurde. Sie folgte mir auf Schritt und Tritt, wollte mir auf ihre primitive Art dienstbar sein und versuchte gar, mir mein Essen zu entreißen und vorzukauen, um mir wohl diese Mühe zu ersparen. Schließlich verheiratete ich sie mehr oder weniger gegen ihren Willen mit einem der angeheuerten Kaffern, der ihr ein guter Mann war, obwohl sie ihn, als er aus meinen Diensten schied, meinetwegen verlassen wollte.

Endlich machten wir uns unter der Führung dieser Jeel auf den Weg. Es waren nur fünzig Meilen zu bewältigen, die jedes bessere Pferd auf guten Straßen in acht Stunden oder weniger geschafft hätte. Freilich hatten wir keine Pferde und gab es keine Straßen – nur Sumpf und Busch und felsige Hügel. Mit unsern Ochsen, die nicht eingefahren waren, brauchten wir drei Tage für die ersten zwölf Meilen, obwohl es von da an etwas rascher ging.

Man wird fragen, warum ich niemanden vorausgeschickt habe? Aber wen hätte ich schicken sollen, wo doch keiner den Weg kannte außer Jeel, von der ich mich nicht trennen wollte, um zu verhindern, daß sie durchbrannte. Was hätte es zudem genutzt, jemanden vorauszuschicken, der keine Hilfe hätte bringen können. Falls im Lager alle tot waren, wie die Gerüchte besagten, nun, so waren sie tot. Und falls sie noch lebten, war zu hoffen, daß sie noch eine Weile leben würden. Ich jedenfalls wagte es vorerst nicht, mich von meiner Führerin zu trennen oder die Wagen mit den Hilfsgütern zurückzulassen, um mit ihr allein vorauszueilen. Hätte ich es getan, hätte ich die Wagen bestimmt nicht wiedergesehn, denn nur mein Ansehen als weißer Nichtportugiese hinderte die Eingeborenen daran, mein Eigentum zu plündern.

Es war eine wahrlich schlimme Reise. Ich plante zunächst, dem Ufer des Krokodilflusses zu folgen, was ich auch getan hätte, wenn mir der Zufall nicht Jeel zugeführt hätte. Zum Glück schlug ich nicht diesen Weg ein, denn wie sich später herausstellte, war der Lauf dieses Stromes arg verschlungen und mit unpassierbaren Nebenflüssen bestückt; zudem rückte der Wald bis an die Ufer. Jeels Weg hingegen folgte einer alten Sklavenstraße, welche die sumpfigen Stellen im Gelände einigermaßen umging und jene Eingeborenenstämme mied, die sich nach der Erfahrung ganzer Händlergenerationen in diesem frevelhaften Geschäft am gefährlichsten gebärdeten.

Neun bange, beschwerliche Tage hatten wir hinter uns gebracht. Wir hatten über Nacht unter dem Kamm eines langgezogenen Hügels gelagert, der mit Felsbrocken übersät war, wovon wir so manchen durch schiere Kraft aus dem Weg räumen mußten, um mit den Wagen hindurchzukommen. Die Ochsen mußten die ganze Nacht angeschirrt liegen; wir trauten uns nicht, sie abzuspannen, damit sie nicht herumwanderten, zumal wir in der Ferne Löwen brüllen hörten, die uns allerdings, gab es doch reichlich Wild ringsum, mieden. Sobald es hell wurde, spannten wir die Ochsen zum Grasen ab, während wir kochten und aßen.

Bald ging die Sonne auf, und ich sah, daß unter uns eine weite Ebene lag, auf der Nebel lagerte, welcher zu meiner Rechten im Norden in noch dichteren Schwaden zog, was auf den Lauf des Krokodilflusses hindeutete.

Allmählich löste sich der Nebel auf, bis darüber hohe Wipfel sichtbar wurden und er zuletzt in Dunst überging, der sich mit der aufsteigenden Sonne legte. Während ich müßig ausschaute, kam in ihrer unterwürfigen

Art Jeel angeschlichen, berührte mich an der Schulter und deutete auf eine ferne Baumgruppe.

Als ich die Bäume genauer betrachtete, bemerkte ich dazwischen etwas Weißes, das ich für Felsen hielt. Nach näherem Hinsehen glaubte ich, im sich auflösenden Dunst darin Wagenplanen zu erkennen. Nun kam auch der Zulu, der Jeels Sprache verstand, hinzu. Ich erkundigte mich, so gut ich konnte, denn damals waren meine Kenntnisse dieser Sprache noch sehr unvollkommen, was sie zu sagen habe. Er befragte sie und gab zur Antwort, dies seien die wandernden Hütten der Amaboona (Buren), wie sie sie vor fast zwei Monaten gesehen habe.

Auf diese Eröffnung hin schien mein Herz stillzustehn, so daß ich eine ganze Weile kein Wort über die Lippen brachte. Da waren endlich die Wagen! Aber, ach, was sollte ich in ihnen finden? Ich rief Hans, erklärte ihm, daß dort Maries Camp liege und hieß ihn, so schnell wie möglich einzuspannen.

»Warum nicht die Ochsen zuerst grasen lassen, Baas?« erwiderte er. »Es eilt nicht, denn obwohl die Wagen da sind, werden alle Leute längst tot sein.«

»Tu, was ich sage, du Unglückshäher«, entgegnete ich, »anstatt zu unken! Und horch: ich gehe zum Camp voraus. Du kommst mit den Wagen nach, so schnell es geht!«

»Nein, Baas, allein zu gehn ist zu gefährlich. Kaffern oder wilde Tiere könnten dir auflauern.«

»Ob gefährlich oder nicht, ich gehe. Aber wenn du es für ratsam hältst, sollen zwei Zulu mitkommen; sag ihnen das!«

Wenige Minuten später war ich in Begleitung zweier speertragender Kaffern unterwegs. In meiner Jugend, als ich geringes Gewicht und muskulöse Beine hatte, war ich ein guter Läufer, aber wohl noch nie hatte ich sieben Meilen, denn das war in etwa die Entfernung zum Camp, schneller bewältigt als an jenem Morgen.

Die kräftigen Kaffern ließ ich so weit hinter mir, daß sie nicht mehr zu sehen waren, als ich die Baumgruppe erreichte. Hier ging ich in langsamem Schritt, um Atem zu schöpfen, wie ich mir einredete. Eigentlich aber aus Angst vor dem, was ich finden würde, weshalb ich die Entdeckung eine kleine Weile hinauszögerte. Solange ich nicht dort war, blieb eine zwar winzige Hoffnung; wäre ich erst da, würde die Hoffnung schwinden und unendlicher Verzweiflung Platz machen.

Nun konnte ich sehen, daß hinter den Wagen Baracken standen, sicherlich die ›einfachen Häuser‹, von denen Marie geschrieben hatte. Allerdings sah ich keinen Menschen, kein Vieh, keinen Rauch oder andere Lebenszeichen. Kein Laut war zu hören.

Sicher, dachte ich mir, hat Hans recht. Sie sind alle längst tot.

Die bange Erwartung wich eisiger Ruhe. Wenigstens wußte ich nun, daß mit dem Schlimmsten zu rechnen war. Es war vorbei – mein Einsatz vergebens. Ich trat durch die äußeren Bäume zwischen zwei Wagen. Einer davon, so nahm ich wahr, wie man in solchen Momenten Einzelheiten wahrnimmt, war der gleiche, in dem Marais mit seiner Tochter getreckt war, sein Lieblingswagen, bei dem ich einst eine neue Deichsel einzubauen geholfen hatte.

Vor mir standen, aus Astwerk gebaut und mit Lehm bestrichen, die derben Häuser; das heißt, ich sah nur die Rückwand, da die Vorderseite jeweils nach Westen zeigte. Ich blieb kurz stehen, und während ich da stand, glaubte ich, schwache Laute zu hören, als würde jemand langsam rezitieren. Ich schlich am äußeren Haus entlang und spähte um die Ecke, wobei ich mir den kalten Schweiß von der Stirn wischte, glaubte ich doch, Wilde hätten diesen Ort eingenommen. Dann sah ich, woher die Laute stammten. Ein zerlumpter, bärtiger Mann, schwarz vor Dreck, stand am Kopf einer langen, flachen Grube und sprach ein Gebet.

Es war Henri Marais, obwohl ich ihn zu dem Zeitpunkt noch nicht erkannte, so sehr hatte er sich verändert. Eine Reihe kleiner Hügel zu seiner Linken und Rechten verriet mir indes, daß die Grube ein Grab war. Nun bemerkte ich zwei weitere Männer, die gemeinsam eine Frauenleiche schleppten, deren Beine auf dem Boden schleiften, da ihnen zum Tragen offenbar die Kraft fehlte. Der Gestalt nach zu urteilen, handelte es sich bei der Leiche um eine hochgewachsene junge Frau, deren Züge ich nicht sehen konnte, da sie mit dem Gesicht nach oben geschleppt wurde. Zudem hing das lange Haar darüber und verbarg sie. Es war dunkles Haar wie Maries. Am Grabe angelangt, ließen die Männer die traurige Bürde hineinplumpsen; ich indes – ich war vor Schreck zu Stein erstarrt!

Endlich gehorchten mir meine Glieder wieder. Ich ging zu den Männern und fragte mit belegter Stimme auf holländisch:

»Wer wird begraben?«

»Johanna Meyer«, antwortete einer mechanisch, denn offenbar machten sie sich nicht einmal die Mühe, nach mir zu sehen. Als ich dies vernahm, fing mein Herz, das in Erwartung der Antwort stillgestanden hatte, plötzlich wieder zu schlagen an, daß ich es in der Stille pochen hörte.

Ich schaute auf. Da kam aus der Tür eines der Häuser ganz langsam, wie von Schwäche befallen, mit einem Kind an der Hand, das zum Gerippe abgemagert war und an einem Blatt kaute – *Marie Marais* heran! Sie war nur mehr ein Schatten ihrer selbst, aber es waren unverkennbar ihre Augen, die großen, sanften Augen, die unnatürlich geweitet wirkten in dem blassen schmalen Gesicht.

Auch sie sah mich und starrte mich an. Dann ließ sie das Kind los, warf die Hände empor, durch welche die Sonne schimmerte wie durch Pergament, und sank langsam zu Boden.

»Sie ist auch hinüber«, sagte einer der Männer gleichgültig. »Ich hätte ihr keinen weiteren Tag gegeben.«

Erst jetzt wandte sich der Mann am Kopfende des Grabes mir zu. Er hob den Kopf und deutete auf mich, woraufhin sich auch die beiden andern mir zukehrten.

»Großer Gott!« sagte er stockend, »jetzt bin ich endgültig verrückt. Schaut! Da steht als *Geist* der junge Allan, Sohn des englischen Predikanten aus der Cradocker Gegend.«

Kaum hörte ich seine Stimme, erkannte ich ihn wieder.

»Oh, Mynheer Marais!« rief ich. »Ich bin kein Geist. Ich bin der echte Allan und gekommen, um euch zu retten.«

Marais antwortete nicht; er schien verwirrt. Einer der Männer aber rief blöd:

»Wie kannst du uns retten, junger Mann, oder willst du dich etwa verspeisen lassen? Siehst du nicht, daß wir verhungern, verhungern!«

»Ich habe Wagen und Essen«, erwiderte ich.

»Allemachte! Henri«, rief der Mann mit dreistem Gelächter, »hörst du, was dein englischer *Geist* sagt? Er sagt, er hat Wagen und *Essen, Essen, Essen!*«

Dann brach Marais in Tränen aus und warf sich mir an die Brust, daß ich beinahe umgefallen wäre. Ich riß mich von ihm los und lief zu Marie, die mit dem Gesicht nach oben am Boden lag. Sie hörte offenbar meine Schritte, denn sie öffnete die Augen und setzte sich mühsam auf.

»Bist du's wirklich, Allan, oder träume ich?« murmelte sie.

»Ich bin's, ich bin's«, antwortete ich, hob sie auf und stellte sie hin, da sie kaum mehr als ein Kind wog. Sie ließ den Kopf auf meine Schulter sinken und fing ebenfalls zu weinen an.

Ich hielt sie fest und sagte, an die Männer gerichtet:

»Wieso hungert ihr, wo's ringsum Wild gibt?« Und

»Ich schaute auf. Da kam ... ganz langsam ... Marie Marais heran!« *(Siehe S. 133)*

ich deutete auf zwei fette Elenantilopen, die keine hundertfünfzig Yards entfernt durch die Bäume stakten.

»Sollen wir es mit Steinen jagen?« fragte einer der Männer. »Unser Pulver ist vor einem Monat alles verbrannt. Die Antilopen«, fügte er mit ungestümem Gelächter hinzu, »kommen jeden Morgen her, um uns zu verspotten, aber in unsre Fallgruben gehen sie nicht. Die kennen sie ganz genau, und wir haben keine Kraft mehr, neue auszuheben.«

Nun hatte ich, als ich meinem Troß vorauseilte, selbiges Purdey-Gewehr mitgenommen, womit ich beim Wettschießen gegen Pereira die Gänse erlegte, da es leicht zu tragen war. Ich bat mit erhobener Hand um Ruhe, ließ Marie sachte los und begann, die Elenantilopen anzuschleichen. Jede Möglichkeit zur Deckung nutzend, kam ich bis auf hundert Yards an sie heran, als sie plötzlich, von meinen beiden Zuludienern erschreckt, die gerade ankamen, Gefahr witterten.

Weg waren sie, verschwunden hinter Bäumen, wobei der große Bock vorausgaloppierte. Ich folgte der Fluchtrichtung und sah, daß sie in einer Buschlichtung in zweihundertfünfzig Yards Entfernung wieder auftauchen würden. Hastig legte ich an und wartete – mit einem Stoßgebet, mein Ziel nicht zu verfehlen, auf den Lippen.

Den Kopf gestreckt, so daß die langen Hörner flach am Nacken anlagen, erschien der Bock. Die Strecke war sehr lang und das Tier sehr groß für eine so kleine Kugel. Dennoch zielte ich, zielte vor ihn und recht hoch, wo das Rückgrat saß, und drückte ab.

Der Schuß löste sich, die Kugel schlug ein, und der Bock lief schneller denn je weiter. Verfehlt! Aber was war das? Urplötzlich drehte das große Tier ab und galoppierte auf uns zu. Als er keine fünfzig Yards mehr entfernt war, brach er zusammen, überschlug sich zweimal wie ein abgeknalltes Kaninchen und blieb still liegen. Die Kugel steckte im Herzen.

Die beiden Kaffern kamen atemlos und schweißbedeckt angelaufen.

»Schneidet der Antilope Fleisch aus der Flanke; ihr braucht sie vorher nicht zu häuten«, sagte ich ihnen in gebrochenem Zulu, wobei ich Gesten zu Hilfe nahm.

Sie verstanden mich und machten sich auch schon mit dem Assegai ans Werk. Nun sah ich mich um. Nahebei war dürres Brennholz aufgeschichtet.

»Habt ihr Feuer?« fragte ich die Buren, die nicht viel mehr als Gerippe waren.

»Nein, nein«, erwiderten sie, »unser Feuer ist ausgegangen.«

Ich holte die Zunderbüchse hervor, die ich bei mir trug, und schlug mit dem Flintstein Feuer. Zehn Minuten später loderte es munter, und binnen dreier Viertelstunden hatten wir eine gute Suppe, denn an Eisentöpfen fehlte es nicht, lediglich an Eßbarem. Ich glaube, den ganzen restlichen Tag taten die Ärmsten nichts anderes, als zu essen und zu schlafen zwischen den Mahlzeiten. Oh, was war es für eine Freude, ihnen zu essen zu geben, insbesondere nach Ankunft der Wagen, die Salz – wie lechzten sie nach Salz! – und Zucker und Kaffee mitbrachten.

9

Das Versprechen

Von den ursprünglich fünfunddreißig Seelen, die Eingeborenen nicht eingerechnet, die Henri Marais auf seine Unglücksexpedition begleitet hatten, waren im neuen Maraisfontein nur mehr neun am Leben. Das waren er selbst, seine Tochter, vier Prinsloos – eine ungewöhnlich robuste Familie – und drei Meyers, nämlich der Gatte der armen Frau, deren Begräbnis ich erlebt hatte, und zwei ihrer sechs Kinder. Der Rest, von Hernan Pereira abgesehen, war am Fieber gestorben oder verhungert, denn als das Fieber im Wechsel der Jahreszeiten nachließ, setzte der Hunger ein. Offenbar hatten sie ihr Pulver bis auf eine bescheidene Reserve in einer Hütte gelagert, die aus Sicherheitsgründen abseits der Siedlung errichtet war. Als die meisten Männer, die noch lebten, fort waren, setzte jedoch ein Grasfeuer diese Hütte in Brand, wobei das Pulver explodierte.

Danach versorgten sie das Lager einstweilen mit Hilfe der spärlichen Munition, die ihnen verblieben war, mit Nahrung. Als diese aufgebraucht war, hoben sie Fallgruben aus. Bald kannten die Böcke diese Gruben, woraufhin sie nichts mehr fingen.

Als dann das Biltong (Dörrfleisch) aufgezehrt war, mußten sie sich in ihrer Not mit allem behelfen, was den Hunger stillt. So gruben sie Knollen aus, kochten Gras, Zweige und Blätter, fingen Eidechsen und so fort. Ich glaube, sie aßen sogar Raupen und Würmer. Aber als ihr letztes Feuer ausging, das der elende Kaffer, der damit betraut war, schlecht hütete, versiegte auch diese Nahrungsquelle, denn Zunder besaßen sie nicht und durch Reibung brachten sie es nicht wieder in Gang. Bei meiner Ankunft hatten sie praktisch drei Tage nichts mehr gegessen außer grünes Laub und Gras, wie ich es bei dem Kind beobachtete. So hätte die nächsten drei Tage bestimmt kein einziger überlebt.

Nun erholten sie sich recht schnell, denn wer das Fieber überstanden hatte, der war praktisch dagegen gefeit. Wer könnte die Freude beschreiben, die mich erfüllte, als ich beobachtete, wie Marie, die praktisch mit einem Fuß im Grab gestanden hatte, wieder zu einer frischen, schönen Frau aufblühte? Letztendlich haben wir uns so weit nicht von den primitiven Zuständen der Frühzeit entfernt, wo es die erste Pflicht des Mannes gewesen ist, sein Weib und seine Kinder zu ernähren, und ich glaube, daß dieser Instinkt noch in uns schlummerte. Zumindest weiß ich, daß es für mich die überhaupt höchste Freude war, zu sehen, wie die arme, ausgehungerte Frau, die ich liebte, aß, und zwar das aß, was *ich* ihr geben konnte, nachdem sie wochenlang von Heuschrecken und Kräutern gelebt hatte.

Die ersten Tage wurde nicht viel gesprochen, und dann nur über das Notwendigste, denn alles andere beschäftigte uns jetzt nicht. Später dann, als Marais und seine Tochter sich soweit erholt hatten, um dies zu verkraften, führten wir ein Gespräch. Er wollte zunächst wissen, wie es gekommen sei, daß ich sie gefunden habe.

Durch Maries Brief, gab ich zur Antwort, wovon er offenbar nichts wußte, hatte er ihr doch verboten, mir zu schreiben.

»Ein Glück, daß Marie ungehorsam war, nicht wahr Mynheer?« meinte ich dazu, woraufhin er nichts sagte.

Dann erzählte ich von der Ankunft des Briefes auf der Missionsstation in der Kapkolonie durch die Hand eines wandernden *Smous* und von meinem verzweifelten Ritt auf der schnellen Stute nach Port Elizabeth, wo ich in letzter Minute noch die Brigg *Seven Stars* erreichte. Und ich berichtete ihnen von den glücklichen Zufällen, die mir ermöglichten, die Wagen zu kaufen und einen Führer zum Camp zu finden, das ich wenige Stunden vor dem endgültigen Aus erreichte.

»Eine große Tat«, sagte Henri Marais, wobei er seine Pfeife – ich hatte unter anderem Tabak mitgebracht – aus dem Mund nahm. »Aber sagen Sie mal, Allan, warum haben Sie das getan für jemand, der Sie nicht gut behandelt hat?«

»Ich habe es für jemand getan«, erwiderte ich, »der mich stets gut behandelt hat.« Und ich nickte Marie zu, die etwas abseits damit beschäftigt war, die Kochtöpfe zu spülen.

»Mag sein, Allan. Aber Sie wissen doch, daß sie mit einem andern verlobt ist.«

»Ich weiß, daß sie mit mir verlobt ist, und mit keinem andern«, entgegnete ich freundlich. »Und wo, bitte schön, ist dieser andere? Wenn er noch lebt, so habe ich ihn hier noch nicht gesehn.«

»Nein«, erwiderte Marais in einem merkwürdigen Ton. »Es ist nämlich so, Allan, daß Hernan Pereira uns etwa zwei Wochen vor Ihrer Ankunft verlassen hat. Es war noch ein Pferd da, das ihm gehörte, und so ritt er mit zwei Hottentotten, die ebenfalls seine Diener waren, den Weg, auf dem wir kamen, zurück, um Hilfe zu suchen. Seither haben wir von ihm nichts mehr gehört.«

»Soso. Und wie wollte er sich unterwegs mit Nahrung versorgen?«

»Er hat ein Gewehr – das heißt, alle drei haben eins. Und sie haben zusammen etwa für hundert Schuß Pulver, das vor dem Feuer verschont geblieben ist.«

»Hundert Schuß Pulver, bedachtsam eingesetzt, hätten euer Camp einen oder gar zwei Monate mit Nahrung versorgen können«, bemerkte ich. »Dennoch hat er alles mitgenommen – um Hilfe zu suchen?«

»Ja, Allan. Wir baten ihn zu bleiben, aber er wollte nicht. Und schließlich gehörte das Pulver ihm. Bestimmt meinte er, es sei das beste so, zumal Marie nichts von ihm wissen wollte«, ergänzte Marais mit Nachdruck.

»Nun, wie's scheint, habe ich Hilfe gebracht, nicht Pereira. Übrigens habe ich auch das Geld dabei, Mynheer, das mein Vater in Ihrem Namen eingetrieben hat, und dazu £ 500 von mir – oder was davon noch übrig ist – in Waren und Gold. Darüber hinaus ist Marie mir nicht abgeneigt. Sagen Sie also, wer von uns beiden sie bekommen soll?«

»Eigentlich Sie, so wie's aussieht«, antwortete er langsam, »da Sie Ihre Treue unter Beweis gestellt haben und Marie ohne Sie nun dort liegen würde«, und er deutete auf die kleinen Hügel, welche die Gebeine der meisten Trecker bedeckten. »Ja, ja, wie es aussieht, sollte sie Ihnen gehören, der Sie ihr zweimal das Leben gerettet haben und mir auch einmal.«

Nun bemerkte er wohl die Freude in meinem Gesicht, die ich nicht verbergen konnte, denn er beeilte sich hinzuzufügen: »Dennoch, Allan, habe ich vor Jahren auf die Bibel geschworen, daß meine Tochter niemals mit meiner Erlaubnis einen Engländer heiraten soll, auch wenn's ein guter Engländer wäre. Vor dem Aufbruch aus der Kolonie gelobte ich in Anwesenheit von Marie und Hernan Pereira noch einmal, daß ich sie Ihnen nicht geben werde. Nun kann ich doch meinen Schwur nicht brechen, oder? Denn damit würde ich Gottes Rache herausfordern.«

»Man möchte meinen, daß der Herrgott, als ich kam, im Begriff stand, an Ihnen wegen jenes unrechten Schwurs Rache zu üben«, erklärte ich verbittert und blickte nun meinerseits zu den Gräbern.

»Durchaus«, erwiderte er ohne Groll, denn die erlittenen Widrigkeiten hatten ihn zur Vernunft gebracht – vorerst zumindest. »Dennoch sind Gottes Wege unerforschlich, nicht wahr?«

Ich sprang zornig auf und sagte:

»Meinen Sie, Mynheer Marais, daß ich Marie, obwohl ich sie liebe, wahrhaftig und innig liebe, wie Sie wissen, und obwohl ich allein es vermocht habe, sowohl euch beide als auch die andern den Klauen des Todes zu entreißen, nie heiraten soll? Meinen Sie, daß ein Aufschneider sie bekommen soll, der sie in der Not im Stich gelassen hat?«

»Und wenn schon, Allan?«

»Dann sage ich Ihnen, obwohl ich noch jung bin, wie Sie wissen, so bin ich doch mein eigener Herr, der frei entscheiden und handeln kann. Außerdem bin ich Ihnen überlegen hier: ich habe Vieh, Gewehre und Diener. Nun denn, ich nehme Marie mit, und wenn Sie mich hindern wollen, weiß ich mich und sie zu schützen.«

Diese kühnen Worte erstaunten ihn offenbar nicht im geringsten und ließen mich auch nicht in seiner Achtung sinken. Er sah mich eine Weile an, wobei er nachdenklich an seinem langen Bart zwirbelte, und erwiderte sodann:

»In Ihrem Alter hätte ich bestimmt ebenso gehandelt, und Sie halten tatsächlich die Trümpfe in der Hand. Dennoch würde Marie, so sehr sie Sie auch liebt, niemals mit Ihnen gehen und mich hier allein verhungern lassen.«

»Dann kommen Sie halt mit als mein Schwiegervater, Mynheer Marais. Jedenfalls steht fest, daß ich nicht gehe und sie hier verhungern lasse.«

Nun verriet ihm offenbar etwas in meinen Augen, daß es mir todernst war. Wenigstens schlug er einen andern Ton an und redete fast flehentlich auf mich ein.

»So seien Sie doch vernünftig, Allan!« sagte er. »Wie wollen Sie Marie heiraten, wenn kein Predikant zum Trauen hier ist? Wenn Sie sie so sehr lieben, möchten Sie ihren Namen doch gewiß nicht mit Schmutz besudeln, auch in dieser Wildnis nicht?«

»Vielleicht würde sie es nicht als Besudelung empfinden«, hielt ich dagegen. »Es haben bereits Männer und Frauen ohne den Beistand eines Priesters geheiratet, beispielsweise durch öffentliche Erklärung und Bekanntmachung, und ihre Kinder gelten als ehelich. Ich weiß das, weil ich mich mit dem Eherecht befaßt habe.«

»Mag sein, Allan, obwohl für mich eine Ehe nur gilt, wenn die heilige Formel gesprochen wird. Aber warum lassen Sie mich nicht ausreden?«

»Weil ich dachte, Sie hätten alles gesagt, Mynheer Marais.«

»Nein, Allan. Ich sagte Ihnen, ich habe geschworen, daß Sie sie mit meiner Zustimmung nicht heiraten werden. Wenn sie freilich volljährig ist, was in gut sechs Monaten der Fall sein wird, so ist meine Zustimmung nicht länger vonnöten, weil sie dann ein freier Mensch ist, der über sich selbst verfügen kann. Zugleich werde ich dann meines Eides entbunden sein, denn es kann nicht auf mich zurückfallen, wenn eintritt, was ich nicht abwenden kann. Sind Sie nun zufrieden?«

»Ich weiß nicht«, antwortete ich unschlüssig, denn trotz der ganzen für meine Begriffe sträflichen Haarspalterei wollte ich nicht recht glauben, daß er es ehrlich meinte. »Ich weiß nicht«, wiederholte ich. »In sechs Monaten kann viel passieren.«

»Natürlich, Allan. Vielleicht besinnt Marie sich beispielsweise und heiratet einen andern.«

»Oder ich stehe nicht mehr zur Verfügung, Mynheer, weil einem zuweilen, insbesondere in einer solchen Wildnis, etwas zustößt, wenn man unerwünscht ist, beziehungsweise in meinem Fall gerade weil man erwünscht ist.«

»Allemachte! Allan, Sie behaupten doch nicht, ich ...«

»Nein, Mynheer«, unterbrach ich. »Aber es gibt noch andere auf der Welt außer Ihnen – Hernan Pereira zum Beispiel, falls er noch lebt. Dennoch geht's ja nicht allein um mich bei der Sache. Da ist auch noch Marie. Soll ich sie rufen?«

Er nickte, weil es ihm vermutlich lieber war, wenn ich in seinem Beisein mit ihr sprach.

Also rief ich Marie, die unser Gespräch mit gespannten Blicken verfolgte, während sie ihre Arbeit verrichtete. Sie kam sofort, eine ganz andere Marie als das hungernde Geschöpf von neulich, die zwar noch mager und abgezehrt war, aber, vom guten Essen und inneren Glück angeregt, rasch zu neuer Jugend und Schönheit erblühte.

»Was ist, Allan?« fragte sie behutsam. Ich sagte ihr alles und wiederholte unser Gespräch mit den Argumenten beider Seiten Wort für Wort, soweit ich mich erinnerte.

»Stimmt's so?« fragte ich Marais abschließend.

»Stimmt. Sie haben ein gutes Gedächtnis«, gab er zur Antwort.

»Also gut. Und was hast du nun dazu zu sagen, Marie?«

»Ich, lieber Allan? Nun, dies: Mein Leben gehört dir, der du meinen Leib zweimal vor dem Tod bewahrt hast, wie dir auch meine Liebe und mein Geist gehört. Deshalb hätte ich es nicht als Schande empfunden, wenn ich dir hier und jetzt vor allen Leuten zur Frau gegeben worden wäre, um später bei erster Gelegenheit vor einem Priester zu heiraten. Mein Vater hingegen hat einen Schwur getan, der schwer auf ihm lastet, und dir eröffnet, daß dieser Schwur in sechs Monaten – einer kurzen Zeit – hinfällig wird, weil er dann per Gesetz nicht länger über mich bestimmen kann. Um meinen Vater nicht zu bekümmern oder vielleicht zu törichten Worten oder Handlungen zu verleiten, halte ich es deshalb für besser, wenn wir diese sechs Monate warten, Allan, sofern er seinerseits zusagt, daß er dann nichts versuchen wird, um unsre Ehe zu verhindern.«

»Ja, ja, ich verspreche, daß ich nichts versuchen werde, um eure Ehe zu verhindern«, erklärte Marais eifrig, als sähe er plötzlich eine Fluchtweg in einer ausweglosen Situation, wobei er wie im Selbstgespräch hinzufügte. »Sofern Gott sie nicht verhindern wird.«

»Wir sind alle in Gottes Hand«, erwiderte Marie mit lieblicher Stimme. »Allan, mein Vater hat es versprochen, hörst du?«

»Ja, Marie, er hat es versprochen – auf seine Art«, antwortete ich bedrückt, denn irgendwie machten mich seine Worte schaudern.

»Ich habe es versprochen, Allan, und ich werde mein Versprechen Ihnen gegenüber halten, wie ich meinen Schwur vor Gott halte. Ich werde nichts gegen Sie unternehmen und alles in Gottes Hand legen. Aber auch Sie müssen mir etwas versprechen, nämlich Marie nicht zur Frau zu nehmen, bevor sie volljährig ist – und wärt ihr die einzigen Menschen, die übrigblieben im Veld. Ihr steht zueinander wie Verlobte, mehr nicht.«

Da mir keine andere Wahl blieb, leistete ich schweren Herzens das Versprechen. Daraufhin rief Marais, wohl um die Vereinbarung amtlich zu machen, die restlichen Buren herbei, die herumstanden, und wiederholte vor ihnen die Bedingungen der Vereinbarung, die wir geschlossen hatten.

Die Männer lachten achselzuckend. Vrouw Prinsloo hingegen, so erinnere ich mich, sagte unverblümt, daß sie dies für Schwachsinn halte, denn wenn jemand ein Recht auf Marie habe, so ich, und zwar wie es mir beliebe. Was Hernan Pereira angehe, so sei dieser ein ›Feigling und Dreckskerl‹, der losgezogen sei, um die eigene Haut zu retten, und sie alle krepieren ließe. Wenn *sie* Marie wäre, würde sie ihn, sollte er sich wieder blicken lassen, mit einem Eimervoll Spülwasser ins Gesicht begrüßen, was sie selbst zu tun gedenke, wenn sich eine Gelegenheit böte.

Vrouw Prinsloo war, wie aufgefallen sein wird, eine Frau mit einer deutlichen Sprache, aber ehrlich, wie ich ergänzen darf.

Somit war die Vereinbarung besiegelt. Ich habe ausführlich davon berichtet, weil sie von zentraler Bedeutung ist für unsre Geschichte. Heute hingegen wünschte ich – ach, wünschte ich sehr, daß ich damals auf eine sofortige Heirat mit Marie bestanden hätte. Ich glaube durchaus, daß ich mich hätte durchsetzen können, hatte ich doch die besseren Argumente in Form von Vieh, Nahrung und Munition, und die andern Buren hätten, um keinen Streit mit mir vom Zaun zu brechen, Marais zum Nachgeben gezwungen. Aber wir waren jung und unerfahren; es sollte nicht sein. Wer vermag schon den Lauf des Schicksals zu deuten, der unabänderlich – vielleicht schon lange vor unsrer Geburt – im ewigen Buch der menschlichen Bestimmung vorgezeichnet ist?

Als ich freilich meine anfänglichen Zweifel und Befürchtungen abgeschüttelt hatte, waren Marie und ich sehr glücklich und lebten geradezu im Paradies – verglichen mit dem, was wir durchgemacht hatten in jener schweren Zeit der Trennung und des Schweigens. Jedenfalls wurden wir von der kleinen Gemeinde, der wir angehörten, einschließlich des Vaters als verlobtes Paar anerkannt und durften, so oft wir wollten, allein zusammensein. Das bedeutete, daß wir uns bei Sonnenaufgang sahen und erst bei Einbruch der Nacht wieder trennten, denn da wir kaum oder kein künstliches Licht hatten, gingen wir praktisch mit den Vögeln schlafen. Schön war diese Zeit trauter Zweisamkeit und liebevoller Freundschaft – so schön, daß ich selber nach all den Jahren nicht am heiligen Andenken dieser seligen Tage rühren möchte.

Sobald die überlebenden Buren dank meiner Vorräte und Arzneien und dank des Wildes, das ich reichlich schoß, wieder zu Kräften kam, entbrannten natürlich heftige Diskussionen bezüglich unsrer Zukunftspläne. Zunächst wurde vorgeschlagen, nach Lorenzo Marquez zu trecken, um dort auf ein Schiff zu warten, das uns nach Natal brächte, denn verarmt zum Kap zurückzukehren, um dort von ihrem Scheitern und von ihren gräßlichen Verlusten zu künden, davon wollte keiner etwas wissen. Nun erklärte ich freilich, daß das nächste Schiff so schnell nicht komme, vielleicht ein, zwei Jahre auf sich warten ließe, und daß Lorenzo Marquez und Umgebung mir als ungesunder Lebensraum erscheine!

Die nächste Idee war, daß wir bleiben sollten, wo wir waren, was ich eigentlich begrüßte, da ich nur zu gern in Eintracht mit Marie ausgeharrt hätte, bis die sechsmonatige Bewährung verstrichen wäre.

Dies wurde schließlich jedoch aus vielerlei Gründen verworfen. So waren zwei Handvoll Weiße, darunter allein vier Mitglieder einer einzigen Familie, ganz bestimmt zu schwach, um eine Siedlung zu gründen, zumal jederzeit ein offener Konflikt mit den Wilden der Nachbarschaft ausbrechen konnte. Darüber hinaus stand die schlimmste Fieberperiode bevor, die uns sehr wahrscheinlich alle dahingerafft hätte. Des weitern hatten wir weder Zuchtvieh noch Pferde, welche in diesem Veld nicht gediehen, und lediglich die Munition und die Güter, die ich mitgebracht hatte.

So lag auf der Hand, daß uns nur eine Möglichkeit blieb, nämlich zurückzutrecken ins heutige Transvaal oder noch besser nach Natal, denn mit dieser Route könnten wir die unwegsamsten Gebirge meiden. Dort könnten wir uns dann einem anderen Burentreck anschließen, vorzugsweise dem Treck von Retief, dessen Vorstoß über den Drakensberg ich melden konnte.

Sobald dies feststand, begannen wir mit den Vorbereitungen. Zunächst einmal besaß ich nur genügend Ochsen für zwei Gespanne, wohingegen wir mindestens vier benötigten, selbst wenn wir die übrigen Wagen zurückließen. Deshalb trat ich mit Hilfe meiner Kaffern in Verhandlungen mit den benachbarten Wilden, welche bald ihre Bereitschaft zum Handeln ausdrückten, als sie hörten, daß ich kein Bure sei und für die Erwerbungen zahlen wolle. Nun entwickelte sich in kurzer Zeit sogar ein richtiger Markt, zu dem Vieh getrieben wurde, das ich nach zähem Feilschen gegen Tuche, Messer, Hacken und den üblichen Kaffernwaren eintauschte.

Ebenso brachten sie Mais und anderes Getreide herbei. Ach, die Freude, mit der die Ärmsten, die seit vielen Monaten nichts als Fleisch gegessen hatten, diese Mehlspeisen verzehrten! Nie werde ich den Anblick vergessen, wie Marie und die verbliebenen Kinder ihren ersten Porridge verschlangen und den klebrigen Brei mit frischer, gesüßter Milch hinunterspülten, denn mit den Ochsen hatte ich auch zwei gute Kühe erwerben können. Es genüge zu sagen, daß diese Ergänzung des Speiseplans ihre Gesundheit vollends wiederherstellte und Marie zu noch größrer Schönheit erblühte.

Nachdem Ochsen gekauft waren, mußten sie als nächstes eingefahren werden; denn obwohl sie recht brave Tiere waren, hatten sie noch keinen Wagen gesehen. Dies erwies sich als langwieriges und schwieriges Geschäft und erforderte so manche Übungsfahrt. Zudem waren die vorgesehenen Wagen, wovon einer Pereira gehört hatte, auszubessern, wobei wir höchst unzulängliches Werkzeug und keine Schmiede zur Verfügung hatten. Ja, und wenn Hans, der Hottentotte, zu einem früheren Zeitpunkt seiner Laufbahn nicht zufällig bei einem Wagner gedient hätte, so hätten wir dies wohl gar nicht zustandegebracht.

Während wir nun damit beschäftigt waren, erreichte uns eine Nachricht, eine recht unangenehme für alle bis auf Henri Marais vielleicht. Ich war eines Abends gerade dabei, sechzehn neue Ochsen so abzurichten, daß sie als Gespann an einem Strick zogen, anstatt sich zu verheddern und den Wagen umzuschmeißen, als Hans, der mir zur Hand ging, mit einemmal rief:

»Schau, Baas, da kommt einer meiner Brüder!« Oder, anders ausgedrückt, ein Hottentotte.

Ich schaute, wohin er deutete, und sah eine dünne, klägliche Gestalt durch die Bäume heranstapfen, die nur mehr Lumpen trug und einen alten Hut, von dem nur noch die Krempe übrig war.

»He!« rief Marie erstaunt, die wie stets an meiner Seite war, »das ist Klaus, einer der Begleiter meines Cousins Hernan.«

»Meinetwegen, solange es nicht dein Cousin persönlich ist«, bemerkte ich.

Schon war der arme, ausgehungerte Hottentotte bei uns, warf sich auf die Erde und bettelte um Essen. Es wurde ihm kalter Braten gereicht, ein Stück Antilopenschulter, das er gierig verschlang, indem er es mit beiden Händen hielt und große Brocken mit den Zähnen herausriß wie ein Raubtier.

Als er endlich satt war, fragte Marais, der mit den andern Buren hinzugekommen war, woher er komme und was er von seinem Herrn zu berichten habe.

»Aus dem Busch«, antwortete er, »und von meinem Herrn ist zu berichten, daß er tot ist. Wenigstens ließ ich ihn so krank zurück, daß er mittlerweile gestorben sein wird.«

»Warum hast du ihn allein gelassen, wenn er krank gewesen ist?« fragte Marais.

»Weil er mich fortschickte, Baas, damit ich Hilfe hole, denn wir waren am Verhungern, nachdem wir unsre letzte Kugel verschossen hatten.«

»Dann ist er jetzt allein?«

»Ja, ja, allein mit den Raubtieren und Geiern. Sein andrer Diener wurde vor langem von einem Löwen gefressen.«

»Wie weit weg ist er?« fragte Marais wieder.

»Oh, Baas, etwa fünf Stunden mit dem Pferd auf guter Straße.« (Das wären zirka fünfunddreißig Meilen.)

Sodann erzählte er, was vorgefallen war. Pereira hatte mit seinen beiden Dienern – er zu Pferd, sie zu Fuß – unbehelligt ein unwegsames Gebiet von hundert Meilen durchquert, als eines Nachts der eine Hottentotte von einem Löwen angefallen und verschleppt wurde und das verschreckte Pferd durchging und nie mehr gesehen ward. Pereira und Klaus zogen zu Fuß weiter und gelangten an einen Strom, an dessen Ufer sie Kaffern, anscheinend Vorposten der Zulu, begegneten. Diese Männer verlangten die Herausgabe ihrer Gewehre und Munition an ihren König. Als Pereira sich weigerte, drohten sie an, beide am Morgen zu töten, nachdem er sie im Gebrauch der Gewehre unterwiesen hätte, wozu sie ihn durch Stockschläge zwingen wollten.

In der Nacht kam ein Unwetter auf, in dessen Schutz Pereira und Klaus entwischten. Da sie nicht weitergehen wollten, um den Zulu nicht in die Hände zu fallen, kehrten sie um und flohen gen Norden, wobei sie die ganze Nacht rannten, nur um am Morgen festzustellen, daß sie sich im Busch verlaufen hatten. Dies ereignete sich vor fast einem Monat – zumindest war Klaus dieser Ansicht, da die Tage sicherlich sehr langsam vergingen. Seitdem irrten sie umher und versuchten, sich anhand der Sonne zu orientieren, um letztendlich zum Camp zurückzufinden. Sie begegneten keinem Menschen, ob schwarz oder weiß, und ernährten sich von dem Wild, daß sie schossen und roh oder in der Sonne gedörrt verzehrten, bis schließlich alles Pulver aufgebraucht war und sie die schweren Büchsen, die sie nicht mehr tragen konnten, wegwarfen.

An dieser Stelle sah Klaus vom Wipfel eines hohen Baumes einen gewissen Hügel in der Ferne, den er wiedererkannte und der etwa fünfzehn Meilen von Marais' Camp entfernt lag. Mittlerweile starben sie fast vor Hunger, wobei Klaus der Stärkere war, da er Aas – vermutlich eine tote Hyäne – gefunden und gegessen hatte. Als Pereira, der nicht den Magen eines Hottentotten besaß, gleichfalls von dieser gräßlichen Speise kostete, wurde er schon vom ersten Bissen sterbenskrank. Sie suchten Zuflucht in einer Höhle am Ufer eines Stromes, wo Brunnenkresse und andre Kräuter wie wilder Spargel wuchsen. Dort erhielt Klaus von Pereira den Auftrag, das Camp zu suchen und Hilfe zu holen, falls dort noch jemand am Leben war.

Also machten sich Klaus auf den Weg, wobei er ein Bein der Hyäne mitnahm, und kam am Nachmittag des zweiten Tages, wie geschildert, an.

10

Vrouw Prinsloo sagt ihre Meinung

Als nun der Hottentotte mit seiner Geschichte geschlossen hatte, entstand eine rege Diskussion. Marais meinte, daß jemand gehen und nach seinem Neffen sehen müsse, woraufhin die andern Buren ein gleichgültiges »Ja« verlauten ließen. Sodann ergriff die Vrouw Prinsloo das Wort.

Sie bemerkte parabolisch, wie sie es schon einmal getan hatte, daß Hernan Pereira nämlich ein »Feigling und Dreckskerl« sei, der sie in ihrer Not im Stich gelassen habe und durch das Urteil des gerechten Gottes nun selbst in Not geraten sei. Sie persönlich wünschte, der Löwe hätte ihn gefressen anstelle des werten Hottentotten, obwohl es nur für den Löwen spreche, daß er dies nicht getan habe, ahnte er doch wohl, daß er sich an dieser Beute vergiften würde. Nun, ihrer Meinung nach sei es nur recht und billig, wenn der Verräter selbst auszulöffeln habe, was er sich eingebrockt habe. Zudem werde er längst tot sein, warum also die ganze Aufregung?

Diese Gedanken schienen den Buren zu gefallen, denn sie sagten: »Ja, was soll's?«

»Darf man«, fragte Marais, »einen Kameraden, einen Landsmann in Not im Stich lassen?«

»Mein Gott!« erwiderte Vrouw Prinsloo; »er ist kein Landsmann von mir, dieser miese Portugiese. Freilich ist er als Sohn Ihrer Schwester Ihr Verwandter, Heer Marais, weshalb außer Frage steht, daß es Ihnen zufällt, ihn suchen zu gehen.«

»Schon möglich, Vrouw Prinsloo«, sagte Marais in seiner versonnenen Art, »dennoch ist nicht zu vergessen, daß ich mich um Marie zu kümmern habe.«

»Ach, das hatte er auch, bis er sich vornahm, die eigene Haut zu retten, und sich mit dem einzigen Pferd und mit sämtlichem Pulver aus dem Staub machte und Marie und alle andern dem Hunger auslieferte. Tja, Sie wollen nicht gehn; Prinsloo geht nicht und mein Sohn auch nicht, dafür werde ich sorgen. Also muß Meyer gehn.«

»Nein, nein, gute Vrouw«, erwiderte Meyer. »Ich habe Kinder, für die ich wohlgemerkt, da sein muß.«

»Dann«, rief Vrouw Prinsloo triumphierend, »wird niemand gehn. Vergessen wir den Dreckskerl, wie er uns vergessen hat.«

»Darf man«, fragte Marais abermals, »einen Christen einfach in der Wildnis verhungern lassen?« Und er sah dabei zu mir.

»Sagen Sie mal, Heer Marais«, bemerkte ich als Antwort auf seinen Blick, »warum soll ausgerechnet ich den Heer Pereira suchen gehn, der mich nicht gerade gut behandelt hat?«

»Ich weiß nicht, Allan. Dennoch steht geschrieben, daß wir Unrecht vergeben und auch die andere Wange hinhalten sollen. Freilich bleibt es allein Ihre Entscheidung, aber bedenken Sie, daß wir für alles zur Verantwortung gezogen werden am Jüngsten Tag. Ich weiß nur, wäre ich in Ihrem Alter und hätte ich keine Tochter, für die ich zu sorgen habe, so würde *ich* gehen.«

»Wie reden Sie mit mir?« fragte ich empört. »Gehen Sie doch selber, zumal ich durchaus imstande bin, mich um Ihre Tochter zu kümmern.« (Hier kicherten Vrouw Prinsloo und die andern Buren.) »Und warum wenden Sie sich nicht an diese anderen Heeren, die doch die Freunde und Treckkameraden Ihres Neffen sind?«

An dieser Stelle erklärten die männlichen Prinsloos und Meyer, daß sie andernorts zu tun hätten.

»Es ist Ihre Entscheidung, Allan, aber bedenken Sie, wie schrecklich es ist, vor den Schöpfer zu treten, wenn das Blut eines Mitmenschen an seinen Händen klebt. Falls Sie nicht gehn und keiner dieser hartherzigen

Männer geht, so werde ich trotz meines Alters und meines nach all den Widrigkeiten angeschlagenen Zustands selber gehn.«

»Prima«, sagte Vrouw Prinsloo, »das ist die beste Lösung. Sie werden das Umherwandern bald müde, Heer Marais, und wir kriegen den Dreckskerl nicht mehr zu sehen.«

Marais erhob sich resigniert, denn er wollte lieber nicht mit Vrouw Prinsloo streiten, der er nicht gewachsen war, und sagte:

»Lebe wohl, Marie. Falls ich nicht zurückkomme, beherzige meine Anliegen. Mein Testament liegt zwischen den ersten Seiten unsrer Heiligen Schrift. Steh auf, Klaus, und führe mich zu deinem Herrn!« Und er versetzte dem vollgestopften, erschöpften Hottentotten einen ziemlich unsanften Tritt.

Marie, welche die ganze Zeit über still dabeigestanden hatte, tippte mich nun auf die Schulter und meinte:

»Allan, ist es ratsam, meinen Vater allein gehen zu lassen? Willst du nicht mit ihm gehn?«

»Natürlich«, erwiderte ich freundlich. »Bei einem solchen Geschäft sollte man zu zweit sein. Außerdem sind ein paar Kaffern nötig, um den Kranken zu tragen, falls er noch lebt.«

Und nun zum Ende der Geschichte. Da der Hottentotte Klaus zu erschöpft war, um noch am selben Abend zu gehen, wurde beschlossen, bei Morgengrauen aufzubrechen. Demnach stand ich vor Tagesanbruch auf. Als ich gerade das Frühstück beendete, kam Marie zum Wagen, in dem ich schlief. Ich erhob mich und begrüßte sie, und da niemand in der Nähe war, küßten wir uns ausgiebig.

»Beeil dich, Liebster!« sagte sie dann und schob mich weg. »Mein Vater schickt mich. Er hat sich den Magen verdorben und will mit dir reden.«

»Das bedeutet, daß ich deinen Cousin allein suchen soll«, erwiderte ich mit Unmut in der Stimme.

Marie schüttelte den Kopf und führte mich zu der Hütte, in der sie schlief. Dort bemerkte ich im Licht, daß durch die Tür in den fensterlosen Raum fiel, Marais, der auf einem hölzernen Hocker saß und sich stöhnend den Bauch hielt.

»Guten Morgen, Allan«, sagte er betrübt. »Ich bin krank, furchtbar krank, habe vielleicht etwas Unrechtes gegessen oder mich erkältet. Das sind oft die ersten Anzeichen von Fieber oder Ruhr.«

»Vielleicht tut das Gehen da ganz gut, Mynheer«, meinte ich beschwichtigend, denn offengestanden hatte ich so meine Zweifel an einer Erkältung und wußte, daß er nichts Unbekömmliches gegessen hatte.

»Gehen! Weiß Gott, ich kann kaum gehen, so zwickt es mich im Bauch wie von Beißzangen. Trotzdem werde ich's versuchen, denn ich kann den armen Hernan doch nicht allein sterben lassen. Und wenn ich ihn nicht suchen gehe, dann geht keiner.«

»Können wir nicht ein paar von meinen Kaffern mit Klaus auf den Weg schicken?« fragte ich.

»Allan«, erwiderte er ernst, »wenn Sie fern jeder Hilfe sterbenskrank in einer Höhle liegen, was würden Sie dann von Leuten halten, die einfache Kaffern schickten, anstatt selbst zu helfen, Kaffern, die Sie sicher einfach sterben ließen und mit irgendeiner Lügengeschichte heimkehrten?«

»Ich weiß nicht, was ich davon halten würde, Heer Marais. Ich weiß jedoch, daß Pereira, läge *ich* in jener Höhle und wäre er im Camp, nicht selber kommen und nicht mal einen Kaffer zu *meiner* Rettung schicken würde.«

»Mag sein, Allan. Aber soll man sich von der Bosheit eines andren leiten lassen? Oh, ich komme mit, und wenn's mich umbringt.« Und er erhob sich von seinem Hocker mit dem fürchterlichsten Gestöhne und entledigte sich der zerlumpten Decke, in die er gehüllt war.

»Ach, Allan, mein Vater darf nicht gehen. Er wird sich

den Tod holen«, rief Marie, welche seine Verfassung für ernster hielt als ich.

»Nun gut, wenn du meinst«, erwiderte ich. »Also adieu, denn es wird Zeit, daß ich aufbreche.«

»Sie haben ein gutes Herz, Allan«, sagte Marais, sank auf seinen Hocker zurück und hüllte sich wieder in die Decke, während Marie verzweifelt zwischen ihm und mir hin und her blickte.

Eine halbe Stunde später war ich, denkbar schlecht gelaunt, unterwegs.

»Nehmen Sie sich in acht«, rief Vrouw Prinsloo mir nach. »Es bringt Unglück, wenn man einen Feind rettet, und wie ich diesen Dreckskerl kenne, wird er zum Dank nur kräftig in die helfende Hand beißen. Pah, Mann, wenn ich Sie wäre, würde ich ein paar Tage im Busch kampieren, heimkehren und berichten, von Pereira keine Spur gefunden zu haben außer toten Hyänen, die an seinem ungenießbaren Fleisch krepierten. Trotzdem wünsche ich Ihnen Glück, Allan. Hoffentlich finde auch ich einen solchen Freund in der Not. Mir scheint, Sie sind dazu geboren, andren zu helfen.«

Neben dem Hottentotten Klaus begleiteten mich drei Zulukaffern auf dieser unliebsamen Reise; Hans hatte ich zurücklassen müssen als Hüter meines Viehs und meiner Güter. Außerdem hatte ich einen Ochsen dabei, ein reges Tier, das ich abgerichtet hatte, so daß es Lasten und notfalls auch einen Menschen trug, obwohl es noch recht störrisch war.

Den ganzen Tag zogen wir durch äußerst unwegsames Gelände und gelangten mit Einbruch der Dunkelheit endlich in ein felsiges Kloof, wo wir, zum Schutz vor Löwen von Lagerfeuern umgeben, schliefen. Mit dem ersten Licht des neuen Tages marschierten wir weiter und durchwateten gegen zehn Uhr einen Strom zu einer kleinen natürlichen Höhle, wo Klaus angeblich seinen Herrn zurückgelassen hatte. Die Höhle wirkte völlig verlassen, so daß ich am Eingang zögerte, während mir die Einsicht dämmerte, daß Pereira, falls noch hier, tot sein müsse. Mit dieser Erkenntnis stellte sich, so sehr ich mich auch dagegen wehrte, eine gewisse Erleichterung und sogar Freude ein. Denn ich wußte genau, daß der lebende Pereira mir gefährlicher werden konnte als alle Wilden und Raubtiere Afrikas zusammen. Ich wies diese unschickliche Regung zurück, so gut ich konnte, und betrat die Höhle allein, während die Eingeborenen, welche die Berührung einer Leiche als Befleckung fürchteten, draußen warteten.

Es war keine tiefe Höhle, die das Wasser aus dem überhängenden Fels gewaschen hatte. Sobald sich meine Augen an die Dunkelheit gewöhnten, sah ich am hintern Ende einen Mann liegen. Er rührte sich nicht, und somit war ich mir recht sicher, daß er die Beschwernisse des Lebens hinter sich gebracht hatte. Ich ging zu ihm, berührte sein Gesicht, das kalt und klamm war, und wandte mich, vollends überzeugt, zum Gehen. Die Höhle, so überlegte ich noch, gäbe eine perfekte Gruft ab, würde man den Eingang mit aufgeschichteten Steinen verschließen.

Als ich schon hinaus in die Sonne trat und den Männern zurufen wollte, Steine herbeizutragen, glaubte ich, hinter mir ein kaum vernehmbares Stöhnen zu hören, das ich im ersten Moment meiner Einbildung zuschrieb. Dennoch machte ich kehrt, kniete mich, obgleich mir dieses Geschäft nicht behagte, neben die Gestalt und legte die Hand auf ihr Herz. Mindestens fünf Minuten kniete ich da und wollte, wiederum vollends überzeugt, schon gehen, als ich abermals das schwache Stöhnen hörte. Pereira war nicht tot, sondern lag in den letzten Zügen!

Ich rannte zum Höhleneingang und rief die Kaffern, und gemeinsam trugen wir ihn hinaus in die Sonne. Er bot ein schauriges Bild und bestand nur mehr aus Haut und Knochen, war gelb verfärbt, starrte vor Dreck und war mit Blut aus einer Wunde bedeckt. Ich hatte Brandy bei mir, wovon ich ihm ein Schlückchen einflößte, woraufhin sein Herz kräftiger schlug. Dann kochten wir eine Suppe, die wir ihm wiederum mit Brandy gemischt einflößten, womit wir ihn schließlich wiederbeleben konnten.

Drei Tage pflegte und versorgte ich den Mann, und hätte ich dabei während jener Zeit nur wenige Stunden nachgelassen, so wäre er mir wohl gestorben, denn Klaus und die Kaffern waren in der Hinsicht überhaupt nicht zu gebrauchen. Aber ich brachte ihn durch, und am dritten Morgen kam er dann zu sich. Lange starrte er mich an. Ich hatte ihn in den Höhleneingang gelegt, wo es hell war, aber der überhängende Felsen ihn vor der Sonne schützte. Dann sagte er:

»Allemachte! Du erinnerst mich an jemand, den ich kenne, junger Mann. Ich weiß schon. An diesen verdammten jungen Engländer, der mich bei der Gansjagd geschlagen und Streit zwischen mir und Retief gestiftet hat, an den Laffen, den Marie so gern gehabt hat. Nun, wer du auch bist, der kannst du, Gott sei Dank, nicht sein.«

»Sie irren sich, Heer Pereira«, erwiderte ich. »Ich bin nämlich der verdammte englische Laffe, der Allan Quatermain heißt und Sie beim Schießen geschlagen hat. Aber wenn ich Ihnen einen Rat geben darf, so danken Sie Gott für was andres, dafür nämlich, daß Ihnen das Leben gerettet worden ist.«

»Wer hat mir das Leben gerettet?« fragte er.

»Ich, wenn Sie's wissen wollen. Ich pflege Sie seit drei Tagen gesund.«

»Sie, Allan Quatermain! Das ist aber merkwürdig, denn ich hätte Ihnen das Leben nicht gerettet.« Und er lachte zaghaft, drehte sich um und schlief ein.

Von nun an machte seine Genesung rasche Fortschritte, und zwei Tage später traten wir den Rückweg zu Marais' Camp an, wobei die vier Eingeborenen Pereira auf einer Bahre trugen. Das war ein undankbares

Geschäft, das sie nur murrend hinnahmen, denn die Bürde war schwer im unwegsamen Gelände, und wenn sie stolperten oder Pereira erschütterten, fluchte wüst und schimpfte er auf sie ein. Er fluchte so viel, daß einer der Zulu, ein derber Charakter, schließlich sagte, er würde ihn, wäre da nicht der Inkoos, womit er mich meinte, mit dem Assegai aufspießen, damit die Geier ihn forttrügen. Daraufhin wurde Pereira viel freundlicher. Wenn die Träger erschöpft waren, setzten wir ihn auf den Ochsen, den zwei von uns führten, während zwei andere den Mann von je einer Seite stützten. Auf diese Weise erreichten wir schließlich eines Abends das Camp.

Hier begrüßte uns als erste die Vrouw Prinsloo. Wir begegneten ihr eine gute Viertelmeile von den Wagen entfernt auf dem Pfad des Wildes, dem wir folgten. Die Hände in die fülligen Seiten gestützt, stand sie breitbeinig da und wirkte in diesem Gebaren so trotzig, so voller Vorsatz, daß ich daraus unwillkürlich folgerte, sie habe von unsrer Ankunft Wind bekommen – indem sie vielleicht den Rauch unsrer letzten Lagerfeuer bemerkt habe – und halte nach uns Ausschau. Entsprechend herzlich war ihre Begrüßung.

»Aha!« rief sie, »da kommt Hernan Pereira auf einem Ochsen dahergeritten, während die besseren Männer gehen. So, mit dir habe ich noch ein Hühnchen zu rupfen. Wie kommt's, daß du bei Nacht und Nebel abgehauen bist und das einzige Pferd und sämtliches Pulver mitgenommen hast?«

»Ich wollte Hilfe holen für euch«, erwiderte er beleidigt.

»Soso, ja wirklich! Nun, wie's scheint, bist du es, der letztendlich Hilfe gebraucht hat. Wie gedenkst du den Heer Allan Quatermain zu bezahlen dafür, daß er dir das Leben gerettet hat, denn das hat er doch wohl? Du besitzt nichts mehr, obwohl du ständig geprahlt hast mit deinem Reichtum, der jetzt auf dem Grunde eines

Flusses liegt, also wirst du ihn schon mit Nächstenliebe und Dienstbarkeit bezahlen müssen.«

Er murmelte irgend etwas, daß ich keinen Lohn für meinen Akt christlicher Nächstenliebe forderte.

»Nein, er will keinen Lohn, Hernan Pereira, er ist einer von den Aufrechten, aber du wirst es schon zahlen, wirst es schon heimzahlen, sobald sich die Gelegenheit bietet. Oh, ich bin hergekommen, um dir die Meinung zu sagen. Du bist ein Dreckskerl, hörst du? Ein Etwas, das kein Hund freiwillig beißen würde. Und du bist ein Verräter. Du hast uns in dieses verfluchte Land gebracht, wo wir, so hast du gesagt, durch deine Verwandten zu Wohlstand und Land kommen würden, und bist dann nach dem Ausbruch von Fieber und Hungersnot davongeritten, um die eigene schäbige Haut zu retten, und hast uns dem Tod ausgeliefert. Und jetzt kehrst du zurück, um Hilfe zu erhalten, und läßt dich retten von ihm, den du im Gänsekloof betrogen hast und dem du seine wahre Liebe hast abjagen wollen. O mein Gott, warum läßt der Allmächtige Menschen wie dich leben, während so viele gute und anständige und unschuldige wegen Dreckskerlen wie dir unter der Erde liegen?«

So fuhr sie, an der Seite des Ochsen schreitend, fort und beschimpfte Pereira ohne Unterlaß, bis dieser sich die Daumen in die Ohren steckte und sie sprachlos vor Zorn anfunkelte.

So kamen wir schließlich im Camp an, wo die Buren, die uns gesehen hatten, allesamt versammelt waren. Nun sind diese kein besonders humorvolles Volk, aber beim Anblick von Pereira, der auf dem Ochsen saß, einem Roß, das kaum einem Reiter schmeichelt, und der zornig kreischenden Vrouw Prinsloo, die neben ihm einherschritt und ihn mit Beschimpfungen überhäufte, brachen sie in Gelächter aus. Nun geriet Pereira außer sich vor Zorn und wurde noch beleidigender als Vrouw Prinsloo.

»Ist das der Empfang, den ihr mir bereitet, ihr Veldhunde, ihr gemeinen Buren, die ihr nicht würdig seid, mit einem Mann von Stand und Bildung wie mir zu verkehren?« begann er.

»Warum in Gottes Namen verkehrst du dann mit uns, Hernan Pereira?« fragte der finstre Meyer, der den Kopf vorstreckte, daß der wallende Kinnbart sich vor Zorn buchstäblich sträubte. »Als wir hungrig gewesen sind, ist das nicht dein Wunsch gewesen, denn du hast dich aus dem Staub gemacht und uns im Stich gelassen und sämtliches Pulver mitgenommen. Aber nun, wo wir wieder satt sind dank des jungen Engländers und du Hunger leidest, kommst du wieder. Hm, wenn es nach mir ginge, würde ich dir ein Gewehr und eine Sechs-Tage-Ration geben und dich fortjagen. Dann könntest du sehen, wo du bleibst.«

»Keine Angst, Jan Meyer«, schrie Pereira vom Rücken des Ochsen zurück. »Sobald ich gesund bin, überlasse ich euch der Obhut eures englischen Hauptmanns« – wobei er auf mich deutete – »und ziehe los, um meinen Leuten zu sagen, was für ein Volk ihr seid.«

»Eine gute Nachricht«, unterbrach Prinsloo, ein solider, alter Bure, der dabeistand und seine Pfeife rauchte. »Werd gesund, werd gesund, so schnell du kannst, Hernan Pereira!«

In diesem Augenblick stieß Marais in Begleitung von Marie zu uns. Woher er kam, weiß ich nicht, aber er hatte sich wohl bewußt im Hintergrund gehalten, um zu sehen, was für einen Empfang man Pereira bereiten würde.

»Ruhe, Brüder«, sagte er. »Ist das eine Art, meinen Neffen zu begrüßen, der von der Schwelle des Todes wiederkehrt, wo ihr doch auf den Knien Gottes für seine Rettung danken solltet?«

»Dann knien Sie doch nieder und danken ihm selber, Henri Marais«, kreischte die unbezähmbare Vrouw Prinsloo. »Ich danke Gott für die Wiederkehr von Allan, und mein Dank würde offengestanden noch herzlicher ausfallen, wenn er diesen Dreckskerl liegengelassen hätte. Allemachte! Henri Marais, warum machen Sie so viel Aufhebens um diesen Portugiesen? Hat er Sie verhext? Oder kommt das, weil er der Sohn Ihrer Schwester ist oder weil Sie Marie zwingen wollen, ihn zu heiraten? Oder kommt es vielleicht daher, daß er um einen Makel in Ihrer Vergangenheit weiß und Sie sich sein Schweigen erkaufen müssen?«

Ob es sich bei dieser letzten unliebsamen Andeutung lediglich um einen beliebigen Pfeil aus Vrouw Prinsloos reich sortiertem Köcher handelte oder ob die Vrouw einer längst begrabene Wahrheit auf die Spur gekommen war, das weiß ich nicht. Freilich ist letzteres denkbar. Viele Männer haben in ihrer Jugend etwas verbrochen und wollen nicht, daß dies im Alter ausgegraben wird; und von einem Familiengeheimnis könnte Pereira durch seine Mutter erfahren haben.

Jedenfalls hatten die Worte der Alten eine recht erstaunliche Wirkung auf Marais. Von Natur aus leicht reizbar, wurde er mit einemmal fuchsteufelswild. Er verfluchte Vrouw Prinsloo. Er verfluchte alle und jeden und drohte jedem einzeln und allen zusammen die Rache des Himmels an. Er sagte, es sei gegen ihn und seinen Neffen ein Komplott im Gange, hinter dem ich steckte, der ich mit meiner dreckigen Visage seiner Tochter schöne Augen gemacht hätte. So grimmig waren seine Worte, deren viele mehr er ausstieß und wovon ich das meiste vergaß, daß Marie schließlich in Tränen ausbrach und fortlief. Achselzuckend gingen daraufhin auch die Buren, wovon einer deutlich vernehmbar erklärte, Marais habe nun endgültig durchgedreht, womit er schon immer gerechnet habe.

Marais stapfte hintendrein und fluchte ihnen händefuchtelnd nach. Pereira stieg, über den Ochsenschwanz rutschend, ab und folgte ihm. So blieb ich mit Vrouw Prinsloo allein zurück, da die Farbigen längst verschwunden waren, wie sie es immer tun, wenn die Weißen zu streiten anfangen.

»So, Allan, mein Junge«, sagte die Vrouw triumphierend, »ich habe die wunde Stelle gefunden, und der alte Esel hat ganz schön geplärrt und um sich gehauen, obwohl er meist so brav und still wirkt – neuerdings zumindest.«

»Das haben Sie durchaus, Vrouw«, sagte ich erzürnt, »aber ich wünschte, Sie würden nicht mehr auf Marais' wunden Stellen herumreiten, denn während Ihnen das Geplärr gilt, gelten die Hiebe mir.«

»Was macht das schon, Allan?« fragte sie. »Er ist schon Ihr Feind, so kann es Ihnen egal sein, wenn Sie ihn toben und stampfen sehn, solange er Ihnen nichts anhaben kann. Armer Allan, ich glaube, Sie werden es nicht leicht haben mit dem Gespann aus Dreckskerl und Esel, obwohl Sie so viel für beide getan haben. Nun, eins steht fest – Marie meint es ehrlich. Sie wird keinen andern als Sie heiraten – selbst wenn Sie nicht mehr sind«, fügte sie nachdenklich hinzu.

Die Alte schwieg eine Weile und blickte vor sich auf den Boden. Dann sah sie auf und sagte:

»Lieber Allan« (denn sie mochte mich wirklich und nannte mich zuweilen so), »Sie haben meinen Rat nicht befolgt, nämlich Pereira zu suchen, aber nicht zu finden. Nun, ich gebe Ihnen noch einen, den Sie *beherzigen* sollten, wenn Sie klug sind.«

»Und der wäre?« fragte ich skeptisch, denn obwohl sie es durchaus ehrlich meinte, ließ sie sich von seltsamen Anschauungen leiten. Wie viele Frauen beurteilten sie einen Sittenkodex gefühlsmäßig und war durchaus bereit, ihn von Fall zu Fall so auszulegen, daß den Umständen Genüge getan oder einer in ihren Augen guten Sache gedient wäre.

»Ganz einfach, Junge. Machen Sie mit Marie einen Zwei-Tages-Marsch in den Busch. Da ich mich nach ein bißchen Abwechslung sehne, komme ich mit und vermähle euch dort, denn ich habe ein gutes Gebetbuch und kann den Wortlaut ablesen, wenn wir das ein, zwei Mal üben.«

Nun war die Vorstellung, daß Marie und ich von der Vrouw Prinsloo mitten im weiten, unberührten Veld verheiratet werden sollten, durchaus verlockend, aber ebenso absurd, daß ich lachen mußte.

»Was gibt's da zu lachen, Allan? Jedermann kann ein Paar vermählen, wenn sonst niemand da ist. Ich glaube sogar, es kann sich selbst vermählen.«

»Mag sein«, erwiderte ich, da ich mit der Vrouw keine Rechtsfragen diskutieren wollte. »Aber sehen Sie, ich habe ihrem Vater hoch und heilig versprochen, sie erst zu heiraten, wenn sie volljährig ist, und ich wäre kein ehrlicher Mann, wenn ich mein Wort bräche.«

»Ehrlicher Mensch!« rief sie voller Geringschätzung. »Ehrlicher Mensch! Sind denn Marais und Pereira ehrliche Menschen? Warum schlagen Sie nicht mit gleichen Waffen zurück, Allan Quatermain? Ich sage Ihnen, Ihre *verdomde* Ehrlichkeit wird Ihr Untergang sein. Sie werden noch einmal an meine Worte denken.« Und damit rauschte sie wutentbrannt davon.

Ich ging daraufhin zu meinen Wagen, wo mich Hans erwartete mit einem detaillierten, langatmigen Bericht über sämtliche Vorkommnisse während meiner Abwesenheit. Froh vernahm ich, daß bis auf einen kränkelnden Ochsen, der eingegangen war, nichts passiert war. Als er endlich seine lange Geschichte beendet hatte, aß ich von dem Mahl, das Marie gekocht und geschickt hatte, denn um mich an jenem Abend zu den Buren zu setzen, dazu war ich zu müde. Eben mit dem Essen fertig, beschloß ich, gleich Schlafen zu gehen; da erschien Marie persönlich im Lichtschein meines Lagerfeuers. Ich sprang auf und lief zu ihr und erklärte, ich hätte sie heute abend nicht mehr erwartet, und auch nicht ins Haus kommen wollen.

»Nun«, antwortete sie und zog mich vom Feuer weg

ins Dunkel, »das verstehe ich. Mein Vater tobt, ja ist ganz außer sich. Die Worte der Vrouw Prinsloo haben ihn getroffen wie der Biß einer Schlange.«

»Und wo ist Pereira?« fragte ich.

»Oh, mein Cousin schläft im Nebenraum. Er ist schwach und ausgezehrt. Trotzdem wollte er mich küssen. Also erklärte ich ihm, wie es zwischen dir und mir steht und daß wir in sechs Monaten heiraten wollen.«

»Was hat er dazu gesagt?« fragte ich.

»Er wandte sich an meinen Vater und sagte: ›Stimmt das, Onkel?‹ Und mein Vater antwortete: ›Ja, das war das Zugeständnis, das ich dem Engländer abringen konnte. Immerhin warst du nicht hier, um ein besseres auszuhandeln.‹«

»Und was war dann, Marie?«

»Oh, daraufhin überlegte Hernan eine Weile. Schließlich sah er auf und meinte: ›Verstehe. Es ist viel falsch gelaufen. Ich habe mein Bestes getan und bin losgezogen, um Hilfe für euch zu holen. Ich habe es nicht geschafft. Mittlerweile ist der Engländer gekommen und hat euch gerettet. Anschließend hat er auch mich gerettet. In all dem, Onkel, sehe ich die Hand Gottes. Wäre dieser Allan nicht gewesen, wären wir jetzt alle tot. Ja, Gott hat sich seiner bedient, um uns am Leben zu erhalten. Nun hat er versprochen, Marie nicht vor Ablauf der sechs Monate zu heiraten. Und du weißt ja, Onkel, daß einige dieser Engländer große Narren sind; sie halten ihr Wort, auch wenn sie sich damit ins eigene Fleisch schneiden, Tja, in sechs Monaten kann viel geschehen. Wer weiß, was geschieht?‹«

»Warst du zugegen, als du das hörtest, Marie?« wollte ich wissen.

»Nein, Allan. Ich war auf der andern Seite der Binsentrennwand. Aber nach diesen Worten trat ich ein und erklärte: ›Mein Vater und Cousin Hernan, merkt euch, bitte, eins wird nie geschehen.‹

›Was?‹ fragte mein Cousin.

›Daß ich dich heirate, Hernan‹, antwortete ich.

›Wer weiß, Marie, wer weiß?‹ erwiderte er lachend.

›Ich, ich weiß es‹, entgegnete ich. ›Selbst wenn Allan morgen sterben sollte, würde ich dich nicht heiraten, weder jetzt noch in zwanzig Jahren. Ich bin froh, daß er dir das Leben gerettet hat, aber von nun an sind wir nur mehr Cousin und Cousine, mehr nicht.‹

›Hörst du, was sie sagt?‹ fragte mein Vater. ›Warum gibst du nicht nach? Was bringt es schon, wider den Stachel zu löcken?‹

›Wenn man feste Schuhe trägt und kräftig tritt, gibt der Stachel nach‹, sagte Hernan. ›Sechs Monate sind eine lange Zeit, Onkel.‹

›Mag sein, Cousin‹, erwiderte ich, ›aber wohlgemerkt, ich lasse mich weder in sechs Monaten noch in sechs Jahren oder sechstausend Jahren dazu bewegen, einen andern als Allan Quatermain zu heiraten, der dich gerade vor dem sicheren Tod bewahrt hat. Ist das klar?‹

›Ja‹, erwiderte er, ›mir ist klar, daß du mich nicht heiraten willst. Nur verspreche ich dann, daß du Allan Quatermain oder einen andern auch nicht heiraten wirst.‹

›Das liegt allein in Gottes Hand‹, widersprach ich und ließ ihn mit meinem Vater allein. Und nun, Allan, berichte, was alles passiert ist seit dem Abschied.‹«

Also berichtete ich alles einschließlich des Ratschlags der Vrouw Prinsloo.

»Natürlich, Allan, du hattest ganz recht«, bemerkte Marie, nachdem ich alles erzählt hatte. »Aber die Vrouw Prinsloo mag auf ihre Weise auch recht haben. Ich fürchte meinen Cousin Hernan, der meinen Vater in der Hand hat – fest, ganz fest. Dennoch haben wir's versprochen und müssen unser Wort halten.«

11

Der Schuß im Kloof

Ich glaube, etwa drei Wochen nach diesen Ereignissen begannen wir unsern Zug nach Süden. Am Morgen nach unsrer Rückkehr zum Camp kam Pereira zu mir, als mehrere Personen anwesend waren, nahm meine Hand und dankte mir mit lauter Stimme, weil ich ihm das Leben gerettet hatte. Weiterhin erklärte er, ich bedeutete ihm mehr als ein Bruder, zumal uns nun Bande des Blutes vereinigten.

Als Antwort leugnete ich die Existenz solcher Bande; ich wisse gar nicht recht, was darunter zu verstehen wäre. Ich hätte meine Pflicht an ihm getan, nicht mehr und nicht weniger, und damit basta!

Wie sich allerdings zeigte, war die Sache längst nicht erledigt, da Pereira sich von mir Geld, sprich Waren, leihen wollte. Er erklärte, aufgrund der Voreingenommenheit der gemeinen Buren, die noch im Camp lebten, insbesondere der Vrouw Prinsloo mit ihrem bösen Mundwerk seien sowohl er als auch sein Onkel zum Schluß gekommen, daß es ratsam für ihn sei, sich baldmöglichst abzusetzen. Deshalb gedenke er, allein weiterzutrecken.

Habe er, erwiderte ich, denn nicht genug von der einsamen Wanderschaft durch dieses Veld angesichts des Ausgangs seiner letzten Expedition. Doch, entgegnete er, aber da hier alle so unfreundlich zu ihm seien, bliebe ihm keine andere Wahl. Dem fügte er, mit der Wahrheit herausrückend, hinzu:

»Allemachte! Mynheer Quatermain, glauben Sie, es gefällt mir, wenn ich mitansehen muß, wie Sie den ganzen Tag mit dem Mädchen turteln, das meine Verlobte war, und wie sie das Werben mit schmachtenden Blicken erwidert? Ja, und mit den Lippen auch, wie ich höre.«

»Sie waren imstande, das Mädchen, das Sie Ihre Verlobte nennen, das aber mit keinem andern als mir freiwillig verlobt war, im Veld verhungern zu lassen, Mynheer. Warum sollte es Sie ärgern, daß ich etwas nahm, daß Sie wegwarfen und das zudem stets mein Eigen war und Ihnen gar nicht gehörte? Wäre ich nicht gewesen, so gäbe es das Mädchen nicht mehr, um das wir streiten, und wäre ich nicht gewesen, so gäbe es auch den Mann nicht mehr, mit dem ich um das Mädchen streite.«

»Sind Sie denn der liebe Gott, Engländer, daß Sie dermaßen über das Leben von Männern und Frauen verfügen? Er war es, der uns gerettet hat, nicht Sie!«

»Er hat euch gerettet, aber durch mich. Ich habe die Rettung der armen Leute, die Sie im Stich gelassen haben, bewerkstelligt, und ich habe auch Sie wieder hochgepäppelt.«

»Ich habe sie nicht im Stich gelassen; ich bin Hilfe holen gegangen.«

»Wobei Sie sämtliches Pulver und das einzige Pferd mitgenommen haben! Nun, das ist vorbei und erledigt, aber jetzt wollen Sie sich Ware von mir borgen, um Vieh zu kaufen – ausgerechnet von *mir*, den Sie hassen. Stolz haben Sie offenbar überhaupt keinen, Mynheer Pereira, wenn Sie etwas bezwecken wollen, was immer das sein mag.« Und ich sah ihn an. Mein Instinkt warnte mich vor diesem falschen, verräterischen Mann, der, wie ich ahnte, auch jetzt insgeheim daran hinarbeitete, mich ins Verderben zu stürzen.

»Nein, ich bin nicht stolz. Warum sollte ich auch, zumal ich Ihnen alles doppelt zurückzahlen will, was Sie mir nun leihen möchten?«

Ich überlegte eine Weile. Sicherlich wäre unsre Reise nach Natal ohne Pereira angenehmer. Außerdem war ich mir sicher, daß einer von uns beiden, käme er mit, auf der Strecke bliebe. Kurzum, ich fürchtete, daß er mich auf die eine oder andere Art ums Leben bringen wollte, um von Marie Besitz zu nehmen. Wir waren in der Wildnis, wo es wenige Zeugen und keine Richter gab und wo dergleichen immer wieder geschah und der Täter mangels Beweisen und mangels eines Anklägers nicht zur Verantwortung gezogen wurde.

Also entschloß ich mich, seinen Wünschen zu entsprechen und verhandelte mit ihm. Heraus kam dabei, daß ich ihm von meinen verbliebenen Waren genügend vorstreckte, damit er von den Eingeborenen der Nachbarschaft das nötige Vieh kaufen konnte. Es war an sich nicht viel, war in dieser unzivilisierten Gegend ein Ochse doch für wenige Perlenschnüre oder ein billiges Messer zu haben. Des weitern verkaufte ich ihm einige der Ochsen, die ich eingefahren hatte, ein Gewehr samt Munition und andere Gebrauchsgegenstände, wofür er mir in meinem Notizbuch einen Schuldschein ausstellte. Und ich tat sogar noch mehr: da keiner der Buren ihm helfen wollte, ging ich Pereira beim Einfahren der erworbenen Ochsen zur Hand und erklärte mich sogar bereit, ihm zwei Zulu abzutreten, die in meinem Dienst standen.

Alle diese Vorkehrungen beanspruchten viel Zeit. Wenn ich mich recht entsinne, verstrichen zwölf weitere Tage, bis Pereira schließlich von Marais' Camp aufbrach, wobei er mittlerweile wieder recht gesund und bei Kräften war.

Alle versammelten wir uns, um den Auszug zu sehen, und Marais sprach ein Gebet um eine gute Reise und ein frohes Wiedersehen im Lager von Retief in Natal, das als Treffpunkt vereinbart war, sofern Retief noch in Natal war. Niemand schloß sich dem Gebet an. Vrouw Prinsloo freilich fügte deutlich vernehmbar ein eigenes Gebet hinzu. Gott gebe, so lautete dieses, Pereira möge nicht wiederkehren und ihr nie wieder vor die Augen kommen, ob nun in Retiefs Lager oder sonstwo.

Die Buren kicherten; sogar die Meyer-Kinder kicherten, denn mittlerweile war der Haß der Vrouw Prinsloo gegenüber Pereira zum Gegenstand allgemeiner Belustigung im Camp geworden. Pereira hingegen gab vor, dies nicht zu hören, sagte freundlich adieu, wobei er der Vrouw Prinsloo ein eigenes Bittgebet widmete, und los zogen wir.

Ich sage ›wir‹, weil ich wie immer besonderes Glück hatte und dazu auserkoren war, ihm mit den halb eingefahrenen Ochsen zu helfen und ihn zu begleiten bis zu seinem ersten Rastplatz, einer günstigen Stelle mit Trinkwasser, die etwa zwölf Meilen vom Camp entfernt lag und wo er übernachten wollte.

Da wir gegen zehn Uhr morgens aufbrachen und das Veld ziemlich eben war, rechnete ich damit, diesen Rastplatz gegen drei oder vier Uhr nachmittags zu erreichen, womit mir genügend Zeit bliebe, vor Sonnenuntergang zurückzugehen. Freilich kam es zu allerlei Zwischenfällen, sowohl mit dem Wagen selbst, dessen Holz vom langen Stehen in der Sonne geschrumpft war, als auch mit dem Vieh, das nicht ans Joch gewöhnt war und sich bei jeder Gelegenheit verhedderte, so daß wir erst mit Einbruch der Dunkelheit ankamen.

Die letzte Meile des Trecks führte durch eine enge Schlucht, die von Wasser aus dem ursprünglichen Fels gespült worden war. Dort wuchsen vereinzelte Bäume und stattliche Farne; der Talgrund indes, durch den das Wild wechselte, war festgetrampelt und somit befahrbar, wenn man den wenigen umherliegenden Findlingen auswich.

Als wir endlich den Rastplatz erreichten, fragte ich den Hottentotten Klaus, der mir beim Antreiben der Zugtiere half, wo sein Herr geblieben sei, den ich nirgendwo sehen konnte. Ich bekam zur Antwort, er sei zurückgegangen ins Kloof, um etwas zu suchen, das der Wagen verloren hatte; einen Bolzen, sagte er, glaube ich.

»Also gut«, erwiderte ich. »Sag ihm, wenn wir uns nicht begegnen, daß ich ins Camp zurückgekehrt bin.«

Als ich mich auf den Weg machte, versank die Sonne am Horizont, aber das kümmerte mich wenig, da ich ein Gewehr bei mir hatte, dasselbe leichte Gewehr, womit ich beim großen Wettschießen die Gänse erlegt hatte. Zudem wußte ich, daß bald der Vollmond aufginge.

Die Sonne versank, und Dunkelheit senkte sich aufs Kloof herab. Die Schlucht wirkte unheimlich und verlassen, und plötzlich bekam ich Angst. Ich fragte mich, wo Pereira nur steckte und was er tat. Ich überlegte schon, umzukehren und einen Weg außenherum zu finden, wußte aber, da ich diese ganze Gegend erkundet hatte, daß kein gangbarer Pfad über diese Felsen führte. Also ging ich, das Gewehr schußbereit, weiter und piff vor mich hin, um mir Mut zu machen, was natürlich angesichts der Umstände leichtsinnig war. Ich wußte damals, daß es leichtsinnig war, wollte aber offengestanden den finstren Ahnungen, die mich beschlichen, nicht nachgeben. Zweifelsohne hätte Pereira mich inzwischen passiert und seinen Rastplatz erreicht.

Der Mond ging auf – der wunderschöne afrikanische Mond, der die Nacht zum Tag macht – und warf ein Geflecht aus langen, schwarzen Schatten von Bäumen und Felsen auf den Wildpfad, dem ich folgte. Unmittelbar vor mir tat sich eine besonders finstre Stelle auf unter einer hochschießenden Felswand, und dahinter eine besonders helle, mondbeschienene. Irgendwie mißtraute ich dem dunklen Fleck, denn obwohl ich natürlich nichts sehen konnte, vernahmen meine hellhörigen Ohren Bewegungen.

Ich hielt kurz inne. Nun überlegte ich, daß diese Geräusche zweifelsohne von einem nachtaktiven Tier stammten, das, wäre es auch ein gefährliches, vor einem näherkommenden Menschen fliehen würde, also trat ich mutig hinein. Als ich an der anderen Seite wieder herauskam – der Schatten war achtzehn, zwanzig Schritte breit –, erkannte ich, daß ich, würde der Feind hier lauern, in dem Moment, wo ich ins Licht träte, eine leichte Beute wäre. Also tat ich geradezu instinktiv, denn ich entsinne mich nicht, das bewußt überlegt zu haben, nach den beiden ersten Schritten ins Licht einen kleinen Satz zur Linken, wo noch Schatten lag, der freilich nicht mehr so intensiv war. Ein Glück, daß ich dies tat, denn im selben Moment spürte ich etwas meine Wange streifen und hörte den lauten Knall einer Büchse unmittelbar hinter mir.

Nun wäre es am klügsten gewesen, Fersengeld zu geben, bevor der verborgene Schütze nachladen könnte. Aber es packte mich rasender Zorn, und davonrennen wollte ich nicht. Im Gegenteil, ich drehte mich mit wildem Geschrei um und stürzte mich ins Dunkel. Etwas hörte mich kommen und lief vor mir weg; und wie erwartet, handelte es sich bei diesem Etwas, so sah ich nun, um einen Mann – Pereira!

Er hielt inne, wirbelte herum und holte mit dem Kolben seines Gewehrs zum Schlag aus.

»Gott sei Dank, Sie sind's, Heer Allan!« sagte er. »Ich dachte, es wäre eine Raubkatze.«

»Dann war das dein letzter Gedanke, Mörder!« erwiderte ich und hob mein Gewehr.

»Nicht schießen«, sagte er. »Wollen Sie mich auf dem Gewissen haben? Warum sollten Sie mich töten?«

»Warum wolltest du mich töten?« erwiderte ich und hielt ihn mit der Waffe in Schach.

»Ich wollte Sie töten! Sind Sie verrückt? Hören Sie zu, schon Ihretwegen. Ich setzte mich auf die Felsbank dort und wartete auf den Mond, als ich vor Müdigkeit einschlief. Plötzlich schrak ich auf und glaubte, so hörte es sich an, eine Raubkatze sei hinter mir her, und feuerte, um sie in die Flucht zu schlagen. Allemachte! Wenn ich auf Sie gezielt hätte, Mann, hätte ich auf die Entfernung danebenschießen können?«

»Du hast nicht ganz danebengeschossen, und wenn ich nicht nach links getreten wäre, hättest du mir den Kopf abgeschossen. Verrichte dein Gebet, du Hund!«

»Allan Quatermain«, rief er in höchster Verzweiflung. »Sie glauben, daß ich lüge, obwohl ich die Wahrheit sage. Töten Sie mich, wenn Sie wollen, nur bedenken Sie, daß Sie dafür hängen werden. Wir werben um dieselbe Frau, das ist bekannt, also wer wird Ihnen die Geschichte glauben, daß ich Sie erschießen wollte? Bald werden die Kaffern kommen, um nach mir zu suchen – vielleicht sind sie gar schon unterwegs –, und meine Leiche mit Ihrer Kugel im Herzen finden. Dann werden sie mich zurück zu Marais' Camp schaffen, und wer wird Ihre Geschichte glauben, frage ich Sie?«

»Wohl so mancher, Mörder«, erwiderte ich, aber während ich noch sprach, lief mir ein kalter Schauer über den Rücken. Er hatte recht, ich konnte nichts beweisen und hatte keine Zeugen und würde somit zu einem Kain unter den Buren, der einen andern aus Eifersucht ermordet hatte. Sein Gewehr war zwar leer, aber man würde sagen, ich hätte es nach seinem Tod abgefeuert. Und was die Abschürfung an der Wange betraf – nun, die könnte auch von einem Zweig stammen. Was sollte ich also tun? Ihn vor mir her ins Camp treiben und alles berichten? Selbst dann stünde lediglich Aussage gegen Aussage. Nein, ich war in eine Zwickmühle geraten. Ich mußte ihn laufen lassen und darauf vertrauen, daß der Himmel ihn für sein Verbrechen büßen ließe, wozu ich nicht imstande war. Zudem verflog mein anfänglicher Zorn, und einen Menschen einfach so hinzurichten ...

»Hernan Pereira«, sagte ich, »du bist ein Lügner und ein Feigling. Du willst mich niedermachen, weil Marie, die du zur Heirat zwingen willst, mich liebt und dich haßt. Dennoch kann ich dich nicht kaltblütig abknallen, wie du es verdienst. Ich überlasse es Gott, dich zu bestrafen, was er früher oder später im Dies- oder Jenseits tun wird, der du mich abschlachten wolltest und darauf bautest, daß die Hyänen die Spuren deines Verbrechens beseitigen, wie sie es sicherlich bis zum Morgen getan

»Er hielt inne, wirbelte herum und holte mit dem Kolben seines Gewehrs zum Schlag aus.« *(Siehe S. 171)*

hätten. Also verschwinde, bevor ich es mir anders überlege, und zwar schnell.«

Ohne ein weiteres Wort wandte er sich um und rannte flink wie eine Gazelle davon, wobei er immer wieder Haken schlug, um mir das Zielen zu erschweren, sollte ich doch noch schießen.

Als er hundert Yards oder mehr gelaufen war, wandte auch ich mich um und rannte und fühlte mich erst sicher, als ich eine Meile Distanz zwischen uns wußte.

Es war zehn vorbei, als ich an diesem Abend ins Camp zurückkam, wo sich Hans der Hottentotte mit zwei Zulu gerade auf die Suche nach mir machen wollte. Ich erklärte ihm, daß ich durch Zwischenfälle mit dem Fuhrwerk aufgehalten worden sei. Gleichfalls aufgeblieben war die Vrouw Prinsloo, die gespannt auf meine Rückkunft wartete.

»Was für Zwischenfälle, Allan?« fragte sie. »Offenbar war auch eine Kugel im Spiel«, und dabei deutete sie auf die blutige Schramme an meiner Wange.

Ich nickte.

»Pereiras Kugel?« fragte sie weiter.

Abermals nickte ich.

»Ist er tot?«

»Nein, ich ließ ihn laufen. Man hätte sonst gesagt, ich hätte ihn umgebracht«, und ich erzählte ihr, was geschehen war.

»Ja, Allan«, meinte sie, nachdem ich berichtet hatte, »ich glaube, es war klug so, denn Sie hätten nichts beweisen können. Ach, für welches Los mag Gott der Allmächtige diesen Dreckskerl wohl aufsparen? Tja, ich gehe und sage Marie, deren Vater sie so spät nicht mehr aus der Hütte läßt, daß Sie wohlbehalten zurück sind; aber mehr nicht, wenn Sie wollen.«

»Nein, mehr nicht, vorerst zumindest.«

Hierzu wäre allerdings anzumerken, daß Marie und alle andern im Camp binnen weniger Tage die Geschichte in allen Einzelheiten kannten – Marais vielleicht ausgenommen, zu dem niemand über den Neffen sprach. Offenbar hatte Vrouw Prinsloo dieses Exempel für die Boshaftigkeit des verhaßten Pereira nicht für sich behalten können. Also erzählte sie es ihrer Tochter, die es rasch unter die Leute brachte, wobei ich freilich feststellte, daß mancher den Vorfall einem Versehen zuschrieb. Obwohl sie Pereira für schlecht hielten, trauten sie ihm einen solchen Frevel doch nicht zu.

Etwa eine Woche später brachen wir übrigen von Marais' Camp auf, das ich trotz der vielen damit verknüpften traurigen Erinnerungen offengestanden mit Bedauern verließ. Der Treck, der vor uns lag, war zwar nicht besonders lang, aber äußerst wagnisreich. Wir mußten etwa zweihundert Meilen durch ein Gebiet wandern, von dem uns lediglich bekannt war, daß dort die Amatonga und andere Wilde lebten. Hierzu wäre noch zu sagen, daß wir nach langer Diskussion davon Abstand genommen hatten, den Weg zurückzugehen, den Marais auf seinem unglückseligen Zug nach Delagoa eingeschlagen hatte.

Hätten wir diese Route gewählt, so hätten wir das schreckliche Lobombo-Gebirge überqueren müssen, das sich für die leichten Ochsen vor unsern Wagen vielleicht als unüberwindliches Hindernis entpuppt hätte. Zudem gab es angeblich in den Hochebenen dahinter kaum Wild und Kaffern, so daß wir mit dem Hunger zu kämpfen hätten. Falls wir uns andrerseits östlich des Gebirges hielten, so war das zu durchwandernde Veld dicht besiedelt, was bedeutete, daß wir aller Wahrscheinlichkeit nach Getreide erwerben könnten.

Was uns letztendlich freilich überzeugte, diese Richtung einzuschlagen, war die Einsicht, daß es in diesen warmen, tiefgelegenen Gegenden Gras für die Ochsen gäbe. Jetzt im zeitigen Frühjahr fing es schon zu sprießen an in diesem Teil Afrikas. Selbst wenn es nicht grünte, könnten sich die Tiere vom Kraut ernähren, das noch vom letzten Sommer stand, und vom Laub der Bäume; von beidem gab es reichlich in diesem Winterveld, während auf den dürren, von Buschbränden versengten Hochebenen jenseits der Berge vielleicht gar kein Futter zu finden wäre. Also beschlossen wir, es mit den Wilden aufzunehmen und mit den Löwen, welche dem Wild in diese heißen Landstriche folgten, zumal die Fieber- und Regenzeit noch nicht angebrochen und die Flüsse somit passierbar waren.

Ich gedenke nicht, unsre Abenteuer im einzelnen darzulegen, denn dies würde zu weit führen. Bis zu jenem großen Abenteuer, von dem ich noch zu berichten habe, waren es eher ärgerliche als schwerwiegende Zwischenfälle. Da wir uns auf unsrer Reise zwischen Gebirge und Meer bewegten, konnten wir kaum vom Weg abkommen, zumal meine Zulu dieses Gebiet bereits durchwandert hatten und wir, kannten sie sich nicht mehr aus, normalerweise ortskundige Führer verpflichten konnten. Die Straßen hingegen, das heißt die Wild- und Kaffernpfade, denen wir folgten, waren furchtbar, denn mit Ausnahme von Pereiras Gefährt auf einem Teilstück war darauf noch kein Wagen gefahren. Ein bißchen später im Jahr wären sie gar nicht mehr passierbar gewesen. Zuweilen blieben wir in Morast stecken, wo wir die Räder freischaufeln mußten, und in felsigen Flußbetten, und einmal mußten wir uns buchstäblich durch einen dichten Buschgürtel hacken, was uns acht Tage aufhielt.

Unser zweites großes Problem waren die Löwen, die zahlreich in diesem Veld lebten. Durch die weite Verbreitung dieser hungrigen Räuber war es erforderlich, das Vieh beim Grasen streng zu bewachen und zu seinem und unserm Schutz nachts eine Umfriedung, genannt *Boma,* aus Dornengestrüpp zu errichten, worin wir Feuer unterhielten, um Raubtiere fernzuhalten. Trotz dieser Vorkehrungen verloren wir mehrere Ochsen und kamen selbst oft nur mit knapper Not davon.

Eines Abends dann, als Marie gerade den Wagen betreten wollte, in dem die Frauen schliefen, sprang ein Löwe, vom Hunger getrieben, über die Umfriedung. Marie rannte vor dem Tier weg, stolperte dabei und fiel hin, woraufhin der Löwe sie ansprang. In wenigen Sekunden wäre sie tot gewesen und lebendigen Leibes verschleppt worden.

Aber der Zufall wollte, daß Vrouw Prinsloo danebenstand. Das unerschrockene Weib riß einen brennenden Ast aus dem Feuer, lief auf den Löwen zu und rammte ihm, der er gerade zubeißen oder brüllen wollte, das flammende Astende ins riesige Maul. Der Löwe biß darauf, fand wenig Geschmack an dem Brocken und verschwand so schnell, wie er gekommen war, wobei er ganz fürchterlich brüllte und Marie unbehelligt ließ. Es erübrigt sich zu sagen, daß ich Vrouw Prinsloo daraufhin verehrte, obwohl sich die Gute nichts auf die Sache einbildete, die während der damaligen Reise nichts Außergewöhnliches darstellte.

Ich glaube, am Tag nach diesem Zwischenfall mit dem Löwen stießen wir auf Pereiras Wagen oder seine Überreste. Offenbar hatte er versucht, einen felsigen Steilhang zu erklimmen, der über einem Fluß aufragte, was zur Folge hatte, daß der Wagen ins derzeit fast ausgetrocknete Flußbett stürzte und zerschellte, so daß er nicht mehr zu reparieren war.

Die Tonga-Eingeborenen der Gegend, welche das Holz größtenteils verbrannt hatten, um sich der kostbaren Eisenbolzen und -beschläge zu bemächtigen, teilten uns mit, daß der zum Wagen gehörende Weiße Mann und seine Diener vor etwa zehn Tagen zu Fuß weitergegangen waren, wobei sie das Vieh vor sich hertrieben. Inwiefern diese Geschichte stimmte, das konnten wir nicht nachprüfen. Es war durchaus denkbar, daß Pereira und seine Gefährten ermordet worden waren, was wir allerdings für unwahrscheinlich hielten, waren die Tonga doch ein friedliebendes Volk, wenn man sie gut behandelte und als Wegzoll die üblichen Freundschaftsgaben überreichte. Eine Woche später wurden unsere Zweifel diesbezüglich zerstreut.

Wir hatten einen großen Kral namens Fokoti am Umkusi-Fluß erreicht, der nahezu ausgestorben wirkte. Wir fragten eine Greisin, die wir antrafen, wohin ihr Volk gegangen sei. Sie antwortete, es sei zur Grenze von Swasiland geflohen, weil es einen Angriff der Zulu befürchte, deren Gebiet jenseits des Umkusi-Flusses begann. Offenbar war vor einigen Tagen ein Zulu-Impi oder Regiment an den Ufern des Flusses aufgetaucht, und obwohl derzeit kein Krieg zwischen den Zulu und den Tonga herrschte, hatten letztere es für ratsam gehalten, sich aus der Reichweite jener schrecklichen Speere zu entfernen.

Nach dieser Nachricht besprachen wir, ob es nicht besser für uns wäre, diesem Beispiel zu folgen und nach Westen zu ziehen, um einen Paß durchs Gebirge zu suchen. In diesem Punkt waren wir uns uneins. Marais, ein Fatalist, wollte weitergehen; der liebe Gott, so erklärte er, werde uns beschützen, wie er uns bisher beschützt habe.

»Allemachte!« erwiderte die Vrouw Prinsloo. »Hat er auch all jene beschützt, die nun tot bei Marais' Camp liegen, wohin es uns durch Ihre Torheit verschlagen hat, Mynheer? Der liebe Gott will, daß wir selber auf uns achten, und ich weiß, daß diese Zulu vom gleichen Blut wie Umsilikazis Kaffern sind, die so viele unsrer Leute umgebracht haben. Versuchen wir das Gebirge, sage ich!«

Natürlich pflichteten ihr Mann und Sohn ihr bei, denn für sie war das Wort der Vrouw Gesetz; Marais hingegen, der sich wie stets störrisch zeigte, wollte sich nicht fügen. So stritten sie den ganzen Nachmittag, während ich den Mund hielt, nachdem ich erklärt hatte, daß ich bereit sei, mich der Mehrheit anzuschließen. Zu guter Letzt riefen sie mich, wie ich es vorhergesehen hatte, als Schiedsrichter an.

»Freunde«, antwortete ich, »wenn ihr mich vorher nach meiner Meinung gefragt hättet, so hätte ich fürs Gebirge gestimmt, hinter dem wir vielleicht auf Buren stoßen würden. Die Geschichte mit dem Zulu-Impi gefällt mir nicht. Ich glaube, es hat ihnen jemand unser Kommen angekündigt, und daß wir's sind, die sie überfallen wollen, nicht die Tonga, mit denen sie in Frieden leben. Meine Männer sagen, daß es ungewöhnlich sei, wenn in dieser Gegend Impi auftauchen.«

»Wer könnte uns angekündigt haben?« fragte Marais.

»Ich weiß nicht, Mynheer. Vielleicht haben die Eingeborenen uns weitergemeldet, oder aber – Hernan Pereira.«

»Dachte ich mir, daß Sie meinen Neffen verdächtigen, Allan«, entrüstete er sich.

»Ich verdächtige niemanden; ich ziehe nur in Betracht, was wahrscheinlich ist. Allerdings ist es heute schon zu spät zum Weiterziehen – ob nach Süden oder Westen, also werde ich die Sache wohl überschlafen und sehen, was ich von meinen Zulu herausbringen kann.«

In jener Nacht, das heißt an jenem Morgen, wurde uns die Entscheidung abgenommen, denn als ich bei Morgengrauen erwachte, sah ich im ersten Tageslicht Speere blitzen. Wir waren von einer großen Zuluschar umzingelt, wie sich später zeigen sollte, die über zweihundert Mann stark war. Da ich glaubte, sie würde, wie es ihr Brauch war, bei Morgengrauen angreifen, rief ich den andern zu, was ich entdeckt hatte, woraufhin Marais so, wie er aus dem Bett gestiegen war, angerannt kam und dabei sein Gewehr spannte.

»Um Gottes willen, nicht schießen!« sagte ich. »Gegen so viele können wir nicht standhalten. Freundliche Worte sind unsre einzige Chance.«

Dennoch versuchte er, einen Schuß abzufeuern, und hätte dies wohl auch bewerkstelligt, hätte ich mich nicht auf ihn geworfen und ihm das Gewehr buchstäblich aus der Hand gerissen. Mittlerweile kam die Vrouw Prinsloo hinzu, die, so entsinne ich mich, ein sehr merkwürdiges Bild bot in ihrem sogenannten ›Nachtkleid‹, zu dem eine alte Schakalfellhaube und ein Mieder aus Otternpelz gehörte.

»Verdammter Idiot«, sagte sie zu Marais, »willst du uns alle um Kopf und Kragen bringen? Gehen Sie schon, Allan, und reden Sie mit den *Swartzels*« (das sind Schwarze), »behutsam wie mit einem bösen Hund. Sie haben eine glatte Zunge, vielleicht hören sie Ihnen zu.«

»Ja«, erwiderte ich, »das wird das Beste sein. Falls ich nicht zurückkomme, sagen Sie Marie, daß ich sie liebe.«

Nun bedeutete ich dem Führer meiner Zulu, die ich in Delagoa angeheuert hatte, mich zu begleiten, und trat ohne Waffen unerschrocken vor. Wir lagerten auf einer Bodenerhebung etwa eine Viertelmeile vom Fluß entfernt, und das Impi, zumindest die Krieger, welche davon zu sehen waren, standen am Fuß dieser Erhebung etwa hundertsechzig Yards entfernt. Es wurde inzwischen heller, und als ich mich auf fünfzig Yards genähert hatte, bemerkten sie mich. Auf einen knappen Befehl hin rannte eine Schar von Männern mit vorgehaltenen Schilden und erhobenen Spießen gegen mich an.

»Wir sind tote Leute!« rief mein Kaffer mutlos. Auch ich war seiner Meinung; wenn schon sterben, dachte ich jedoch, dann ebensogut stehend als beim Davonlaufen.

Nun sollte ich anmerken, daß ich, obwohl ich mit diesen Zulu noch keinen Umgang gepflegt hatte, verschiedene Eingeborenendialekte, die denen der Zulu verwandt waren, recht gut beherrschte. Zudem hatte ich, seit ich in Delagoa Männer dieser Rasse anheuerte, jede freie Minute dazu genutzt, mit ihnen ins Gespräch zu kommen, um mir Kenntnisse ihrer Sprache, ihrer Geschichte und ihrer Sitten zu erwerben. Mittlerweile also war ich dieser Sprache halbwegs kundig, obwohl ich gelegentlich wohl einen für sie unverständlichen Brocken fallen ließ.

So kam es also, daß ich imstande war, die Männer anzurufen und zu fragen, was sie von uns wollten. Als diese meine Worte vernahmen, welche sie verstanden, hielten sie inne, und da sie sahen, daß ich unbewaffnet war, traten drei davon näher.

»Wir kommen, um euch gefangen zu nehmen, Weißes Volk, oder euch zu töten, falls ihr euch wehrt«, sagte ihr Anführer.

»Auf wessen Befehl?« fragte ich.

»Auf den Befehl Dingaans, unsres Königs.«

»Wirklich? Und woher weiß Dingaan, daß wir hier sind?«

»Von dem Buren, der vor euch gekommen ist.«

»Wirklich?« wiederholte ich. »Und was wollt ihr nun von uns?«

»Daß ihr mit uns kommt in Dingaans Kral.«

»Verstehe. Das tun wir gern, denn es liegt auf unserm Weg. Warum aber rückt ihr gegen uns, die wir friedliche Wanderer sind, mit erhobenen Speeren an?«

»Deshalb, weil der Bure uns gesagt hat, es befindet sich unter euch ein ›Kind Georgs‹« (ein Engländer), »ein schrecklicher Mann, der uns tötet, wenn wir ihn nicht zuvor töten oder in Fesseln legen. Zeig uns dieses Kind Georgs, damit wir es in Fesseln legen oder erschlagen, und wir lassen euch übrigen unbehelligt.«

»Ich bin das Kind Georgs«, erwiderte ich, »und wenn du es für nötig hältst, mich in Fesseln zu legen, so tu's!«

Nun brachen die Zulu in Gelächter aus.

»Du! Ha, du bist ja noch ein Knabe, der nicht mehr wiegt als ein kräftiges Mädchen!« rief ihr Anführer, ein großer, hagerer Kerl namens Kambula.

»Mag sein«, erwiderte ich, »aber manchmal wohnt die Weisheit der Alten in den Jungen. Ich bin der Sohn Georgs, der diese Buren fernab vom Tod bewahrt hat, und ich führe sie zurück zu ihrem Volk. Wir möchten mit Dingaan, eurem König sprechen. Hab also die Güte und führ uns zu ihm, wie er es befohlen hat. Wenn du nicht glaubst, was ich sage, dann frag diesen Mann, der mich begleitet, und seine Gefährten, die von deiner Rasse sind. Sie werden dir alles berichten.«

Nun nahm der Anführer Kambula meinen Diener beiseite und unterhielt sich lange mit ihm.

Nachdem das Gespräch beendet war, trat er vor mich hin und sagte:

»Nun habe ich alles über dich erfahren. Ich habe erfahren, daß du trotz deiner Jugend sehr klug bist, so klug, daß du nachts nicht schläfst sondern wachst wie am Tage. Deshalb nenne ich, Kambula, dich Macumazahn, Wächter der Nacht, und unter diesem Namen wirst du hinfort unter uns bekannt sein. So, Macumazahn, Sohn Georgs, bring die Buren her, die du führst, damit ich sie in ihren wandernden Hütten zum Großen Platz Umgungundhlovu bringe, wo Dingaan der König wohnt. Siehe, wir legen unsre Speere nieder und treten ihnen unbewaffnet entgegen und verlassen uns auf deinen Schutz, o Macumazahn, Sohn Georgs«, und er warf seinen Assegai zu Boden.

»Kommt!« sagte ich und führte sie zu den Wagen.

12

Dingaans Wette

Als ich mit Kambula und seinen beiden Begleitern zu den Wagen kam, sah ich, daß Marais ganz aufgeregt auf die beiden Prinsloo-Männer und Meyer einredete, während die Vrouw Prinsloo und Marie offenbar versuchten, ihn zu beruhigen.

»Sie sind unbewaffnet«, hörte ich ihn schreien. »Ergreifen wir die schwarzen Teufel und nehmen wir sie als Geiseln!«

Daraufhin rückten die drei Buren unter Marais' Führung mit ihren Gewehren in der Hand unschlüssig näher.

»Seht euch vor!« rief ich ihnen zu. »Diese Männer sind unser Geleit.« Sodann blieben sie stehen, während Marais wieder auf sie einredete.

Die Zulu blickten von ihnen zu mir; dann sagte Kumbala:

»Lockst du uns in eine Falle, Sohn Georgs?«

»Nein«, erwiderte ich, »die Buren haben nur Angst vor euch und möchten euch ergreifen.«

»Sag ihnen«, entgegnete Kumbala gelassen, »wenn sie uns töten oder Hand an uns legen, wozu sie zweifelsohne imstande sind, dann werden sie bald allesamt tot sein und ihre Weiber mit ihnen.«

Ich wiederholte dieses Ultimatum eindringlich genug, aber Marais schrie: »Der Engländer verrät uns an die Zulu! Traut ihm nicht! Ergreift sie, wie ich euch sage!«

Was nun geschehen wäre, läßt sich bestimmt nicht sagen. In dem Moment jedoch kam die Vrouw Prinsloo hinzu, packte ihren Gatten am Arm und rief:

»Du wirst nicht gemeinsame Sache mit diesem Idioten machen! Wenn Marais die Zulu ergreifen will, dann soll der das selber tun! Bist du verrückt oder betrunken, daß du glaubst, Allan würde seine Marie an die Kaffern verraten wollen, von uns andern ganz zu schweigen?« Und sie wedelte mit einem vor Dreck strotzenden *Vatdoek* oder Putzlappen, den sie stets bei sich trug und für alles mögliche gebrauchte, um Kumbala ein Friedenszeichen zu geben.

Nun fügten die Buren sich. Marais, der sich in der Minderheit sah, funkelte mich schweigend an.

»Frag das weiße Volk, o Macumazahn«, sagte Kumbala«, wer ihr Anführer ist, denn mit dem Anführer habe ich zu sprechen.«

Ich übersetzte die Frage, woraufhin Marais dann erwiderte:

»Das bin ich.«

»Nein«, warf Vrouw Prinsloo ein, »das bin *ich!* Sag ihnen, Allan, daß diese Männer lauter Dummköpfe sind und die Führung mir, einer Frau, überlassen haben!«

Also übersetzte ich. Offenbar waren sie etwas erstaunt, dies zu hören, denn sie besprachen sich. Dann sagte Kambula:

»So sei es denn. Wir haben gehört, daß das Volk Georgs jetzt von einer Frau beherrscht wird, und da du, Macumazahn, einer dieses Volkes bist, wird das bei deiner Gruppe gewiß auch so sein.«

Hier darf ich anmerken, daß die Zulu Vrouw Prinsloo stets als *Inkosikaas* oder Anführerin unsrer kleinen Gruppe anerkannt und – von mir allein abgesehen, den sie als ihren ›Mund‹ oder *Induna* betrachteten – nur mit ihr Verhandlungen führen oder an sie Weisungen geben wollten. Die andern Buren waren Luft für sie.

Nachdem diese Frage der Etikette geklärt war, bat mich Kambula, zu wiederholen, was er mir bereits erklärt hatte, daß wir nämlich Gefangene seien, die er im Auftrag Dingaans zu seinem Großen Platz bringen sollte, und daß uns, sollten wir keine Flucht versuchen, nichts zuleide getan werde unterwegs.

Ich tat dies, woraufhin die Vrouw wie auch ich fragte, wer Dingaan von unserm Kommen informiert habe.

Ich wiederholte ihr Wort für Wort, was die Zulu auch mir gesagt hatten, daß es nämlich Pereira gewesen sei, dessen einziges Ziel es schien, meinen Tod oder meine Gefangennahme zu erwirken.

Daraufhin geriet die Vrouw außer sich.

»Hörst du das, Henri Marais?« kreischte sie. »Es steckt wieder dieser Dreckskerl von Neffe dahinter. Ach, ich konnte es förmlich riechen! Dein Neffe hat uns an die Zulu verraten, um Allan den Garaus zu machen. Fragen Sie, Allan, was dieser Dingaan mit dem Dreckskerl gemacht hat.«

Ich fragte und erfuhr, daß der König Pereira angeblich

zu seinem Volk habe weiterziehen lassen zum Dank für die überbrachten Informationen.

»Mein Gott!« sagte die Vrouw, »ich habe gehofft, er hätte ihm den Kopf abgeschlagen. Nun, was sollen wir jetzt tun?«

»Ich weiß nicht«, erwiderte ich. Dann kam mir eine Idee, und ich sagte zu Kambula:

»Anscheinend bin ich es, der Sohn Georgs, den euer König haben will. Nehmt mich und laßt diese Leute ihres Weges gehen.«

Die drei Zulu besprachen sich nun, wobei sie sich etwas zurückzogen, so daß ich sie nicht belauschen konnte. Als die Buren hingegen verstanden, was ich vorgeschlagen hatte, wurde Marie, die bis jetzt still dabeigestanden hatte, so ungehalten wie noch nie.

»Das darf nicht sein!« sagte sie und stampfte mit dem Fuß auf. »Vater, ich bin dir seit langem gehorsam, aber wenn du dem zustimmst, werde ich dir den Gehorsam verweigern. Allan hat meinem Cousin Hernan das Leben gerettet, wie er uns allen das Leben gerettet hat. Zum Lohn für diese edle Tat hat Hernan ihn im Kloof zu ermorden versucht – ach, sei still, Allan, ich kenne die ganze Geschichte! Nun hat er ihn an die Zulu verraten und als schrecklichen, gefährlichen Mann hingestellt, der zu töten ist. Nun, wenn er sterben soll, werde auch ich mit ihm sterben, und wenn die Zulu ihn mitnehmen und wieder freilassen, werde ich mit ihm gehn. Entscheide dich also!«

Marais zupfte an seinem Bart, wobei er zuerst Marie und dann mich anstarrte. Was er zur Antwort gegeben hätte, das weiß ich nicht, denn in dem Moment trat Kambula vor und gab seinen Entschluß bekannt.

Dieser besagte, daß es zwar der Sohn Georgs sei, den Dingaan haben wollte, der König aber befohlen habe, auch seine Begleiter zu bringen. Dieser Befehl sei einzuhalten. Der König würde darüber befinden, ob und wer von uns getötet oder freigelassen würde, sobald wir in seinem Hause einträfen. Deshalb hieß er uns: »Sofort die Ochsen an die wandernden Hütten binden und über den Fluß!«

Damit fand die Sache ihr Ende. Da uns keine andere Wahl blieb, spannten wir ein und setzten, von zweihundert Wilden eskortiert, unsere Reise fort. Ich muß sagen, daß sie uns während der vier, fünf Tage, die es dauerte, bis wir Dingaans Kral erreichten, sehr anständig behandelten. Mit Kambula und seinen Hauptleuten, im Grunde guten Kerlen, führte ich häufig Gespräche und lernte so viel über die Zulu und ihre Gebräuche. Die Menschen der Gegenden, die wir passierten, scharten sich bei jeder Rast um uns, da die meisten von ihnen noch keine Weißen gesehen hatten, und so konnten wir für ein paar Perlen alles erhalten, was wir an Nahrung brauchten. Eigentlich waren die Perlen und dergleichen reine Geschenke, da die Eingeborenen uns auf des Königs Geheiß versorgen und helfen mußten. Diese Pflicht erfüllten sie sehr gründlich. So fielen beispielsweise während der letzten Tagesreise einige unserer Ochsen aus, woraufhin sich anstelle dieser Zulu ins Geschirr legten und so die Wagen in den großen Kral Umgungundhlovu zogen.

Dort wurde uns ein Platz zum Abspannen zugewiesen nahe dem Haus oder vielmehr den Hütten eines gewissen Missionars namens Owen, der den großen Mut hatte, sich in dieses Land vorzuwagen. Wir wurden mit allergrößter Herzlichkeit empfangen von ihm und seiner Frau und seinem Haushalt; ich kann gar nicht ausdrücken, wie froh ich war, nach all den Reisen einem gebildeten Landsmann zu begegnen.

In der Nähe unsres Lagers ragte ein felsiger Hügel auf, wo ich am Morgen nach unsrer Ankunft sechs bis acht Hingerichtete auf eine Art und Weise sterben sah, die ich nicht beschreiben will. Ihr Verbrechen bestand laut Mr. Owen darin, des Königs Ochsen verhext zu haben.

Während ich mich noch von diesem grausigen Anblick erholte, der Marie glücklicherweise erspart blieb, erschien der Hauptmann Kambula und bestellte mir, Dingaan wolle mich sehen. Begleitet vom Hottentotten Hans und zwei der Zulu, die ich in der Delagoa-Bucht angeheuert hatte – denn der königliche Befehl untersagte die Begleitung durch andre Weiße –, ließ ich mich also durch den Zaun in die Stadt führen, in der zweitausend Hütten standen und die bei den Zulu ›großer Haufen‹ hieß, und auf einen weitläufigen, freien Platz in der Mitte geleiten.

Auf der andern Seite dieses Platzes, auf dem ich bald ein überaus tragisches Schauspiel erleben sollte, betrat ich eine Art von Labyrinth. Dieses hieß *Siklohlo* und wies hohe Zäune mit zahlreichen Biegungen auf, so daß man nicht sehen konnte, wohin man ging, und weder den Ein- noch den Ausgang fand. Schließlich gelangte ich jedoch an eine große Hütte, die *Intunkulu* hieß, was ›Haus der Häuser‹ oder Wohnstatt des Königs bedeutet. Davor saß ein dicker Mann auf einem Hocker, der bis auf das *Moocha* um den Bauch und Hals- und Armketten aus blauen Perlen nackt war. Zwei Krieger hielten ihre breiten Schilde zum Schutz vor der Sonne über sein Haupt. Ansonsten war er allein, obwohl ich davon überzeugt war, daß es auf den zahlreichen Gängen ringsum von Wachen wimmelte, da ihre Bewegungen zu hören waren.

Beim Betreten des Platzes warfen sich Kambula und seine Gefährten in den Staub und stimmten Loblieder an, denen der König keinerlei Beachtung schenkte. Er blickte sogleich auf, tat so, als würde er mich erst jetzt sehen und fragte:

»Wer ist dieser weiße Knabe?«

Nun erhob sich Kambula und sagte:

»O König, das ist der Sohn Georgs, den ich gefangennehmen sollte. Ich habe ihn und die *Amaboona*« (das sind die Buren), »seine Gefährten, ergriffen und alle zu dir gebracht, o König.«

»Ich entsinne mich«, antwortete der König. »Der große Bure, der bei uns war und den Tambusa« (das war einer seiner Hauptleute), »gegen meinen Willen ziehen ließ, sagte, er ist ein schrecklicher Mann, der zu töten ist, bevor er großes Unheil über mein Volk bringt. Warum hast du ihn nicht getötet, Kambula, obwohl ich sagen muß, daß er nicht gerade schrecklich aussieht?«

»Weil es der Wunsch des Königs war, daß ich ihn lebend vor den König bringe«, erwiderte Kambula. Dann fügte er unbeschwert hinzu: »Aber wenn der König will, töte ich ihn auf der Stelle.«

»Ich weiß nicht«, meinte Dingaan unsicher. »Vielleicht kann er Gewehre richten.« Nach kurzer Überlegung hieß er dann einen seiner Schildträger, jemand zu holen. Wen, das konnte ich nicht verstehen.

Bestimmt den Henker, dachte ich für mich. Dieser Gedanke brachte mich zur Raserei. Warum sollte mein junges Leben so enden, nur weil dies einem Wilden gefiel? Und wenn schon sterben, warum allein?

In der Brusttasche meiner zerlumpten Jacke hatte ich eine kleine, doppelläufige, geladene Pistole stecken. Eine Kugel würde Dingaan töten – auf fünf Schritt konnte ich seinen bulligen Leib nicht verfehlen –, und die zweite würde ich mir durch den Schädel jagen, denn ich hatte keine Lust, mir den Hals abdrehen oder mich mit Keulen erschlagen zu lassen. Nun, besser gleich tun, was getan werden mußte. Schon glitt meine Hand zur Tasche, als mir ein neuer Gedanke kam – gleich zwei Gedanken.

Zum einen würden die Zulu, falls ich Dingaan umbrächte, Marie und die andern niedermetzeln – Marie, deren liebliches Gesicht ich nicht wiedersähe. Zum andern bestand Hoffnung, solange ich lebte. Vielleicht hatte er gar nicht nach dem Henker geschickt ... Ich wollte abwarten. Ein paar Minuten länger leben lohnte das Warten allemal.

Der Schildträger kam aus einem der schmalen, umzäunten Gänge zurück; ihm folgte kein Henker, sondern ein junger Weißer, der, das sah ich ihm an, Engländer war. Er begrüßte den König, indem er seinen Hut zog, der, so entsinne ich mich, rundherum mit schwarzen Straußenfedern besteckt war, und machte große Augen, als er mich sah.

»O Tho-maas« (so sprach er ›Thomas‹ aus), sagte Dingaan, »sprich, ist dieser Knabe einer deiner Brüder oder ein Bure?«

»Der König will wissen, ob du Holländer oder Brite bist«, sagte der blasse junge Mann auf englisch.

»Ebenso britisch wie du«, antwortete ich. »Ich bin in England geboren und komme vom Kap.«

»Da hast du vielleicht Glück«, meinte er, »denn der alte Medizinmann Zikali hat ihm gesagt, er dürfe keine Engländer töten. Wie heißt du? Ich heiße Thomas Halstead und bin hier Dolmetscher.«

»Allan Quatermain. Sag diesem Zikali oder wie immer, daß ich ihm, wenn er seinen Rat beherzigt, ein reiches Geschenk mache.«

»Was redet ihr da?« wollte Dingaan argwöhnisch wissen.

»Er sagt, er ist Engländer, kein Bure, o König; daß er jenseits des schwarzen Wassers geboren ist und von dem Land stammt, aus dem sämtliche Buren getreckt sind.«

Bei dieser Kunde spitzte Dingaan die Ohren.

»Dann kann er mir von den Buren berichten«, meinte er, »und mir sagen, was sie vorhaben – oder könnte es, würde er meine Sprache sprechen. Ich traue dir nicht als Dolmetscher, Tho-maas, der du dich als Lügner erwiesen hast«, und er funkelte Halstead an.

»Ich spreche deine Sprache, wenn auch nicht besonders gut, o König«, unterbrach ich, »und ich kann dir alles über die Buren sagen, denn ich habe unter ihnen gelebt.«

»*Uh!*« kam es gespannt von Dingaan. »Aber vielleicht bist du auch ein Lügner. Oder bist du ein Gottesmann wie jener Narr drüben, der Oweena heißt?« – er meinte den Missionar Mr. Owen – »Und den ich schone, weil es kein Glück bringt, wenn man einen Irren tötet, obwohl er meinen Männern Angst macht mit seinen Geschichten von einem Feuer, in das sie nach dem Tod geworfen werden. Als ob es was zu bedeuten hätte, was mit ihnen geschieht, wenn sie tot sind«, fügte er nachdenklich hinzu und nahm eine Prise Schnupftabak.

»Ich lüge nicht«, erwiderte ich. »Warum sollte ich?«

»Du lügst, um deine Haut zu retten, denn alle Weißen sind Feiglinge; nicht wie die Zulu, die gern für ihren König in den Tod gehen. Aber wie heißt du?«

»Dein Volk nennt mich Macumazahn.«

»Nun, Macumazahn, wenn du kein Lügner bist, so sag mir, ob es stimmt, daß diese Buren sich gegen ihren König erhoben haben, der Georg geheißen hat, und vor ihm geflohen sind, wie der Verräter Umsilikazi vor mir geflohen ist?«

»Ja«, antwortete ich, »das stimmt.«

»Jetzt weiß ich, daß du ein Lügner bist«, stellte Dingaan triumphierend fest. »Du sagst, du bist Engländer und deshalb deinem König ergeben oder der *Inkosikaas*« (das heißt Große Frau), »die nun, wie ich höre, auf seinem Thron sitzt. Wie kommt es nun, daß du mit einer Gruppe von *Amaboona* ziehst, welche deine Feinde sein müssen, da sie die Feinde deines Königs sind oder derjenigen, welche ihm nachgefolgt ist?«

Nun saß ich wohl in der Klemme, denn was Treue und Ergebenheit angeht, so haben die Zulu wie alle Eingeborenen dazu primitivste Vorstellungen. Wenn ich sagte, ich hätte Mitleid mit den Buren, würde Dingaan mich als Verräter hinstellen, weil ich mich mit ihnen abgäbe, und ein Verräter verdiente in seinen Augen den Tod. Ich äußere mich ungern über religiöse Themen, und wer andere Werke von mir kennt, wird zugeben, daß ich dies selten, wenn überhaupt, getan habe. Dennoch schickte ich in jenem Moment ein Gebet um

Eingebung zum Himmel, ahnte ich doch, daß mein junges Leben von der Antwort abhinge, und die Eingebung kam – woher weiß ich nicht. Jedenfalls wurde mir eingegeben, diesem fetten Wilden die schlichte Wahrheit zu sagen. Also erklärte ich:

»Die Antwort darauf, o König, lautet: Es befindet sich unter diesen Buren ein Mädchen, das ich liebe, und das sich mir versprochen hat, als wir ›so klein‹ gewesen sind. Der Vater nahm sie mit in den Norden. Sie aber schickte mir eine Botschaft und ließ mich wissen, daß seine Leute am Fieber gestorben seien und sie am Verhungern sei. Also fuhr ich in einem Schiff hinauf, um sie zu retten, und rettete sie und mit ihm jene, die von ihren Leuten noch lebten.«

»*Uh!*« sagte Dingaan, »das verstehe ich, das ist ein guter Grund. So viele Weiber man auch besitzen mag, es schreckt vor keiner Torheit zurück, wer ein bestimmtes Mädchen gewinnen will, das noch nicht sein Weib ist. Auch ich habe das schon getan, insbesondere für eine, die Nada die Lilie geheißen und die mir ein gewisser Umslopogaas geraubt hat, einer aus meinem Geschlecht, den ich sehr fürchte.«*

Er geriet ins Brüten und fuhr dann fort:

»Du hast einen guten Grund, den ich anerkenne. Zudem verspreche ich dir eins. Vielleicht werde ich die Buren töten, vielleicht auch nicht. Aber wenn ich mich entschließe, sie zu töten, so ist dieses dein Mädchen zu schonen. Zeige sie Kambula – nicht Tho-maas, denn der ist ein Lügner und würde mir die Falsche nennen – und sie soll verschont werden.«

»Hab Dank, o König«, erwiderte ich; »aber wozu ist das gut, wenn auch ich sterben soll?«

»Ich habe nicht gesagt, daß du sterben sollst, Macumazahn, obwohl ich dich vielleicht töte, vielleicht auch

---

* Siehe *Nada die Lilie,* Band 21 der Haggard-Ausgabe im Wilhelm Heyne Verlag (HEYNE-BUCH Nr. 06/4467)

nicht. Das hängt davon ab, ob ich dich als Lügner überführe. Nun erzählte der Bure, den Tambusa gegen meinen Willen laufen ließ, daß du ein mächtiger Magier und gefährlicher Mann bist, der Vögel im Flug mit einer Kugel abschießen kann, was ein Ding der Unmöglichkeit ist. Kannst du das?«

»Hin und wieder«, erwiderte ich.

»Also gut, Macumazahn. Jetzt wird sich zeigen, ob du ein Magier oder Lügner bist. Ich schließe mit dir eine Wette ab. Drüben bei eurem Lager steht ein Berg namens ›Hloma Amabutu‹, ein Berg aus Fels, wo Missetäter hingerichtet werden. Heute nachmittag sterben dort einige Schurken, und wenn sie tot sind, kommen die Geier zum Fressen. Und das ist meine Wette mit dir. Wenn die Geier kommen, sollst du auf sie schießen, und wenn du von den ersten fünfen drei im Flug – nicht am Boden – erlegst, Macumazahn, dann schone ich jene Buren. Wenn du sie aber verfehlst, dann weiß ich, daß du ein Lügner und kein Magier bist, und dann sollen alle auf dem Berg Hlomu Amabutu sterben. Ich werde keinen schonen bis auf das Mädchen, das ich vielleicht zum Weib nehme. Was dich angeht, so will ich noch nicht sagen, was ich mit dir mache.«

Einer augenblicklichen Regung folgend, wollte ich diese ungeheure Wette ablehnen, wo Menschenleben gegen meine Schießkunst gesetzt wurden. Thomas Halstead indessen, der ahnte, was mir auf den Lippen lag, sagte auf englisch:

»Sei nicht dumm und nimm an! Sonst wird er ihnen allen die Kehle durchschneiden und dein Mädchen ins *Emposeni** stecken, während du sein Gefangener bleibst wie ich.«

Ich konnte ihm seine Worte weder verübeln noch seine Warnung in den Wind schlagen, also sagte ich ruhig, gleichwohl ich voller Verzweiflung war:

---

* Harem

»So sei's denn, o König. Ich nehme deine Wette an. Wenn ich drei von fünf Geiern töte, die über dem Berg schweben, so habe ich dein Versprechen, daß alle, die mich begleiten, unbehelligt werden weiterziehen dürfen.«

»Ja, ja, Macumazahn. Aber wenn du es nicht schaffst, dann sind die nächsten Geier, auf die du schießt, wohlgemerkt jene, die sich an den Gebeinen deiner Gefährten gütlich tun, denn dann weiß ich, daß du kein Magier, sondern ein Lügner bist. Und nun verschwinde, Tho-maas! Ich will nicht, daß du mich bespitzelst. Und du, Macumazahn, komm her! Obwohl du meine Sprache so dürftig sprichst, möchte ich mit dir über die Buren reden.«

Also entfernte sich Halstead achselzuckend, wobei er mir im Vorübergehen zuraunte:

»Ich hoffe, daß du schießen kannst!«

Nachdem er gegangen war, saß ich eine ganze Stunde allein bei Dingaan, der mich über die Holländer, ihre Reisewege und das Ziel ihres Vorstoßes an die Grenzen seines Reiches aushorchte.

Ich beantwortete seine Frage, so gut ich konnte, und versuchte, Verständnis für sie zu wecken.

Schließlich klatschte er, des vielen Redens müde geworden, in die Hände, woraufhin eine Reihe schöner Mädchen erschien; zwei davon trugen Krüge mit Bier, wovon er mir zu trinken anbot.

Ich erklärte, keines zu wollen, da ich von Bier zittrige Hände bekäme und von der Ruhe meiner Hände an diesem Nachmittag viele Menschenleben abhingen. Zu seinen Gunsten wäre zu sagen, daß er durchaus Verständnis zeigte. Tatsächlich ließ er mich augenblicklich ins Lager zurückbringen, damit ich mich ausruhen könne, wobei er mir sogar einen seiner persönlichen Diener mitschickte, damit er mir unterwegs zum Schutz vor der Sonne einen Schild über den Kopf hielte.

»Hamba-gachle« (das heißt »geh wohl«), sagte der tük-

kische alte Tyrann, als ich von Kambula weggeführt wurde. »Ich sehe dich heute nachmittag eine Stunde vor Sonnenuntergang am Hloma Amabutu, wo das Los der *Amaboona*, deiner Gefährten, entschieden wird.«

Als ich das Lager erreichte, fand ich die Buren vor, die sich geschlossen versammelt hatten und auf mich warteten. Bei ihnen stand der hochwürdige Mr. Owen und seine Leute, wozu auch eine walisische Dienerin mittleren Alters zählte, die, so entsinne ich mich, Jane hieß.

»Nun«, sagte die Vrouw Prinsloo, »was bringt uns der junge Mann für Nachricht?«

»Meine Nachricht ist«, erwiderte ich, »daß ich heute eine Stunde vor Sonnenuntergang um euer aller Leben auf fliegende Geier schießen muß. Dies verdankt ihr dem falschen Hund Hernan Pereira, der Dingaan weisgemacht hat, daß ich ein Magier bin. Nun will Dingaan den Beweis dafür haben. Er glaubt, daß man nur durch Magie fliegende Geier mit einer Kugel treffen kann, und da er gedenkt, euch alle – bis auf Marie vielleicht – zu töten, hat er mir in Form einer Wette eine Aufgabe gestellt, die er für unerfüllbar hält. Gelingt es mir nicht, ist die Wette verloren und euer Leben vertan. Schaffe ich es aber, wird euer Leben wohl geschont, denn dieser Kambula sagt mir, der König macht es stets zu einer Ehrensache, seine Wettschulden zu begleichen. Das ist die Wahrheit, die euch hoffentlich schmeckt«, und ich lachte verbittert.

Als ich so berichtet hatte, brach unter den Buren ein Sturm von Verwünschungen aus. Wenn Flüche töten könnten, wäre Pereira, wo immer er auch stecken mochte, auf der Stelle tot umgefallen. Nur zwei Leute blieben stumm: Marie, die totenbleich wurde, die Ärmste, und ihr Vater. Bald ritt einer der Buren, es war wohl Meyer, heftige Attacken gegen ihn und fragte, was er nun von seinem Neffen, diesem Teufel, halte?

»Ich glaube, da muß ein Mißverständnis vorliegen«,

erwiderte Marais kleinlaut, »denn Hernan kann nicht gewollt haben, daß wir alle ums Leben kommen.«

»Nein«, schrie Meyer, »aber er wollte, daß Allan Quatermain umkommt, was ebenso schlimm ist. Nun sind wir wieder soweit, daß unser Leben von dem englischen Jungen abhängt.«

»Auf alle Fälle«, entgegnete Marais und sah mich seltsam an, »scheint es, daß er nicht sterben soll, ob er die Geier nun trifft oder nicht.«

»Das wird sich zeigen müssen, Mynheer«, hielt ich erregt dagegen, denn seine Spitze hatte gesessen. »Aber merkt euch bitte, falls man euch, meine Gefährten, niedermetzelt und Marie in den Harem dieses schwarzen Wüterichs steckt, dann will auch ich nicht mehr leben.«

»Mein Gott, hat er das angedroht?« sagte Marais. »Da werden Sie ihn bestimmt mißverstanden haben, Allan.«

»Glauben Sie, ich lüge in einer solchen Sache ...«, begann ich.

Aber ehe ich ausreden konnte, hatte die Vrouw Prinsloo sich zwischen uns geschoben mit den Worten:

»Still jetzt, Marais und Allan! Ist das die richtige Zeit, sich zu streiten und aufzuregen, Allan, so daß Sie, wenn die Prüfung kommt, schlechter denn je schießen? Und ist das die richtige Zeit, Marais, jemanden mit Schmähungen zu überhäufen, von dem unser aller Leben abhängt, anstatt Gottes Rache auf deinen verfluchten Neffen herabzuflehen? Kommen Sie, Allan, und essen Sie etwas! Ich habe die Leber der jungen Kuh gebraten, die der König uns geschickt hat; sie ist fertig und sehr gut. Wenn Sie gegessen haben, müssen Sie sich hinlegen und eine Weile schlafen.«

Nun gehörte zum Haushalt des hochwürdigen Mr. Owen ein englischer Junge namens William Wood, der erst zwölf oder vierzehn Jahre alt war. Dieser Junge konnte sowohl Holländisch als auch Zulu und diente der Familie Owen als Dolmetscher während der Abwesenheit eines gewissen Mr. Hulley, der auf Reisen war und dieses Amt ansonsten bekleidete. Da dieses Gespräch nun auf holländisch geführt wurde, übersetzte er es dem Geistlichen und seiner Familie Wort für Wort ins Englische. Als Mr. Owen den vollen Ernst der Lage erkannte, warf er ein:

»Das ist keine Zeit zum Essen oder Schlafen, sondern eine Zeit zum Beten, daß der wilde Dingaan ungestimmt werden möge. Lasset uns beten!«

»Ja«, pflichtete die Vrouw Prinsloo ihm bei, nachdem William Woods übersetzt hatte. »Beten Sie ruhig, *Predikant,* und ihr übrigen alle, die ihr nichts anderes zu tun habt, und wenn ihr schon dabei seid, so betet auch darum, daß die Kugeln von Allan Quatermain ihr Ziel finden mögen. Was mich und Allan angeht, so haben wir anderes zu tun, also müßt ihr für uns mitbeten. Und jetzt kommen Sie, Allan, sonst brennt die Leber an und Sie verderben sich den Magen, was fürs Schießen noch schlimmer ist als schlechte Laune. Nein, kein Wort mehr! Wenn du noch mal den Mund aufmachst, Henri Marais, dann kriegst du Ohrfeigen.« Und sie hob drohend die Hand, woraufhin Marais vor ihr zurückwich. Dann packte sie mich beim Kragen wie ein ungezogenes Kind und führte mich zu den Wagen.

13

Die Probe

Bei den Wagen der Frauen brutzelte die Leber in der Pfanne, wie die Vrouw gesagt hatte, und war gerade richtig durchgebraten. Sie wählte eine besonders dicke Scheibe und machte sich daran, diese mit den Fingern aus der Pfanne auf einen Blechteller zu heben, aus dem sie zuvor die augenfälligen Reste des Morgenmahls mittels ihres ständigen Begleiters, des uralten und ungewaschenen *Vatdoek* entfernt hatte. Nun mißlang ihr Vorhaben freilich, denn sie verbrannte sich an der heißen Leber die Finger, so daß sie sie ins Gras fallen und sich obendrein, das muß leider gesagt werden, zu Flüchen hinreißen ließ. Resolut, wie sie war, barg sie jedoch, nachdem sie sich zur Linderung die Finger geleckt hatte, die brutzelnde Leber mit dem *Vatdoek* und legte sie in den schmutzigen Blechteller.

»Hier«, sagte sie triumphierend, »alle Wege führen nach Rom. Wie dumm, daß ich nicht gleich an mein *Vatdoek* gedacht habe. Allemachte, habe ich mich verbrannt! Ich glaube, Sterben tut nicht weher. Und wenn's ganz schlimm wird, ist's ja bald vorbei. Stellen Sie sich vor, Allan, heut' abend bin ich vielleicht schon ein Engel und gehe in einem langen weißen Gewand, wie meine Mutter mir eins zur Hochzeit geschenkt hat, das ich zu Kinderkleidung zertrennt habe, weil's mir zu kalt gewesen ist, bin ich es doch gewohnt, mit Unterhemd und Unterrock zu schlafen. Ja, und Flügel werde ich auch haben wie ein weißer Gänserich, nur größere, wenn sie mich tragen sollen bei dem Gewicht.«

»Und einen Glorienschein«, meinte ich.

»Ja, und einen Glorienschein – einen sehr großen, weil ich eine Märtyrerin sein werde. Ich hoffe aber, ich brauche ihn nur sonntags aufzusetzen, denn ich kann nichts Schweres auf dem Haupt tragen. Zudem würde er mich an den goldenen Stirnreif der Kaffern erinnern, und von den Kaffern habe ich genug. Dann gibt's noch die Harfe«, fuhr sie fort, nachdem sich ihre Phantasie an den in Aussicht stehenden himmlischen Wonnen entzündet hatte. »Haben Sie schon mal eine Harfe gesehn, Allan? Ich bloß auf einem Bild von König David in der Schrift, und die sieht aus wie eine umgedrehte Stuhllehne. Wie man darauf spielt, das müssen sie mir noch beibringen, und das wird nicht leicht sein, denn ich höre lieber die Katzen auf den Dächern als Musik ...«

So plauderte sie munter vor sich hin, um mich, wie ich glaube, abzulenken und in gelöste Stimmung zu versetzen, denn sie war eine schlaue Alte und wußte, wie wichtig es wäre, in dieser schicksalshaften Stunde der Entscheidung innere Ruhe zu bewahren.

Ich kämpfte mittlerweile nach Kräften mit dem Stück Leber, das entsetzlich nach *Vatdoek* schmeckte und vor Sand knirschte. Sobald die Vrouw mir den Rücken zukehrte, konnte ich das meiste hinter mich zu Hans werfen, der die Bissen hinunterschlang wie ein Hund, um nicht beim Kauen ertappt zu werden.

»Du meine Güte, Sie essen aber schnell!« staunte die Vrouw, als sie meinen leeren Blechteller sah. Dann beäugte sie argwöhnisch den gefräßigen Hottentotten und fragte: »Es wird doch nicht Ihr gelber Köter da gestohlen haben? Wehe, dann werd' ich's ihm zeigen.«

»Nein, nein, Vrouw«, erwiderte Hans erschrocken. »Ich habe heute noch kein Fleisch zu beißen bekommen außer dem, was ich nach dem Frühstück aus der Pfanne geleckt habe.«

»In dem Fall, Allan, werden Sie, und genau das habe ich zu vermeiden versucht, einen schlechten Magen kriegen. Habe ich Ihnen nicht schon oft gesagt, daß Sie jeden Bissen zwanzig Mal kauen sollen vor dem Hinunterschlucken, was auch ich täte, hätte ich noch Backenzähne im Mund. Hier, trinken Sie die Milch! Sie ist nur ein bißchen sauer, aber das beruhigt den Magen.« Und sie holte eine schwarze Flasche hervor, die sie einer Behandlung mit dem *Vatdoek* unterzog, wobei sie recht ungehalten wurde, als ich ablehnte und mir Wasser bringen ließ.

Sodann bestand sie darauf, daß ich in ihr eigenes Bett im Wagen kröche zum Schlafen, wobei sie mir das Rauchen untersagte, wovon man, wie sie erklärte, zitternde Hände bekomme. Dorthin zog ich mich also zurück, nachdem ich Hans kurz mitgeteilt hatte, er solle mein Gewehr gründlichst reinigen. Ich wollte nämlich allein sein und wußte, daß ich außerhalb der etwas muffigen Couch keine Ruhe fände.

Offengestanden wollte sich, obwohl ich die Augen schloß, um die Vrouw zu täuschen, die gelegentlich nach mir sah, kein Schlaf einstellen an jenem Nachmittag – zumindest eine ganze Weile. Wie sollte ich schlafen bei der Hitze, wenn Zweifel und Entsetzen mich erschütterten? Man stelle sich vor, stelle sich nur vor! Noch ein, zwei Stunden, und allein von meinem Geschick hinge das Leben von acht Weißen ab – Männern, Frauen und Kindern – und die Unversehrtheit oder schändlichste Erniedrigung der Frau, die ich liebte und die mich liebte. Nein, ich wollte ihr das Schlimmste ersparen. Ich würde ihr meine Pistole aushändigen, und falls es nötig wäre, wüßte sie, was sie zu tun hätte.

Die schreckliche Verantwortung war mehr, als ich verkraften konnte. Ich litt Höllenqualen; ich zitterte und weinte gar. Dann besann ich mich meines Vaters und überlegte, was er an meiner Stelle täte, und fing zu beten an, wie ich nie zuvor gebetet hatte.

Ich bestürmte die Mächte droben, mir Kraft und Besonnenheit zu verleihen; mich in dieser Stunde der Prüfung nicht im Stich zu lassen, womit diese armen Leute ein blutiges Ende nähmen. Ich betete, bis Schweiß mein Gesicht überströmte; dann fiel ich mit einemmal in Schlaf oder in Ohnmacht. Ich weiß nicht, wie lange ich so gelegen habe, aber es muß eine knappe Stunde gewesen sein. Schließlich erwachte ich ganz unverhofft und vernahm beim Erwachen eine feine Stimme, die wie keine Stimme von dieser Welt klang, in meinem Kopf, wo ich sie zumindest zu hören glaubte. Sie sprach:

»Geh zum Berg Hloma Amabutu und beobachte die Geier im Flug. Handle, wie du meinst, und fürchte dich nicht, selbst wenn du glaubst zu versagen.«

Ich setzte mich auf in der Bettstatt der alten Vrouw und spürte, daß ich eine mysteriöse Wandlung durchlaufen hatte. Ich war anders. Meine Zweifel und entsetzlichen Ängste waren verflogen; meine Hand war ruhig wie aus Stein; mein Herz war unbeschwert. Ich wußte, daß ich die drei Geier töten würde. Natürlich klingt dies absurd und läßt sich leicht erklären durch meine nervlich angespannte Verfassung, und womöglich ist das der wahre Grund. Dennoch schäme ich mich nicht zu gestehen, daß ich andrer Meinung bin und stets gewesen bin. Ich glaube, daß in meiner großen Not eine gute Macht mein und andrer Leute inständiges Beten erhörte und zu mir sprach und mir Beistand gewährte und Ruhe einflößte, die ich am allernötigsten hatte. Daß dies in dem Moment meine Überzeugung war, läßt sich jedenfalls daraus ersehen, daß ich mich beeilte, dem Spruch der feinen, übernatürlichen Stimme nachzukommen.

Ich stieg aus dem Wagen und ging zu Hans, der nahebei in der sengenden Sonne saß, in die er, ohne zu blinzeln, starrte.

»Wo ist das Gewehr, Hans?« fragte ich.

»*Intombi* ist hier, Baas; ich habe es zugedeckt, damit es sich nicht aufheizt und verfrüht losgeht.« Und er deutete auf ein grabähnliches Hügelchen aus gehäuftem Gras neben sich.

Die Eingeborenen, so sollte ich erklären, nannten dieses mein Gewehr *Intombi*, was so viel wie ›junges Mädchen‹ bedeutet, weil es ungleich schlanker und zierlicher als andere Gewehre war.

»Ist es sauber?« fragte ich.

»Es war nie sauberer, seit es aus dem Feuer geboren worden ist, Baas. Außerdem habe ich das Pulver gesiebt und mit den Hütchen zum Trocknen in die Sonne gestellt und die Kugeln in den Lauf gepaßt, damit nichts schiefgeht, wenn es zum Schießen kommt. Wenn du die Aasvögel verfehlst, Baas, wird es weder an *Intombi* noch am Pulver oder den Kugeln liegen, sondern allein an dir.«

»Wie tröstlich«, erwiderte ich. »Nun, komm jetzt! Ich will zu diesem Todesberg hinüber.«

»Warum jetzt schon, Baas?« fragte der Hottentotte und schrak zurück. »So einen Ort sucht man nur auf, wenn man muß. Die Zulu sagen, daß sich dort selbst am hellichten Tag Geister aufhalten und über den Felsen spuken, wo sie zum Geist gemacht worden sind.«

»Es halten sich auch Geier dort auf, Hans, und ich möchte sehen, wie sie fliegen, damit ich weiß, wo und wie ich auf sie zu schießen habe.«

»Das stimmt, Baas«, sagte der schlaue Hottentotte. »Es ist was andres als mit den Gänsen im Groote Kloof. Die Gänse fliegen kerzengerade wie ein Assegai aufs Ziel. Die Aasvögel aber kreisen immerzu hin und her, und einen kreisenden Vogel verfehlt man leicht.«

»Sehr leicht. Komm jetzt!«

Als wir gerade aufbrachen, kam hinter einem Wagen Vrouw Prinsloo hervor zusammen mit Marie, die sehr blaß war, wie mir auffiel, und gerötetete Augen hatte, als hätte sie geweint.

Die Vrouw fragte, wohin wir gingen. Ich sagte es ihr. Nach kurzem Überlegen meinte sie, das sei ein guter Einfall, denn es sei stets ratsam, vor der Schlacht das Feld zu besichtigen.

Ich nickte, nahm Marie zur Seite und ging mit ihr hinter ein nahes Dornengestrüpp.

»Ach, Allan, wie wird das enden?« fragte sie kläglich. Beherzt, wie sie war, schien sie nun dennoch allen Mut verloren zu haben.

»Gut, Liebste«, beschwichtigte ich sie. »Wir werden es überstehen, wie wir schon vieles überstanden haben.«

»Wie willst du wissen, Allan, was Gott allein weiß?«

»Er hat sich mir mitgeteilt, Marie«, und ich erzählte ihr von der Stimme, die ich im Traum vernommen hatte, was ihr offenbar ein Trost war.

»Dennoch«, meinte sie ungewiß, »es war nur ein

Traum, Allan, und Träume sind Schäume. Vielleicht schaffst du's trotz allem nicht.«

»Sehe ich so aus, Marie?«

Sie musterte mich vom Scheitel bis zur Sohle und erwiderte dann:

»Nein, obwohl es so ausgesehen hat, als du von den Hütten des Königs zurückgekehrt bist. Nun machst du einen ganz andern Eindruck. Trotzdem ist nicht auszuschließen, Allan, daß du danebenschießt ... und was dann? Es waren einige dieser schrecklichen Zulu bei uns, während du schliefst, und sagten, wir sollten uns alle bereit machen, zum Todesberg zu gehen. Dingaan meine es ernst. Solltest du die Geier nicht erlegen, werde er uns töten. Offenbar gelten die Geier als heilige Vögel, und wenn sie entkommen, wertet er dies als Zeichen, daß er von den Weißen und ihrem Zauber nichts zu fürchten hätte und macht einen Anfang, indem er uns niedermetzelt. Ich meine, den Rest von uns, denn ich soll am Leben bleiben. Ach, was soll ich nur tun, Allan?«

Wir sahen einander in die Augen. Dann zog ich die doppelläufige Pistole aus meiner Tasche und reichte sie ihr.

»Sie ist geladen«, sagte ich.

Sie nickte und verbarg sie unter der Schürze im Kleid. Wortlos küßten und trennten wir uns, denn keiner von uns wollte den Abschied hinauszögern.

Der Berg Hloma Amabutu lag gar nicht weit von unserm Lager entfernt und den Hütten des hochwürdigen Mr. Owen, eine knappe Viertelmeile schätzungsweise. Er erhob sich jenseits einer Senke, die den Namen Tal nicht verdiente, aus dem flachen Veld. Beim Näherkommen stach uns seine eigentümliche Kahlheit ins Auge, denn während ringsum das Gras im frischen Grün des Frühlings stand, wuchs auf ihm offenbar keines. Eine mit schwärzlichen Felsen übersäte Kuppe und dazwischen kümmerliches, dunkel belaubtes Strauchwerk, so bot er sich dem Auge dar. Zudem wirkten viele dieser Felsen wie weiß getüncht, was darauf hindeutete, daß darauf Hunderte von vollgefressenen Geiern Rast gemacht hatten.

Ich glaube, es sind die Chinesen, die behaupten, daß bestimmte Orte mit einem guten oder bösen Einfluß behaftet sind und einen eigenen Geist ausströmen, und an sich nähren Hloma Amabutu und einige andere Plätze, die ich in Afrika kenne, diese Mär. Gewiß durchlief mich, als ich diesen verfluchten Boden betrat, dieses Golgatha, diese Schädelstätte, ein Schauder. Das mochte von der Atmosphäre oder dem unheiligen Zweck des Berges herrühren oder von einer Vorahnung auf ein schreckliches Geschehen, das ich binnen weniger Monate dort erleben sollte. Oder aber der Ort selbst und das Wissen um die bevorstehende Prüfung ließen mein gesundes Blut erstarren. Ich kann nicht sagen, woran es gelegen hat, doch das ändert nichts an der Sache, obwohl es sich wenige Momente später, als ich sah, welche Schläfer auf dem Berg ruhten, erübrigt hätte, weit hergeholte Erklärungen für meine Furcht zu suchen.

Über den Berg zogen sich zwischen den Steinen, die hier und dort und überall lagen wie Hagelkörner nach einem winterlichen Unwetter, allerlei gewundene Pfade. Offenbar führte der kürzeste Weg zu verschiedenen Stellen in der Nachbarschaft des Großen Krals über ihn, und obwohl kein Zulu es wagte, zwischen Sonnenuntergang und -aufgang den Fuß darauf zu setzen, wurden diese Pfade tagsüber recht freizügig benutzt. Andrerseits nehme ich an, daß auch die Zulu selbst diesem unglückseligen Todesacker einen eigenen Geist zuschrieben, einen unsichtbaren, aber bedrohlichen Dämon, den es zu besänftigen galt, um nicht von ihm kassiert zu werden.

Dies nun war ihr Besänftigungsritual, ein durchaus

weitverbreitetes in vielen Ländern, wie ich meine, obwohl ich nicht sagen kann, welche Bewandtnis es damit hatte. Wenn der Wanderer an jene Stellen kam, wo die Pfade sich kreuzten, so nahm er einen Stein und warf ihn auf einen Haufen, den die andern Wanderer aufgeschichtet hatten. Es gab viele derartige Haufen auf dem Berg, über ein Dutzend, wie ich glaube, und sie waren von enormer Größe. Ich schätze, der größte erreichte gut fünfzig Fuhren und der kleinste nicht weniger als zwanzig bis dreißig.

Hans, der diesen Ort zwar noch nicht betreten hatte, kannte offenbar die hiesigen Gepflogenheiten und Rituale zur Abwendung des Fluches. Jedenfalls warf er, als wir zum ersten Haufen kamen, einen Stein darauf und bat mich, dies auch zu tun. Ich weigerte mich lachend, aber als wir zum zweiten Haufen kamen, spielte sich das gleiche ab. Wieder weigerte ich mich, woraufhin Hans, ehe wir zu einem dritten und größeren Haufen gelangten, sich auf den Boden hockte und zu jammern anfing und schwörte, keinen Schritt weiter zu gehen, wenn ich nicht verspräche, den Opferbrauch zu befolgen.

»Warum nicht, Dummkopf?« fragte ich.

»Weil uns, glaube ich, wenn du den Brauch mißachtest, der Berg für immer behalten wird. Ach, du lachst, aber ich sage dir, du hast bereits Unglück über dich gebracht. Denk an meine Worte, Baas, wenn du von den fünfen zwei Aasvögel verfehlst!«

»Blödsinn«, sagte ich – beziehungsweise die holländische Entsprechung. Da mir freilich das Gerede von den verfehlten Geiern sehr nahe ging und es immer ratsam ist, sich den vorgefaßten Meinungen der Eingeborenen zu beugen, warf ich beim nächsten und bei den beiden übernächsten Haufen brav meine Steine wie der abergläubigste Zulu im ganzen Land.

Daraufhin erreichten wir den Gipfel, der etwa zweihundert Yards lang war und beidseitig steil abfiel. In der

Mitte befand sich eine Mulde, die – vielleicht durch Menschenhand – frei von Steinen war und in der allgemeinen Anlage an eine Arena erinnerte.

Oh, was für ein Anblick! Überall lagen die zernagten und zerpflückten Gebeine von Männern und Frauen, oftmals von Hyänenkiefern zerknackt. Manche waren recht frisch, denn es haftete noch das Haar am Schädel, andere alt und ausgebleicht. Ob frisch oder alt, es waren jedenfalls Hunderte. Das gleiche galt für die Hänge des Berges, obwohl dort die Gebeine größtenteils zu bleich schimmernden Haufen aufgeschichtet waren. Kein Wunder, daß die Geier sich wohl fühlten auf dem Hloma Amabutu, der Hinrichtungsstätte des blutrünstigen Zulukönigs.

Von diesen garstigen Vögeln war im Moment freilich nichts zu sehen. Da in den letzten Stunden keine Hinrichtung stattgefunden hatte, suchten sie ihr Fressen anderswo. Nun war es mir allerdings ein Anliegen, Geier zu sehen, denn ansonsten wäre mein Besuch vergebens gewesen, weshalb ich mich einer sicheren Methode besann, die Vögel anzulocken.

»Hans«, sagte ich, »ich werde nun so tun, als würde ich dich umbringen, und du wirst ganz regungslos wie ein Toter liegenbleiben. Selbst wenn sich die Aasvögel bei dir niederlassen, mußt du ganz still liegen, damit ich sehe, woher sie kommen und wie sie herabsteigen.«

Der Hottentotte war von diesem Vorschlag gar nicht angetan. Er verweigerte mir glattweg den Gehorsam und führte verschiedene gute Gründe an. Er sagte, eine solche Probe beschwöre Unheil herauf; daß kommende Ereignisse nun einmal ihren Schatten vorauswürfen und er dem Ereignis keinen Vorschub leisten wolle. Er sagte, die Zulu behaupteten, die heiligen Aasvögel von Hloma Amabutu seien so wild wie Löwen; sobald sie einen Menschen liegen sähen, zerrissen sie ihn, ob er tot wäre oder lebte. Kurzum, zwischen Hans und mir kam es zu akuten Differenzen. Da meine Ansicht unbedingt überwiegen mußte, zögerte ich freilich nicht, zu einer deutlichen Sprache zu greifen.

»Hans«, sagte ich, »ich brauche dich als Köder für die Geier; wähle, ob du ein lebender oder toter Köder sein willst.« Und ich spannte bedeutsam den Hahn meines Gewehrs, obwohl es mir in Wirklichkeit ganz fern lag, meinen treuen, alten hottentottischen Freund niederzuschießen. Hans indessen, der wußte, was für mich auf dem Spiel stand, gelangte zu einem andern Schluß.

»Allemachte, Baas!« sagte er. »Ich verstehe, und ich nehm's dir nicht übel. Nun, wenn ich lebendigen Leibes gehorche, wird meine Schutzschlange* mich vielleicht vor dem drohenden Unheil bewahren und werden die Aasvögel mir vielleicht nicht die Augen auspicken. Aber wenn du mir eine Kugel in den Leib jagst – nun, dann ist alles vorbei und dann heißt es für Hans: ›Gute Nacht und ruhe sanft.‹ Ich gehorche, Baas, und lege mich hin, wo du willst, aber ich bitte dich nur, vergiß mich nicht und geh nicht weg und überlaß mich der Teufelsbrut nicht.«

Dies versprach ich ihm aufrichtig, woraufhin wir ein kurzes, grausiges Spektakel aufführten. Mitten in der ›Arena‹ angekommen, hob ich mein Gewehr und zerschmetterte Hans scheinbar den Schädel mit dem Kolben. Er fiel rücklings um, zappelte noch ein wenig und blieb still liegen. Damit endete der erste Akt.

Akt 2 bestand daraus, daß ich mich, kapriolend wie ein Zulu-Scharfrichter, zurückzog von meinem Opfer und in einem Gebüsch am Rande der Mulde in etwa vierzig Yards Entfernung verbarg. Die Stelle erstrahlte im Sonnenschein, der Ort war totenstill, still wie die Gebeine der Hingemordeten ringsum, still wie Hans, der dort, winzig und leblos wirkend, in jener großen Manege lag, wo kein Gras wuchs. Das Warten in dieser

* Schutzgeist

Umgebung war unheimlich, aber schließlich kündigte sich der dritte Akt an.

Im endlos weiten Firmament entdeckte ich einen Punkt, der nicht größer als ein Staubkorn war. Der Aasvogel, der hoch droben außerhalb der Reichweite des menschlichen Auges patrouillierte, hatte die Tat beobachtet und stieg herab, ein Signal für seine Artgenossen, die im Umkreis von fünfzig Meilen durch die Lüfte streiften; denn diese Vögel machen ihre Beute mit den Augen, nicht mit dem Geruchssinn aus. Tiefer und tiefer stieg er, aber lange bevor er sich dem Erdboden näherte, hatten sich im dunstigen Himmelsblau weitere Flecken abgezeichnet. Nun war er keine vier- bis fünfhundert Yards mehr über mir und fing, auf ausgespannten Schwingen gleitend, über der Stelle zu kreisen an und ging tiefer. So sank er gemächlich herab bis auf eine Höhe von hundertfünfzig Fuß über Hans. Dann hielt er plötzlich inne, verweilte regungslos für einige Sekunden, legte die Flügel an und stieß wie ein Blitz herab, um sie erst unmittelbar über dem Boden wieder aufzuspannen.

Dort setzte er vornübergebeugt auf, wie es bezeichnend für die Geier ist, und fing sich mit ein paar täppischen Schritten ab. Dann erstarrte er und musterte mit grimmigem, stierem Blick den niedergestreckten Hans. Kaum war dieser Aasvogel unten, als auch schon weitere, aus der Tiefe des Himmels herbeigelockt, seinem Beispiel folgten. Sie kamen in Sicht, sanken, kreisten, und zwar stets von Ost nach West, wie die Sonne wandert. Sie hielten für einige Sekunden inne, plumpsten dann wie ein Stein herab, fielen auf den Schnabel, fingen sich ab, watschelten vor in eine Linie, blieben dort hocken und beäugten Hans. Bald wurde er von einem großen Kreis eingeschlossen; regungslos starrend, warteten die Vögel auf etwas.

Bald gab sich dieses Etwas ein Stelldichein in Gestalt eines Aasvogels, der fast doppelt so groß war wie jeder andere. Es war der ›Königsvogel‹, wie er bei den Buren und den Eingeborenen heißt und wie jede Schar einen aufweist. Er bestimmt über die Schar und ebenso über den Kadaver, den sich ohne seine Anwesenheit und Einwilligung keiner anzufallen getraut. Ob dieser üble Geselle einer andern Gattung angehört oder ein Tier von kräftigerem Wuchs und kräftigerer Statur ist und die andern somit übertrifft, das kann ich nicht sagen. Fest steht jedenfalls, und das kann ich anhand langjähriger und ständiger Beobachtungen bezeugen, daß fast jede Geierschar ihren König hat.

Als sich der Erhabene nun die Ehre gab, zeigten die andern Aasvögel, wovon sich nun an die fünfzig oder sechzig um Hans scharten, Anzeichen von Erregung. Sie blickten zum Königsvogel und blickten zu Hans, wobei sie die nackten roten Hälse streckten und mit den funkelnden Augen blinzelten. Ich indes kümmerte mich wenig um die Vögel am Boden, war ich doch vollauf damit beschäftigt, die Genossen in der Luft zu studieren.

Mit Entzücken stellte ich fest, daß der Geier ein Gewohnheitstier ist. Ein jeder tat, was sicherlich schon seit Adams Zeiten oder früher getan wurde – nämlich kreiste und verweilte einen Moment, um dann wie Blei zu Boden zu fallen. Dies also wäre der Zeitpunkt zum Schießen, wenn sie praktisch vier, fünf Sekunden lang ein starres Ziel abgaben. Nun wußte ich, daß ich auf diese Entfernung – stets unter hundert Yards – jeden Teeteller getroffen hätte und ein Geier viel größer als ein Teeteller war. Also hätte ich wohl, von Mißgeschicken abgesehen, wenig zu fürchten vor der bevorstehenden schrecklichen Geschicklichkeitsprüfung. Immer wieder nahm ich die rüttelnden Vögel aufs Korn und war überzeugt, daß ich sie, hätte ich abgedrückt, mit meiner Kugel durchbohrt hätte.

Da Übung nicht schaden könne, widmete ich mich ausgiebig diesem Spiel, das schließlich ein jähes Ende fand. Mit einemmal hörte ich ein Scharren und senkte den Blick. Die ganze Aasvogelschar rannte gegen Hans an, wobei sie durch Flügelschläge nachhalfen und ihr König mit drei Fuß führte. Im nächsten Moment geriet Hans außer Sicht, und mitten aus dem flaumigen, stinkenden Haufen ertönte ein furchtsamer Schrei.

Der König nämlich, wie sich nachher zeigte, hatte ihn an der Stupsnase gefaßt, während seine schaurigen Gesellen, die sich andere Leibesstellen vornahmen, sich zurückstemmten, wie man das von Geiern kennt, um einen Leckerbissen zu ergattern. Hans strampelte und kreischte, und ich rannte schreiend herbei, woraufhin die Geier als große Wolke aufflatterten und in alle Richtungen auseinanderstoben. Binnen einer Minute war von ihnen nichts mehr zu sehen, und ich war mit dem Hottentotten allein.

»Prima«, sagte ich. »Du hast deine Rolle gut gespielt.«

»Prima, Baas!« erwiderte er. »Ich habe zwei Löcher in der Nase, in die ich den Finger legen kann, und Bisse überall. Schau, meine zerfetzte Hose. Schau, mein Kopf – wo ist das Haar geblieben? Schau, meine Nase. Prima! Gut gespielt! Die verdammten Aasgeier haben gespielt. Ach, Baas, wenn du sie gesehen und gerochen hättest, würdest du nicht ›prima‹ sagen. Schau, eine Sekunde länger, und ich hätte vier Nasenlöcher, der ich sonst zwei habe.«

»Nichts für ungut, Hans«, sagte ich. »Es ist nur ein Kratzer, und ich schenke dir neue Hosen. Hier hast du noch Tabak. Komm zum Gebüsch, wir haben zu reden.«

Also gingen wir, und nachdem Hans sich ein wenig beruhigt hatte, erzählte ich ihm, was ich über die Gewohnheiten der Aasvögel in der Luft beobachtet hatte, und er erzählte, was er über ihre Gewohnheiten am Boden beobachtet hatte, was mich, da ich sie am Boden nicht schießen durfte, nicht interessierte. Immerhin war er mit mir einer Meinung, daß der richtige Moment zum Schießen unmittelbar vor dem Niederstoßen sei.

Während wir noch miteinander redeten, vernahmen

wir Rufe, schauten über die Bergseite, die nach Umgungundhluvu zeigte, und sahen ein klägliches Bild. Von drei Henkern und einer sieben- oder achtköpfigen Wache wurden drei Männer den Hang heraufgetrieben, wovon einer sehr alt war, der zweite um die Fünfzig und der dritte ein Bursche von höchstens achtzehn. Wie ich bald erfuhr, stammten sie aus einer Familie – Großvater, Vater und ältester Sohn – und wurden eines lächerlichen Vergehens wegen Hexerei bezichtigt, während sich in Wirklichkeit der König ihr Vieh aneignen wollte.

Vor die *Nyanga* oder Medizinmänner gestellt und von diesen verurteilt, waren die Ärmsten nun zum Sterben verdammt. Freilich begnügte sich Dingaan nicht damit, die Häupter der drei Familiengenerationen auszulöschen, sondern hatte auch sämtliche Abkömmlinge und Seitenlinien ausgerottet, um als Alleinerbe das Vieh der Familie zu beanspruchen.

Das waren die grausigen Gepflogenheiten, die seinerzeit im Zululande an der Tagesordnung waren.

14

Die Vorführung

Die drei Verurteilten wurden von ihren Schlächtern in die Mitte der Mulde gestoßen; nur wenige Yards entfernt standen Hans und ich.

Hintendrein schritt der Oberscharfrichter, ein feister Kerl, der wohl als Zeichen seines Amtes eine eigentümliche Leopardenfellhaube trug und in der Hand eine wuchtige Holzkeule hielt, in dessen Stiel viele Kerben geritzt waren, wovon eine jede ein Menschenleben bedeutete.

»Sieh, Weißer Mann«, rief er, »das ist der Köder, den der König dir schickt, um die heiligen Vögel anzulokken. Hättest du keinen Köder gebraucht, wären diese drei Zauberer vielleicht davongekommen. Aber der Schwarze sagte, der kleine Sohn Georgs, Macumazahn genannt, braucht sie, um seine Magie vorzuführen, weshalb sie heute sterben müssen.«

Nun wurde mir bei dieser Botschaft speiübel, und es wurde nicht besser, als der Jüngste der Verurteilten, nachdem er diese Worte des Scharfrichters gehört hatte, auf die Knie sank und mich um Gnade anflehte. Auch der Großvater richtete sich an mich und sagte:

»Häuptling, genügt es nicht, wenn ich sterbe? Ich bin alt, und mein Leben ist wertlos. Oder nimm, genügt einer nicht, mich und meinen Sohn und laß den Knaben, meinen Enkel, frei. Wir sind der Hexerei unschuldig alle drei, und er ist gar nicht alt genug dafür, ist er doch nur ein unverheirateter Jüngling. Häuptling, du bist auch jung. Wäre nicht auch dir schwer ums Herz, wenn du sterben müßtest, obwohl die Sonne deines Lebens erst aufgegangen ist am Himmel? Bedenke, Häuptling, wie deinem Vater zumute wäre, falls du einen hast, wenn er mit ansehen müßte, wie du vor seinen Augen geopfert wirst, damit ein Fremdling deinen Leichnam benutzen kann, um sein Können mit der Zauberwaffe beim Erlegen von wildem Getier vorzuführen, welches ihn fressen möchte?«

Fast zu Tränen gerührt, ergriff ich das Wort und erklärte dem ehrwürdigen Mann, so gut ich konnte, daß ihr schreckliches Schicksal mit mir nichts zu tun habe. Ich sagte ihm, mich treffe keine Schuld an ihrem Tod, der ich genötigt worden sei, hier auf fliegende Geier zu schießen, um meine weißen Gefährten von einem ähnlichen Schicksal wie dem ihren zu bewahren. Er lauschte aufmerksam, fragte hie und da nach und erklärte schließlich, nachdem er mich begriffen hatte, mit Würde und Fassung:

»Jetzt verstehe ich, Weißer Mann, und ich bin froh zu wissen, daß du nicht der Grausame bist, für den ich dich gehalten habe. Kinder«, sagte er, an die andern gerichtet, »wir wollen den *Inkoos* nicht länger belästigen. Er tut nur, was er tun muß, um durch sein Geschick seine Mitbrüder zu retten. Wenn wir ihn weiter bestürmen und sein Herz zu Mitleid rühren, mag der Kummer, der in ihm ausbricht, seine Hand unsicher machen, womit auch sie stürben und ihr Blut über ihn und uns käme. Kinder, es ist der Wille des Königs, daß wir sterben. Also machen wir uns bereit, dem König zu gehorchen, wie es die Männer unsres Hauses stets getan haben. Weißer Herr, wir danken dir für deine gütigen Worte. Mögest du lange leben und möge das Glück in deiner Hütte wohnen bis zuletzt. Und möge deine Wunderwaffe nicht krumm schießen und damit das Leben deiner Gefährten aus der Hand des Königs zurückgewinnen. Lebe wohl, *Inkoos.*« Und da er die gefesselte Hand nicht heben konnte zum Gruß, verneigte er sich vor mir wie die Söhne auch.

Dann gingen sie zur Seite, ließen sich auf dem Boden nieder und besprachen sich; nach einer Weile stimmten sie einen eigentümlichen Singsang an. Die Scharfrichter und Wächter setzten sich in der Nähe ebenfalls nieder und lachten und scherzten miteinander und ließen ein Horn mit Schnupftabak herumgehen. Ihr Hauptmann, so konnte ich beobachten, brachte sogar den Opfern Schnupftabak und hielt ihnen in der Hand eine Prise unter die Nase, die sie in die Nüstern hochzogen, wofür sie höflich dankten und dann kräftig niesten.

Was mich betraf, so steckte ich mir, und das hatte ich wohl nötig, eine Pfeife an und rauchte zur Anregung oder vielmehr Beruhigung. Hans, der damit beschäftigt war, die Bisse der Geier mit einem Gemisch aus gekauten Blättern zu verarzten, rief plötzlich in seiner trockenen Art:

»Schau, Baas, da kommen in Reih und Glied die Weißen aufmarschiert und in einer zweiten Reihe die Schwarzen – genau wie die Böcke und die Schafe in der Schrift beim Jüngsten Gericht.«

Ich schaute auf und bemerkte zu meiner Rechten die Buren, allen voran die Vrouw Prinsloo, welche sich die kläglichen Reste eines alten Regenschirms übers Haupt hielt. Zu meiner Linken rückten verschiedene Fürsten und Würdenträger der Zulu an, an deren Spitze im perlenbesetzten Tanzgewand Dingaan einherwankte. Er ließ sich von zwei Leibwächtern stützen, während ein dritter einen Schild über sein Haupt hielt, um ihn vor der Sonne zu schützen, und ein vierter einen wuchtigen Hocker trug, auf dem er Platz nehmen sollte. Hinter jeder Gruppe bemerkte ich außerdem eine Schar von Zulu in Kriegstracht, die allesamt mit breiten Spießen bewaffnet waren.

Die beiden Gruppen erreichten fast gleichzeitig den Stein, auf dem ich saß, was vermutlich abgesprochen war, hielten inne und starrten einander an. Was mich anging, so blieb ich sitzen auf meinem Stein und rauchte seelenruhig weiter.

»Allemachte, Allan«, schnaubte die Vrouw Prinsloo, die ganz außer Atem war vom Aufstieg, »hier sind Sie also! Da Sie nicht zurückgekommen sind, habe ich schon geglaubt, daß Sie auf und davon sind wie dieser Dreckskerl Pereira.«

»Ja, hier bin ich«, erwiderte ich finster, »und ich wünschte weiß Gott, daß ich woanders wäre.«

Nun rief Dingaan, der sich, füllig, wie er war, schnaufend auf dem Hocker niedergelassen hatte, den jungen Halstead zu sich, den er mitgebracht hatte, und sagte: »O Tho-maas, frage deinen Bruder Macumazahn, ob er bereit ist, auf die Geier zu schießen. Wenn nicht, werde ich ihm, da ich nicht ungerecht sein will, etwas mehr Zeit geben zum Mischen seiner Wundermittel.«

Ich erwiderte trotzig, daß ich mehr denn je bereit sei.

Als die Vrouw Prinsloo nun merkte, daß sie den König der Zulu vor sich hatte, stapfte sie, den Schirm schwenkend, vor ihn hin. Sie griff sich den jungen Halstead, der Holländisch verstand, und zwang ihn, die flammende Rede zu übersetzen, die sie an Dingaan richtete.

Hätte er sie genauso übertragen, wie sie über ihre Lippen kam, wären wir alle binnen fünf Minuten tot gewesen, aber Gott sei Dank hatte der unglückselige junge Mann während seines Aufenthalts bei den Zulu von der List der Schlange gelernt und verharmloste ihren deftigen Wortschwall. Im Wesentlichen führte sie aus, daß er, Dingaan, ein boshafter, blutrünstiger Schurke sei, mit dem der Allmächtige früher oder später abrechnen werde (was er auch tat), und sollte er es wagen, ihr oder einem ihrer Gefährten auch nur ein Haar zu krümmen, so würden sich ihre Landsleute, die Buren, als Gottes Vollstrecker erweisen (was sie auch taten). In der Übersetzung von Halstead hörte sich das, was sie sagte, auf Zulu so an: Dingaan sei der größte König auf Erden; keinen zweiten gebe es und habe es je gegeben, der ihm an Macht, Weisheit und persönlicher Schönheit gleichkomme, und sollten sie und ihre Gefährten sterben müssen, so würde der Anblick seiner Glorie sie für den Tod versöhnen.

»Wirklich wahr«, sagte Dingaan argwöhnisch, »wenn dieses Mannweib das gesagt hat, so sprechen ihre Augen eine andere Sprache als ihre Lippen. Ach, Thomaas, hör auf zu lügen! Wiederhole getreu, was die weiße Führerin sagt, oder ich komme auf andere Weise dahinter und übergebe dich den Schergen.«

Nach dieser Ermahnung erklärte Halstead, daß er noch nicht alles wiedergegeben habe. Die ›Mannfrau‹, eine, wie er, Dingaan, vermute, große Führerin unter den Weißen, habe noch gesagt, wenn er, der mächtige, ruhmreiche König, Welterschütterer und Weltverzehrer, sie oder einen ihrer Untertanen töte, so würde ihr Volk sie rächen, indem es ihn und sein Volk töte.

»Sagt sie das?« meinte Dingaan. »Dann sind diese Buren also, wie ich gedacht habe, gefährliche Leute und kein friedliches Volk, als das sie sich ausgeben.« Und er brütete eine Weile, wobei er vor sich auf den Boden starrte. Sodann hob er das Haupt und fuhr fort: »Nun, eine Wette ist eine Wette, und darum will ich dieses Häuflein nicht ausrotten, wie ich es anderweitig auf der Stelle getan hätte. Sag der alten Kuh von Führerin, daß ich ungeachtet ihrer Drohungen mein Wort halte. Falls der kleine Sohn Georgs, Macumazahn, drei von fünf fliegenden Geiern mit Hilfe seiner Magie abschießen kann, dann sind sie und ihre Diener frei. Wenn nicht, sollen sich die Geier, die er verfehlt hat, an ihnen laben. Mit ihrem Volk, wenn es kommt, um sie zu rächen, werde ich schon reden. Und jetzt genug mit dem *Indaba*. Bringt die Missetäter, damit sie mich preisen, der ich ihnen einen so gnädigen Tod gewähre!«

Großvater, Vater und Sohn wurden also von Soldaten vor den König geschleppt und huldigten ihm mit *Bayète*, dem königlichen Gruß.

»O König«, sagte der Greis, »ich und meine Kinder sind unschuldig. Dennoch bin ich, wenn es dir gefällt, o König, zum Sterben bereit wie auch mein Sohn. Dennoch flehe ich dich an, schone den Kleinen. Er ist noch ein Kind und wird dir, einmal erwachsen, gute Dienste erweisen, wie auch ich deinem Hause seit vielen Jahren.«

»Schweig, du weißhaariger Hund!« erwiderte Dingaan erzürnt. »Dieser Jüngling ist ein Zauberer wie ihr alle und würde, einmal erwachsen, mich verhexen wollen und mit meinen Widersachern gemeinsame Sache machen. Wisse, daß ich deine ganze Familie ausgerottet habe. Soll ich nun einen übriglassen, damit er eine neue gründet, die mich hassen würde? Hinweg mit dir in die Welt der Geister, und sag ihnen, wie Dingaan mit Hexern verfährt.«

Der Greis versuchte abermals zu sprechen, denn offenbar lag ihm dieses Enkelkind sehr am Herzen; aber ein Krieger schlug ihm mit der Faust ins Gesicht, und Dingaan rief:

»Was! Bist du noch nicht zufrieden? Ich sage dir, wenn du nicht schweigst, zwinge ich dich, den Knaben mit eigener Hand zu töten. Schafft sie fort!«

Nun wandte ich mich ab und verbarg mein Gesicht wie auch alle andern Weißen. Bald hörte ich den Greis, den sie bis zuletzt aufgespart hatten, damit er zuerst seine Abkömmlinge sterben sähe, mit lauter Stimme rufen:

»In der Nacht des dreißigsten Vollmonds vom heutigen Tage werde ich, der Weitsichtige und Prophet, dich, Dingaan, zu mir und den Meinen bestellen ins Land der Geister, um dir heimzuzahlen ...«

Da stürzten sich mit grausigem Gebrüll die Henker auf ihn, und er hauchte unter ihren Keulen sein Leben aus. Als wieder Stille herrschte, blickte ich auf und sah, daß der König zitterte; er war vor Angst fahl geworden im Gesicht, war er doch sehr abergläubisch, und der Schweiß stand ihm auf der Stirn.

»Ihr hättet den Zauberer am Leben lassen sollen«, sagte er mit bebender Stimme zum Oberscharfrichter, der damit beschäftigt war, drei frische Kerben in den Griff seiner fürchterlichen Keule zu ritzen. »Dummkopf, ich hätte mir gern seine erlogene Botschaft ganz angehört.«

Der Mann erwiderte demütig, er habe es für besser gehalten, daß diese unausgesprochen bliebe, und entfernte sich bei erster Gelegenheit aus dem Blickfeld. Hierzu darf ich ergänzen, daß Dingaan durch einen merkwürdigen Zufall etwa dreißig Monde später ums Leben kam. Mopo, sein Feldherr, welcher seinen Bruder Chaka tötete, tötete ihn gleichfalls mit Hilfe von Umslopogaas, Chakas Sohn. Jahre später erzählte Umslopogaas mir die schaurige Spukgeschichte vom Tode dieses Tyrannen, konnte mir aber freilich nicht sagen, an welchem Tag sich das genau ereignete. Deshalb weiß ich nicht, ob die Prophezeiung ganz zutreffend war.*

Die drei Opfer lagen mit zerschmetterten Schädeln in der Mulde auf dem Todesberg. Sodann befahl der König, der sich wieder gefaßt hatte, daß die Zuschauer sich so weit zurückziehen sollten, daß sie das Schauspiel beobachten, aber die Geier nicht ängstigen könnten. Also rückten die Buren in Begleitung ihrer Wache, die angewiesen war, jeden sofort zu töten, der eine Flucht versuchte, in die eine Richtung ab, während Dingaan und die Zulu auf die andere Seite gingen, so daß ich mit Hans allein hinter unserem Gebüsch stand. Als die Weißen mich passierten, wünschte mir die Vrouw Prinsloo mit froher Stimme viel Glück, obgleich ihre armen alten Hände zitterten, wie ich sah, und sie sich mit dem *Vatdoek* die Augen wischte. Henri Marais bestürmte mich mit stockender Stimme, um seiner Tochter willen nicht daneben zu schießen. Dann kam die blasse, aber beherzte Marie, die nichts sagte, sondern mir nur in die Augen sah und die Tasche am Kleid berührte, in der ich die Pistole wußte. Auf die Übrigen achtete ich nicht mehr.

Die schreckliche Stunde der Prüfung war angebrochen. Ach, die Spannung und das Warten, das war kaum auszuhalten! Es schien eine Ewigkeit zu dauern, bis der erste Tupfer, den ich als Geier zu deuten wußte, Tausende von Fuß droben erschien und sich in weiten Kreisen herunterschraubte.

»O Baas«, sagte der arme Hans, »das ist schlimmer als das Gänseschießen im Groote Kloof. Dort konntest du höchstens dein Pferd verlieren, aber jetzt ...«

»Still«, zischelte ich, »und gib mir das Gewehr!«

Der Geier kreiste und stieg tiefer, stieg tiefer und krei-

---

* Zur Geschichte des Todes von Dingaan siehe *Nada die Lilie,* Band 21 der Haggard-Ausgabe im Wilhelm Heyne Verlag (HEYNE-BUCH Nr. 06/4467)

ste. Ich sah kurz zu den Buren hinüber, die nun allesamt auf die Knie gesunken waren. Ich sah zu den Zulu hinüber, die gespannt herschauten, denn dergleichen hatten sie noch nicht erlebt, so daß es den Reiz des Neuen hatte. Dann heftete ich meinen Blick auf den Vogel.

Er zog seinen letzten Kreis. Bevor er niederstieß, rüttelte er, den Kopf zu mir gewandt, mit weit gespannten Schwingen auf der Stelle. Ich holte tief Luft, legte an, nahm die Brust aufs Korn und berührte den Stecher. Als die Ladung losging, sah ich den Aasvogel zurückprallen. Im nächsten Moment hörte ich es krachen und brach in Freude aus, da ich die Kugel im Ziel wähnte. Aber ach, dem war nicht so.

Das Krachen stammte von der Luft, welche die Kugel verdrängte und gegen die starren Flügel prallte. Wer schon einmal mit einer Kugel auf einen großen Vogel in der Luft geschossen hat, der wird dieses Geräusch kennen. Anstatt abzustürzen, fing sich der Geier ab. Da er das ungewohnte Geräusch nicht zu deuten wußte, stieß er lautlos zu Boden und landete bei den Leichen, wobei er, wie üblich, vornüber kippte und ein paar Schritte rannte, wie es auch die andern am Nachmittag getan hatten. Offenbar war er völlig unversehrt.

»Daneben!« keuchte Hans, der das Gewehr packte, um es zu laden. »Ach, warum hast du deinen Stein nicht geworfen am ersten Hügel?«

Ich warf Hans einen Blick zu, der ihn wohl zu Tode erschreckte; jedenfalls hielt er den Mund. Ein gequältes Raunen ging durch die Buren. Dann beteten sie inniger denn je weiter, während sich die Zulu tuschelnd um den König scharten. Ich erfuhr hernach, daß er zehn zu eins Stück Vieh gegen mich wettete, welches die andern – natürlich nicht gern – annehmen mußten.

Hans reichte mir das geladene Gewehr. Inzwischen ließen sich andere Geier blicken. Da ich die Sache, ob so oder so, schleunigst hinter mich bringen wollte, nahm ich mir im rechten Moment den erstbesten vor. Wieder zielte ich auf die Brust und drückte ab. Wieder sah ich den Vogel, als der Schuß knallte, zurückprallen und hörte die Luft auf sein Gefieder klatschen. Dann – o Schreck! – drehte der Aasvogel ruhig ab und begann, die Himmelsleiter in der gleichen Weise zu erklimmen, wie er herabgestiegen war. Ich hatte abermals daneben geschossen.

»Daran ist der zweite Steinhaufen schuld, Baas«, bemerkte Hans, und diesmal würdigte ich ihn nicht einmal eines Blickes. Ich setzte mich statt dessen hin und bedeckte mein Gesicht mit den Händen. Noch ein Fehlschuß, und dann ...

Hans fing zu flüstern an.

»Baas«, sagte er, »die Aasvögel sehen das Mündungsfeuer und scheuen zurück wie ein Pferd. Baas, du schießt ihnen ins Gesicht, denn sie stehen alle mit dem Schnabel zu dir in der Luft, bevor sie niederstoßen. Du mußt dich hinter sie stellen und ihnen in den Schwanz schießen, denn nicht mal ein Aasvogel kann mit dem Schwanz sehen.«

Ich ließ die Hände sinken und sah ihn groß an. Sicherlich war das eine Eingebung von oben! Jetzt war mir alles klar. Solange sie mir den Schnabel zukehrten, könnte ich auf fünfzig Geier schießen, ohne einen zu treffen, denn jedesmal würden sie vor dem Mündungsfeuer zurückschrecken und somit der Kugel, wenn auch nur knapp, entgehen.

»Komm!« keuchte ich und ging rasch am Rand entlang um die Mulde herum zu einem Felsen, den ich etwa hundert Yards entfernt auf der anderen Seite aufragen sah. Mein Weg führte an den Zulu vorbei, die mich verhöhnten und fragten, wo meine Magie geblieben sei und ob die Weißen lieber gleich getötet werden sollten. Dingaan wettete nun fünfzig zu eins in Vieh gegen mich, aber es wollte sich auf diese Wette niemand einlassen, obwohl er der König war.

Ich antwortete nicht; nein, nicht einmal als sie fragten,

ob ich den ›Speer‹ ins Korn geworfen habe. Voller Verzweiflung ging ich zum Felsen und verbarg mich mit Hans dahinter. Die Buren, so sah ich, knieten noch, hatten aber offenbar mit dem Beten aufgehört. Die Kinder weinten; die Männer sahen einander an; Vrouw Prinsloo hatte Marie den Arm um die Hüfte gelegt. Während ich dort hinter dem Felsen lauerte, faßte ich neuen Mut, wie einem dies zuweilen gelingt, wenn man bis zum Äußersten getrieben wird. Ich besann mich meines Traums; das gab mir Zuversicht. Gott wäre sicher nicht so grausam und ließe zu, daß ich versagte und damit alle diese Leute in den Tod stürzte.

Ich entriß Hans das Gewehr und lud es selber, um ganz sicher zu gehen. Ein Geier, der seinen letzten Kreis gezogen hatte, stand in der Luft wie die andern auch, aber kehrte mir den Schwanz zu. Ich legte an, zielte zwischen die angezogenen Beine, drückte ab und machte die Augen zu, denn ich getraute mich nicht hinzusehen.

Ich hörte die Kugel aufschlagen oder glaubte es zu hören, und wenige Momente später vernahm ich noch etwas – einen dumpfen Aufprall am Boden. Ich schaute, und da lag mit ausgebreiteten Schwingen der widrige Vogel keine zehn Schritt von den Leichen entfernt – tot, mausetot.

»Allemachte, schon besser!« sagte Hans. »Auf *alle* übrigen Haufen hast du doch deinen Stein geworfen, nicht wahr, Baas?«

Die Zulu waren ganz aufgeregt, und die ungleichen Wetten wurden etwas zu meinen Gunsten korrigiert. Die Buren reckten die Hälse und starrten aus bleichen Gesichtern herüber; ich sah sie aus den Augenwinkeln, während ich nachlud. Ein nächster Geier kam daher, der wohl den – wenn auch etwas verrenkten – Genossen am Boden bemerkte und folgerte, daß es nichts zu fürchten gäbe. Ich stützte mich auf den Felsen, zielte und feuerte beinahe gleichgültig, so sicher war ich mir meiner Sache. Diesmal drückte ich nicht die Augen zu, sondern beobachtete, was geschah.

Die Kugel fuhr dem Geier zwischen die Beine und riß ihm von hinten bis vorne den Leib auf, so daß er wie ein Stein fiel und beinahe auf seinen Gefährten plumpste.

»Prima, prima!« sagte Hans mit verhaltener Freude. »Jetzt nur keinen Fehler machen beim dritten, Baas, und *als sall recht kommen.*«

»Ja«, meinte ich, »*falls* ich keinen Fehler mache beim dritten.«

Ich lud das Gewehr wieder selber, wobei ich das Pulver sehr sorgfältig hineinstopfte und eine Kugel wählte, die wie angegossen paßte. Dann wartete ich. Was unter den Buren und Zulu vor sich ging weiß ich nicht. In diesem schicksalhaften Augenblick sah ich nicht nach ihnen, war ich doch ganz auf die eigene Rolle in diesem Drama konzentriert.

Mittlerweile schienen die Geier gemerkt zu haben, daß etwas nicht stimmte und ihnen Gefahr drohte. Obwohl sie nun zu Hunderten aus Ost, West, Nord und Süd herbeigeströmt waren und in weiten Kreisen majestätisch den Himmel durchmaßen, schickte sich jedenfalls keiner davon an, herabzusteigen und die Kadaver zu erbeuten. Ich beobachtete sie und bemerkte, daß unter ihnen der große Königsvogel war, der Hans in die Nase gebissen hatte; er war leicht zu erkennen an seiner herausragenden Größe. Zudem hatte er weiße Flügelspitzen. Mir fiel auf, daß andere in seinem Gefolge seine Nähe suchten und sich um ihn scharten in den Lüften, als wollten sie Rat halten.

Dann verteilten sie sich wieder, und der König, der wohl beauftragt war, das Gelände zu erkunden, stieg allmählich tiefer. Dabei zog er immer engere Kreise, bis er die Stelle vor dem Niederstoßen erreichte, wo er, dem althergebrachten Brauch dieser Vögel folgend, eine Weile verharrte, um dann, den Kopf gen Süden, den breit gespreizten Schwanz zu mir gedreht, herabzustürzen.

Dies war meine Gelegenheit, und froh darüber, ein so großes Ziel zu haben, legte ich an und drückte ab. Die Kugel schlug ein, vom Bauch flogen die Federn, was zeigte, daß sie getroffen hatte, und ich schaute, um ihn wie die andern auch herabfallen zu sehen. Aber ach, er fiel nicht! Einen Moment wankte er hin und her auf seinen mächtigen Schwingen und begann dann, in weiten Kreisen den Himmel zu erklimmen, die allmählich enger wurden, bis er scheinbar kerzengerade ins Firmament aufzusteigen begann. Ich starrte lange. Alle starrten hinauf, bis der große Vogel zu einem Fleck im Himmelsblau und schließlich zu einem Pünktchen schrumpfte. Dann verschwand er vollends in Höhen, die das menschliche Auge nicht mehr erfaßt.

»Jetzt ist es aus«, sagte ich zu Hans.

»Ja, Baas«, antwortete der Hottentotte mit klappernden Zähnen, »aus und vorbei. Du hast nicht genug Pulver hineingetan. Jetzt sind wir gleich tot, alle miteinander.«

»Noch nicht«, sagte ich mit verbittertem Lachen. »Hans, lade das Gewehr, mach schnell. Bevor sie sterben, wird es einen andern König geben im Zululand.«

»Gut, gut!« rief er, während er verzweifelt lud. »Nehmen wir dieses fette Schwein Dingaan mit in den Tod. Schieß ihm in den Bauch, Baas; schieß ihm in den Bauch, so daß er am eigenen Leib spürt, was ein langsamer Tod bedeutet. Dann schneid mir die Kehle durch – da ist mein langes Messer. Dann schneid sie dir durch oder erschieße dich, falls du Zeit zum Laden hast, denn das geht leichter.«

Ich nickte, denn genau das gedachte ich zu tun. Ich könnte nie dastehen und mit ansehen, wie die armen Buren abgeschlachtet werden, und Marie wußte selber, was sie zu tun hatte.

Mittlerweile kamen die Zulu zu mir und trieben die

Krieger, die Marais' Leute bewachten, diese heran, wobei sie so taten, als wollten sie sie mit dem Assegai aufspießen, und auf sie einschrien wie auf Vieh. Die beiden Gruppen erreichten die Mulde etwa gleichzeitig, aber nahmen gesondert Aufstellung, so daß die Leichen und die zwei toten Aasvögel zwischen ihnen lagen, während Hans und ich auf der dritten Seite standen.

»Nun, kleiner Sohn Georgs«, schnaubte Dingaan, »du hast deine Wette verloren, denn du hast nur zwei von fünf Geiern mit deiner Magie getötet, was nicht schlecht ist, aber eben nicht gut genug. Nun mußt du die Wette einlösen, wie ich sie eingelöst hätte, hättest du gewonnen.«

Damit streckte er die Hand vor und verkündete den grausigen Befehl: *»Bulala amalongu!«* (Tötet die Weißen!) »Tötet sie der Reihe nach, damit ich sehe, ob sie wissen, wie man stirbt, alle bis auf Macumazahn und das große Mädchen, das ich behalte.«

Mit einem Satz ergriffen Krieger die Vrouw Prinsloo, die an der Spitze der Buren stand.

»Halt, König!« rief sie, als die Krieger schon ihre Assegai gegen sie erhoben. »Woher weißt du, daß die Wette verloren ist? Macumazahn, wie du ihn nennst, hat den letzten Geier getroffen. Schicke jemand zum Suchen, bevor du uns tötest.«

»Was will die Alte?« fragte Dingaan, und Halstead übersetzte stockend.

»Stimmt«, erwiderte Dingaan. »Nun, ich schicke sie zum Suchen in den Himmel. Komm zurück, Dicke, und sag uns, wenn du ihn findest.«

Die Krieger holten mit ihren Assegai aus und warteten auf das Wort des Königs. Ich gab vor, auf den Boden zu blicken, und spannte das Gewehr, war ich doch entschlossen, daß es, sobald es fiele, dies sein letztes Wort sein sollte. Hans starrte in die Luft – wohl um das Sterben nicht mit ansehen zu müssen. Plötzlich stieß er einen wilden Schrei aus, der alle Blicke, selbst die Blicke der Todgeweihten, auf sich zog. Er deutete zum Himmel, und alle schauten, wohin er zeigte.

Ihren Augen bot sich dies. Hoch, hoch droben im unendlichen Blau erschien ein winziger Punkt, den Hans mit seinen scharfen Augen bereits ausgemacht hatte, ein Punkt, der zusehends größer wurde und schnell und immer schneller näherkam.

Es war der Königsgeier, der vom Himmel fiel – tot!

Er fiel zwischen die Vrouw Prinsloo und die Schergen, wobei er den erhobenen Assegai von einem zertrümmerte und diesen zu Boden warf. Er fiel und schlug als Haufen aus Fleisch und Federn auf.

»O Dingaan«, sagte ich inmitten der tiefen Stille, die angebrochen war, »wie's scheint, habe ich die Wette gewonnen, nicht du. Ich habe diesen König der Vögel getötet, der als König indes hoch droben in der Einsamkeit sterben wollte, das ist alles.«

Dingaan zögerte, denn er wollte die Buren nicht schonen; als ich sein Zaudern bemerkte, hob ich mein Gewehr. Entweder sah er dies oder obsiegte sein Ehrgefühl, was immer das Wort für ihn bedeuten mochte, über seine Blutgier. Jedenfalls sagte er zu einem seiner Berater:

»Such den Kadaver nach einem Einschußloch ab!«

Der Mann gehorchte und betastete das Häuflein Knochen und Fleisch. Zum Glück entdeckte er zwar nicht das Loch, das in dem furchtbar lädierten Gewebe unauffindbar gewesen wäre, sondern die Kugel selbst, die den fetten Bauch von unten durchschlagen hatte und steckengeblieben war in der zähen Haut über dem Rückgrat, wo der lange rote Kragen zwischen den Flügeln abging. Er zog sie heraus, denn sie hing nur in der Haut, und hielt sie für alle sichtbar hoch.

»Macumazahn hat seine Wette gewonnen«, stellte Dingaan fest. »Seine Magie hat – freilich knapp – gesiegt. Nimm, Macumazahn, die Buren, denn sie sind dein, und verschwinde mit ihnen aus meinem Land!«

»Es war der Königsgeier, der vom Himmel fiel – tot!« *(Siehe S. 224)*

15

Retief erbittet einen Gefallen

Hin und wieder erreichen wir auf unserm beschwerlichen Lebensweg kleine Oasen von fast vollkommenem Glück, die hie und da wie Diamanten im Dornengestrüpp der Zeit auffunkeln. Zuweilen sind dies Stunden bloßer animalischer Befriedigung. Manchmal ziert sie das Wasser, das dem Quell unsres geistigen Wesens entspringt, wie in jenen raren Augenblicken, wo der materielle Schleier des Lebens von einer mächtigen Hand gelüftet wird und wir die tröstliche Gegenwart Gottes in und um uns spüren, welche unsere Schritte ins erhabene Ziel lenkt, das in Gott liegt. Gelegentlich ist jedoch all dies, körperliche Befriedigung und göttliche und menschliche Liebe, zu einem Ganzen verquickt wie Leib und Seele, so daß wir sagen können: »Jetzt weiß ich, was Freude ist.«

Eine solche Stunde war mir beschieden am Abend jenes Tages, wo ich die Wette gegen Dingaan gewann und ein Dutzend Menschenleben gegen mein Geschick und meine Nerven gesetzt wurden. Mein Geschick und meine Nerven bewährten sich, obwohl ich wußte, daß diese ohne die Eingebung des Hottentotten Hans (wer mag sie ihm nur eingeflößt haben?) mir nichts genutzt hätten. Trotz meines Sachverstandes, meiner Erfahrung, wäre ich nie darauf gekommen, daß das wunderbare Geierauge das Mündungsfeuer selbst im gleißenden Sonnenschein sähe und zurückwiche, ehe die tödliche Kugel ihn ereilen könnte.

An jenem Abend war ich in der Tat ein kleiner Held. Selbst Henri Marais taute auf und redete mit mir wie ein Vater mit dem Sohne, der er mich stets insgeheim abgelehnt hatte, da ich zum einen Engländer war und zum andern seiner Tochter alles bedeutete, so daß er eifersüchtig war, und überdies seinem Neffen Hernan Pereira im Weg stand, den er entweder liebte oder fürchtete oder sowohl als auch. Die übrigen, ob Mann oder Frau oder Kind, dankten mir und segneten mich mit Tränen in den Augen und gelobten, daß hinfort kein anderer als ich, obwohl ich noch jung war, ihr Führer sein sollte. Wie man sich vorstellen kann, war die Überschwenglichkeit der Vrouw Prinsloo, die meinen Erfolg freilich, das ist festzuhalten, ihrer Ochsenleber zuschrieb, am allergrößten.

»Seht ihn an«, sagte sie, auf meine minderwertige Person deutend, an ihre Familie gewandt. »Hätte ich nur so einen Mann oder Sohn anstatt euch Klötze, die mir der liebe Gott ans Bein gebunden hat, wie man einer Eselin Klötze an die Fesseln bindet, wäre ich glücklich.«

»Das hat der liebe Gott getan, damit du nicht aushauen kannst, alte Vrouw«, bemerkte ihr Gemahl, ein stiller Mann mit einer zynischen Ader. »Wenn er dir nur an die Zunge auch einen Klotz gebunden hätte, wäre ich ebenfalls glücklich«, woraufhin die Vrouw ihm eine schallende Ohrfeige versetzte und die Kinder kichernd das Weite suchten.

Das Allerseligste war freilich meine Begegnung mit Marie. Was sich zwischen uns abspielte, das überlasse ich der Phantasie, denn was Liebende sich zu sagen haben, ist selbst unter solchen Umständen für andere uninteressant. Zudem ist es gewissermaßen so heilig, daß ich nicht daran rühren möchte. Einen Satz jedoch möchte ich niederschreiben, da er sich im Nachhinein für meine Begriffe als Prophezeiung erwies und nicht bloß Zufall war. Er fiel am Ende unsrer Unterhaltung, als Marie mir die Pistole zurückgab, die ich ihr für ein gewisses schreckliches Vorhaben überlassen hatte.

»Drei Mal hast du mir das Leben gerettet, Allan. Das erste Mal hast du mich in Maraisfontein gerettet, das zweite Mal vor dem Hungertod bewahrt und das dritte Mal vor Dingaan, der, hätte er mich berührt, meinen sicheren Tod bedeutet hätte. Ob ich je Gelegenheit haben werde, dir das Leben zu retten?«

Sie sah eine Zeitlang vor sich nieder, hob dann den Kopf, legte mir die Hände auf die Schultern und fügte hinzu: »Weißt du, Allan, wohl schon, schon am ...« Und damit wandte sie sich plötzlich ab und ließ mich mitten im Satz stehen.

So fügte es sich also, daß ich mit Hilfe der Vorsehung alle diese ehrwürdigen Leute vor einem kläglichen und blutigen Ende zu bewahren vermochte. Und dennoch habe ich seither oft überlegt, ob es letztendlich nicht besser gewesen wäre, wenn es sich anders zugetragen hätte; wenn zum Beispiel der Königsgeier die Kraft gefunden hätte, sich fortzuschleppen, um anderswo zu sterben, anstatt sich in die Höhe zu schwingen wie ein senkrecht hochschießendes Rebhuhn, was Vögel mit verletzter Lunge – wohl nach Luft heischend – oft tun. In dem Fall hätte ich Dingaan gewiß erschossen, woraufhin wir allesamt auf der Stelle getötet worden wären. Aber wenn Dingaan an jenem Tag gestorben wäre, so hätte das Massaker an Retief und seinen Gefährten nicht stattgefunden. Da der friedliebende Panda, sein Bruder, ihm vermutlich auf den Thron nachgefolgt wäre, hätte wohl auch die anschließende Schlacht von Weenen nicht stattgefunden. Aber so war es bestimmt; wer bin ich, daß ich die Fügungen des Schicksals in Frage stellen oder mich gar dagegen auflehnen dürfte? Es sollte so geschehen, und so geschah es. Dem ist nichts hinzuzufügen.

Früh am nächsten Morgen trieben wir unsre Ochsen zusammen, die zwar noch lahmten, aber nun gut im Futter standen und ausgeruht waren. Ein, zwei Stunden später setzten wir unsern Treck fort, nachdem Dingaan uns hatte ausrichten lassen, wir hätten sofort abzuziehen. Darüber hinaus stellte er uns Führer unter dem Kommando des Hauptmanns Kambula zur

Verfügung, die uns den Weg nach Natal weisen sollten.

Ich frühstückte an jenem Morgen mit dem Hochwürdigen Mr. Owen und den Seinen in der Hoffnung, sie zum Mitkommen überreden zu können, denn das Zululand war meiner Ansicht nach kein sicherer Ort für weiße Frauen und Kinder. Meinem Anliegen war kein Erfolg beschieden. Mrs. Hulley, die Frau des abwesenden Dolmetschers, die drei kleine Kinder hatte, Miss Owen und das Hausmädchen Jane Williams waren alle durchaus erpicht, meinem Vorschlag zu folgen. Mr. und Mrs. Owen indes wollten, von wahrem Missionseifer erfüllt, davon nichts hören. Sie sagten, Gott schütze sie; daß sie erst wenige Wochen im Lande seien und daß es feige und verräterisch wäre, schon zu Beginn ihrer Arbeit wieder aufzugeben. Hierzu ist zu ergänzen, daß sie nach dem Massaker an Retief ihre Meinung – wer könnte es ihnen verdenken? – änderten und wie alle andern auch die Flucht ergriffen.

Ich erzählte Mr. Owen, daß ich im Begriff gestanden hätte, Dingaan zu erschießen und daß sie alle in dem Fall vielleicht mit uns umgebracht worden wären. Diese Nachricht entsetzte ihn sehr. Er belehrte mich eindringlich über die Sünde des Blutdurstes und der Rachsucht. Nachdem sich also zeigte, daß wir unterschiedlicher Ansicht waren und langatmige Auseinandersetzungen nichts fruchten würden, sagte ich ihm und den Seinen Lebewohl und wünschte ihnen viel Glück und machte mich auf den Weg, wobei ich nicht ahnte, unter welchen Umständen wir uns wiedersehen sollten.

Eine Stunde später zogen wir los. Wir passierten den verwunschenen Berg Hloma Amabutu, wo ich vollgefressene Geier auf den Felsen rasten sah, und gelangten zum Tor des Großen Krals. Hier sah ich zu meiner großen Überraschung im Schatten zweier großer Bäume Dingaan mit seinen Beratern und einer Wache von über hundert Mann sitzen. Falsches Spiel fürchtend, ließ ich die Wagen anhalten und riet den Buren, ihre Gewehre zu laden und sich aufs Schlimmste gefaßt zu machen. Kurze Zeit später erschien der junge Thomas Halstead bei uns und richtete mir aus, daß Dingaan mit uns sprechen wolle. Ich fragte ihn, ob dies unsern Tod zu bedeuten habe, woraufhin er antwortete: »Nein, euch geschieht nichts.« Der König habe eine Nachricht erhalten und sei nun den Weißen wohlgesonnen; er wolle uns Lebewohl sagen, das sei alles.

Also treckten wir beherzt zu Dingaan, ließen die Wagen stehen und traten geschlossen vor ihn. Er begrüßte uns durchaus freundlich und reichte mir sogar seine dicke Hand.

»Macumazahn«, sagte er, »obwohl es mich viele Ochsen gekostet hat, bin ich froh, daß deine Magie sich gestern behauptet hat. Denn andernfalls hätte ich alle deine Freunde getötet, was den Anlaß zu einem Krieg zwischen mir und den Amaboona geliefert hätte. Heute morgen nun habe ich erfahren, daß diese Amaboona eine friedliche Abordnung unter einem ihrer großen Führer zu mir senden, der ihr unterwegs wohl begegnen werdet. Ich beauftrage dich deshalb damit, ihnen zu sagen, daß sie ohne Furcht zu mir kommen sollen, werde ich sie doch wohlwollend empfangen und ihr Anliegen hören.«

Ich antwortete, dies gern zu tun.

»Gut«, meinte er darauf. »Ich gebe euch zwölf Stück Vieh mit; sechs davon für euch, damit ihr unterwegs zu essen habt, und sechs davon als Geschenk für die Gesandtschaft der Amaboona. Außerdem ist Kambula, mein Hauptmann, damit betraut, euch sicher über den Tugelafluß zu geleiten.«

Ich dankte ihm und wandte mich schon zum Gehen, als sein Blick plötzlich auf Marie fiel, die törichterweise diese Gelegenheit genutzt und sich aus der Gruppe gelöst hatte, um mir etwas zu sagen – was, das ist mir entfallen.

»Macumazahn, ist das das Mädchen, von dem du gesprochen hast?« fragte Dingaan. »Das du heiraten wirst?«

Ich antwortete: »Ja.«

»Beim Haupte des Schwarzen«, rief er, »sie ist sehr schön. Willst du sie mir nicht zum Geschenk machen, Macumazahn?«

»Nein«, erwiderte ich, »sie ist nicht mein; ich kann sie nicht verschenken.«

»Nun, Macumazahn, dann bezahle ich dir hundert Stück Vieh dafür, was der Preis für eine königliche Braut ist, und gebe dir dafür obendrein zehn der schönsten Mädchen im Zululand.«

Ich lehnte ab.

Nun wurde der König zornig.

»So behalte ich sie gegen deinen Willen«, sagte er.

»Dann aber tot, o Dingaan«, entgegnete ich, »denn ich habe noch mehr von der Magie, welche die Geier getötet hat.«

Natürlich bezog ich das ›tot‹ auf Marie. Da ich die Zulusprache indes nur unzulänglich beherrschte, deutete er meine Äußerung dahingehend, daß es sich auf *ihn* bezöge, was ihm wohl Respekt einflößte. Jedenfalls sagte er:

»Nun, ich habe euch allen sicheres Geleit versprochen, falls du die Wette gewinnst, also *hamba gachlé!*« (Gehet in Frieden!) »Ich wünsche keinen Streit mit dem Volk der Weißen, aber du, Macumazahn, bist der erste davon, der mir ein Geschenk ausgeschlagen hat. Dennoch zürne ich dir nicht, und sollte dich dein Weg wieder zu mir führen, bist du mir willkommen, denn ich erkenne, daß du, bist du auch klein, sehr klug bist und einen eigenen Willen hast; daß du meinst, was du sagst, und die Wahrheit sprichst. Sag dem Volke Georgs also, daß ich ihm wohlgesonnen bin.« Damit wandte er sich um und watschelte durchs Tor in den Kral hinein.

Ich war recht froh, ihn gehen zu sehen, denn erst jetzt

wußte ich uns in Sicherheit – von Zwischenfällen abgesehen, die jedem Wanderer in der Wildnis widerfahren können. Vorerst, zumindest bis nach der Unterredung mit der Abordnung, wollte Dingaan gut mit den Buren stehen. Deshalb lag es auf der Hand, daß er keinen irreparablen Bruch herausfordern würde, indem er uns hinterrücks niedermetzeln ließe auf unserm Weg durch sein Land. Mit dieser Gewißheit traten wir leichten Herzens die Reise an und dankten dem Himmel für die uns erwiesenen Gnaden.

Am dritten Tage unsres Trecks nun, als wir in die Nähe des Tugela gelangten, stießen wir auf die burische Abordnung, die an einem Bachlauf abgesattelt hatten, wo wir die Ochsen ausspannen und rasten lassen und unser Mittagsmahl einnehmen wollten. Sie schliefen in der Hitze des Tages und bemerkten uns erst, als wir schon bei ihnen waren. Als sie unsre Vorhut von Zulu sahen, sprangen sie auf und liefen nach ihren Gewehren. Dann tauchten unsre Wagen vom Busch auf, und sie machten große Augen und wunderten sich, wer in dieser Gegend treckte.

Wir riefen ihnen auf holländisch zu, sie brauchten keine Angst zu haben, und im nächsten Moment waren wir bei ihnen. Als wir noch ein kleines Stück entfernt waren, hatte ich einen stämmigen, weißbärtigen Mann bemerkt, der mir bekannt vorkam, und auf diesen ging ich nun, ohne auf die andern zu achten, mit ausgestreckten Armen zu und sagte:

»Guten Tag, Mynheer Piet Retief. Wer hätte geglaubt, daß wir uns, deren Wege sich so weit entfernt und vor so langer Zeit getrennt haben, im Zululand wiedersähen?«

Er sah mich erstaunt an.

»Wer ist das, wer ist das nur? Allemachte! Ich kenne ihn. Der kleine Engländer, Allan Quatermain, der die Gänse geschossen hat in der Alten Kolonie. Nun, es sollte mich nicht wundern, denn der Mann, den Sie bei diesem Wettschießen besiegt haben, hat gesagt, daß Sie in dieser Gegend sind. Allerdings habe ich ihn so verstanden, daß die Zulu Sie umgebracht hätten.«

»Wo haben Sie ihn getroffen«, fragte ich, »wenn Sie Hernan Pereira meinen?«

»Tja, drunten am Tugela. In kläglicher Verfassung. Aber davon kann er Ihnen selber berichten, denn ich habe ihn mitgenommen, damit er uns den Weg zu Dingaans Kral zeigt. Wo ist Pereira? Holt Pereira her! Ich will mit ihm reden.«

»Hier bin ich«, sagte eine schläfrige Stimme, die verhaßte Stimme von Pereira höchsteigen, hinter dichtem Gebüsch, wo er geschlafen hatte. »Was gibt's denn, Kommandant? Ich komme.« Und er trat, gähnend und sich streckend, hervor, gerade als der Rest meiner Gruppe hinzukam. Er sah als ersten Henri Marais und begrüßte ihn mit den Worten: »Gott sei Dank ist dir nichts geschehen, Onkel!«

Dann fiel sein Blick auf mich, und seine Miene änderte sich so nachhaltig, wie ich es von keinem andern kenne. Er ließ das Kinn fallen, die Farbe wich aus seinem Gesicht, das nun gelblich schimmerte, wie es für Portugiesen nicht ungewöhnlich ist; die ausgestreckte Hand sank zur Seite.

»Allan Quatermain!« entfuhr es ihm. »Aber ich dachte, Sie wären tot.«

»Wäre ich auch, Mynheer Pereira; schon zum zweiten Mal, wenn es nach Ihnen gegangen wäre«, entgegnete ich.

»Was soll das heißen, Allan?« warf Retief ein.

»Das werde ich Ihnen erklären«, rief die Vrouw Prinsloo, die Pereira mit der dicken Faust drohte. »Dieser gelbe Hund hat zwei Mal versucht, Allan zu ermorden – Allan, der ihm und uns das Leben gerettet hat. Ein Mal schoß er auf ihn in einem Kloof und streifte ihn an der Wange; sehen Sie, da ist die Narbe. Und ein Mal tat er sich mit den Zulu zusammen und stiftete sie zum Mord an, indem er Dingaan weismachte, Allan sei ein Bösewicht und Zauberer, der einen Fluch über sein Land brächte.«

Nun blickte Retief zu Pereira.

»Was sagen Sie dazu?« fragte er.

»Was ich dazu sage?« wiederholte Pereira, der sich allmählich wieder faßte. »Nun, lauter Lügen und Mißverständnisse. Ich habe nie auf den Heer Allan geschossen in irgendeinem Kloof. Ist mir das zuzutrauen, nachdem er mich vor dem Tod bewahrt und gesund gepflegt hat? Ich habe die Zulu nicht zum Mord an ihm angestiftet, was auch für meinen Onkel und meine Cousine und alle ihre Gefährten den Tod bedeutet hätte. Bin ich denn verrückt, daß ich so was täte?«

»Verrückt nicht, aber böse«, kreischte die Vrouw. »Ich sage Ihnen, Heer Retief, es ist nicht gelogen. Fragen Sie meine Begleiter«, fügte sie, an die anderen gewandt, hinzu, welche mit Ausnahme von Marais im Chor riefen:

»Nein, es ist nicht gelogen.«

»Ruhe!« sagte der Kommandant. »So, Allan, erzählen Sie uns Ihre Geschichte!«

Also erzählte ich alles, wobei ich freilich nicht auf Einzelheiten einging. Obwohl es eine lange Geschichte wurde, schien sie meine Zuhörer nicht zu ermüden.

»Allemachte!« sagte Retief, als ich fertig war. »Eine sonderbare Geschichte, seltsam ohnegleichen. Wenn das stimmt, Hernan Pereira, dann haben Sie es verdient, an einen Baum gestellt und erschossen zu werden.«

»Du meine Güte«, erwiderte er, »soll ich wegen eines solchen Märchens abgeurteilt werden, der ich unschuldig bin? Wo bleiben die Beweise? Der Engländer bringt das alles gegen mich vor aus einem simplen Grund – er hat mir meine Cousine abspenstig gemacht, mit der ich verlobt gewesen bin. Wo sind seine Zeugen?«

»Was den Schuß auf mich im Kloof angeht, so habe ich nur Gott zum Zeugen, der Sie gesehen hat«, erwiderte ich. »Was das Komplott betrifft, das Sie bei den Zulu gegen mich angezettelt haben, so gibt es da zufällig einen gewissen Kambula, der auf Ihre Veranlassung zu meiner Ergreifung ausgesandt worden ist und der nun unsre Eskorte anführt.«

»Ein Wilder!« rief Pereira. »Soll die Aussage eines Wilden schwerer wiegen als das Wort eines Weißen? Wer soll außerdem übersetzen, was er zu sagen hat? Sie, Mynheer Quatermain, sind doch der einzige hier, der seine Sprache womöglich versteht, und Sie sind mein Ankläger.«

»Stimmt«, bemerkte Retief. »Solch ein Zeuge wäre nur mit einem vereidigten Dolmetscher zuzulassen. Hören Sie; als Kommandant fälle ich folgendes Standrechturteil: Hernan Pereira, Sie sind mir von früher als Schurke bekannt, denn ich entsinne mich, daß Sie denselben jungen Mann, Allan Quatermain nämlich, bei einem freundschaftlichen Geschicklichkeitswettbewerb in meiner Anwesenheit betrogen haben. Seither ist mir freilich weder Gutes noch Schlechtes über Sie zu Ohren gekommen. Heute nun erheben dieser Allan Quatermain und eine Reihe von meinen Landsleuten ernste Vorwürfe gegen Sie, die derzeit allerdings weder zu belegen noch zu entkräften sind. Tja, ich kann jetzt in dieser Sache nicht entscheiden, gleichwohl ich eine Meinung dazu habe. Deshalb empfehle ich, daß Sie mit Ihrem Onkel, Henri Marais, zu den Treckburen zurückkehren, wo man Ihnen vor einem ordentlichen Gericht den Prozeß machen wird.«

»Wenn das so ist, dann geht er allein zurück«, sagte die Vrouw Prinsloo. »Mit uns geht der nicht, denn sonst erschießen wir ihn standrechtlich, diesen feigen Dreckskerl, der uns dem Hunger ausgeliefert und hernach versucht hat, den kleinen Allan Quatermain zu ermorden, der uns das Leben gerettet hat.«

»Ja, ja, wir erschießen ihn«, kam das einstimmige Echo der andern.

»Hernan Pereira«, sagte Retief, der sich die breite Stirn rieb, »ich weiß zwar nicht warum, aber offenbar will Sie keiner bei sich haben. Tja, ich offengestanden auch nicht. Trotzdem scheinen Sie bei mir wohl besser aufgehoben zu sein als bei den andern, denen Sie anscheinend übel mitgespielt haben. Deshalb schlag ich vor, daß sie mit uns kommen. Aber hören Sie, Mann«, fügte er streng hinzu, »in dem Moment, wo sich herausstellt, daß Sie bei den Zulu gegen uns taktieren, sind Sie ein toter Mann. Klar?«

»Klar ist mir nur, daß ich Opfer einer Verleumdung bin«, entgegnete Pereira. »Dennoch ist es nur christlich, widerfahrenes Unrecht zu erdulden, weshalb ich tue, was Sie verlangen. Wer falsches Zeugnis ablegt, über den soll Gott richten.«

»Und dich soll der Teufel holen«, schrie die Vrouw Prinsloo, »und das tut er früher oder später ganz bestimmt. Geh mir aus den Augen, Dreckskerl, oder ich reiß dir die Haare aus!« Und sie ging auf ihn los und schlug ihm das fürchterliche *Vatdoek*, das sie aus einer Falte ihres Gewandes zog, ins Gesicht und vertrieb ihn wie ein schädliches Insekt.

Nun, er verschwand; wohin, weiß ich nicht; da er so schlecht angesehen war, wollte wohl nicht einmal sein Onkel, Henri Marais, ihn suchen, um ihn aufzurichten.

Nachdem Pereira sich verkrochen hatte, setzten wir uns zu Retiefs Gruppe, denn es gab viel zu erzählen. Vor allen Dingen interessierte sich der Kommandant für meine Wette mit Dingaan, wobei ich allen meinen Gefährten das Leben rettete, indem ich die Geier traf.

»Nicht umsonst hat Ihnen der Herrgott als Schütze eine so sichere Hand gegeben«, meinte Retief zu mir, als er davon erfuhr. »Als Sie im Groote Kloof die Wildgänse mit Kugeln abschossen, was kein andrer vermocht hätte, fragte ich mich, das weiß ich noch, warum Sie dies uns allen voraus haben, die wir so viele Jahre mehr geübt haben. Nun, jetzt verstehe ich. Der Herrgott ist nicht dumm; er versteht sein Handwerk. Am liebsten würde ich Sie mit zu Dingaan nehmen; aber da der Beschuldigte, Hernan Pereira, bei mir bleibt, ist es vielleicht besser, wenn Sie nicht mitkommen. Nun berichten Sie mir von diesem Dingaan; will er uns an den Kragen?«

»Vorerst wohl nicht«, gab ich zur Antwort, »denn zuerst will er alles über die Buren in Erfahrung bringen. Seien Sie dennoch nicht zu vertrauensselig, selbst wenn er milde Töne anschlägt. Wohlgemerkt wären wir nun, hätte ich den dritten Geier verfehlt, allesamt tot. Und behalten Sie, wenn Sie klug sind, Hernan Pereira gut im Auge!«

»Ich werde alles beherzigen, insbesondere letzteres. Und jetzt wird's Zeit zum Aufbrechen. Bleiben Sie noch; kommen Sie her, Henri Marais, ich habe ein Wörtchen mit Ihnen zu reden. Wie ich höre, liebt der kleine Engländer, Allan Quatermain, der zehn stattliche Mannsbilder aufwiegt, Ihre Tochter, der er mehrmals das Leben gerettet hat, und liebt sie auch ihn. Warum also lassen Sie die beiden nicht heiraten, wie es gehört?«

»Weil ich vor Gott geschworen habe, sie einem andern zu geben – meinem Neffen Hernan Pereira, der von allen verleumdet wird«, erwiderte Marais trotzig. »Bis sie volljährig ist, gilt der Schwur.«

»Soso!« meinte Retief, »Sie haben Ihr Lamm also dem Wolf versprochen, nicht wahr? Nun, dann sehen Sie sich vor, daß er nicht auch Sie auffrißt wie das Kind und vielleicht noch andere mehr. Warum gibt der Herrgott manchen Menschen nicht mehr Verstand als den Wildtieren, so daß sie immer in die Irre gehn? Ich weiß es auch nicht. Jedenfalls sind Sie ein besonders gläubiger Mensch, Henri Marais, und sollten sich das noch einmal durch den Kopf gehen lassen und mir bei unsrer nächsten Begegnung das Resultat mitteilen. Ihre Tochter ist sowieso bald volljährig, und dann werde ich als Kommandant des Gebietes, in das sie jetzt geht, dafür sorgen, daß sie den Mann heiratet, den sie will, was immer Sie dazu auch sagen, Henri Marais. Du meine Güte! Ich wünschte, meine Tochter würde ihn lieben. Ein Mann, der so anständig schießt, verdient sie alle.« Und mit dem herzhaften Gelächter, für das er bekannt war, ging er zu seinem Pferd.

Am Morgen nach dieser Begegnung durchwateten wir den Tugela und betraten das Gebiet, das nun Natal heißt. Dann treckten wir zwei Tage durch schöne Gegenden und erreichten jene Hügel, die entweder Pakadi hießen, oder ein Häuptling namens Pakadi herrschte dort – was von beiden, habe ich vergessen. Nachdem wir diese Hügelkette überquert hatten, stießen wir, wie von Retief angekündigt, auf eine große Gruppe von Treckburen, die jenes Gebiet diesseits des Bushman River besetzt hatten und – die Ärmsten! – wenig ahnten, daß es das Grab der meisten von ihnen werden sollte. Heute und für alle Zeiten heißt es ›Weenen‹ (Weinen) wegen der Pioniere, die hier binnen weniger Wochen – in der Zeit, von der ich schreibe – von Dingaan massakriert werden sollten.

Obwohl es ein schönes Land war, entsprach es aus dem einen oder andern Grund nicht meinen Vorstellungen, weshalb ich mich, nachdem ich von einem Treckburen ein Pferd gekauft hatte, angesichts der bevorstehenden Heirat mit Marie daran machte, die Gegend zu erkunden. Mir schwebte ein Stück fruchtbares Land im Veld vor Augen, wo wir uns nach der Hochzeit niederlassen könnten, und eine solche Stelle konnte ich nach mühsamer Suche auch ausfindig machen. Sie lag etwa dreißig Meilen östlich in der Biegung eines schönen Flusses, der jetzt Mooi heißt.

Die Biegung umschloß etwa dreißigtausend Morgen Land, ein tiefgelegenes, fruchtbares Gebiet, das beinahe baumlos und üppig mit Gras bewachsen war und somit ungewöhnlich viel Wild aufwies. An der Vorderseite ragte ein Hügel auf, auf dessen abgeflachter Kuppe, und das war ungewöhnlich, ein munterer Bach aus einer kräftigen Quelle sprudelte. Auf halber Höhe schmiegte sich in den Hang, vom Bach bewässert und nach Osten gelegen, eine mehrere Morgen messende Senke, die den so ziemlich besten Standort für ein Haus abgab, den ich in ganz Südafrika kenne. Hier wollte ich unsre Wohnstatt errichten und es mit Viehzucht zu Wohlstand bringen. Dazu wäre anzumerken, daß dieses Gelände, das einst, wie die Überreste alter Krals verrieten, einem Kaffernstamm gehört hatte, der vom Zulukönig Chaka ausgerottet worden war, und nur darauf wartete, in Besitz genommen zu werden.

Da sogar mehr Land vorhanden war, als ich beim besten Willen nutzen konnte, überredete ich Henri Marais, die Prinsloos und die Meyers, mit denen ich von Delagoa hergetreckt war, es mit mir zu besichtigen. Nachdem sie es gesehen hatten, waren sie damit einverstanden, sich einmal dort mit mir niederzulassen, beschlossen aber, vorerst aus Sicherheitsgründen bei den andern Buren zu bleiben. Mit Hilfe einiger Kaffern, Überbleibsel der von Chaka vernichteten Stämme, die noch vereinzelt in der Gegend lebten, steckte ich einen Grund von etwa zwölftausend Morgen für mich ab und ließ die Eingeborenen damit beginnen, an der von mir erwählten Stelle ein Lehmhaus zu errichten, das als vorübergehende Unterkunft dienen sollte. Dabei wäre zu ergänzen, daß auch die Prinsloos und die Meyers solche Behausungen neben der meinen in Auftrag gaben. Anschließend kehrte ich zu Marie und den Treckburen zurück.

Am Morgen nach meiner Rückkunft kam Piet Retief mit seinen fünf oder sechs Begleitern ins Camp. Ich fragte ihn, wie es ihm mit Dingaan ergangen sei.

»Ganz gut«, gab er zur Antwort. »Zuerst war der König etwas erzürnt und behauptete, wir Buren hätten ihm sechshundert Stück Vieh gestohlen. Allerdings konnte ich ihm darlegen, daß der Häuptling Sikonyela, der drüben am Caledon-Fluß lebt, seine Leute als Weiße verkleidet und auf Pferde gesetzt und anschließend das Vieh durch eines unserer Camps getrieben hat, um uns als die Diebe hinzustellen. Dann fragte er mich nach dem Zweck meines Besuchs. Ich erklärte, mein Anliegen sei die Übertragung des Landes südlich des Tugela bis zur See.

›Bring mir das Vieh zurück, das Sikonyela gestohlen hat, wie du sagst, und ich lasse mit mir reden.‹ Ich erklärte mich damit einverstanden und trat bald darauf den Rückweg an.«

»Und was haben Sie mit Hernan Pereira gemacht?« wollte ich wissen.

»Folgendes, Allan. Als ich in Umgungundhlovu war, überprüfte ich, was Sie mir erzählten, daß er nämlich die Zulu zu Ihrer Ermordung angestiftet habe, indem er Sie als Zauberer hingestellt habe.«

»Und was haben Sie herausgefunden?«

»Ich habe festgestellt, daß es stimmt, denn Dingaan selber hat es mir gesagt. Daraufhin ließ ich Pereira holen und verstieß ihn aus dem Lager, wobei ich ihm androhte, daß ich ihm, sollte er sich wieder unter die Buren wagen, wegen versuchten Mordes den Prozeß machen würde. Er ging ohne ein Wort davon.«

»Wohin?«

»Zu einem Platz, den Dingaan ihm außerhalb seines Krals zugewiesen hat. Der König sagt, er sei ihm von Nutzen, denn er könne Gewehre richten und seine Krieger das Schießen lehren. Da bleibt er also, wenn ihm nicht eingefallen ist, sich aus dem Staub zu machen. Jedenfalls bin ich mir sicher, daß er sich hier nicht mehr blicken läßt, um Ihnen oder jemand anders Ärger zu machen.«

»Nein, aber *dort* kann er Ihnen Ärger machen«, sagte ich skeptisch.

»Wie meinen Sie das, Allan?«

»Ich weiß nicht recht, aber er ist bösartig und ein Verräter von Natur aus, der auf die eine oder andere Weise Leid über andere bringt. Glauben Sie denn, daß er Sie besonders schätzt, nachdem Sie ihn beispielsweise wie einen Dieb davongejagt haben?«

Retief zuckte mit der Achsel und erwiderte lachend:

»Wir werden ja sehen. Was nützt es schon, wenn man sich wegen so einer falschen Schlange den Kopf zerbricht? Und jetzt habe ich Sie etwas zu fragen, Allan. Sind Sie schon verheiratet?«

»Nein, und ich werde es in den nächsten fünf Wochen auch nicht sein, bis Marie volljährig ist. Ihr Vater beharrt nach wie vor darauf, durch seinen Schwur gebunden zu sein, und ich habe versprochen, sie vorher nicht zur Frau zu nehmen.«

»Wirklich wahr, Allan? Ich glaube, dieser Henri Marais spinnt, oder aber er steht unter dem Bann seines Neffen, wie der Vogel dem Bann der Schlange verfällt. Trotzdem hat er wohl das Recht auf seiner Seite, und ich als Kommandant kann keinem raten, das Recht zu brechen. Hören Sie! Es hat keinen Sinn, wenn Sie hierbleiben und die reife Frucht betrachten, die sie nicht pflükken dürfen, denn davon bekommen Sie nur Bauchweh. Deshalb wäre es das beste, Sie kämen mit, wenn ich das Vieh von Sikonyela zurückhole, zumal ich mich über ihre Gesellschaft freuen würde. Ich hätte Sie anschließend auch gern dabei, wenn ich mit den Zulu die Landübergabe aushandle.«

»Aber wie steht's mit meiner Hochzeit?« fragte ich bestürzt.

»Oh, Sie werden bestimmt heiraten können, bevor wir aufbrechen. Wenn nicht, muß das eben warten bis nach der Rückkehr. Hören Sie! Enttäuschen Sie mich in dieser Sache nicht, Allan. Keiner von uns spricht Zulu außer Ihnen, der es Sie zu diesen primitiven Sprachen hinzieht wie die Ente zum Wasser. Sie sollen mein Dolmetscher bei Dingaan sein. Zudem bat mich der König ausdrücklich, Sie mitzubringen, wenn ich das Vieh abliefere, denn er scheint Sie besonders zu mögen. Er sagte, Sie würden seine Worte wahrheitsgemäß wiedergeben, während er dem jungen Mann nicht traue, den er sich zum Übersetzen ins Englische und Holländische hält. Sie sehen also, daß es eine große Hilfe in dieser wichtigen Sache wäre, wenn Sie mitkommen würden.«

Dennoch zögerte ich, sah ich doch mit banger Sorge der Zukunft entgegen, weshalb ich vor dieser Expedition zurückscheute.

»Allemachte!« sagte Retief ärgerlich, »lassen Sie es gut sein, wenn Sie mir keinen Gefallen tun wollen. Oder verlangen Sie einen Lohn? In dem Fall kann ich Ihnen nur zwanzigtausend Morgen vom besten Land versprechen, wenn wir es bekommen.«

»Nein, Mynheer Retief«, erwiderte ich; »um Lohn geht's mir nicht. Und was Land betrifft, so habe ich mein Gehöft bereits abgesteckt gut dreißig Meilen östlich von hier. Es geht darum, daß ich Marie nicht allein lassen möchte, muß ich doch fürchten, daß ihr Vater mich übers Ohr haut bezüglich Marie und Hernan Pereira.«

»Oh, wenn das Ihre einzige Sorge ist, Allan, so kann ich das rasch beheben, denn Predikant Celliers bekommt den Befehl, Marie Marais mit keinem andern außer Ihnen zu verheiraten, selbst wenn sie darum bittet. Außerdem werde ich anordnen, daß Hernan Pereira, sollte er im Camp auftauchen, eingesperrt wird, bis ich zurückkehre und ihm den Prozeß mache. Schließlich berufe ich als Kommandant Henri Marais zu einem derjenigen, die uns begleiten, so daß er keine Gelegenheit hat, gegen Sie zu intrigieren. Sind Sie jetzt zufrieden?«

»Ja«, sagte ich so unbekümmert, wie ich konnte, obwohl ich durchaus nicht unbekümmert war, womit wir das Gespräch beschlossen, da Kommandant Retief natürlich alle Hände voll zu tun hatte.

Daraufhin ging ich zu Marie und erzählte ihr vom Versprechen, das ich geleistet hatte. Ich war einigermaßen erstaunt, als ich sie sagen hörte, daß ich klug gehandelt hätte.

»Wenn du hierbleibst«, fuhr sie fort, »kommt es vielleicht zu einem neuen Zwist zwischen dir und meinem Vater, der die Fronten nur verhärten würde. Außerdem wäre es dumm von dir, mein Lieber, den Kommandanten Retief vor den Kopf zu stoßen, welcher einst der starke Mann in diesem Land sein wird und dich sehr mag. Schließlich sind wir nur für kurze Zeit getrennt, Allan, und wenn wir das hinter uns gebracht haben, bleiben wir unser Leben lang zusammen. Hab, was mich angeht, keine Angst, denn du weißt ja, daß ich nie einen andern heirate als ich – und müßt ich mein Leben drangeben.«

Einigermaßen beruhigt verließ ich sie also, wußte ich doch, daß auf ihr Urteilsvermögen Verlaß war, und machte mich daran, meine Vorkehrungen für die Expedition ins Land des Sikonyela zu treffen.

Dieses ganze Gespräch mit Retief habe ich, soweit ich nichts vergessen habe, vollständig wiedergegeben, weil es fatale Folgen zeitigte. Ach, hätte ich es geahnt, hätte ich es nur geahnt!

16

Die Beratung

Zwei Tage später brachen wir auf, um Dingaans Vieh zurückzuholen; wir waren an die sechzig oder siebzig Mann und alle gut bewaffnet und beritten. Mit uns kamen zwei Hauptleute Dingaans und eine Reihe von Zulu, an die hundert Mann, welche das heimzuholende Vieh treiben sollten. Da ich die Sprache verstand, führte ich mehr oder weniger das Kommando über dieses

Zulu-Kontingent und konnte mich in dieser Funktion sehr nützlich machen. Zudem verbesserte ich während unsrer etwa einmonatigen Abwesenheit durch ständiges Sprechen meine Kenntnisse ihrer schönen, aber schwierigen Sprache beträchtlich.

Nun habe ich nicht die Absicht, diese Expedition in allen Einzelheiten zu schildern, bei der es zu keinen Kämpfen und keinen ernsthaften Zwischenfällen kam. Wir trafen in angemessener Zeit bei Sikonyela ein und nannten unsern Auftrag. Als er sah, daß wir zahlreich und gut bewaffnet waren und hinter uns die ganze Macht der Zulu-Heere stand, zog es dieser verschlagene alte Halunke vor, das geraubte Vieh mitsamt einiger Pferde, die er von Buren gestohlen hatte, freiwillig herauszugeben. Wir traten das herausgegebene Vieh an die Hauptleute der Zulu ab mit dem Auftrag, sie behutsam nach Umgungundhlovo zu treiben. Der Kommandant sandte durch diese eine Botschaft, die besagte, daß er nach Erfüllung seines Teils vereinbarungsgemäß den baldigen Abschluß des Landnahmevertrags mit Dingaan erwarte.

Nach Erledigung dieser Sache besuchte Retief mit mir und einer Reihe von Buren andere holländische Auswanderer, die hinterm Drakensberg im heutigen Transvaal lebten. Dies beanspruchte viel Zeit, da sie weit verstreut wohnten und wir in jedem Lager einige Tage Station machen mußten, während Retief den Führern alles erklärte. Zudem vereinbarte er mit ihnen den Umzug nach Natal, das es zu besiedeln galt, sobald die Landnahme mit Dingaan offiziell abgewickelt wäre. Die meisten machten sich sogar gleich auf den Weg, obwohl Mißgunst und Argwohn zwischen verschiedenen Kommandanten dazu führten, daß gewisse Gruppen zu ihrem Glück hinter den Bergen blieben.

Schließlich brachen wir, nachdem alles geregelt war, wieder auf und erreichten das Camp am Bushman River an einem bestimmten Samstagnachmittag. Hier fanden wir zu meiner großen Freude alle wohlauf vor. Von Hernan Pereira hatte man nichts gehört, während uns die Zulu, von den Boten zu schließen, die uns aufsuchten, anscheinend freundlich gesonnen waren. Auch hatte sich Marie nun ziemlich erholt von den schrecklichen Erlebnissen und bewältigten Strapazen. Nie war sie schöner und lieblicher gewesen als in dem Moment, wo sie mich begrüßte – nicht länger in Lumpen gehend, sondern in einem schlichten, aber reizenden Kleid aus einem Tuch, das sie bei einem Händler hatte erwerben können, der aus Durban ins Camp heraufkam. Darüber hinaus gab es wohl noch einen andern Grund für ihre Verwandlung, leuchtete doch aus ihren tiefen Augen das Licht nahen Glücks.

Es war, wie gesagt, ein Samstag, und am Montag darauf würde sie volljährig und wäre zur Eheschließung berechtigt, denn an diesem Tage lief das ihrem Vater geleistete Versprechen ab. Aber ach, durch eine grausame Tücke des Schicksals hatte Kommandant Retief genau diesen Montag zum Aufbruch nach Zululand – Abritt gegen Mittag – für seinen zweiten Besuch bei Dingaan bestimmt, und ich war bei meiner Ehre gehalten, ihn zu begleiten.

»Marie«, sagte ich, »ist dein Vater nicht zu erweichen und läßt uns morgen heiraten, damit wir ein paar Stunden für uns haben vor der Trennung?«

»Ich weiß nicht, Liebster«, erwiderte sie errötend, »denn in dieser Sache ist er sehr eigenartig und stur. Weißt du, daß er während deiner ganzen Abwesenheit nicht einmal deinen Namen erwähnt hat und aufgestanden und gegangen ist, wenn jemand anders die Rede auf dich gebracht hat!«

»Schlimm«, sagte ich. »Trotzdem könnten wir es versuchen, wenn du willst.«

»Und ob, und ob ich es will, Allan, denn ich ertrage es kaum, dir so nahe und doch so fern zu sein. Aber wie sollen wir das anstellen?«

»Ich glaube, wir bitten den Kommandanten Retief und die Vrouw Prinsloo, für uns zu vermitteln, Marie. Komm, gehen wir zu ihnen!«

Sie nickte, und Hand in Hand schritten wir durch die Buren, die sich anrempelten und über uns lachten. Die alte Vrouw saß auf einem Hocker vor ihrem Wagen und trank Kaffee. Ich entsinne mich, daß sie ihr *Vatdoek* auf den Schoß gebreitet hatte, denn sie trug gleichfalls ein neues Kleid, das sie vor Flecken schützen wollte.

»Nun, ihr Lieben«, sagte sie mit lauter Stimme, »seid ihr schon verheiratet, daß ihr euch so aneinander schmiegt?«

»Nein«, erwiderte ich; »aber wir wären es gern und möchten Sie deshalb um Hilfe bitten.«

»Ich helfe euch von Herzen gern, obwohl ich offengestanden an eurer Stelle, junge Leute, unter diesen Umständen selber Abhilfe geschaffen hätte, wie ich schon einmal gesagt habe. Du meine Güte! Was macht die Ehe in den Augen Gottes aus? Daß ein Er und eine Sie sich vor allen Leuten zu Mann und Frau erklären und als solche leben. Der Pastor mit seinen Sprüchen, das ist alles schön und gut, wenn man es haben kann, aber es ist das Handreichen, nicht das Ringanstecken; es ist der Bund zweier reiner Herzen, und nicht der Wortlaut aus einem Buch, was die Ehe ausmacht. Freilich sind das dreiste Worte, für die mich jeder hochwürdige Predikant ermahnen würde, denn wo bliebe wohl, wenn die jungen Leute danach handelten, sein Honorar? Kommt, reden wir mit dem Kommandanten und hören wir, was er zu sagen hat! Allan, ziehen Sie mich vom Hocker hoch, auf dem ich, wenn es nach mir ginge, nach den langen Reisen gern sitzen bliebe, während man ein Dach über meinem Kopf errichtete, sitzen bliebe bis zum Ende meiner Tage.«

Ich kam ihrer Bitte nicht ohne Mühe nach, und wir gingen Retief suchen.

Der stand gerade allein da und sah zwei Wagen

nach, die soeben abgefahren waren. Darin saßen seine Frau und andere Familienmitglieder und Freunde, welche er unter der Führung eines Heer Smit zu einem Ort namens Doornkop schickte, der fünfzehn Meilen oder mehr entfernt lag. In diesem Doornkop hatte er für die Vrouw Retief ein Haus oder besser eine Hütte zimmern lassen, wo sie seiner Meinung nach während seiner Abwesenheit besser und sicherer untergebracht wäre als in einem Wagen im überfüllten Camp.

»Allemachte! Allan«, sagte er, als er mich bemerkte, »wie ist mir schwer ums Herz. Warum, weiß ich nicht. Ich sage Ihnen, als ich gerade meine alte Dame zum Abschied küßte, war mir, als würde ich sie nicht mehr wiedersehn, und es kamen mir die Tränen. Ich wünschte, wir wären alle schon wohlbehalten zurück von Dingaan. Aber so, so versuche ich halt, morgen hinzukommen und sie zu besuchen, da wir erst am Montag aufbrechen. Was wollen Sie mit ihr?« Und er deutete auf Marie.

»Was jeder Mann wollte, sie heiraten«, warf die Vrouw Prinsloo dazwischen. »So, Kommandant, hören Sie, ich erzähle ihnen alles.«

»Also gut, aber fassen Sie sich kurz, denn ich habe keine Zeit zu verschwenden.«

Das tat sie, wobei ich nicht sagen kann, daß sie sich kurz faßte.

Als die Alte schließlich atemlos innehielt, sagte Retief: »Ich habe alles verstanden; es ist nicht nötig, daß ihr jungen Leute etwas dazu sagt. Gehen wir gleich zu Henri Marais und bringen ihn, falls er nicht mehr spinnt als sonst, zur Vernunft.«

Also gingen wir zu Marais' Wagen am Ende der Reihe, wo dieser auf der Deichsel saß und mit seinem Taschenmesser Tabak schnitt.

»Guten Tag, Allan«, sagte er, denn wir hatten uns seit der Rückkehr noch nicht gesehen. »Eine gute Reise gehabt?«

Ich wollte schon antworten, als der Kommandant ungeduldig das Wort ergriff:

»Hören Sie, hören Sie, wir sind nicht hier, um über Allans Reise zu plaudern, sondern wollen über seine Heirat reden, was wichtiger ist. Er reitet mit mir am Montag nach Zululand, wie Sie auch, und möchte Ihre Tochter schon morgen heiraten, das ist der Sonntag, ein passender Tag für so einen Anlaß.«

»Der Tag des Herrn, an dem man betet, nicht Hochzeit hält«, bemerkte Marais trotzig. »Außerdem wird Marie erst am Montag volljährig, und bis dahin gilt der Eid, den ich vor Gott geschworen habe.«

»Ich gebe nicht mal mein *Vatdoek* auf diesen Eid!« rief die Vrouw und schlug ihm das gräßliche Tuch ins Gesicht. »Was glaubst du, was Gott darauf gibt, was du in deiner Torheit diesem Dreckskerl von Neffen gelobt hast? Paß auf, Henri Marais, daß der Herrgott deinen kostbaren Eid nicht in einen Stein verwandelt, der dir auf den Kopf fällt und dir den Schädel knackt wie eine Erdnußschale.«

»Halt die Klappe, Alte!« sagte Marais wütend. »Soll ich mir von dir vorschreiben lassen, was ich meinem Gewissen und meiner Tochter schuldig bin?«

»Und ob, wenn du nicht selber so gescheit bist«, begann die Vrouw zu schimpfen und stemmte die Hände in die Hüften.

Aber Retief schob sie beiseite und sagte:

»Keinen Streit hier! So, Henri Marais, wie Sie sich gegenüber diesen jungen Leuten verhalten, die einander lieben, das ist ein Skandal. Wollen Sie sie nun morgen heiraten lassen oder nicht?«

»Nein, Kommandant. Nach dem Gesetz kann ich über meine Tochter bestimmen, bis sie volljährig ist, und ich erlaube ihr nicht, einen verdammten Engländer zu heiraten. Außerdem ist Predikant Celliers abwesend, also kann sie keiner trauen.«

»Ich vernehme Ihre Worte mit Befremden, Mynheer

Marais«, sagte Retief leise, »insbesondere wenn ich an all das denke, was der ›verdammte Engländer‹ für Sie und die Ihren getan hat, denn ich kenne die ganze Geschichte, wenn auch nicht aus seinem Munde. Nun hören Sie! Sie haben sich auf das Gesetz berufen, und als Kommandant muß ich Ihnen das Recht zugestehen. Aber morgen nach Mitternacht ist Ihre Tochter nach Ihrer eigenen Darstellung nicht länger an diese Vorschrift gebunden. Somit werde ich als Kommandant, sollte kein Geistlicher im Camp anwesend sein, die beiden, wenn sie es wollen, vor allen Menschen trauen, wozu ich ermächtigt bin.«

Daraufhin fing Marais wieder einmal zu toben an, wie es seine Veranlagung war und was mir zeigte, daß er nie ganz bei Verstand gewesen war. Seltsamerweise entlud sich sein Zorn an seiner armen Tochter. Er verfluchte sie ganz fürchterlich, weil sie sich seinem Willen widersetzt und die Heirat mit Hernan Pereira verweigert habe. Er beschwor Unheil auf sie herab; sie möge nie ein Kind gebären, oder es möge, wenn doch, sterben und andere Scheußlichkeiten, die ich gar nicht wiederholen möchte.

Wir sahen ihn verdutzt an. Wäre er nicht der Vater meiner Braut gewesen, hätte ich ihn niedergeschlagen. Retief hob schon, wie ich bemerkte, die Hand, aber ließ sie wieder sinken und meinte halblaut: »Lassen wir ihn; er ist vom Teufel besessen.«

Endlich hörte Marais auf, aber nicht, weil ihm die Worte fehlten, sondern weil ihm die Luft ausging. Am ganzen Leib zitternd, stand er hochaufgerichtet vor uns; sein Gesicht zuckte wie unter Krämpfen. Marie, die den Kopf gesenkt hatte vor dem Donnerwetter, blickte wieder auf, und ich sah ihre tiefen Augen funkeln im blassen Gesicht.

»Du bist mein Vater«, sagte sie ganz leise, »also muß ich mir anhören, was immer du zu sagen hast. Darüber hinaus wird das Unheil, das du auf mich herabrufst, wahrscheinlich über mich kommen, denn Satan ist stets bei der Stelle, um seiner Sache zu dienen. Aber wenn das so ist, Vater, so wird das Unheil bestimmt auf dich zurückfallen, nicht nur hier, sondern auch drüben. Dort wird über uns beide gerichtet, vielleicht schon bald, wie auch über deinen Neffen Hernan Pereira gerichtet wird.«

Marais antwortete darauf nichts, denn er hatte sich in seiner Raserei anscheinend völlig verausgabt. Er setzte sich wieder auf die Deichsel und hackte böse auf den Tabak ein, als hätte er das Herz eines Widersachers unterm Messer. Sogar die Vrouw Prinsloo hielt den Mund und sah ihn groß an, während sie sich mit dem *Vatdoek* befächelte. Retief indessen sagte:

»Ich frage mich, ob Sie verrückt sind oder nur bösartig, Henri Marais. Eins von beiden bestimmt, wenn Sie Ihr eigenes liebes Kind derartig verfluchen – das einzige Kind, das immer gut zu Ihnen gewesen ist. Nun, da Sie am Montag mit mir reiten werden, bitte ich Sie, Ihren Zorn zu mäßigen, auf daß uns und auch Ihnen daraus keine Schwierigkeiten erwachsen. Was Sie angeht, liebe Marie, so grämen Sie sich nicht, weil ein wild gewordener Ochse Sie mit den Hörnern stoßen wollte, gleichwohl der nun einmal Ihr Vater ist. Ab Montag früh können Sie, mündig geworden, selbst über sich bestimmen, und dann werde ich Sie und Allan Quatermain trauen. In der Zwischenzeit sollten Sie Ihrem Vater besser aus dem Weg gehen, dem vielleicht einfällt, statt des Tabaks Ihren Hals durchzuschneiden. Vrouw Prinsloo, seien Sie so gut und nehmen Sie Marie Marais in Ihre Obhut und führen Sie sie am Montag zu mir zur Trauung. Bis dahin werde ich Sie, Henri Marais, als Kommandant unter Bewachung stellen mit der Auflage, daß Sie notfalls festzunehmen sind. Nun rate ich Ihnen, einen Spaziergang zu machen und, sobald Sie sich beruhigt haben, Gott um Vergebung für Ihre bösen Worte zu bitten, damit sie nicht in Erfüllung gehen und Sie sich dafür verantworten müssen.«

Daraufhin gingen wir alle und ließen Henri Marais allein, der nach wie vor auf der Deichsel seinen Tabak schnitt.

Am Sonntag traf ich Marais, der gerade unter der Aufsicht der Wache, die Retief ihm zugewiesen hatte, einen Spaziergang durchs Lager machte. Zu meinem Erstaunen begrüßte er mich beinahe freundlich:

»Allan«, sagte er, »Sie dürfen mich nicht mißverstehen. Ich wünsche nämlich Marie nichts Böses, die ich mehr liebe als das eigene Leben. Gott allein weiß, wie sehr ich sie liebe. Aber ich habe ihrem Cousin Hernan, dem einzigen Kind meiner Schwester, ein Versprechen gegeben, das ich, das werden Sie verstehen, nicht brechen kann, gleichwohl Hernan mich in vielerlei Hinsicht – ja in vielerlei Hinsicht enttäuscht hat. Wenn er freilich wirklich böse ist, wie behauptet wird, so kommt das von seinem portugiesischen Blut, was ein Unglück ist, für das er nichts kann, nicht wahr? So schlecht er auch sein mag, als rechtschaffener Mensch bin ich an mein Wort gebunden, nicht wahr? Außerdem müssen Sie bedenken, Allan, daß Sie Engländer sind, was, gleichwohl Sie an sich ein feiner Kerl sind, ein Makel ist, den ich – was anderes können Sie nicht erwarten – nicht nachsehen kann. Wenn es das Schicksal freilich will, daß Sie meine Tochter heiraten und englische Kinder bekommen – du meine Güte, allein der Gedanke, englische Kinder! Nun, dann kann man nichts machen. Vergessen Sie, was ich zu Marie gesagt habe. Ich hab's nämlich auch vergessen. Wenn ich mich aufrege, schießt mir irgendwie das Blut in den Kopf, und dann vergesse ich, was ich sage.« Und er reichte mir die Hand.

Ich schüttelte sie und erwiderte, ich wisse, daß er außer sich gewesen sei und dabei diese schrecklichen Worte ausgestoßen habe, die Marie und ich vergessen wollten.

»Ich hoffe, Sie kommen morgen zur Hochzeit«, fügte

ich hinzu, »und machen sie ungeschehen, indem Sie uns den väterlichen Segen geben.«

»Morgen! Wollen Sie wirklich morgen heiraten?« rief er, und sein bläßliches Gesicht zuckte nervös. »O Gott, ich habe mir einen andern Mann an Maries Seite vorgestellt. Aber der ist nicht hier; er hat Schande über mich gebracht und mich im Stich gelassen. Nun, ich werde kommen, wenn meine Schergen mich lassen. Auf Wiedersehn, glücklicher Bräutigam, auf Wiedersehn.«

Damit wandte er sich um und ging mit der Wache davon, wovon einer sich beim Passieren an die Stirn tippte und bedeutsam den Kopf schüttelte.

Ich glaube, dieser Sonntag war der längste Tag meines Lebens. Die Vrouw Prinsloo erlaubte mir nicht einmal, einen kurzen Blick auf Marie zu werfen, denn sie bildete sich ein, es sei – ich weiß nicht mehr, was – ungehörig oder bringe Pech, wenn Braut und Bräutigam am Vorabend ihrer Hochzeit miteinander Umgang hätten. Also beschäftigte ich mich, so gut ich konnte. Zunächst schrieb ich einen langen Brief an meinen Vater, den dritten, den ich ihm schickte, und berichtete ihm von den bevorstehenden Ereignissen und brachte zum Ausdruck, wie sehr es mich bekümmere, daß er nicht hier sein und uns trauen und seinen Segen geben konnte.

Diesen Brief händigte ich einem Kaufmann aus, der am nächsten Morgen zur Küste weitertrecken wollte, wobei ich ihn bat, diesen bei erster Gelegenheit weiterzuleiten.

Nachdem ich dieser Schuldigkeit nachgekommen war, sah ich nach den Pferden, die ich nach Zululand mitnehmen wollte; es waren ihrer drei, nämlich zwei für mich und eines für Hans, der mich begleiten sollte. Darüber hinaus waren das Sattelzeug, die Satteltaschen, die Gewehre und Munition zu überprüfen, was alles seine Zeit dauerte.

»Das wird eine komische *Wittebroodsweek**, Baas«, meinte Hans, der ein Bocksfell knetete, das als Satteldecke dienen sollte. »Tja, wenn *ich* morgen heiraten würde, dann bliebe ich ein paar Tage bei meiner Süßen und ritte erst fort, wenn ich ihrer müde geworden wäre, insbesondere wenn die Reise nach Zululand ginge, wo sie sich einen Sport daraus machen, Leute umzubringen.«

»Bestimmt würdest du das, Hans, und ich würd's auch, wenn ich könnte, laß dich dessen versichern. Aber du weißt ja, der Kommandant will mich als Dolmetscher haben, weshalb es meine Pflicht ist, ihn zu begleiten.«

»Pflicht! Was ist Pflicht, Baas? Liebe, das kann ich noch verstehen. Aus reiner Liebe nämlich bleibe ich bei dir; aber auch aus Angst, daß du mich verprügeln läßt, wenn ich mich weigere. Ansonsten bliebe ich bestimmt hier im Lager, wo es reichlich zu essen und wenig Arbeit gibt, was ich an deiner Stelle auch täte – aus Liebe zur weißen Missie. Aber Pflicht – *pah!* Das ist ein dummes Wort, das dich vorzeitig zum toten Mann macht und dein Mädchen andern überläßt.«

»Natürlich verstehst du das nicht, Hans, wie ihr Farbigen auch nicht versteht, was Dankbarkeit ist. Aber was ist mit unserm Treck? Hast du Angst?«

Er hob die Schultern. »Ein bißchen vielleicht, Baas. Zumindest hätte ich Angst, wenn ich an morgen dächte, was ich nicht tue, denn das Heute genügt mir und man wird krank im Kopf, wenn man an das denkt, was man noch nicht wissen kann. Dingaan ist kein netter Mensch, Baas, wie wir gesehen haben, nicht wahr? Er ist ein Jäger, der es versteht, Fallen zu stellen. Dabei hat er noch den Baas Pereira als Hilfe. Es wäre also vielleicht gemütlicher hier in den Armen deiner Missie Marie. Warum sagst du nicht, du hast dir das Bein verstaucht

---

* Flitterwochen

und kannst nicht laufen? Es wäre doch nichts dabei, für ein, zwei Tage am Stock zu gehn, und wenn der Kommandant längst abgeritten ist, heilt das Bein vielleicht, und du kannst den Stock wegschmeißen.«

»Weiche, Satan!« sagte ich halblaut vor mich hin und wollte Hans gerade kräftig die Meinung sagen, als mir einfiel, daß der arme Kerl die Dinge eben anders sah, was man ihm nicht verübeln konnte. Immerhin hatte er ja beteuert, mich zu lieben, und sich nur um mein Glück und meine Sicherheit bemüht. Wie könnte ich erwarten, daß ihm an einer diplomatischen Mission nach Zululand gelegen wäre, die er lediglich als wagnisreiches Unterfangen einschätzte? Also sagte ich nur:

»Hans, wenn du dich fürchtest, solltest du besser hierbleiben. Es findet sich leicht ein anderer Begleiter für mich.«

»Ist der Baas mir böse, daß er sowas sagt?« fragte der Hottentotte. »War ich ihm nicht stets treu ergeben; und was macht es schon, wenn ich umkomme? Habe ich nicht gesagt, daß ich nicht an morgen denke und daß sich jeder einmal zur ewigen Ruhe betten muß? Nein, sofern mich der Baas nicht fortprügelt, komme ich mit. Aber der Baas«, winselte er jetzt, »könnte mir einen Schluck Brandy geben, damit ich heut abend auf seine Gesundheit trinken kann. Es ist sehr gut, sich zu betrinken, wenn man nüchtern und vielleicht tot sein muß für lange Zeit danach. Es wäre eine schöne Erinnerung, wenn man ein Geist oder ein Engel mit weißen Flügeln ist, wovon der alte Baas, dein Vater, in der Sonntagsschule immer gesprochen hat.«

Da Hans wohl ein hoffnungsloser Fall war, stand ich nun auf und ging, während er unsere Vorbereitungen zu Ende führte.

An diesem Abend fand im Camp eine Gebetstunde statt, obwohl kein Pastor zur Stelle war, dessen Platz einer der älteren Buren einnahm, der in schlichten, geradezu lächerlichen Worten, die dennoch von Herzen kamen, Fürbitten darbrachte. So betete er unter anderem, wie ich mich entsinne, um die Sicherheit derjenigen, welche die Mission zu Dingaan antraten, und derjenigen, welche daheim blieben. Leider wurden diese Gebete nicht erhört, denn es gefiel der Macht, an die sie gerichtet waren, anders zu verfügen.

Nach dieser Gebetstunde, an der ich mit ernster Gesinnung teilnahm, hielt Retief, der unmittelbar davor von Doornkop zurückgekommen war, wo er seine Frau besucht hatte, eine Versammlung ab, bei der endgültig die Namen festgelegt wurden, die ihn freiwillig oder auf Befehl begleiteten. Während der Beratung wurde viel diskutiert, da zahlreiche Buren die Expedition für unklug hielten – zumindest in diesem aufwendigen Rahmen. Einer davon, ein Greis – wer, das weiß ich nicht mehr –, betonte, daß es wie ein Feldzug aussähe und man besser daran täte, nur fünf oder sechs Mann zu entsenden, wie gehabt, könnte doch in dem Fall kein Mißverständnis bezüglich ihrer friedlichen Absichten aufkommen.

Retief widersprach dieser Ansicht und wandte sich zuletzt unverhofft an mich, der ich nahebei zuhörte.

»Allan Quatermain, Sie sind jung, aber haben ein gutes Urteilsvermögen. Zudem sind Sie einer der wenigen, die Dingaan kennen und seine Sprache verstehen. Also sagen Sie uns, was Sie denken!«

Nach dieser Aufforderung antwortete ich, vielleicht stärker von Hans beeinflußt, als ich glaubte, daß auch ich die Sache für gefährlich hielte und jemand geschickt werden sollte, dessen Leben weniger wertvoll als das des Kommandanten sei.

»Warum sagen Sie so etwas?« erwiderte Retief ungehalten. »Das Leben eines jeden Weißen ist gleich wertvoll, und ich kann keine Gefahr erkennen.«

»Weil ich eben doch Gefahr wittere, obwohl ich es ebensowenig begründen kann wie ein Hund oder Hirsch, der eine Witterung aufnimmt und bellt oder rennt. Dingaan ist derzeit ein gebändigter Tiger, aber ein Tiger ist eben keine Hauskatze, mit der man spielen kann, was gerade ich weiß, der seine Klauen gespürt und knapp, ganz knapp davongekommen ist.«

»Wie ist das zu verstehen?« fragte Retief in seiner direkten Art. »Glauben Sie, daß dieses *Swartsel** uns töten will?«

»Schon möglich«, gab ich zur Antwort.

»Dann werden Sie, vernünftig, wie Sie sind, Ihre Gründe dafür haben. Kommen Sie, heraus mit der Sprache!«

»Ich habe keine Gründe, Kommandant, außer diesem, daß nämlich einer, der imstande ist, jemanden um ein Dutzend Menschenleben auf fliegende Vögel schießen zu lassen und Unschuldige als Köder für diese Vögel abzuschlachten, daß so einer zu allem fähig ist. Außerdem hat er mir gesagt, daß er euch Buren nicht mag, und warum sollte er auch?«

Nun beeindruckte mein Einwand alle Anwesenden gehörig. Jedenfalls wandten sie sich an Retief und warteten gespannt auf seine Erwiderung.

»Zweifelsohne«, entgegnete Retief, der an diesem Abend, wie gesagt, in gereizter Stimmung war, »zweifelsohne haben diese englischen Missionare uns Buren beim König angeschwärzt. Ebenso«, fügte er skeptisch hinzu, »haben Sie doch wohl gesagt, Allan, daß der König Sie möge und Sie schonen wollte, während er Ihre Gefährten töten lassen wollte, nur weil Sie auch Engländer sind. Sind Sie sicher, daß Sie nicht mehr wissen, als Sie uns sagen wollen? Hat Ihnen Dingaan vielleicht etwas anvertraut – eben weil Sie Engländer sind?«

Als ich nun merkte, daß diese Worte die versammelten Buren sehr bewegten, deren Rassenhaß und jüngste Erfahrung tiefes Mißtrauen gegen alle Briten hervorgebracht hatte, wurde ich ärgerlich und antwortete:

* Schwarzes Vieh

»Kommandant, Dingaan hat mir nichts anvertraut, außer daß ein gewisser Medizinmann der Kaffern, der Zikali heißt und dem ich nie begegnet bin, ihm geraten habe, keinen Engländer zu töten, weshalb er mich schonen wollte, obwohl ihm einer von euch, Hernan Pereira nämlich, eingeflößt hatte, er sollte mich töten. Trotzdem sage ich offen und ehrlich, daß ich es für töricht halte, den König mit einer so großen Truppe zu besuchen. Allerdings bin ich bereit, dies mit ein, zwei Begleitern selber zu tun. Lassen Sie also mich gehen und versuchen, ihn zur Unterschrift des Landübergabevertrags zu bewegen. Falls ich umkomme oder keinen Erfolg habe, können Sie immer noch selber gehn und es besser machen.«

»Allemachte!« rief Retief, »das ist ein anständiges Angebot. Aber woher weiß ich, daß ich, wenn Sie den Vertrag bringen, darin nicht lesen werde, daß das Land an euch Engländer abgetreten ist, und nicht an uns Buren? Nein, nein, schauen Sie nicht so finster drein. Es war nicht recht von mir, so etwas zu sagen, denn Sie sind ein ehrlicher Mensch, auch wenn das für die meisten Ihrer Landsleute nicht gelten mag. Mutig, wie Sie sind, Allan, fürchten Sie diesen Gang? Woher kommt das wohl? Aha, ich hab's. Ich hatte es vergessen. Sie werden morgen früh ein sehr schönes Mädchen heiraten, also ist es nur natürlich, daß Sie die nächsten zwei Wochen nicht in Zululand verbringen wollen. Seht ihr denn nicht, Brüder, daß er sich drücken will, weil er heiratet, was nur natürlich ist, weshalb er versucht, uns Angst zu machen. Wären wir, frisch verheiratet, gern auf der Stelle fortgeritten, um einen stinkenden Wilden zu besuchen? Ach, ich bin froh, daß ich noch rechtzeitig darauf gekommen bin, denn schon habe ich schwarzgesehen wie er. Das erklärt alles.« Und er klopfte sich mit der großen Hand auf den Schenkel und brach in schallendes Gelächter aus.

Auch die versammelten Buren, die ringsum standen,

brüllten vor Lachen, denn diesen primitiven Spaß fanden sie komisch. Außerdem waren sie nervös und fürchteten die Expedition, weshalb ihre bukolische Freude wie eine Befreiung wirkte. Nun war alles klar für sie. Da ich mich, war ich doch ihr einziger Dolmetscher, moralisch verpflichtet fühlte, an dem Gang teilzunehmen, setzte ich, schlau, wie ich war, auf ihre Angst, um ihn damit zu vereiteln, so daß ich ein, zwei Wochen bei meiner frischgebackenen Braut bleiben könnte. Sie durchschauten den Spaß und amüsierten sich.

»Gerissen, der kleine Engländer«, rief jemand.

»Seid ihm nicht böse. Wir hätten auch so gehandelt«, erwiderte ein anderer.

»Laßt ihn daheim!« meinte ein dritter. »Nicht mal die Zulu senden einen Frischvermählten ins Feld.« Dann klopften sie mir auf den Rücken und schubsten mich in ihrer rauhen, nicht bös gemeinten Art herum, bis ich in Wut geriet und einem davon die Nase blutig schlug, woraufhin er nur noch lauter lachte.

»Hört, Freunde«, sagte ich, sobald wieder Ruhe eingekehrt war. »Ob verheiratet oder nicht, ich reite zu Dingaan, auch wenn sonst keiner reitet, obwohl ich gegen meine Einsicht handle. Wer zuletzt lacht, lacht am besten.«

»Prima!« rief einer, »wenn er das Tempo bestimmt, sind wir bald wieder daheim. Welcher Mann wäre das nicht, wenn am Ende der Reise Marie Marais lockt?«

Daraufhin ging ich, von ihrem derben, spöttischen Gelächter verfolgt, davon und flüchtete mich in meinen Wagen, wobei ich kaum ahnte, daß dieses Gerede eines Tages gegen mich verwendet werden würde.

Bei einer gewissen ungebildeten Schicht wird weise Voraussicht oft als Schuldeingeständnis ausgelegt.

17

Die Hochzeit

An meinem Hochzeitstag wurde ich vom Donnern und Brausen eines mächtigen Gewitters geweckt. Fürchterliche Blitze gingen ringsum nieder und erschlugen zwei Ochsen ganz in der Nähe meines Wagens, während der Donner krachte und rumpelte, daß die ganze Erde zu beben schien. Dann setzte kalter Sturmwind ein, dem sintflutartige Regenfälle folgten. Obwohl ich dieses Toben der Elemente durchaus gewohnt war, zumal zu dieser Jahreszeit, muß ich gestehen, daß dieses Spektakel meine Stimmung nicht gerade hob, die an diesem ereignisreichen Tag bereits ungebührend schlecht war. Hans indessen, der kam und mir für die Feier in meine besten Kleider half, war dieses Mal ein wahrer Trost.

»Mach nicht so ein Gesicht, Baas«, sagte er, »denn dem Gewitter am Morgen folgt eine klare Nacht.«

»Schon«, erwiderte ich, halblaut vor mich hin sprechend, »aber was mag zwischen dem stürmischen Morgen und der klaren Nacht geschehn?«

Die Abordnung, die mit den eingeborenen Begleitern über hundert Köpfe ausmachte und zu der einige Knaben zählten, die fast noch Kinder waren, sollte eine Stunde vor Mittag abreiten. Niemand konnte hinaus, um alles Nötige vorzubereiten, solange der schwere Regen niederging, der bis kurz nach acht anhielt. Als ich aus dem Wagen stieg und frühstückte (oder zu frühstücken versuchte), herrschte im Lager demnach hektische Betriebsamkeit.

Buren schrien auf ihre Diener ein, Pferde wurden untersucht, Frauen bepackten die Satteltaschen ihrer Männer und Väter mit Ersatzkleidung, die Lasttiere wurden mit Biltong und anderem Proviant beladen und so fort.

Ich fragte mich schon, ob mein persönliches Anliegen

in dieser Hektik nicht unterginge, denn daß noch Zeit zum Heiraten bliebe, das hielt ich für unwahrscheinlich. Gegen zehn jedoch, als ich alles erledigt hatte, was es für mich zu tun gab, und unglücklich auf meinem Wagenkasten saß, da ich mich scheute, mich unter die betriebsamen Spötter zu mischen oder zum Camp der Prinsloos zu gehen und nachzufragen, erschien die Vrouw höchstpersönlich bei mir.

»Kommen Sie, Allan!« sagte sie. »Der Kommandant wartet und schimpft schon, weil Sie nicht da sind. Und noch jemand wartet – ach, wie schön sie ist! Alle Männer im Camp, die sie sehen, wollen sie haben, ob sie schon ein Weib haben oder nicht, denn in der Beziehung sind sie, auch wenn Sie mir das jetzt nicht glauben, haargenau wie die Kaffern. Tja, ich kenne sie, die weiße Haut macht da keinen Unterschied.«

Während sie in ihrer üblichen ungeschminkten Art diese Rede schwang, führte sie mich bei der Hand fort wie ein ungezogenes Kind. Ich konnte mich weder ihrem kräftigen Griff entwinden noch ihren Leibmassen standhalten, die ich, waren sie erst einmal in Bewegung, mit meiner Statur nicht zu bremsen vermochte. Natürlich brachen einige jüngere Buren, die um ihren Auftrag wußten, in Hochrufe und Gelächter aus, was aller Augen auf die Prozession lenkte.

»Jetzt ist es zu spät zum Umkehren, Engländer.« – »Man muß eben das Beste aus einem Übel machen.« – »Das muß man sich früher überlegen«, riefen und kreischten die Männer und Frauen, die nicht mit weiteren Sprüchen geizten, bis ich schließlich rot anlief wie eine *Vlei*-Lilie.

So kamen wir endlich zu Marie, die von allen umringt und bewundert wurde. Sie trug ein weich fallendes weißes Gewand aus einem schlichten, aber kleidsamen Tuch und auf dem dunklen Haar einen Kranz, den die andern Mädchen im Camp geflochten hatten, die nun als Jungfernflor hinter ihr standen.

»So kamen wir endlich zu Marie, die von allen umringt und bewundert wurde.« *(Siehe S. 260)*

Nun war ich vor ihr. Unsere Blicke begegneten sich. Ach, ihre Augen waren voller Liebe und Vertrauen und blendeten und verwirrten mich. In dem Gefühl, etwas sagen zu müssen, sagte ich, da mir nichts anderes einfiel, schlicht: »Guten Morgen«, woraufhin alles schallend lachte bis auf Vrouw Prinsloo, die ausrief:

»Hat man so was Albernes schon gesehn?« Und selbst Marie lächelte.

Dann kam Piet Retief hinzu, der hohe Stiefel und derbe Reitkleidung trug. Das Gewehr, das er bei sich hatte, reichte er einem seiner Söhne, und kramte umständlich ein Buch aus der Tasche, das mit einem Grashalm an der richtigen Stelle eingemerkt war.

»Nun denn«, sagte er, »seid alle still und habt acht, denn ich stehe nicht als Mensch vor euch. Ich bin nur Pastor, was etwas ganz anderes ist, und als Kommandant und Veld-Kornett und Träger andrer Ämter werde ich nun kraft des Gesetzes dieses junge Paar trauen, so Gott mir helfe. Und daß mir keiner von euch, die ihr Zeugen seid, hernach behaupte, sie seien nicht rechtmäßig und gültig verheiratet, denn ich sage euch, das sind sie oder werden sie sein.« Er holte Luft, und jemand sagte: »Hört, hört«, oder die holländische Entsprechung, woraufhin Retief, der ihn durch Blicke zum Schweigen brachte, fortfuhr:

»Junges Paar, wie lauten eure Namen?«

»Stellen Sie keine dämlichen Fragen, Kommandant«, unterbrach die Vrouw Prinsloo; »Sie wissen die Namen sehr wohl.«

»Natürlich«, erwiderte er, »aber ich muß in dem Fall so tun, als wüßte ich sie nicht. Oder kennen Sie sich besser im Recht aus als ich? Aber bleiben Sie. Wo ist der Vater, Henri Marais?«

Jemand schubste Marais nach vorne, und da stand er recht stumm, das Gewehr in der Hand, denn auch er war zum Aufbruch bereit, und sah uns mit merkwürdiger Miene an.

»Nehmt ihm das Gewehr«, sagte Retief. »Es könnte losgehen und jemanden erschrecken oder verletzen.« Und jemand kam der Aufforderung nach. »Nun, Henri Marais, geben Sie Ihre Tochter diesem Mann zum Weib?«

»Nein«, sagte Marais leise.

»Nun, das sieht Ihnen ähnlich, aber es spielt keine Rolle, denn sie ist volljährig und kann heiraten, wen sie will. Ist sie nicht volljährig, Henri Marais? Stehen Sie nicht da wie ein Pferd mit dem Koller, sondern sagen Sie mir: ist sie volljährig?«

»Ich glaube schon«, antwortete er ebenso leise.

»Also merkt euch, ihr Leute alle, daß diese Frau volljährig ist und diesen Mann heiraten will, nicht wahr, meine Liebe?«

»Ja«, gab Marie zur Antwort.

»Also fangen wir an.« Und er schlug das Buch auf, hielt es ins Licht und fing an, die Trauungszeremonie zu lesen, was sehr stockend vonstatten ging.

Bald blieb er vollends stecken, war er doch, wie die meisten Buren jener Zeit, kein großer Gelehrter, und rief:

»He, hilft mir mal einer mit diesen schwierigen Wörtern.«

Da sich kein Freiwilliger meldete, drückte Retief mir das Buch in die Hand, wußte er doch, daß Marais ihm nicht beistünde, und sagte:

»Sie sind gebildet als Sohn eines Geistlichen, Allan. Lesen Sie weiter, bis wir zu den wichtigen Stellen kommen, und ich spreche Ihnen die Worte nach, was auch gilt und nicht gegen das Recht verstößt.«

Also las ich – weiß Gott wie, denn ich war unter diesen Umständen wirklich aufgeregt genug – bis zu den entscheidenden Fragen und gab ihm das Buch zurück.

»Aha«, meinte Retief, »das ist gar nicht schwer. Also, Allan, wollen Sie mit dieser Frau die Ehe eingehen?

Antworten Sie, indem Sie, wo im Buch die Lücke ist, Ihren Namen einsetzen.«

Ich wiederholte den Wortlaut, woraufhin Marie die Frage gestellt bekam und gleichfalls nachsprach.

»Nun denn, das wär's«, erklärte Retief, »denn ich will euch nicht die vielen Gebete zumuten, zumal ich so ein guter Pastor auch wieder nicht bin. Oh, da fällt mir ein ... Haben Sie einen Ring?«

Ich zog den Ring meiner Mutter vom Finger, der vermutlich schon ihrer Großmutter als Ehering gedient hatte, und steckte ihn – es war ein schmaler, kleiner Goldreif – Marie an den Ringfinger der linken Hand. Den Ring trage ich noch heute.

»Es hätte ein neuer sein sollen«, murmelte Vrouw Prinsloo.

»Ruhe«, sagte Retief. »Oder gibt es einen Juwelier hier im Veld? Ein Ring ist ein Ring, selbst wenn er aus einem Pferdegeschirr stammt. So, das wär's wohl gewesen. Nein, Moment noch! Ich will ein Gebet für euch sprechen, ein eigenes, keins aus dem Buch, das so schlecht gedruckt ist, daß ich's nicht entziffern kann. Kniet nieder, ihr zwei! Die übrigen dürfen stehen bleiben, weil das Gras so feucht ist.«

An Maries neues Kleid denkend, zog die Vrouw nun ihr *Vatdoek* aus einer geräumigen Tasche und legte das dünne Tuch doppelt gefaltet hin, so daß Marie darauf knien konnte. Pieter Retief ließ das Buch sinken, faltete die Hände und sprach ein schlichtes, inniges Gebet, das ich seltsamerweise Wort für Wort behalten habe. Da es nicht aus einem Buch stammte, sondern aus dem treuen, gläubigen Herzen kam, war es besonders ergreifend und eindringlich.

»O Gott im Himmel, der du alles siehst und bei uns bist, wenn wir geboren werden, wenn wir heiraten, wenn wir sterben und dir hernach für alle Ewigkeit im Himmel dienen, erhöre unser Gebet. Ich bitte dich, segne diesen Mann und diese Frau, die heute zu dir gekommen sind, um den Bund der Ehe zu schließen. Gib, daß sie einander ihr Leben lang wahrlich lieben, sei es kurz oder lang, in Gesundheit und in Krankheit, in guten und in bösen Tagen, in Wohlstand und Armut. Schenke ihnen Kinder, die in deinem Glauben aufwachsen, lasse keine Schande über sie kommen, auf daß sie von allen geachtet werden, die sie kennen, und schenke ihnen schließlich die Erlösung durch das Blut unsres Retters Jesus Christus. Lasse sie, wenn sie zusammen sind, Freude aneinander haben. Lasse sie, wenn sie getrennt sind, einander nicht vergessen. Wenn der eine stirbt und der andere weiterlebt, soll dieser der Wiedervereinigung harren und sich deinem Willen fügen, und halte über den, der stirbt, deine heilige Hand. Allwissender Gott, führe sie durchs Leben gemäß deinem Willen und schenke ihnen Zuversicht, daß alles, was du tust, ihrem Heil dient. Denn wir bauen auf dich, Schöpfer, der du deinen Kindern nichts Böses willst und zuletzt das Glück gewährst, wenn sie nur auf dich vertrauen im Lichte und in der Finsternis. So gib denn, daß keiner dies Paar zu trennen wage, das du verbunden hast, allmächtiger Gott und Vater unser. Amen.«

So betete er, und alle Versammelten wiederholten dieses Amen aus ganzem Herzen. Das heißt, alle bis auf einen, denn Henri Marais kehrte uns den Rücken zu und ging davon.

»So«, sagte Retief und wischte sich mit dem Jackenärmel den Schweiß von der Stirn, »ihr seid das letzte Paar, das ich getraut habe. Es ist nämlich eine Heidenarbeit für einen Laien, der sich schwertut mit der Schrift. Jetzt küßt euch, das gehört sich so.«

Also küßten wir uns, und die Gemeinde jubelte.

»Allan«, fuhr der Kommandant fort, wobei er unbeholfen eine silberne Uhr hervorzog, »ihr habt noch eine halbe Stunde bis zum Abritt, und die Vrouw Prinsloo sagt, sie hat euch ein Hochzeitsmahl bereitet in dem Zelt dort, also geht mal essen.«

So gingen wir zum Zelt, in dem ein einfaches, aber üppiges Mahl bereitet war, an dem wir uns labten, wobei wir einander vorlegten, wie es der Brauch ist für Hochzeitsleute. Es kamen auch viele Buren herein, die auf unser Wohl tranken, obwohl die Vrouw Prinsloo ihnen vorhielt, daß es sich gehörte, sie würden uns allein lassen. Henri Marais indes kam nicht und stieß nicht mit uns an.

Nun verging die halbe Stunde allzu rasch, wobei wir kein Wort unter vier Augen wechseln konnten. Ganz verzweifelt, weil Hans schon mit den Pferden wartete, nahm ich Marie schließlich beiseite und bedeutete den Umstehenden, uns allein zu lassen.

»Liebste Frau«, sagte ich stockend, »merkwürdig beginnt unsre Ehe, aber du siehst, es läßt sich nicht ändern.«

»Nein, Allan«, erwiderte sie, »es läßt sich nicht ändern. Ach, hätte ich nur nicht so ein ungutes Gefühl wegen deiner Reise. Ich fürchte Dingaan, und wenn dir etwas zustößt, werde ich vor Kummer vergehn.«

»Warum sollte mir etwas zustoßen, Marie? Wir sind eine starke, gut bewaffnete Truppe, und Dingaan hegt keine feindlichen Absichten gegen uns.«

»Ich weiß nicht, Mann, aber angeblich ist Hernan Pereira bei den Zulu, und der haßt dich.«

»Dann sollte er besser auf seine Manieren achten, denn sonst ist es bald vorbei mit ihm und seinem Haß«, erwiderte ich grimmig, denn beim Gedanken an diesen Mann und seine Tücken stieg mir die Galle hoch.

»Vrouw Prinsloo«, rief ich der Alten zu, die sich in der Nähe aufhielt, »seien Sie so nett und kommen Sie her und hören Sie zu. Und du, Marie, hörst auch zu. Falls mir zufällig zu Ohren kommen sollte, daß ihr bedroht seid, und ich einen vertrauenswürdigen Boten sende und beispielsweise ausrichten lasse, ihr sollt euch fortbegeben oder verstecken, so müßt ihr mir versprechen, unbedingt zu gehorchen.«

»Natürlich werde ich gehorchen, Mann. Habe ich dir das nicht eben gelobt?« meinte Marie lächelnd.

»Ich auch, Allan«, sagte die Vrouw, »aber nicht, weil ich was gelobt hätte, sondern weil ich weiß, daß ein kluger Kopf auf Ihren Schultern sitzt – und mein Mann und die andern von unsrer Gruppe, die auch. Obwohl ich mir nicht vorstellen kann, wieso Sie damit rechnen, daß so eine Nachricht nötig wäre – es sei denn, Sie wissen mehr als wir«, fügte sie pfiffig hinzu. »Sie haben gesagt, Sie wissen nicht mehr, aber daß Sie uns das sagten, wenn schon, wäre ja unwahrscheinlich. Seht, es wird gerufen! Sie müssen gehn. Kommen Sie, Marie, verabschieden wir sie!«

Also gingen wir zu der Stelle, wo sich die berittene Abordnung versammelt hatte und wo wir gerade noch die Worte, die Retief an die Leute richtete, oder vielmehr das Ende davon hörten.

»Freunde«, sagte er, »wir gehen in einer wichtigen Sache und kommen hoffentlich recht bald wohlbehalten zurück. Dennoch sind wir in einer rauhen Gegend und haben mit einem rauhen Volk zu tun. Deshalb rate ich euch, die ihr hierbleibt, zerstreut euch nicht, sondern bleibt zusammen, so daß die Männer, die wir zurücklassen, im Falle des Falles zur Stelle sind und dieses Camp verteidigen können. Denn wenn sie bereitstehen, habt ihr von allen Wilden Afrikas nichts zu fürchten. Gott mit euch und auf Wiedersehn. Kommt, ziehen wir, ziehen wir los, Brüder!«

Nun kam es kurzzeitig zu einem Durcheinander, als die Männer ihre Frauen, Kinder und Geschwister zum Abschied küßten oder die Hand drückten. Auch ich küßte Marie, schwankte irgendwie zu meinem Pferd und ritt, vor Tränen blind, davon, denn dieser Abschied war bitter. Als ich wieder klar sehen konnte, parierte ich durch und blickte zum Camp zurück, das in einiger Entfernung hinter uns lag. Es machte einen recht friedlichen Eindruck, denn obwohl das Gewitter vom Morgen sich wieder zusammenbraute und dunkle Wolken aufzogen, schien noch die Sonne auf die weißen Wagenplanen und die Menschen, die dazwischen hin und her gingen.

Wer hätte geglaubt, daß es binnen kurzer Zeit ein blutiges Schlachtfeld wäre, daß die Wagen von Speeren durchlöchert wären und die meisten Frauen und Kinder, die dort gingen, verstümmelt und grausig anzusehn auf dem Veld lägen? Ach, die Buren wollten sich keiner Autorität fügen und vertrauten stets auf ihr eigenes Urteil und beherzigten den Rat ihres Kommandanten zum Zusammenbleiben nicht. Sie verstreuten sich in alle Winde, um das damals so zahlreiche Wild zu jagen, und ließen ihre Familien praktisch schutzlos zurück. So fanden die Zulu sie und metzelten sie nieder.

Als ich dann ein wenig abseits von den andern weiterritt, überholte mich jemand, und ich sah, daß es Henri Marais war.

»Nun, Allan«, sagte er, »der Herrgott hat dich mir also zum Schwiegersohn gegeben. Wer hätte das gedacht! Du machst mir nicht den Eindruck eines frischgebackenen Ehemanns, zumal sich das nicht gehört, daß der Mann, wenn er heiratet, seine Braut zur selben Stunde verläßt. Vielleicht wirst du doch nie richtig verheiratet sein, denn Gott, der Schwiegersöhne schenkt, kann sie auch wieder wegnehmen, insbesondere wenn er nicht darum gebeten worden ist. Ah!« fuhr er fort und fiel ins Französische zurück, wie er es immer tat, wenn er bewegt war, *»qui vivre verra! Qui vivre verra!«* Während er dieses gute, aber durchsichtige Sprichwort lauthals herausschrie, versetzte er seinem Pferd mit dem Gewehrkolben einen Schlag und galoppierte davon, ehe ich eine Antwort geben konnte.

In diesem Augenblick haßte ich Henri Marais, wie ich nie zuvor einen Menschen gehaßt hatte – nicht einmal seinen Neffen Hernan Pereira. Fast wäre ich zum Kommandanten geritten, um mich über ihn zu beschweren, besann mich aber zum einen darauf, daß er zweifelsohne halb verrückt und somit nicht zurechnungsfähig war und zum andern hier bei uns besser aufgehoben wäre als im selben Camp wie meine Frau, woraufhin ich davon absah. Ach, es sind die Halbverrückten, die von allen Geistesgestörten die gefährlichsten sind!

Hans, der diesen Vorfall beobachtet und Marais' Worte gehört hatte und mit den Zusammenhängen hinreichend vertraut war, brachte sein Pferd neben das meine und säuselte mir ins Ohr:

»Baas, ich glaube, der alte Baas ist *kransick* und unberechenbar. Er sieht aus, als würde er gleich auf jemand losgehen. Nun nehmen wir an, Baas, mein Gewehr geht zufällig los; du weißt, wir Farbigen sind sehr leichtsinnig mit Gewehren! Der Heer Marais wäre von seinem Wahn erlöst und du und die Missie Marie und wir alle wären eine Bedrohung los. *Dir* könnte man keine Schuld geben, und mir auch nicht, denn wer hat schon Schuld an Unfällen? Gewehre gehen halt manchmal los ohne Absicht, Baas.«

»Scher dich weg!« erwiderte ich. Doch wäre Hans' Gewehr ›zufällig‹ losgegangen, hätte er damit vielleicht eine Vielzahl von Menschenleben gerettet.

18

Der Vertrag

Unsre Reise nach Umgungundhlovu verlief günstig und ereignislos. Als uns nur mehr ein halber Tagesmarsch vom Großen Kral trennte, holten wir die Viehherde ein, die wir von Sikonyela zurückerobert hatten, denn die Tiere wurden sehr langsam und schonend getrieben, damit sie in guter Verfassung ankämen. Außerdem war der Kommandant darauf bedacht, das Vieh persönlich dem König zu überbringen.

Die vielköpfige Herde vor uns hertreibend – es waren über fünftausend Stück –, erreichten wir den Großen Platz am Samstag, dem 3. Februar zur Mittagszeit und zwängten sie durchs Tor in die Viehkrale. Dann sattelten wir ab und aßen zu Mittag unter den beiden stattlichen Bäumen am Tor des Krals, wo uns Dingaan verabschiedet hatte.

Nach dem Essen erschienen Boten und luden uns vor den König, und mit ihnen der junge Thomas Halstead, der dem Kommandanten erklärte, daß alle Waffen zurückzulassen seien, weil nach dem Gesetz der Zulu niemand bewaffnet vor den König treten dürfe. Retief protestierte dagegen, woraufhin mich die Boten, die mich wiedererkannten, fragten, ob dies in unserm Land nicht der Brauch sei.

Ich gab zur Antwort, daß ich schon zu lange in der Fremde sei und dies nicht wisse. Daraufhin trat eine Pause ein, während sie nach jemand schickten, der sich dazu äußern könnte. Nach wem, das wußte ich zu dem Zeitpunkt nicht, da ich nicht in der Nähe von Thomas Halstead stand, den ich hätte fragen können. Bald erschien dieser Jemand; wie sich zeigte, war es kein Geringerer als Hernan Pereira.

Er rückte mit einem Zulu-Gefolge an wie ein Häuptling, wirkte wohlgenährt und gesund und sah besser aus denn je. Als er Retief erblickte, zog er schwungvoll den Hut und hielt ihm die Hand entgegen, die der Kommandant, wie mir auffiel, nicht ergriff.

»Sie sind also noch hier, Mynheer Pereira«, sagte er kühl. »Nun seien Sie so gut und sagen mir, was das zu bedeuten hat, daß wir die Waffen ablegen sollen.«

»Der König läßt durch mich sagen ...« begann Hernan.

»Läßt durch Sie sagen, Mynheer Pereira! Sind Sie

denn der Lakai dieses Schwarzen? – Aber fahren Sie fort!«

»Daß niemand bewaffnet seinen privaten Hof betreten darf.«

»Nun, Mynheer, dann haben Sie die Güte und sagen dem König, daß wir nicht in seinen privaten Hof kommen wollen. Ich habe das Vieh gebracht, worum er mich gebeten hat, und ich übergebe es ihm, wo er will, aber wir werden zu diesem Zwecke nicht die Waffen ablegen.«

Nun wurden Verhandlungen geführt und Boten geschickt, die im Laufschritt wiederkamen und meldeten, Dingaan empfange die Buren auf dem großen Tanzplatz in der Mitte des Krals, wohin sie ihre Gewehre mitnehmen dürften, da er sie schießen sehen möchte.

Also ritten wir mit improvisiertem Pomp ein, nur um festzustellen, daß der Tanzplatz, der einige Morgen maß, von Tausenden von Kriegern umstellt war, die Federschmuck, aber keine Waffen trugen und in Abteilungen aufmarschiert waren.

»Sie sehen«, hörte ich Pereira zu Retief sagen, »die haben keine Speere.«

»Nein«, antwortete der Kommandant, »dafür aber Stöcke, und die tun's auch, wenn es hundert Mann gegen einen sind.«

Mittlerweile wurde die riesige Herde an der Stirnseite des Platzes in zwei Reihen an einer Menschenschar vorbei in dahinterliegende Tore getrieben. Nachdem die Tiere verschwunden waren, näherten wir uns dieser Schar, in der ich die füllige, mit einem Perlenumhang drapierte Gestalt des Dingaan erkannte. Wir stellten uns im Halbkreis vor ihm auf, während er uns eingehend musterte. Bald entdeckte er mich und ließ mir durch einen Berater mitteilen, daß ich kommen und für ihn dolmetschen solle.

Also stieg ich ab und trat mit Retief, Thomas Halstead und einigen führenden Buren vor ihn.

»*Sakubona* [Guten Tag], Macumazahn«, sagte Dingaan. »Ich bin froh, daß du gekommen bist, weiß ich doch, daß du meine Worte wahrheitsgetreu wiedergibst, weil du einer vom Volke Georgs bist, den ich schätze, während ich diesem Tho-maas hier nicht traue, obwohl auch er ein Sohn Georgs ist.«

Ich berichtete Retief, was er gesagt hatte.

»Oh!« brummte er erstaunt, »wie's scheint, seid ihr Engländer uns Buren selbst hier einen Schritt voraus.«

Dann trat er vor und drückte dem König die Hand, den er, wie man sich erinnern wird, schon einmal besucht hatte.

Danach begann das *Indaba* oder Gespräch, das ich nicht lange beschreiben will, fällt dies doch der Geschichtsschreibung zu. Es genügte zu sagen, daß Dingaan, nachdem er Retief für das zurückgebrachte Vieh gedankt hatte, fragte, wo der Häuptling Sikonyela sei, der es geraubt habe und den er zu töten gedenke. Als er erfuhr, daß Sikonyela daheimgeblieben war, wurde er zornig oder gab dies vor. Er fragte noch, wo die sechzig Pferde seien, die wir, wie er erfahren habe, Sikonyela abgenommen hätten, da auch diese ihm auszuliefern wären.

Retief strich sich durchs graue Haar und fragte, ob Dingaan ihn für ein Kind halte, verlange er, Dingaan, doch Pferde, die ihm gar nicht gehörten. Dem fügte er hinzu, daß diese Pferde den Buren zurückgegeben worden seien, denen Sikonyela sie gestohlen habe.

Als sich Dingaan mit dieser Antwort zufriedengab, schnitt Retief die Frage des Vertrages an. Der König erwiderte indes, daß die weißen Männer gerade erst angekommen seien und er ihre Tänze sehen wolle. Was das Geschäft angehe, so könne dies noch einen Tag warten.

Also machten ihm die Buren schließlich die Freude und ›tanzten‹ für ihn. Das heißt, sie teilten sich in zwei Gruppen und ritten im vollen Galopp gegeneinander an, wobei sie in die Luft schossen – eine Darbietung, die

Zwischendurch: [redacted] Schießpulver ist kostbar: In rauhen Gegenden und fernen Zeiten wird es für die Jagd gebraucht – aber auch um sich und die Seinen vor unliebsamen Überraschungen zu schützen. [redacted] Heutzutage leben wir doch etwas weniger gefährlich – und der kleine Appetit zwischendurch ist schnell – ganz ohne Pulver und Blei – gestillt: Wir brauchen nur heißes Wasser, fünf Minuten Geduld und ... [redacted]

alle Versammelten in den Bann zog. Als sie aufhörten, wollte der König, daß sie weitermachten und ›hundert Schuß gleichzeitig‹ abfeuerten, was der Kommandant ablehnte, da er kein Pulver mehr zu verschwenden habe.

»Was braucht ihr Pulver in einem friedlichen Land?« fragte Dingaan skeptisch.

Retief ließ durch mich antworten:

»Um Nahrung zu schießen oder uns zu beschützen, falls uns feindlich Gesinnte angreifen sollten.«

»Dann braucht ihr es hier nicht«, meinte Dingaan, »denn ich gebe euch zu essen. Da ich als König euer Freund bin, wagt es keiner in Zululand, euer Feind zu sein.«

Retief erklärte, das höre er gern, und bat darum, sich mit seinen Buren zum Lager außerhalb des Tores zurückziehen zu dürfen, da sie alle müde vom Reiten seien. Dies gewährte Dingaan, und so verabschiedeten wir uns und zogen ab. Ehe ich jedoch das Tor erreichte, holte mich mein alter Freund Kambula, so entsinne ich mich, ein und sagte, der König wolle allein mit mir sprechen. Ich erwiderte, ich könne nicht allein mit dem König sprechen ohne die Erlaubnis meines Kommandanten. Daraufhin meinte Kambula:

»Komm, Macumazahn, ich bitt dich, denn sonst bringt man dich mit Gewalt.«

Nun hieß ich Hans, vorzureiten und Retief von meiner mißlichen Lage zu berichten, sah ich doch, daß mich bereits auf ein Zeichen Kambulas hin Zulu umringten. Hans tat dies, und bald kam Retief persönlich zurück, der nur von einem Mann begleitet wurde, und fragte mich, was denn nun los sei. Ich berichtete ihm und übersetzte Kambulas Worte, welche der Zulu in seiner Gegenwart wiederholte.

»Will der Kerl sagen, daß Sie abgeführt werden, wenn Sie nicht freiwillig gehen oder ich dazu meine Erlaubnis nicht gebe?«

Auf diese Frage antwortete Kambula:

»So ist es, Inkoos, denn der König hat etwas Persönliches für die Ohren Macumazahns. Deshalb müssen wir unsern Auftrag ausführen und ihn vor den König bringen – ob tot oder lebendig.«

»Allemachte!« rief Retief, »das ist Ernst.« Und er blickte, als wollte er Hilfe suchen, hinter sich zu den Buren, die inzwischen größtenteils das Tor passiert hatten, das von vielen Zulu bewacht wurde. »Allan«, fuhr er fort, »wenn Sie keine Angst haben, sollten Sie besser gehen. Vielleicht will Dingaan durch Sie nur etwas an mich ausrichten lassen, was den Vertrag betrifft.«

»Ich habe keine Angst«, erwiderte ich. »Was hilft es schon, an einem Ort wie diesem Angst zu haben?«

»Fragen Sie diesen Kaffer, ob der König Ihnen sicheres Geleit garantiert«, sagte Retief.

Ich tat dies, und Kambula antwortete darauf:

»Für diesen Besuch – ja. Wer bin ich aber, daß ich des Königs unausgesprochene Worte sprechen könnte?« [Was bedeutete, seine künftigen Absichten garantieren könnte?]

»Ein finstrer Spruch«, meinte Retief dazu. »Aber gehen Sie, Allan, wenn's denn sein muß. Gott möge Sie uns wohlbehalten wiedergeben. Mir wird klar, daß Dingaan nicht umsonst darum gebeten hat, daß Sie uns begleiten. Jetzt wünschte ich, ich hätte Sie daheim bei Ihrer hübschen Frau gelassen.«

So trennten wir uns, wobei ich zu Fuß und ohne mein Gewehr zum privaten Platz des Königs geführt wurde, da man nur unbewaffnet vor ihn treten durfte, während der Kommandant mit Hans, der mein Pferd mitnahm, zum Tor des Krals ritt. Zehn Minuten später stand ich vor Dingaan, der mich durchaus herzlich begrüßte und anfing, mich über die Buren auszufragen. Insbesondere wollte er wissen, ob sie nicht Leute seien, die sich gegen ihren König erhoben hätten und ihm entflohen seien.

Ich bestätigte, daß sie fortgezogen seien, weil sie mehr

Lebensraum wünschten; aber davon hätte ich ihm schon bei unsrer früheren Begegnung berichtet. Das wisse er, gab er zur Antwort, aber er möchte hören: »Ob die gleichen Worte aus demselben Mund kommen oder andere, damit ich weiß, ob du ein Lügner bist oder nicht.« Er hielt kurz inne, musterte mich in seiner durchdringenden Art und fragte:

»Hast du mir das große weiße Mädchen mit den Sternenaugen zum Geschenk gebracht, Macumazahn? Ich meine das Mädchen, das du mir verweigert hast und das ich dir nicht habe wegnehmen können, weil du die Wette und damit alle Weißen gewonnen hast; sie, deretwegen du mit den Buren Umgang pflegst, welche ihren König verraten haben?«

»Nein, o Dingaan«, gab ich zur Antwort, »es sind keine Frauen bei uns. Außerdem ist dieses Mädchen nun mein Weib.«

»Dein Weib!« rief er zornig. »Beim Haupte des Schwarzen, du hast es gewagt, sie zum Weib zu nehmen, die ich begehre? Nun sag, Knäblein, listiger Wächter der Nacht, weiße Ameise, die im Finstern arbeitet und erst aus dem Ende des Gangs lugt, wenn er fertig ist; du Magier, der du durch deine Magie dem größten König auf Erden die Beute aus der Hand entreißt, denn Magie war es, welche die Geier am Hloma Amabutu tötete, nicht deine Kugel, Macumazahn – sag, warum sollte ich dich nicht auf der Stelle umbringen für deine Tücke?«

Ich verschränkte die Arme und schaute ihn an. Wir waren ein sehr ungleiches Paar; dort der voluminöse, schwarze Tyrann mit dem königlichen Gehabe, denn er hatte, das mußte man ihm lassen, etwas an sich, so daß ein bloßes Nicken genügte, um Hunderte in den Tod zu schicken, und hier ich, ein bedeutungsloser weißer Knabe, denn zumindest dem Aussehen nach war ich nicht mehr.

»O Dingaan«, erwiderte ich gelassen, wußte ich doch, daß Gelassenheit meine einzige Chance wäre, »ich antworte dir mit den Worten des großen Häuptlings Retief. Hältst du mich für ein Kind, daß ich dir mein eigenes Weib abtrete, der du schon so viele Weiber hast? Außerdem kannst du mich nicht töten, denn dein Hauptmann Kambula hat mir versprochen, daß ich bei dir sicher bin.«

Diese Antwort schien ihn zu belustigen. Jedenfalls schlug aus fast kindlicher Launenhaftigkeit heraus, wie sie bei den Wilden aller Schichten verbreitet ist, sein Zorn in Gelächter um.

»Du bist gewandt wie eine Eidechse«, meinte er. »Warum sollte ich, der ich so viele Weiber habe, noch eins wollen, das mich bestimmt hassen würde? Nur weil es weiß ist und die andern, die schwarz sind, wohl eifersüchtig macht. Ja, sie würden es vergiften oder erwürgen in einem Monat, um dann zu mir zu kommen und mir weiszumachen, daß es vor Kummer eingegangen ist. Des weiteren stimmt es schon, daß du sicheres Geleit hast und ich dir diesmal nichts tun kann. Aber sieh dich vor, kleine Eidechse, auch wenn du mir jetzt zwischen die Steine entwischst, so werde ich dir den Schwanz abreißen. Ich habe gesagt, daß ich deine große weiße Blume pflücken will, und das werde ich auch. Ich weiß, wo sie wohnt, weiß, im wievielten Wagen der Reihe sie schläft, denn meine Späher haben mir alles berichtet. Ich werde den Befehl ausgeben, daß sie, wenn Leute sterben müssen, zu schonen und lebend zu mir zu bringen ist. Vielleicht begegnest du deinem Weibe also hier wieder, Macumazahn.«

Bei diesen ominösen Worten, die so viel oder so wenig bedeuten konnten, brach mir der Schweiß aus der Stirn, und es lief mir kalt über den Rücken.

»Vielleicht, vielleicht aber auch nicht, o König«, erwiderte ich. »Der Zufall regiert die Welt, wie er auch unlängst regiert hat, als ich die heiligen Geier am Hloma Amabutu erlegt habe. Dennoch glaube ich, daß dir mein Weib niemals gehören wird, o König.«

»*Uh!*« entfuhr es Dingaan; »die kleine weiße Ameise gräbt einen neuen Gang, um mich von hinten zu pakken. Aber was, wenn ich dich unter meinem Fuß zermalme, kleine weiße Ameise? Weißt du«, fuhr er zuversichtlich fort, »daß der Bure, der meine Gewehre richtet und der hier ›Zweigesicht‹ heißt, weil er mit einem Auge nach euch Weißen und mit dem andern nach uns Schwarzen schielt, immer noch sehr erpicht darauf ist, daß ich dich töte? Als ich ihm sagte, ich weiß von meinen Spähern, daß du mit den Buren herreiten wirst, nachdem ich dich als ihr Sprecher angefordert habe, erwiderte er sogar, daß er, wenn ich ihm nicht verspreche, dich den Geiern zu überlassen, die Buren warnen würde, so daß sie nicht kämen. Da ich nun wollte, daß sie kommen, wie mit ihm vereinbart, gab ich ihm das Versprechen.«

»Wirklich, o König?« fragte ich. »Und warum, bitte schön, will dieser Zweigesicht, den wir Pereira nennen, meinen Tod?«

»*Uh*«, schmunzelte der dickwanstige alte Wüstling, »kannst du dir das nicht denken, schlau, wie du bist, o Macumazahn? Vielleicht ist *er* auf das weiße Mädchen versessen, nicht ich. Vielleicht habe ich es ihm, wenn er mir gewisse Dienste leistet, als Lohn versprochen? Vielleicht«, fügte er hinzu und lachte ordentlich dabei, »schmiere ich ihn doch aus und behalte das Mädchen für mich und gebe ihm einen andern Lohn, denn kann sich ein Betrüger beklagen, wenn er betrogen wird?«

Ich erwiderte, daß ich ein ehrlicher Mensch sei, der mit Betrügern nichts gemein habe und nicht wisse, inwiefern sich ein solcher beklagen könne.

»Ja, Macumazahn«, wiederholte Dingaan recht freundlich. »Das ist es, was dich und mich verbindet. Wir sind ehrliche Menschen, grundanständige Menschen und somit Freunde, wohingegen ich mich mit den Amaboona nicht anfreunden kann, die, wie ich von dir und andern weiß, Verräter sind. Wir spielen offen wie

Männer, und wer gewinnt, der gewinnt, und wer verliert, der verliert. Nun hör zu, Macumazahn, und merk dir, was ich sage! Was immer aus den andern wird, was immer du mit ansehen wirst, du bist sicher solange ich lebe. Dingaan hat gesprochen. Ob ich das große weiße Mädchen bekomme oder nicht, *du* bist sicher. Das ist mein Wille.« Und er berührte den Kautschukreif auf seinem Haar.

»Und warum soll ich sicher sein, wenn das andere nicht sind, o König?« fragte ich.

»Oh, wenn du das wissen willst, so frag einen gewissen greisen Hellseher namens Zikali, der hier schon geweilt hat in den Tagen des Senzangacona, meines Vaters, und zuvor – falls du ihn finden kannst. Außerdem mag ich dich, der du kein Schafskopf bist wie diese Buren, sondern einen Verstand hast, der sich durch Hindernisse windet wie eine Schlange durchs Schilf; zudem wäre es schade um einen wie dich, der Vögel trifft, die hoch droben kreisen, was kein zweiter vermag. Was immer du also sehen und hören wirst, du bist sicher und kannst mein Land sicher verlassen oder sicher darin bleiben, wenn du mein Sprachrohr für die Söhne Georgs sein willst.

Und nun kehre zum Kommandanten zurück und sage ihm, daß mein Herz das seine ist und sein Besuch mich sehr freut. Morgen und vielleicht übermorgen werde ich ihm Tänze meines Volkes vorführen und hernach das Schriftstück unterzeichnen, das ihm alles Land überträgt, das er verlangt, und alles andere, was er möchte, und mehr, als er sich wünschen kann. *Hambla gachlé*, Macumazahn.« Damit erhob er sich mit erstaunlicher Gewandtheit von seinem Stuhl, der aus einem einzigen Holzklotz geschnitzt war, wandte sich um und verschwand durch eine schmale Öffnung im Binsenzaun, die zu seinen persönlichen Hütten führte.

Als ich von Kambula, der außerhalb des Tores zum Labyrinth wartete, welches *Isiklohlo* hieß, begegnete ich

Thomas Halstead, der sich hier wohl herumtrieb, weil er mit mir sprechen wollte. Ich fragte ihn ohne Umschweife, was der König mit den Buren vorhabe.

»Weiß nicht«, antwortete er achselzuckend, »aber er tut ihnen so schön, daß ich meine, er führt etwas im Schilde. Dich mag er unheimlich gern, denn ich habe gehört, wie er angeordnet hat, in sämtlichen Regimentern sei bekanntzugeben, daß jeder, der dir nur ein Haar krümmt, auf der Stelle getötet werde. Außerdem bist du den Kriegern gezeigt worden, als du mit den andern eingeritten bist, so daß dich ein jeder kennt.«

»Schön für mich«, erwiderte ich. »Aber warum habe ich – mehr als alle andern – besonderen Schutz nötig? Es sei denn, jemand will mir an den Kragen.«

»Eben, Allan Quatermain. Die *Induna* sagen, daß der hübsche Portugiese, den man Zweigesicht nennt, den König jedes Mal um deinen Tod bittet, wenn er bei ihm ist. Das habe ich sogar schon selber gehört.«

»Nett von ihm«, entgegnete ich, »aber Hernan Pereira und ich, wir kommen eben nicht aus miteinander. Aber sag, was bespricht er mit dem König, wenn er ihn nicht gerade um meinen Kopf bittet?«

»Weiß nicht«, sagte er wieder. »Irgendeine schmutzige Sache, wette ich. Das steht fest, wenn man sich den Namen ansieht, den die Eingeborenen ihm verpaßt haben. Ich glaube freilich«, fügte er im Flüsterton hinzu, »daß die Buren überhaupt herkommen durften, um ihren Vertrag unter Dach und Fach zu kriegen, dahinter steckt er auch. Jedenfalls sagte Pereira eines Tages, als ich dolmetschte und Dingaan schimpfte, er werde den Buren nicht mehr Land geben, als sie für ihre Gräber brauchten, daß es keine Rolle spiele, was er unterzeichne, denn ›was mit der Feder geschrieben ist, läßt sich mit dem Speer auskratzen‹.«

»Soso! Und was sagte der König dazu?«

»Ach, der nickte lachend und sagte, er werde der Gesandtschaft alles geben, was das Burenvolk begehre, und noch was obendrein. Aber sag das keinem weiter, Quatermain, denn wenn du das tust und Dingaan davon erfährt, kostet es mich bestimmt den Kragen. Und weil du ein guter Kerl bist und ich mit dir eine saftige Wette gewonnen habe beim Geierschießen, gebe ich dir einen Rat, den du nicht in den Wind schlagen solltest. Verschwinde aus diesem Land, so schnell du kannst, und kümmere dich um deine hübsche Miss Marais, der du so schöne Augen gemacht hast! Dingaan will sie haben, und was Dingaan will, das kriegt er auch an diesem Ende der Welt.«

Ohne zu warten und sich danken zu lassen, wandte er sich um und verschwand in einer Schar von Zulu, die uns neugierig folgten. Ich fragte mich, ob Dingaan recht hatte, wenn er diesen jungen Mann einen Lügner nannte. Seine Worte paßten sehr gut zu den Äußerungen des Königs, weshalb ich annahm, daß er an sich kein Schwindler war.

Als ich gerade das Haupttor des großen Dorfes passiert hatte, wo Kambula, der seinen Auftrag erledigt hatte, nach einem Gruß umkehrte, bemerkte ich unter einem der zwei stattlichen Bäume, die dort wachsen oder wuchsen, zwei Weiße, die in ein ernstes Gespräch vertieft waren. Es handelte sich um Henri Marais und seinen Neffen. Sobald Marais mich sah, verschwand er, während Pereira auf mich zuging, um mit mir zu sprechen, wobei er mir freilich, von dem, was er mit Retief erlebt hatte, vermutlich abgeschreckt, die Hand zum Glück erst gar nicht hinhielt.

»Guten Tag, Allan«, sagte er überschwenglich, »ich habe gerade von meinem Onkel erfahren, daß man Ihnen gratulieren darf – zu Marie, meine ich; und ich tu's, glauben Sie mir das, von ganzem Herzen.«

Als ich dies vernahm und mich dessen entsann, was ich gerade erfahren hatte, geriet ich in Rage, hielt es aber für klüger, die Fassung zu bewahren, weshalb ich nur sagte:

»Danke.«

»Natürlich«, fuhr er fort, »haben wir beide um diesen Preis gekämpft, aber es hat dem lieben Gott gefallen, daß Sie ihn gewinnen, und ich bin der letzte, der Ihnen deshalb böse wäre.«

»Freut mich zu hören«, entgegnete ich. »Ich hätte das schon gedacht. Nun sagen Sie mal, um das Thema zu wechseln, wie lange wird Dingaan uns hierbehalten?«

»Ach, höchstens zwei bis drei Wochen. Sehen Sie, Allan, zum Glück ist es mir gelungen, ihn dazu zu bewegen, den Vertrag über das Land ohne Scherereien zu unterschreiben. Sobald das geschehen ist, könnt ihr alle heimkehren.«

»Dafür wird Ihnen der Kommandant sehr dankbar sein«, sagte ich. »Aber was haben Sie vor?«

»Ich weiß nicht, Allan. Ich bin kein Glückspilz wie Sie, auf den eine Frau daheim wartet. Vielleicht bleibe ich also eine Weile hier. Ich sehe da eine Möglichkeit, mit den Zulu eine Menge Geld zu verdienen; und da ich auf dem Treck zur Delagoa-Bucht fast alles verloren habe, kann ich Geld gebrauchen.«

»Das kann ein jeder«, erwiderte ich, »insbesondere wenn man einen Neuanfang setzt im Leben. Ich werde also froh sein, wenn es Ihnen möglich ist, Ihre Schulden zu begleichen.«

»Oh, keine Sorge«, rief er, und sein finsteres Gesicht erhellte sich mit einemmal, »ich zahle Ihnen alles zurück bis auf den letzten Heller und gute Zinsen obendrein.«

»Daß dies Ihre Absicht ist, habe ich eben vom König erfahren«, bemerkte ich leise, wobei ich ihm voll in die Augen schaute. Dann ging ich weiter und ließ Pereira stehen, der mir offenbar sprachlos nachstarrte.

Ich begab mich unverzüglich zur Hütte, die Retief zugeteilt war in dem kleinen, außerhalb gelegenen Schutzkral, der uns als Lager zugewiesen war. Dort saß der Kommandant auf einem Kaffernhocker und schrieb mühsam an einem Brief, wobei er sich als Unterlage eines Brettes auf den Knien bediente.

Er sah auf und fragte, wie ich mit Dingaan zurechtgekommen sei, wobei es ihm wohl nur recht war, daß er die mühsame Schreibprozedur damit unterbrechen konnte.

»Hören Sie, Kommandant«, sagte ich mit leiser Stimme, so daß man uns nicht belauschen konnte, und wiederholte nun Wort für Wort die Gespräche mit Dingaan, mit Thomas Halstead und mit Hernan Pereira.

Er lauschte, ohne zu unterbrechen, und meinte dann:

»Eine seltsame, böse Geschichte, Allan. Wenn sie stimmt, dann ist Pereira ein viel größerer Schurke, als ich ihm zugetraut hätte. Aber ich kann es nicht glauben. Ich bin überzeugt, Dingaan hat Sie, um irgend etwas zu bezwecken, angeschwindelt – in bezug auf die Mordpläne gegen Ihre Person.«

»Vielleicht, Kommandant. Ich weiß es nicht, und es ist mir egal. Aber ich bin mir ganz sicher, daß er nicht gelogen hat, als er gesagt hat, er wolle meine Frau rauben – entweder für sich oder für Pereira.«

»Und was wollen Sie jetzt tun, Allan?«

»Mit Ihrer Erlaubnis, Kommandant, werde ich Hans, meinen Begleiter, zurück ins Camp schicken mit einem Brief für Marie, in dem steht, daß sie sich unbemerkt auf das Gehöft zurückziehen soll, das ich drunten am Fluß ausgesucht und von dem ich Ihnen schon erzählt habe, und sich dort versteckt halten soll, bis ich zurückkehre.«

»Das halte ich für überflüssig, Allan. Aber tun Sie's, wenn es Sie beruhigt, denn daß Sie selber gehen, das kann ich nicht zulassen, weil ich Sie hier brauche. Nur schicken Sie mir nicht diesen Hottentotten, der alles ausplaudern und die Leute in Angst und Schrecken versetzen würde. Ich sende einen Boten ins Camp, der melden soll, daß wir gut angekommen und von Dingaan freundlich aufgenommen worden sind. Er kann Ihren Brief mitnehmen, in dem Sie schreiben müssen, daß Ihre Frau und die Prinsloos und die Meyers zu diesem Gehöft gehen, ohne Worte darüber zu verlieren, als suchten sie eben ein bißchen Abwechslung, das ist alles. Der Brief hat bis morgen früh, wenn der Tag graut, fertig zu sein, denn bis dahin ist's meiner wohl auch«, fügte er seufzend hinzu.

»Er wird fertig sein, Kommandant. Aber wie steht's mit Hernan Pereira und seinen Machenschaften?«

»Zu dem verfluchten Hernan Pereira folgendes«, rief Retief und schlug mit der Faust auf das Schreibbrett. »Bei erster Gelegenheit werde ich Dingaan persönlich und den jungen Engländer Halstead dazu befragen. Wenn sich zeigt, daß sie das gleiche sagen, das sie Ihnen gesagt haben, werde ich Pereira den Prozeß machen, wie ich es ihm angedroht habe. Und sollte er sich als schuldig erweisen, dann wird er – gnade ihm Gott! – erschossen. Einstweilen ist es jedoch am besten, nichts anderes zu tun als ihn im Auge zu behalten, um keine Unruhe und Aufregung ins Lager zu tragen und letztendlich Beweise liefern zu können. Nun gehen Sie und schreiben Sie den Brief und lassen Sie mich den meinen schreiben.«

Also ging ich und schrieb Marie, der ich freilich längst nicht alles enthüllte, was ich hier dargelegt habe. Ich bat sie und die Prinsloos und die Meyers, falls diese sie begleiten wollten, woran ich nicht zweifelte, sich unter dem Vorwand, nach dem Fortschritt der Bauarbeiten zu sehen, unverzüglich zum Gehöft zu begeben, das ich dreißig Meilen vom Bushman River entfernt abgesteckt hatte. Falls diese nicht mitkommen wollten, bat ich sie, allein zu gehen und Hottentotten mitzunehmen oder andere Begleiter, die sich finden ließen.

Diesen Brief las ich Retief vor. Auf meine Bitte hin kritzelte er folgende Anmerkung darunter:

»Ich habe diesen Brief billigend gelesen und kenne die ganze Geschichte, die freilich nicht stimmen mag. Tun Sie, was Ihr Mann sagt, aber kein Wort davon im Camp außer zu den oben Genannten.

PIETER RETIEF«

Bei Morgengrauen trat der Bote den Weg an und überbrachte Marie zu gegebener Zeit meinen Brief.

Der nächste Tag war ein Sonntag. Am Morgen besuchte ich den hochwürdigen Mr. Owen, den Missionar, der sich sehr über mich freute. Er wußte zu berichten, daß Dingaan uns wohlgesonnen sei und ihn gebeten habe, den Vertrag aufzusetzen, womit den Buren das gewünschte Gebiet überlassen werde. Ich nahm in den Hütten des Mr. Owen am Gottesdienst teil und kehrte sodann ins Camp zurück. Am Nachmittag veranstaltete Dingaan für uns einen großen Kriegstanz, an dem etwa zwölftausend Krieger teilnahmen.

Es war ein herrliches, respektgebietendes Spektakel, und ich entsinne mich, daß jedes beteiligte Regiment abgerichtete Ochsen mitführte, welche offenbar auf verbale Kommandos diverse Manöver ausführten. Dingaan sahen wir an diesem Tag nur aus der Ferne, und als der Tanz beendet war, kehrten wir in unser Camp zurück und verspeisten das Rindfleisch, das er uns reichlich zur Verfügung stellte.

Am dritten Tag – es war Montag, der 5. Februar – wurden weitere Tänze und Scheinkämpfe veranstaltet, bis wir die wilden Darbietungen müde wurden. Am späten Nachmittag jedoch ließ Dingaan den Kommandanten und seine Männer zu sich rufen, um über den Vertrag zu sprechen. Also gingen wir; aber nur drei oder vier, darunter auch ich, wurden zum König vorgelassen, während die übrigen in einigem Abstand warten mußten, wo sie uns sehen, aber nicht hören konnten.

Dingaan zückte das Schriftstück, das der hochwürdige Mr. Owen verfaßt hatte. Dieses Dokument, das meines Wissens noch existiert, da es später gefunden wurde, war in einer papierenen Sprache gehalten und begann mit ›Bekanntmachung‹.

Darin wurde ›das Gebiet namens Port Natal zusammen mit dem ganzen annektierten Land – das heißt, vom Tugela bis zum Umzimvubu im Westen und von der Küste bis zum Norden‹ den Buren ›als unbefristetes Eigentum‹ übertragen. Da der Vertrag von Mr. Owen in englischer Sprache verfaßt war, übersetzte ich ihn auf Bitten des Königs, woraufhin auch der junge Halstead ihn übersetzte, der dazu herangezogen wurde, als ich fertig war.

Dies wurde deshalb getan, um meine Übersetzung zu überprüfen, was den Buren sehr gefiel. Es zeigte ihnen, daß der König genau wissen wollte, was er unterschreiben würde, worauf er keinen Wert gelegt hätte, wenn er sie hätte hintergehen oder falsches Spiel mit ihnen hätte treiben wollen. Von diesem Moment an zweifelten Retief und die Seinen nicht mehr am guten Willen Dingaans in dieser Sache und warfen leichtsinnigerweise alle Vorsicht gegenüber Verrätereien über Bord.

Nachdem die Übersetzung beendet war, fragte der Kommandant den König, ob er den Vertrag an Ort und Stelle unterzeichnen wolle. Er verneinte; morgen früh wolle er ihn unterschreiben, bevor die Abordnung nach Natal zurückkehre. An dieser Stelle erkundigte sich Retief mittels Thomas Halstead bei Dingaan, ob es stimme, was ihm zu Ohren gekommen sei, daß nämlich der Bure namens Pereira, der bei ihm weile und bei den Zulu Zweigesicht heiße, ihn, Dingaan, abermals gebeten habe, mich, Allan Quatermain, genannt Macumazahn, töten zu lassen. Dingaan lachte und antwortete darauf:

»Ja, das stimmt schon, denn er haßt diesen Macumazahn. Aber der kleine Sohn Georgs sei unbesorgt, denn ich habe ihn ins Herz geschlossen und schwöre beim Haupte des Schwarzen, daß ihm kein Unheil widerfahren wird im Zululand. Ist er nicht mein Gast wie ihr auch?«

Er fuhr fort und erklärte, daß er, wenn der Kommandant dies wünsche, Zweigesicht ergreifen und töten lasse, weil er es gewagt habe, mein Leben zu fordern. Retief erwiderte, daß er sich persönlich um die Angelegenheit kümmern werde. Nachdem Thomas Halstead die Aussage des Königs bezüglich des Verhaltens von Pereira bestätigt hatte, stand er auf und verabschiedete sich von Dingaan.

Zum Fall von Hernan Pereira sagte Retief nicht viel, als wir zum Camp außerhalb des Krals zurückkehrten, obwohl die wenigen Worte, die er darüber verlor, seinen Unmut deutlich werden ließen. Im Camp angekommen, ließ er Pereira und Marais und einige der älteren Buren zusammenrufen. Ich weiß noch, daß dazu Gerrit Bothman senior, Hendrik Labuschagne und Matthys Pretorious senior zählten, allesamt hochangesehene Männer mit gesundem Urteilsvermögen. Auch ich wurde hinbestellt. Als Pereira erschien, klagte Retief ihn öffentlich an, zum Mord an meiner Person angestiftet zu haben, und fragte ihn, was er dazu zu sagen habe. Natürlich verneinte er glatt und warf mir seinerseits vor, die Geschichte erfunden zu haben, weil wir um ein Mädchen gekämpft hätten, das ich mittlerweile geheiratet hätte.

»Nun, Mynheer Pereira«, sagte Retief, »da Allan Quatermain das Mädchen bekommen hat, das nun seine Frau ist, so ist der Anlaß für seine Feindschaft erloschen, während Ihre Feindschaft nach wie vor Bestand haben mag. Allerdings habe ich keine Zeit, über solche Fälle zu richten. Ich warne Sie jedoch, daß dieser Fall gehört wird, sobald wir wieder in Natal sind, wohin ich Sie mitnehme, und daß Sie mittlerweile in all Ihrem Tun beobachtet werden. Zudem warne ich Sie, daß für alles, was ich sage, Beweise gegen Sie vorliegen. Und nun haben Sie die Güte und verschwinden Sie und kommen

Sie mir möglichst wenig unter die Augen, denn ein Mensch, den die Kaffern Zweigesicht nennen, ist mir zuwider. Was Sie angeht, lieber Henri Marais, so lassen Sie sich gesagt sein, daß es sich nicht gehört, so viel Umgang mit einem zu haben, auf dem ein so schwerer Verdacht liegt, gleichwohl er Ihr Neffe sein mag, den Sie, wie allgemein bekannt, blind lieben.«

Soweit ich mich entsinne, gab weder der eine noch der andere eine Antwort auf diese offenen Worte. Sie wandten sich einfach um und gingen davon. Am nächsten Morgen indes, am Morgen des tragischen 6. Februar, wo ich dem Kommandanten zufällig begegnete, als er durchs Camp ritt und unsern Heimritt nach Natal vorbereitete, parierte er sein Pferd und sagte:

»Allan, Hernan Pereira ist fort, und Henri Marais auch, und ich bin darüber gar nicht traurig, denn wir werden uns bestimmt wieder begegnen, ob in dieser oder in der andern Welt, um hinter die Wahrheit zu kommen. Hier, lesen Sie das und geben Sie es mir nachher wieder!« Und er zog einen Zettel hervor und ritt weiter.

Ich entfaltete den Zettel und las:

An den Kommandanten Retief, Gouverneur der burischen Aussiedler

Mynheer Kommandant,

ich bleibe nicht hier, wo mein Name dermaßen besudelt wird von Kaffern und von dem Engländer Allan Quatermain, der wie alle seine Landsleute ein Feind der Buren ist und, obgleich Sie davon nichts ahnen, ein Verräter, der mit den Zulu gegen Sie taktiert und an Euerm Untergang arbeitet. Deshalb gehe ich, bin allerdings bereit, mich zu gegebener Zeit vor einem ordentlichen Gericht den gegen mich erhobenen Anklagen zu stellen. Henri Marais, mein Onkel, geht mit mir, weil auch er angeschwärzt wird. Zudem hat er gehört, daß seiner Tochter Marie von den Zulu Gefahr droht, weshalb er zurückkehrt, um sie zu beschützen, was ihr sogenannter Gemahl nicht für nötig hält. Allan Quatermain, der Engländer und Freund Dingaans, kann erklären, was ich meine, denn er weiß mehr über die Pläne der Zulu als ich, wie Sie feststellen werden, ehe alles zu Ende ist.

Darunter folgten die Unterschriften von Hernan Pereira und Henri Marais.

Ich steckte den Brief in meine Tasche und überlegte, was er zu bedeuten hätte und was es insbesondere mit dem absurden, nur angedeuteten Vorwurf des Verrats gegen meine Person auf sich hätte. Ich hatte den Eindruck, daß Pereira gegangen war, weil er etwas fürchtete – entweder daß man ihm den Prozeß machte oder daß er in irgendeine andere Katastrophe geraten würde. Marais war ihm wahrscheinlich aus dem gleichen Grund nachgelaufen, wie ein Stück Eisen am Magneten klebt, hatte er sich doch dem Banne dieses bösen Menschen, mit dem er blutsverwandt war, nie entziehen können. Oder aber er hatte von ihm von der Bedrohung für seine Tochter erfahren, woraufhin ich schon tätig geworden war, und sorgte sich tatsächlich um ihre Sicherheit. Denn wer diese Geschichte liest darf nicht vergessen, daß Marais, so böse er auch zu Marie gewesen sein mag, seine Tochter leidenschaftlich geliebt hat. Sie war sein Schatz, sein Augapfel; daß sie mich mehr liebte als ihn, das rechnete er ihr als unverzeihlichen Fehler an. Auch darum haßte er mich ebenso innig, wie er sie liebte.

Ich hatte den Brief kaum zu Ende gelesen, als der Befehl kam, zum Abschied geschlossen vor Dingaan zu ziehen und dabei die Waffen unter den stattlichen Bäumen am Tor abzulegen. Die meisten Hottentotten in unsrer Begleitung sollten mitkommen – ich glaubte, weil Retief alles aufbieten wollte, um bei den Zulu Eindruck zu machen. Nur wenige sollten zurückbleiben und die Pferde zusammentreiben und satteln, die mit Kniefesseln nahebei grasten. Zu diesen zählte auch Hans, den ich, so wollte es der Zufall, sah und zu dieser Gruppe schickte, da ich sicherstellen wollte, daß meine Pferde gefunden und für die Reise bereit gemacht würden.

Als wir eben loszogen, traf ich den kleinen William Wood, der von den Missionarshütten, wo er bei Mr. Owen lebte, hergekommen war und mit ängstlicher Miene umherlief.

»Wie geht's, William?« fragte ich.

»Nicht sehr gut, Mr. Quatermain«, antwortete er. »Ich habe so ein komisches Gefühl. Die Kaffern haben mir gesagt, daß euch was passiert, und das solltet ihr wohl wissen. Mehr traue ich mich nicht zu sagen«; und damit verschwand er in der Menge.

In dem Moment sah ich Retief, der hin und her ritt und lauthals Befehle gab. Ich ging zu ihm und packte ihn am Ärmel und sagte:

»Kommandant, hören Sie.«

»Was ist jetzt schon wieder?« fragte er geistesabwesend.

Ich erzählte ihm, was Wood gesagt hatte, und fügte hinzu, daß ich ebenfalls ein ungutes Gefühl hätte, das ich nicht erklären könne.

»Oh!« erwiderte er ungeduldig. »Nichts als Hagel und Strohfeuer« (womit er meinte, daß ersterer schmelzen und letzteres verwehen würden). »Warum versuchen Sie ständig, mich mit Ihren Einbildungen ins Bockshorn zu jagen? Dingaan ist unser Freund, nicht unser Feind. Also nehmen wir, was uns Fortuna beschert, und seien wir nicht undankbar. Und jetzt marsch!«

Dies sagte er um acht Uhr früh.

Wir schlenderten durch die Tore des Großen Krals, wobei die Buren, die wie üblich ihre Waffen unter den beiden stattlichen Bäumen aufgestellt hatten, meist in Gruppen von vieren oder fünfen gingen und dabei lachend plauderten. Ich habe mich seither oft gewundert, daß das bevorstehende Schicksal, das diese Männer, von mir allein abgesehen, binnen einer Stunde grausam über die Schwelle des Todes in die Ewigkeit stoßen sollte, sich nicht als bedrückende Vorahnung angekündigt hat. Im Gegenteil, die Buren waren richtig ausgelassen und hocherfreut über den erfolgreichen Ausgang ihrer Mission und die bevorstehende Heimkehr zu ihren Frauen und Kindern. Selbst Retief war fröhlich, denn ich hörte ihn mit seinen Gefährten Witze über mich und meine Flitterwochen reißen, die ich nun sehr bald antreten dürfe.

Unterwegs bemerkte ich, daß die Regimenter, die uns am Vortag die großen Kriegstänze dargeboten hatten, zum Großteil abgezogen waren. Zwei freilich hielten noch die Stellung: die *Ischlangu Inhlope*, das sind die Weißschilde, eine Veteranentruppe mit Stirnreif, und die *Ischlangu Umnyama*, das sind die Schwarzschilde, lauter junge, unbereifte Krieger. Die Weißschilde waren auf dem großen freien Platz entlang des Zaunes zu unsrer Linken aufgestellt und die Schwarzschilde entsprechend zu unsrer Rechten. Jedes Regiment machte an die fünfzehnhundert Mann aus. Bis auf ihre Keulen und Tanzstäbe waren sie unbewaffnet.

Bald erreichten wir die Stirnseite des Tanzplatzes und damit Dingaan, der auf seinem Hocker saß zwischen zwei seiner großen *Induna*, Umhlela und Tambusa, die am Boden kauerten. Hinter ihm am und im Eingang zum Labyrinth, aus dem der König gekommen war, standen weitere *Induna* und Hauptleute. Vor Dingaan angekommen, begrüßten wir ihn, und er erwiderte den Gruß mit freundlichen Worten und lächelnder Miene. Dann traten Retief, zwei oder drei andere Buren, Thomas Halstead und ich vor, woraufhin der Vertrag geholt und als das am Vortag vorgelegte Dokument identifiziert wurde.

Am Fuße dieses Schriftstücks schrieb jemand – wer,

das habe ich vergessen – auf holländisch: *De merk van Koning Dingaan* (das heißt: das Zeichen König Dingaans). Im Freiraum zwischen den Wörtern *›merk‹* und *›van‹* machte Dingaan mit der gereichten Feder sein Kreuz, wobei Thomas Halstead seine Hand hielt und führte.

Anschließend verewigten sich drei seiner *Induna* oder großen Räte, die Nwara, Yuliwana und Manondo hießen, als Zeugen für die Zulu und M. Oosthuyzen, A. C. Greyling und B. J. Liebenberg, die Retief am nächsten standen, als Zeugen der Buren.

Als dies vollbracht war, ließ Dingaan einen *Isibongo* oder Preiser rufen, der vor den Regimentern und anderen Versammelten auf und ab lief und verkündete, daß er Natal als ewigen Besitz den Buren überlassen habe, was die Zulu mit Geschrei aufnahmen. Dann fragte Dingaan den Kommandanten, ob er nicht essen wolle, und große Bretter mit gekochtem Fleisch wurden hergebracht und herumgereicht. Dies freilich lehnten die Buren ab, da sie ihr Morgenmahl bereits eingenommen hätten. Darauf meinte der König, daß sie wenigstens etwas trinken müßten, woraufhin Krüge mit *Twala* oder Kaffernbier herumgereicht wurden, aus denen alle Buren tranken.

Während noch getrunken wurde, gab Dingaan dem Kommandanten eine Botschaft an die holländischen Bauern, in der er seine Hoffnung zum Ausdruck brachte, sie möchten bald kommen und Natal in Besitz nehmen, das von nun an ihr Land sei. Darüber hinaus wünschte er, boshaft, wie er war, eine gute Heimreise. Dann ließ er die Regimenter tanzen und Kriegslieder anstimmen, um seine Gäste zu unterhalten.

So fingen sie zu tanzen und singen an und rückten dabei unablässig näher.

In dem Moment erschien ein Zulu, der sich durch die am Tor zum Labyrinth versammelten Hauptleute zwängte und einem der *Induna* eine Meldung überbrachte, der seinerseits dem König davon Mitteilung machte.

»*Uh!* Wirklich wahr?« sagte der König mit betrübter Miene. Dann fiel sein Blick wie aus Zufall auf mich, woraufhin er hinzufügte: »Macumazahn, eine meiner Frauen ist plötzlich krank geworden und sagt, sie braucht von der Medizin des weißen Mannes, bevor die heimgehen. Nun sagst du, daß du frisch vermählt bist, also kann ich dir mit meinen Frauen trauen. Ich bitte dich, geh zu ihr und sieh nach, welche Medizin sie braucht, denn du sprichst unsre Sprache.«

Ich zögerte und übersetzte dann für Retief, was der König gesagt hatte.

»Gehen Sie lieber«, meinte der Kommandant. »Aber machen Sie schnell, denn wir reiten gleich ab.«

Ich zögerte noch, denn mir gefiel die Sache nicht, woraufhin der König ungehalten wurde.

»Was!« sagte er, »verweigert ihr Weißen mir diese kleine Gunst, der ich euch gerade so viel geschenkt habe – wo ihr doch Wundermittel besitzt, welche die Kranken heilen?«

»Gehen Sie, Allan, gehen Sie«, sagte Retief, als er dies verstand, »bevor wir seinen Groll herausfordern und alles umsonst gewesen ist.«

Da mir also keine andere Wahl blieb, ging ich durchs Tor ins Labyrinth.

Im nächsten Moment fielen Männer über mich her, und ehe ich eine Silbe hervorbrachte, wurde mir ein Tuch über den Mund geworfen und im Nacken verknotet.

Ich war geknebelt und gefesselt.

19

Gehet in Frieden

Ein großer Kaffer, einer von des Königs Leibgarde, der einen Assegai trug, kam zu mir und flüsterte:

»Horch, kleiner Sohn Georgs. Der König will dich retten, wenn er kann, weil du kein Holländer, sondern Engländer bist. Aber wisse, daß du stirbst, wenn du zu schreien versuchst oder dich nur rührst.« Und er hob den Assegai, um ihn mir ins Herz stoßen zu können.

Nun verstand ich; kalter Schweiß brach aus allen Poren. Meine Gefährten sollten samt und sonders ermordet werden! Oh, wie gern hätte ich mein Leben hingegeben, um sie zu warnen! Aber ach, ich konnte nicht, denn das Tuch auf meinem Mund war so dick, daß kein Laut es zu durchdringen vermochte.

Einer der Zulu schob einen Stock zwischen die Binsen des Zauns, wuchtete ihn hin und her und machte so eine Öffnung in der Höhe meiner Augen – aus purer Grausamkeit, nehme ich an, denn nun konnte ich alles sehen.

Eine Weile – zehn Minuten, würde ich sagen – wurde noch getanzt und getrunken. Dann erhob sich Dingaan von seinem Hocker, drückte Retief freundlich die Hand und sagte: *»Hamba gachlé«,* das heißt: Gehet in Frieden. Er zog sich durchs Tor ins Labyrinth zurück, und während er ging, nahmen die Buren ihre Hüte ab und warfen sie in die Luft und ließen ihn hochleben. Nun hatte er das Tor fast durchschritten, und ich atmete auf.

Gewiß täuschte ich mich. Es war doch kein Hinterhalt geplant.

Im Tor indessen wandte Dingaan sich noch einmal um und sprach zwei Wörter in Zulu, welche bedeuten: »Ergreift sie!«

Im nächsten Moment stürmten die Krieger, die nun

ganz in der Nähe tanzten und auf dieses Wort gewartet hatten, gegen die Buren an. Ich hörte Thomas Halstead auf englisch rufen:

»Wir sind erledigt!« Dann in Zulu: »Ich will mit dem König reden!«

Dingaan hörte das auch und schüttelte ablehnend den Kopf, wobei er drei Mal rief:

»Bulala abatagati!« Das heißt: Tötet die Hexer!

Ich sah den armen Thomas Halstead ein Messer ziehen und den nächsten Zulu niederstechen. Der Mann fiel um, und abermals stach er auf einen Krieger ein und schnitt ihm die Kehle durch. Auch die Buren zogen das Messer, soweit sie noch dazu kamen, und setzten sich gegen die schwarzen Teufel zur Wehr, die sich in Horden auf sie warfen. Ich erfuhr hernach, daß sie an die sechs oder acht davon töten und an die zwanzig verletzen konnten. Aber es war bald aus, denn was konnten die Männer, die nur mit Taschenmessern bewaffnet waren, gegen eine solche Übermacht schon ausrichten?

In einem gräßlichen Tumult aus Kreischen, Stöhnen, Fluchen, Flehen um Gnade und Kriegsgeschrei wurden die Buren allesamt mit Keulen niedergeschlagen – ja, selbst die Knaben und die Hottentotten. Dann wurden sie – noch lebend – fortgezerrt von den Kriegern, die sie über den Boden schleiften, wie die schwarze Ameise verletzte Würmer oder Insekten verschleppt.

Dingaan stand nun neben mir und lachte, wobei sein aufgedunsenes Gesicht nervös zuckte.

»Komm, Sohn Georgs«, sagte er, »sehen wir uns ihr Ende an, die sie deinen Herrscher verraten haben.«

Somit wurde ich auf eine Erhebung im Labyrinth gezerrt, die Ausblick auf die Umgebung gewährte. Dort warteten wir eine Weile und lauschten dem Tumult, der sich entfernte, bis die grausige Todesprozession wieder in Sicht kam, die nun um den Zaun des Großen Krals zog und auf den Schlachtfels Hloma Amabutu zuhielt. Bald wurden seine Hänge erklommen, wo die schwarzen Krieger zwischen den dunkel belaubten Büschen und Felsen die Buren allesamt hinschlachteten.

Ich sah es und fiel in Ohnmacht.

Ich blieb wohl viele Stunden ohne Besinnung, obwohl die Ohnmacht zuletzt doch nachließ und ich eine hohl klingende Stimme über mir hörte.

»Ich bin froh, daß der kleine Sohn Georgs gerettet worden ist«, sagte die Stimme, die mir fremd war, »denn er ist zu Großem berufen und wird dem Volke der Schwarzen dereinst von Nutzen ein.« Alsdann fuhr die Stimme fort:

»O Haus des Senzangacona, nun hast du deine Milch mit Blut gemischt, mit weißem Blut. Diesen Kelch sollst du leeren bis zur Neige, und dann wird der Kelch zu Bruch gehen.« Und der Sprecher lachte – ein tiefes, schauriges Lachen, das ich erst wieder nach Jahren hören sollte.

Ich hörte ihn gehen, denn er schlurfte davon wie ein großes Reptil, und schlug mühsam die Augen auf. Ich lag in einer großen Hütte, und das einzige Licht in der Hütte stammte von einem Feuer in der Mitte, denn es war Nacht. Eine junge, hübsche Zulu beugte sich über eine Gurde beim Feuer und hantierte damit. Ich sagte benommen:

»O Frau, wer hat da über mich gelacht?«

»Niemand anderes, Macumazahn«, erwiderte sie mit wohlklingender Stimme, »als Zikali, der mächtige Magier, der Berater von Königen, der Öffner der Wege, an dessen Geburt sich unsre Großväter nicht mehr erinnern, dessen Atem Bäume entwurzelt, den Dingaan fürchtet und dem er gehorcht.«

»Ließ er die Buren umbringen?« fragte ich.

»Vielleicht«, gab sie zur Antwort. »Wer bin ich, daß ich dies wissen sollte?«

»Bist du die Frau, die kranke, die ich besuchen sollte?« fragte ich daraufhin.

»Ja, Macumazahn, ich war krank, aber nun bin ich wieder gesund und bist du krank, denn so ist der Lauf der Welt. Trink das!« sagte sie und reichte mir eine Gurde Milch.

»Wie heißt du?« fragte ich und nahm die Milch.

»Ich heiße Naya«, erwiderte sie, »und bin deine Wärterin. Glaube nicht, daß du mir weglaufen kannst, denn draußen stehen Wärter mit Speeren. Trink!«

Ich trank also, wobei ich überlegte, daß der Trunk vergiftet sein könnte. Dennoch leerte ich ihn, durstig, wie ich war, bis zum letzten Tropfen.

»Muß ich jetzt sterben?« fragte ich, als ich die Gurde abstellte.

»Nein, nein, Macumazahn«, erwiderte sie, die sich Naya nannte, mit sanfter Stimme. »Du wirst nicht sterben, sondern schlafen und vergessen.«

Dann verlor ich das Bewußtsein und schlief – wie lange weiß ich nicht.

Als ich wieder wach wurde, war es taghell; die Sonne stand schon hoch am Himmel. Vielleicht hatte mir Naya eine Droge in die Milch gemischt, oder ich hatte einfach nur geschlafen; ich weiß es nicht. Jedenfalls war ich dankbar für diesen Schlaf, denn ohne ihn hätte ich wohl den Verstand verloren. Als ich allmählich wieder daran dachte, glaubte ich im ersten Moment schon, wahnsinnig zu werden.

Ich weiß noch, wie ich da in der Hütte lag und mich fragte, wie der Herrgott so etwas zulassen könne. Wie war dies mit der Lehre vom liebenden, gütigen Vater zu vereinbaren? Die armen Buren waren, gleichwohl sie Fehler hatten, und nicht wenige, wie wir alle grundsätzlich gut und anständig aus ihrer Sicht. Dennoch war es so gewollt, daß sie durch die Willkür eines barbarischen Gewaltherrschers ein grausames Ende fanden, daß ihre Frauen zu Witwen und ihre Kinder vaterlos gemacht oder, wie sich später zeigte, ermordet oder zu Waisen gemacht wurden!

Es war ein großes Rätsel, ein übergroßes Rätsel, welches den Verstand des jungen Mannes, der eben jenes schaurige Ereignis, wie beschrieben, erlebt hatte, völlig aus den Angeln hievte.

Einige Tage dauerte diese geistige Gratwanderung. Nachdenken half viel, wobei schließlich auch die bescheidene Bildung, die ich meinem Vater zu verdanken hatte, ihren Teil beitrug. Ich führte mir vor Augen, daß solche Massaker von oft ungleich größerem Ausmaß schon tausendmal geschehen waren in der Geschichte und daß die Zivilisation trotz oder gar gerade wegen dieser vorangekommen war und sich über den blutigen Gräbern der Hingemetzelten wieder Frieden und Glück einstellten.

Trotz meiner Jugend und Unerfahrenheit gelangte ich zum Schluß, daß dieses grausige Werk einem höheren Ziel diene und das Leben dieser Hingeopferten ein zur Erfüllung unverzichtbarer Tribut sei. Dies mag als furchtbar fatalistische Doktrin angesehen werden, die freilich tagtäglich in der Natur Bestätigung erfährt. Zudem werden die Gepeinigten in andrer Form ihren Lohn empfangen, denn ist dem nicht so, ist der Glaube und jede Religion vergebens.

Es mag freilich auch gelten, daß solche Katastrophen nicht nach dem Willen der guten Macht geschehen, wie ich dargelegt habe, sondern wider diese. Vielleicht ist der Satan aus der Schrift, den wir gern beschmunzeln, nach wie vor eifrig am Werk in unsrer Welt. Vielleicht bricht von Zeit zu Zeit das Böse aus, wie ein Vulkan seinen giftigen Brodem speit, und sät Tod und Leid, bis es sich schließlich verausgabt hat und das Feld räumen muß. Wer weiß?

Man sollte diese Frage dem Erzbischof von Canterbury und dem Papst von Rom zur Beratung vorlegen, wobei der Lama von Tibet im Falle von Differenzen als Schlichter fungiert. Ich versuche lediglich, die Gedanken, die mich damals, lange ist's her, bewegt haben, niederzuschreiben, wie sie sich heute in meinem Gedächtnis darstellen. Höchstwahrscheinlich sind es nicht ganz die gleichen Gedanken von damals, denn mittlerweile ist eine Generation vergangen und mein Denken gereift wie Wein in der Flasche.

Neben diesen allgemeinen Fragen beschäftigen mich in diesen Tagen der Gefangenschaft auch solche, die sich unmittelbar auf meine Person bezogen – etwa wie es um meine Sicherheit bestellt war, obgleich mich dies offengestanden wenig kümmerte. Falls ich sterben mußte, mußte ich eben sterben, und es war alles aus. Wie ich Dingaan kannte, hatte er freilich Retief und seine Gefährten nicht einfach so ermordet. Dies wäre nur der Auftakt zu einem größeren Massaker, denn ich hatte nicht vergessen, daß er gesagt hatte, er wolle Marie schonen und dergleichen Andeutungen mehr.

Aus alledem folgerte ich ganz richtig, wie sich zeigen sollte, daß zum Schlag gegen die Buren ausgeholt wurde, welche bis zum letzten Mann ausgemerzt werden sollten. Ich hingegen steckte als Gefangener in einem Kaffernkral, wurde nur von einer jungen Frau bewacht, aber konnte trotzdem nicht fliehen, um die Buren zu warnen. Denn um meine Hütte lag ein Hof und um den Hof ein fünf, sechs Zoll hoher Binsenzaun. Wann immer ich über diesen Zaun spähte, ob bei Tag oder Nacht, wachten davor in Abständen von etwa fünfzehn Zoll Krieger. Wie Statuen standen sie dort, den breiten Speer in der Hand, den Blick nach innen zum Zaun gerichtet. So standen sie da, und nachts wurde ihre Zahl verdoppelt. Ich wurde also ganz entschieden an einer Flucht gehindert.

Eine Woche verstrich auf diese Weise, eine – das darf man mir glauben – schlimme Woche. Mein einziger Gefährte in dieser Zeit war die hübsche junge Frau namens Naya. Wir wurden gewissermaßen Freunde und unterhielten uns über alles mögliche. Nur mußte ich nach diesen Unterhaltungen Mal um Mal feststellen, daß ich nichts erfahren hatte, was von unmittelbarem Interesse für mich gewesen wäre. Über die Geschichte der Zulu beispielsweise oder verwandter Stämme oder die Gestalt des großen Königs Chaka oder andere neutrale Themen referierte sie stundenlang. Kam die Rede jedoch auf die jüngsten Ereignisse, dann wurde sie verschlossen. Dennoch fühlte sich Naya sehr zu mir hingezogen oder gab dies zumindest vor. In ihrer Naïvität meinte sie sogar, daß es gar nicht dumm von mir wäre, sie zu heiraten, was Dingaan, wie sie sagte, durchaus erlaube, da er mich möge und überzeugt sei, ich wäre seinem Lande nützlich. Als ich ihr erklärte, daß ich bereits verheiratet sei, zuckte sie die glänzenden Schultern und fragte mit einem Lachen, das ihre schönen Zähne offenbarte:

»Was macht das schon? Kann ein Mann nicht mehr als eine Frau haben? Und woher weißt du, Macumazahn«, fügte sie hinzu, wobei sie sich zu mir beugte und mich ansah, »daß du die eine noch hast? Vielleicht hat sie dich verlassen oder bist du inzwischen Witwer.«

»Wie meinst du das?« fragte ich.

»Ich? Ich meine gar nichts. Schau mich nicht so böse an, Macumazahn. So etwas passiert halt hin und wieder, nicht wahr?«

»Naya«, sagte ich, »du hast zwei undankbare Aufgaben – du bist Köder und Spitzel, und das weißt du genau.«

»Vielleicht, Macumazahn«, erwiderte sie. »Aber kann man mir das verübeln, insbesondere wenn mein Leben davon abhängt und ich dich wirklich mag?«

»Ich weiß nicht«, gab ich zur Antwort. »Sag, wann darf ich mein Gefängnis verlassen?«

»Woher soll ich das wissen, Macumazahn?« erwiderte Naya und tätschelte dabei wohlwollend meine Hand. »Aber ich glaube, daß es nicht mehr lange dauern wird. Wenn du gehst, Macumazahn, so behalte mich in freundlicher Erinnerung, denn ich habe mir wirklich

Mühe gegeben, es dir hier so angenehm wie möglich zu machen, wo durch jeden Strohhalm ein Späher in die Hütte lugt.«

Ich gab eine entsprechende Antwort darauf; am nächsten Tag wurde ich freigelassen. Während ich hinter der Hütte im Hof mein Morgenmahl verzehrte, steckte Naya ihren hübschen Kopf um die Ecke und sagte vergnügt, ein Bote des Königs wolle mich sprechen. Ich ließ den Rest des Essens stehen und ging zum Hoftor, wo ich meinen alten Freund Kambula vorfand.

»Zum Gruße, *Inkoos*«, sagte er. »Ich bin gekommen, um dich unter Bewachung nach Natal zu bringen. Aber ich warne dich: Stell mir keine Fragen, denn ich darf dir keine Antwort geben. Dingaan ist krank, also kannst du nicht zu ihm. Ebensowenig kannst du zu dem weißen Prediger oder sonst jemand. Du mußt sofort mitkommen.«

»Ich will gar nicht zu Dingaan«, erwiderte ich und sah ihm in die Augen.

»Verstehe«, meinte Kambula. »Dingaans Gedanken sind Dingaans Gedanken, und deine Gedanken sind deine Gedanken, und vielleicht mag er *dich* darum nicht empfangen. Doch bedenke, *Inkoos*, Dingaan hat dir das Leben gerettet und dich unversehrt aus der großen Feuersbrunst gezogen, weil du vielleicht aus einem andern Holz geschnitzt bist, das in seinen Augen zu schade ist zum Verbrennen. So, wenn du bereit bist, dann gehen wir.«

»Ich bin bereit«, antwortete ich.

Am Tor begegnete ich Naya, die sagte:

»Es ist dir nicht eingefallen, von mir Abschied zu nehmen, weißer Mann, obwohl ich dich gut behandelt habe. Ach, was kann man schon andres erwarten! Dennoch hoffe ich, daß du, wenn ich aus diesem Land fliehen muß, um *mein* Leben zu retten, was einmal der Fall sein mag, für mich auch tust, was ich für dich getan habe.«

»Das werde ich«, versprach ich ihr mit einem Händedruck; und wie der Zufall es wollte, sollte ich dieses Versprechen Jahre später einzulösen haben.

Kambula führte mich nicht durch den Kral Umgungundhlovu, sondern außen herum. Unser Weg ging dicht am Todesberg Hloma Amabutu vorbei, der noch von zahlreichen Geiern belagert wurde. Das Schicksal wollte es gar, daß ich über die frisch zernagten Gebeine einiger meiner Gefährten steigen mußte, die am Fuße des Berges niedergemetzelt worden waren. An der Kleidung erkannte ich unter anderem Samuel Esterhuizen, einen sehr guten Kerl, neben dem ich auf unserm Marsch geschlafen hatte. Seine leeren Augenhöhlen schienen mich vorwurfsvoll anzustarren, als wollte er mich zur Rede stellen, warum ich noch lebte, während er und seine Brüder allesamt tot seien. Ich stellte mir die Frage selber. Warum war von den vielen ausgerechnet ich am Leben geblieben?

Ich glaubte, in mir die Antwort zu hören: Daß ich Rache üben könnte an diesem teuflischen Mörder Dingaan. Während ich zu den zerschmetterten, entweihten Gebeinen der Ärmsten aufsah, schwor ich im Herzen, diese Pflicht nicht zu versäumen. Und ich versäumte sie nicht, obwohl die Geschichte dieser großen Vergeltung nicht in dieses Buch aufgenommen werden kann.

Als ich mich nun von diesem schaurigen Anblick abwandte, sah ich, daß an der andern Seite, wo wir auf unserm Treck von Delagoa in den Süden campiert hatten, nach wie vor die Hütten und die Wagen des hochwürdigen Mr. Owen standen. Also fragte ich Kambula, ob er und die Seinen gleichfalls tot seien.

»Nein, *Inkoos*«, antwortete er, »sie sind Kinder Georgs wie du, und deshalb hat der König sie geschont. Er wird sie freilich aus dem Land weisen.«

Das war immerhin eine gute Nachricht, und so fragte ich denn, ob Thomas Halstead als Engländer gleichfalls geschont worden sei.

»Nein«, sagte Kambula. »Der König wollte ihn zwar schonen, aber er erstach zwei unsrer Männer und wurde mit den andern fortgeschleppt. Als die Henker ihr Werk begannen, war es zu spät, um sie aufzuhalten.«

Nun fragte ich, ob ich mich nicht Mr. Owen anschließen und mit ihm trecken könne, woraufhin Kambula knapp und bündig sagte:

»Nein, Macumazahn, der König hat befohlen, daß du allein gehen mußt.«

Also ging ich weiter. Mr. Owen oder einem der Seinen bin ich nie wieder begegnet. Ich glaube jedoch, daß sie wohlbehalten nach Durban gelangt und mit einem Schiff namens *Comet* abgesegelt sind.

Bald erreichten wir die beiden stattlichen Bäume am Haupttor des Krals, wo noch viel von unserm Sattelzeug herumlag, während die Gewehre verschwunden waren. Hier fragte Kambula mich, ob ich meinen Sattel erkannte.

»Da liegt er«, sagte ich und deutete darauf. »Aber was nützt ein Sattel ohne Pferd?«

»Das Pferd, das du geritten hast, haben wir dir aufgehoben, Macumazahn«, erwiderte er.

Dann hieß er einen der Männer, die uns begleiteten, Sattel und Zaumzeug zu bringen und die andern Dinge, die ich aussuchte, nämlich ein paar Decken, eine Wasserflasche, zwei Dosen mit Kaffee und Zucker, ein Arzneikästchen und so fort.

Etwa eine Meile weiter fand ich eines meiner Pferde, das an einer vorgelagerten Wachhütte festgemacht und offenbar gut versorgt und gefüttert worden war. Mit Kambulas Erlaubnis sattelte ich es und stieg auf. Während ich dies tat, warnte er mich, daß ich, sollte ich meiner Eskorte davonreiten, in den sicheren Tod liefe, da im ganzen Land der Befehl ausgegeben sei, daß ich, wenn man mich allein vorfände, auf der Stelle zu töten sei.

Ich erwiderte, daß ich, unbewaffnet, wie ich sei, nicht an eine Flucht denke. Also zogen wir weiter, wobei Kambula und seine Krieger neben mir gingen oder liefen.

Vier ganze Tage zogen wir so dahin, wobei wir uns, soweit ich das beurteilen konnte, etwa zwanzig bis dreißig Meilen östlich der Straße hielten, die ich beschritten hatte, als ich Zululand verließ und mit Retiefs Abordnung wieder betrat. Offensichtlich waren die Zulu auf unserm Weg durchs Land gespannt auf meine Person, wußten sie doch, daß ich als einziger Weißer der Gruppe überlebt hatte, welche ihren König besuchte. So kamen sie in Scharen aus ihren Dörfern gelaufen und starrten mich geradezu scheu an, als wäre ich kein Mensch, sondern ein Geist. Aber keiner von ihnen richtete auch nur ein Wort an mich, was ihnen vermutlich verboten worden war. Ausnahmslos jeder, den ich ansprach, wandte sich gar ab und ging oder rannte außer Hörweite.

Am Abend des vierten Tages erhielten Kambula und seine Krieger eine Nachricht, die sie anscheinend in große Aufregung versetzte. Ein Bote mit einer Fleischwunde am Arm, die ich als Schußverletzung deutete, kam völlig erschöpft aus dem Busch gerannt und stammelte etwas, wovon ich, obwohl ich die Ohren spitzte, nur zwei Wörter verstand: »Großes Gemetzel.« Sodann hielt Kambula den Finger an die Lippen, um ihn zum Schweigen zu bringen, und führte ihn weg, so daß ich nicht mehr hören oder sehen konnte. Anschließend fragte ich Kambula, wem dieses große Gemetzel widerfahren sei, woraufhin er mich arglos ansah und antwortete, er wisse nicht, wovon ich redete.

»Was nützt es schon, daß du mich belügst, Kambula, denn früher oder später werde ich es doch erfahren?«

»Dann wart eben, Macumazahn, bis du es erfährst; und möge es dir gefallen«, erwiderte er und entfernte sich, um abseits mit seinen Leuten zu reden.

Die ganze Nacht hörte ich sie reden und konnte in meinem Elend kein Auge zutun. Ich war sicher, daß noch etwas Schreckliches passiert sei. Vermutlich hatten Dingaans Heerscharen sämtliche Buren ausgemerzt. Aber ach, was mochte dann aus Marie geworden sein? War sie tot oder zu irgendeinem finstern Zweck gefangengenommen worden von Dingaan, wie er es angekündigt hatte? Es war anzunehmen, daß sie gerade von einer Eskorte nach Umgungundhlovu gebracht wurde, während ich nach Natal reiste.

Endlich brach der Morgen an, und gegen Mittag erreichten wir eine Furt am Tugela, die zum Glück einigermaßen passierbar war. Hier verabschiedete sich Kambula und erklärte, sein Auftrag sei erfüllt. Außerdem überbrachte er mir eine Botschaft von Dingaan an die Engländer in Natal. Diese Botschaft lautete: Er, Dingaan, habe die Buren getötet, die ihn besucht hätten, weil er festgestellt habe, daß sie ihren Häuptling verraten und somit den Tod verdient hätten. Aber daß er die Söhne Georgs liebe, die ein anständiges Volk seien und deshalb nichts von ihm zu fürchten hätten. Er lade sie gar ein, ihn an seinem Großen Platz zu besuchen, wo er alles besprechen werde mit ihnen.

Ich sagte, ich würde die Botschaft überbringen, falls ich Engländern begegnete, könne allerdings nicht versprechen, ob sie Dingaans Einladung nach Umgungundhlovu annähmen. Vielmehr befürchtete ich, daß dieser Ort mittlerweile einen dermaßen schlechten Ruf erworben habe, daß sie sich ohne Armee nicht dorthin wagen würden.

Ehe Kambula Zeit blieb, sich an meinen Worten zu stören, drückte ich ihm die ausgestreckte Hand und trieb mein Pferd in den Strom. Kambula bin ich nie wieder begegnet, obwohl ich nach der Schlacht am Blutfluß seinen Leichnam gesehen habe.

Sobald ich den Tugela durchquert hatte, ritt ich eine halbe Meile oder so weiter, bis ich den mit Busch und

Schilf bestandenen Uferstreifen hinter mich gebracht hatte, fürchtete ich doch, daß die Zulu mir folgen und mich vor Dingaan schleppen würden, wo ich mich für meine ziemlich dreiste Antwort zu verantworten hätte. Da ich nichts von ihnen sah, hielt ich schließlich inne als einsame Gestalt in jener einsamen Gegend, die ich nicht kannte. Was sollte ich nur tun, wohin mich wenden? In dem Moment geschah eins der sonderbarsten Ereignisse meines ganzen abenteuerlichen Lebens.

Während ich verzagt auf meinem gleichfalls verzagten Pferd saß, vernahm ich zwischen den wuchtigen Findlingen, die ein fernes Zeitalter der Erdgeschichte aus dem Ufergestein des mächtigen Stromes geformt hatte, eine Stimme, die mir bekannt vorkam und die sagte:

»Baas, bist *du* das, Baas?«

Ich sah mich um, konnte aber niemanden sehen und glaubte schon, einer Sinnestäuschung erlegen zu sein, weshalb ich keine Antwort gab.

»Baas«, sagte die Stimme abermals, »bist du tot oder lebendig? Denn wenn du tot und ein Spuk bist, will ich nichts mit dir zu tun haben, bis ich fällig bin.«

Nun erwiderte ich: »Wer spricht und wo?« Denn da ich niemanden sehen konnte, glaubte ich an sich nach wie vor an eine Einbildung.

Im nächsten Moment schnaubte und scheute mein Pferd, was kein Wunder war, denn keine fünf Schritt vor uns tauchte aus dem Bau eines Ameisenbärs ein gelbes Gesicht mit schwarzem Kraushaar auf, in dem eine geknickte Feder steckte. Ich starrte in das Gesicht, und das Gesicht starrte zurück.

»Hans«, sagte ich, »bist du's? Ich dachte, *du* wärst mit den andern umgekommen.«

»Und ich dachte, *du* wärst mit den andern umgekommen, Baas. Bist du denn wirklich am Leben?«

»Was tust du da überhaupt, du alter Trottel?« wollte ich wissen.

»Ich verstecke mich vor den Zulu, Baas. Ich hörte sie am andern Ufer und sah dann einen Mann auf einem Pferd den Fluß durchwaten, woraufhin ich mich verkroch wie ein Schakal. Von den Zulu habe ich einstweilen genug.«

»Komm heraus«, sagte ich, »und berichte mir, was du erlebt hast!«

Er kam heraus, eine arme, verdreckte Gestalt, die nichts mehr am Leib trug als das Oberteil einer Hose, aber dennoch Hans, der unverwechselbare Hans. Er lief zu mir und ergriff meinen Fuß und küßte ihn immer wieder, während die Freudentränen flossen.

»O Baas«, stammelte er, »daß du noch lebst, den ich für tot gehalten habe, und daß ich noch lebe! O Baas, nie wieder werde ich den Großen Mann im Himmel anzweifeln, auf den dein Vater so große Stücke hält. Denn nachdem ich unsre sämtlichen Geister und sogar die Geister meiner Ahnen angerufen und nichts als Ärger bekommen habe, habe ich das Gebet gesprochen, das Hochwürden uns gelehrt hat, und um unser täglich Brot gebeten, weil ich doch so hungrig bin. Dann habe ich aus dem Loch geguckt und dich gesehn. Hast du was zum Essen dabei, Baas?«

Zufällig hatte ich in der Satteltasche noch Biltong, das ich für Notfälle aufbewahrt hatte. Das gab ich ihm, und er schlang es hinunter wie eine ausgehungerte Hyäne, indem er von dem zähen Fleisch Fetzen abriß und unzerkaut hinunterwürgte. Nachdem alles aufgezehrt war, leckte er sich die Finger und die Lippen und sah mich erwartungsvoll an.

»Berichte mir, was du erlebt hast«, wiederholte ich.

»Baas, ich ging mit den andern die Pferde holen. Unsre hatten sich verlaufen. Ich stieg auf einen Baum, um sie zu suchen. Da hörte ich großen Lärm und sah, daß die Zulu die Buren niedermetzelten. Weil ich ahnte, daß sie uns auch gleich töten würden, blieb ich also in dem Baum und versteckte mich, so gut ich konnte, in einem Storchennest. Nun, dann kamen sie und spießten alle andern Hottentotten auf und standen unter meinem Baum, um die Speere zu säubern und zu verschnaufen, da einer meiner Brüder sein Heil in der Flucht gesucht und ihnen einen ordentlichen Spurt abverlangt hatte. Mich freilich übersahen sie, obwohl mir da droben speiübel war vor Angst. Ich mußte sogar, aber übergab mich ins Nest.

Nun, den ganzen Tag blieb ich in dem Nest hocken, obwohl ich in der Sonne briet wie Fleisch auf dem Spieß. Als die Nacht anbrach, stieg ich hinab und rannte, denn ich wußte, daß es keinen Sinn hätte, nach dir zu suchen. Denn ›es muß ein jeder selber sehen, wo er bleibt, wenn ein schwarzer Teufel hinter ihm her ist‹, wie dein ehrwürdiger Vater sagt. Die ganze Nacht rannte ich, und am Morgen verkroch ich mich in ein Loch. Als die Nacht kam, rannte ich weiter. Oh, ein, zwei Mal haben sie mich fast erwischt, aber nur fast, denn ich weiß, wie man sich versteckt, und habe bewohnte Gebiete gemieden. Nur hungrig war ich, hungrig; ja, Schnecken und Würmer aß ich und Gras wie ein Ochse, bis mir der Bauch weh tat. Dennoch kam ich endlich über den Fluß und in die Nähe des Camps.

Kurz vor Tagesanbruch sagte ich mir: ›Nun freue dich, Hans, denn ist dein Herz auch betrübt, so kann dein Magen frohlocken.‹ Aber dann sah ich diese Zulu-Teufel, die zu Tausenden ins Camp stürmten und die armen Buren umbrachten. Männer und Frauen und Kinder wurden zu Hunderten erstochen und erschlagen, bis endlich andere Buren hinzukamen und die Zulu zurückschlugen, die freilich sämtliches Vieh mitnahmen. Nun, da ich sicher war, die Zulu würden wiederkommen, blieb ich nicht dort. Ich lief zum Fluß und verkroch mich tagelang im Schilf, wo ich von den Eiern der Wasservögel lebte und von kleinen Fischen, die ich in Tümpeln fing. Heute morgen nun hörte ich die Zulu abermals und verbarg mich in diesem Loch. Dann kamst du und stelltest dich vors Loch, und ich dachte lange Zeit, du wärst ein Spuk.

Aber nun sind wir wieder vereint, und es ist alles in Ordnung, wie es dein ehrwürdiger Vater immer jenen verheißen hat, die am Sonntag in die Kirche gehn, wie ich es tue, wenn ich nichts anderes zu tun habe.« Und wieder fing er an, mir den Fuß zu küssen.

»Hans«, sagte ich, »du hast das Camp gesehn. War die Missie Marie auch dort?«

»Baas, wie soll ich das wissen, wo ich doch nicht im Camp war? Aber der Wagen, in dem sie schlief, war nicht dort; ebensowenig der Wagen der Vrouw Prinsloo und des Heer Meyer.«

»Gott sei Dank!« entfuhr es mir; dann fragte ich: »Wohin wolltest du, Hans, als du vom Camp fortranntest?«

»Baas, ich dachte, die Missie und die Prinsloos und die Meyers seien vielleicht zu dem schönen Grund, den du abgesteckt hast, und wollte sie dort suchen. Denn wären sie dort, so wären sie sicher froh, wenn sie erfahren, daß du wirklich tot bist, und gäben mir zum Dank für diese Nachricht zu essen. Allerdings scheute ich mich davor, durchs offene Veld zu ziehen, damit mich die Zulu nicht sehen und umbringen. Deshalb machte ich den Umweg durch den dichten Busch entlang des Flusses, wo man nur langsam vorankommt, besonders wenn man nüchtern ist.« Und er klopfte sich auf den leeren Magen.

»Hans«, fragte ich, »sind wir denn in der Nähe meines Grundes, wo ich auf dem Hügel über dem Fluß Häuser bauen ließ?«

»Natürlich, Baas. Bist du so wirr, daß du den Weg nicht mehr findest im Veld? Vier, höchstens fünf Stunden gemächlich geritten, und du bist dort.«

»Komm, Hans«, sagte ich, »und mach schnell, denn die Zulu sind nicht weit hinter uns!«

Also brachen wir auf, wobei sich Hans an den Steigbügel hängte und mir den Weg zeigte, wußte ich doch, daß er als Schwarzer einen Orientierungssinn besaß, der ihn sicher durch das weglose Veld geleitete, so daß er sein Ziel fände wie ein Bock oder ein Vogel der Lüfte.

So zogen wir durchs sanft gewellte Land, und unterwegs erzählte ich ihm meine Geschichte, wobei ich mit Worten sparte, da ich vor lauter Sorge und Ungewißheit nicht viel sagen wollte. Auch er berichtete mir mehr von seiner Flucht und seinen Abenteuern. Nun wurde mir klar, was das für eine Nachricht gewesen war, die Kambula und seine Soldaten dermaßen in Aufregung versetzte. Offenbar hatten die Zulu-Heere eine große Zahl von Buren ausgelöscht, die sie völlig unvorbereitet antrafen, bis die Verstärkung, die aus andern Camps herbeieilte, sie in die Flucht schlug.

Deshalb war ich tagelang gefangengehalten worden. Dingaan wollte vermeiden, daß ich nach Natal kommen und seine Opfer rechtzeitig warnen könnte!

20

Das Standgericht

Eine Stunde, zwei Stunden, drei Stunden und dann plötzlich von einer Erhebung aus der Blick auf den herrlichen Fluß Mooi, der sich als breites Silberband durchs Veld schlängelte, und dort inmitten einer Flußschleife die abgeflachte Kuppe, wo ich mich, so hatte ich gehofft, niederlassen wollte. Hatte gehofft! Warum nicht mehr hoffen? Wer weiß, vielleicht war alles in Ordnung? Vielleicht war Marie wie ich dem Gemetzel entkommen, so daß uns nun nach all den Entbehrungen glückliche Jahre bevorstanden? Aber das klang zu gut, um wahr zu sein.

Ich trieb mein Pferd an, aber das arme Tier war erschöpft und brachte es nur kurzzeitig auf einen Galopp, woraufhin es bald wieder in den Schritt fiel. Ob Galopp oder Schritt, die Hufe schienen zu trommeln: »Zu gut, um wahr zu sein.« Bald schnell, bald langsam, die getrommelte Botschaft blieb immer die gleiche.

Auch Hans war erschöpft und vom Hunger geschwächt. Außerdem hatte er sich den Fuß aufgestoßen, was ihn so sehr behinderte, daß er schließlich vorschlug, ich solle allein weitergehn, während er mir langsam folgte. Daraufhin stieg ich ab und setzte ihn aufs Pferd und ging selber daneben her.

So kam es, daß das herrliche Abendrot verblaßt war und der Himmel sich grau verfärbt hatte, als wir den Fuß der Kuppe erreichten. Dennoch hatten mir die letzten Strahlen des untergehenden Tagesgestirns etwas gezeigt. Dort auf der Anhöhe standen strohgedeckte Lehmhäuser, wie ich sie hatte erbauen lassen, und daneben einige Wagen mit weißen Planen. Nur sah ich keinen Rauch aus den Schornsteinen dieser Häuser steigen, wie es zu erwarten gewesen wäre um diese Stunde, wo die Menschen ihr Abendessen kochten. Gleich würde der Mond aufgehn, wie ich wußte, aber vorerst war es finster, so daß das müde Pferd über die Steine stolperte, die am Fuße der Anhöhe verstreut lagen.

Ich hielt es nicht mehr aus.

»Hans«, sagte ich, »du bleibst hier beim Pferd. Ich schleiche mich zu den Häusern und sehe nach, ob da jemand wohnt.«

»Sei vorsichtig, Baas«, erwiderte er, »damit du keinen Zulu begegnest, denn die schwarzen Teufel sind überall.«

Ich nickte, weil ich nicht sprechen konnte, und machte mich an den Aufstieg. Einige hundert Yards kroch ich von Stein zu Stein und tastete mich so voran, denn der Kaffernpfad, der zu dem kleinen Plateau mit der Quelle und den Hütten führte, verlief auf der andern Seite der Anhöhe. Ich stieß auf den Bach, der von dieser Quelle gespeist wurde und an dessen Rauschen ich mich orientiert hatte, und folgte seinem Ufer bergan, bis ich einen Laut vernahm und mich duckte und horchte.

Ich war mir nicht sicher, weil unablässig der Bach murmelte, aber es hörte sich nach Schluchzen an. Während ich noch wartete, lugte plötzlich der Mond über eine dichte Wolke hervor und überströmte die Landschaft mit seinem Licht. Und ach, in diesem verklärten Schein sah ich ... sah ich Marie!

Sie stand keine fünf Schritt vor mir beim Bach, aus dem sie Wasser schöpfen wollte, da sie einen Kübel in der Hand hielt. Sie trug ein schwarzes Gewand wie eine Witwe, das freilich aus einem derben Tuch genäht war, und ihr Gesicht leuchtete bleich im fahlen Mondschein. Als ich sie so aus der Dunkelheit betrachtete, konnte ich gar die Tränen auf ihren Wangen sehen, denn es war Marie, die an diesem einsamen Ort schluchzend einen Menschen beweinte, der nicht mehr zurückkäme.

Meine Stimme stockte; ich brachte keinen Laut über die Lippen. Ich richtete mich auf, der ich mich hinter einen Stein geduckt hatte, und ging zu ihr. Sie sah mich und fuhr hoch; dann flüsterte sie:

»O Mann, hat Gott dich geschickt, um mich zu holen? Ich bin bereit, Mann, ich bin bereit!« Und sie ließ den Kübel fallen, der klappernd aufschlug, und breitete die Arme aus.

»Marie«, stieß ich endlich hervor, und bei diesem Wort schoß ihr das Blut ins Gesicht. Ich sah sie tief Luft holen, als wollte sie aufschreien.

»Pst!« hauchte ich. »Ich bin's, Allan. Ich bin mit dem Leben davongekommen.«

Im nächsten Moment, so erinnere ich mich, lag sie in meinen Armen.

»Was ist hier passiert?« fragte ich sie, als ich meine Geschichte oder Teile davon erzählt hatte.

»Nichts, Allan«, antwortete sie. »Ich bekam deinen Brief im Camp, und wir treckten fort, wie du gebeten hattest, ohne den andern den Grund zu nennen, weil der Kommandant Retief, wie du dich erinnern wirst, dazuschrieb, wir sollten nichts sagen. Auf diese Weise entgingen wir dem Massaker, weil die Zulu nicht wußten, wohin wir verschwunden waren, und uns auch nicht folgten, obwohl ich zu hören bekam, daß sie gerade nach mir suchten. Mein Vater und mein Cousin Hernan kamen erst zwei Tage nach dem Angriff ins Camp und entdeckten oder errieten – Näheres weiß ich nicht – unser Versteck und ritten her. Sie sagen, sie sind gekommen, um die Buren zur Vorsicht zu gemahnen, da sie Dingaan nicht über den Weg trauten, sind allerdings zu spät gekommen. Also sind auch sie dem Massaker entgangen, bei dem viele, viele Menschen – man spricht von fünf- bis sechshundert, meist Frauen und Kinder – umgebracht worden sind. Gott sei Dank sind freilich viele mehr davongekommen, weil Männer von anderen Camps weiter draußen dazugestoßen und andere von der Jagd heimgekehrt sind und die Zulu dutzendfach niedergestreckt und vertrieben haben.«

»Sind dein Vater und Pereira jetzt hier?« fragte ich.

»Nein, Allan. Sie erfuhren von dem Massaker und hörten, daß gestern morgen alle Zulu abzogen. Außerdem erhielten sie die schlechte Nachricht, daß Retief und sämtliche Begleiter in Dingaans Dorf umgebracht worden seien – angeblich auf Betreiben verräterischer Engländer, die Dingaan dazu anstifteten, die Buren zu töten.«

»Das stimmt nicht«, sagte ich. »Aber sprich weiter!«

»Daraufhin kamen sie zu mir und erzählten mir, ich sei eine Witwe wie viele andere Frauen auch, die ich noch gar nicht Frau bin. Allan, Hernan sagt, ich solle nicht um dich trauern, denn du hättest dieses Los verdient, seist du doch einer derjenigen, welche die Buren verraten hätten; wer andern eine Grube gräbt, fällt eben selbst hinein. Die Vrouw Prinsloo sagte ihm ins Gesicht, daß er lüge, und ich, Allan, erklärte, daß ich nicht mehr mit ihm reden werde, bis wir uns am Jüngsten Tag vor Gottes Richterstuhl wiedersehen, woran ich mich halten werde.«

»Aber ich werde mit ihm reden«, murmelte ich. »Wo sind sie denn jetzt?«

»Sie sind heute morgen zu den andern Buren geritten. Ich glaube, sie wollen eine Gruppe holen, die sich hier niederlassen soll, falls ihnen der Platz zusagt, der leicht zu verteidigen ist. Sie wollen morgen früh zurück sein; wir sind vorerst nicht gefährdet, denn sie wissen aus sicherer Quelle, daß sämtliche Zulu über den Tugela abgezogen sind, um ihre Verwundeten heimzuschaffen und Dingaan das Vieh der Buren als Gabe darzubringen. Aber komm ins Haus, Allan – in unser Heim, das ich dir notdürftig bereitet habe. Du meine Güte, und ich dachte schon, du würdest nie den Fuß über die Schwelle unsres Heims setzen! Ja, als eben der Mond hinter der Wolke hervorkam, glaubte ich das noch. Horch, was ist das?«

Ich lauschte und hörte Pferdehufe auf steinigem Grund.

»Keine Angst«, sagte ich, »das ist nur Hans mit meinem Pferd. Er ist auch davongekommen, aber davon später.« Und während ich noch sprach, tauchte Hans auf, der einen kläglichen, müden Eindruck machte.

»Guten Tag, Missie«, sagte er und bemühte sich, froh zu klingen. »Jetzt sollten Sie mir ein feines Abendessen vorsetzen, denn ich habe Ihnen den Baas wohlbehalten zurückgebracht. Habe ich nicht gesagt, Baas, daß alles wieder gut wird?«

Dann verstummte er vor Erschöpfung, was wir nicht bedauerten, denn wir wollten uns jetzt nicht das Gefasel des armen Wichts anhören.

Gute zwei Stunden waren nun vergangen, seit der Mond durch die Wolken lugte. Ich hatte die Vrouw Prinsloo und alle andern Freunde begrüßt und war mit Begeisterung aufgenommen worden wie ein von den Toten Auferstandener. Wenn sie mich bisher geliebt hatten, so verehrten sie mich jetzt mit neuer Dankbarkeit, denn ohne meine Warnung hätten auch sie Bekanntschaft mit den Speeren der Zulu geschlossen und den Tod gefunden. Gerade ihr Teil des Camps war am heftigsten attackiert worden, so daß es von jenen Wagen kaum Überlebende gab.

Ich hatte ihnen meine ganze Geschichte erzählt, der sie mäuschenstill lauschten. Erst als ich geschlossen hatte, meinte der Heer Meyer, dessen angeborenen Pessimismus diese Vorfälle bestärkten:

»Allemachte! Haben Sie aber Glück, Allan, daß Sie übriggeblieben sind, während es alle andern erwischt hat. Wenn ich Sie nicht so gut kennen würde, dann würde ich jetzt wie Hernan Pereira glauben, daß Sie mit diesem teuflischen Dingaan gemeinsame Sache gemacht haben.«

Die Vrouw Prinsloo fuhr ihn wütend an.

»Wie können Sie es wagen, so was zu sagen, Carl Meyer?« rief sie. »Muß Allan ständig beleidigt werden, nur weil er Engländer ist, wofür er nichts kann? Was mich betrifft, so glaube ich, wenn jemand gemeinsame Sache mit Dingaan gemacht hat, dann dieser Dreckskerl Pereira. Wie sonst ist er vor dem Massaker herausgekommen mitsamt diesem verrückten Marais?«

»Ich weiß nicht, weiß es ehrlich nicht«, sagte Meyer kleinlaut, denn wie jedermann hatte er gehörigen Respekt vor der Vrouw Prinsloo.

»Warum halten Sie dann nicht den Mund, anstatt solchen Blödsinn zu verbreiten, der eine Beleidigung ist?« fragte die Vrouw. »Nein, sagen Sie nichts, denn Sie machen nur noch alles schlimmer. Bringen Sie lieber das übrige Fleisch dem armen Hottentotten Hans« – ich sollte ergänzen, daß wir gerade zu Abend aßen –, »der zwar schon so viel gegessen hat, daß jedem Weißen der Bauch platzen würde, aber bestimmt noch ein Pfund oder zwei vertragen kann.«

Meyer gehorchte unterwürfig, und die andern verdrückten sich ebenfalls, wie sie es immer taten, wenn die Vrouw Kriegsbeflaggung aufzog, so daß wir zwei bald allein mit ihr waren.

»So«, sagte die Vrouw, »alle sind müde, und es wird ja auch Zeit zum Schlafengehen. Gute Nacht, Allan und Marie.« Und sie watschelte davon und ließ uns allein.

»Mann«, sagte Marie dann, »willst du dir nun das Heim ansehen, das ich dir bereitet habe, bevor ich mit deinem Tod habe rechnen müssen? Es ist ein bescheidenes Heim, aber ich bete zu Gott, daß wir glücklich dort sein mögen.« Und sie nahm mich bei der Hand und küßte mich ein Mal und zwei Mal und ein drittes Mal.

Gegen Mittag des folgenden Tages, als meine Frau und ich uns gerade lachend wegen einer winzigen Kleinigkeit unsres bescheidenen häuslichen Lebens stritten – so schnell vergißt man großes Leid angesichts großer Freude –, sah ich mit einemmal eine Wandlung in ihrem Gesicht und fragte, was denn los sei.

»Psst!« erwiderte sie. »Ich höre Pferde.« Und sie deutete in eine bestimmte Richtung.

Ich schaute, und hinter einem Hügel tauchte eine burische Reiterei auf, die es mit Begleitern auf insgesamt zwei- oder dreiunddreißig Mann brachte, wovon zwanzig Weiße waren.

»Sieh«, sagte Marie. »Mein Vater ist dabei und mein Cousin Hernan an seiner Seite.«

Das stimmte. Da ritt Henri Marais und dicht hinter ihm Hernan Pereira, der ihm ständig ins Ohr flüsterte. Die beiden, so weiß ich noch, erinnerten mich an die Geschichte eines Mannes, die ich gelesen hatte, eines Mannes, der mit einem bösen Genius behaftet war, der ihn gegen den Widerstand des Guten in ihm in ein grausiges Schicksal trieb. Der hagere, ausgemergelte, unruhige Marais und der wohlgenährte, sinnliche Pereira, der ihm listig ins Ohr tuschelte: sie waren der Inbegriff für diesen Mann in der Geschichte und seinen bösen Genius, der ihn in die Hölle stürzte. Impulsiv warf ich die Arme um Marie und zog sie an mich mit den Worten:

»Wenigstens waren wir eine kurze Weile glücklich.«

»Wie meinst du das, Allan?« fragte sie unsicher.

»Daß es vorerst mit unserm Glück halt vorbei ist.«

»Mag sein«, erwiderte sie langsam. »Immerhin waren es glückliche Stunden, und müßte ich heute sterben, wäre ich froh, daß ich sie habe erleben dürfen.«

Nun kam die burische Kavalkade heran.

Hernan Pereira, dem Eifersucht und Haß wohl die Sinne geschärft hatten, erkannte mich als erster.

»He, Mynheer Allan Quatermain«, sagte er, »wie kommt's, daß Sie hier sind? Wie kommt's, daß Sie noch leben? Kommandant«, fügte er hinzu und wandte sich an einen dunklen, traurig dreinschauenden Mann um die Sechzig, den ich zu dem Zeitpunkt noch nicht kannte, »das ist aber eigenartig. Dieser Heer Quatermain, ein Engländer, war mit Gouverneur Retief im Dorf des Zulukönigs, wie der Heer Henri Marais bestätigen kann. Da wir jetzt sicher wissen, daß Pieter Retief und seine Leute ausnahmslos von Dingaan ermordet worden sind, stellt sich die Frage, wie dieser Mann hier entkommen ist?«

»Warum geben Sie mir Rätsel auf, Mynheer Pereira?« erwiderte der dunkle Bure. »Der Engländer wird das bestimmt erklären können.«

»Sicher, Mynheer«, sagte ich. »Wünschen Sie, daß ich's gleich tue?«

Der Kommandant zögerte. Dann nahm er Henri Marais zur Seite und besprach sich kurz mit ihm, woraufhin er erklärte:

»Nein, nicht jetzt, meine ich. Dafür ist die Sache zu ernst. Nachdem wir gegessen haben, hören wir uns an, was Sie zu sagen haben, Mynheer Quatermain. Vorerst dürfen Sie sich nicht entfernen.«

»Soll das heißen, daß ich unter Arrest stehe, Kommandant?« fragte ich.

»Wenn Sie es so ausdrücken wollen – ja, Mynheer Quatermain, Sie stehen unter Arrest, bis Sie erklären können, wie sechzig unsrer Mitbrüder, die Ihre Gefährten waren, hingeschlachtet wurden wie Vieh im Zululand, während Sie entkamen. Und nun kein Wort mehr; wir werden noch reichlich Gelegenheit zum Reden haben. He, Carolus und Johannes, ihr beide bewacht bitte den Engländer, von dem ich wunderliche Geschichten höre, mit geladenem Gewehr und bringt ihn zu uns, wenn wir nach ihm verlangen.«

»Wie immer beschert uns dein Cousin Hernan Unheil«, sagte ich verbittert zu Marie. »Nun, essen wir auch. Vielleicht beehren uns die Heeren Carolus und Johannes und sind unsre Gäste – mit geladenem Gewehr.«

Carolus und Johannes nahmen die Einladung an. Von ihnen erfuhren wir viel, viel Schlimmes – insbesondere über das Massaker in dieser Gegend, die aufgrund der schrecklichen Geschehnisse jetzt und immerdar *Weenen* oder ›Weinen‹ genannt wird. Es genügt zu sagen, daß uns der Appetit dabei gründlich verging, während Carolus und Johannes, die den Schock dieser blutigen Schreckensnacht verwunden hatten, schmausten, daß Hans neidisch geworden wäre.

Kurz nachdem wir unser Mahl beendet hatten, kam Hans, der sich mittlerweile übrigens, so hatte ich den Eindruck, recht gut von den Strapazen erholt hatte, um das Geschirr abzuräumen. Er wußte zu berichten, daß die Buren ein großes ›Palaver‹ abhielten und gleich nach mir schicken würden. Tatsächlich rückten ein paar Minuten später zwei bewaffnete Männer an und holten mich ab. Ich wollte mich noch von Marie verabschieden, als sie sagte:

»Ich gehe, wohin du gehst, Mann.« Und da die Wachen nichts einzuwenden hatten, kam sie mit.

Etwa zweihundert Yards entfernt saßen im Schatten eines Wagens die Buren. Sechs davon hatten sich im Halbkreis auf Hockern und provisorischen Sitzgelegenheiten niedergelassen, wobei der dunkle Kommandant in der Mitte vor einem plumpen Tisch mit Schreibutensilien saß.

Zur Linken dieser sechs Männer standen die Prinsloos und die Meyers, also jene, die ich in Delagoa gerettet hatte, und zu ihrer Rechten die andern Buren, die am Vormittag ins Camp geritten waren. Ich sah mit einem Blick, daß ein Standgericht einberufen und die sechs Ältesten zu Richtern bestellt worden waren, über welche der Kommandant den Vorsitz führte.

Mit Absicht nenne ich keinen Namen, da ich vermeiden will, daß diejenigen, welche diesen furchtbaren Irrtum verbrochen haben, den ich gleich schildern werde, der Nachwelt preisgegeben werden. Schließlich haben sie nur geraten, was sie für recht und billig gehalten haben, und sind nur Werkzeuge in der Hand des schurkischen Hernan Pereira gewesen.

»Allan Quatermain«, sagte der Kommandant, »Sie werden hier vor ein Standgericht gestellt, das ordnungsgemäß einberufen worden ist gemäß den Gesetzen, die in den Lagern der emigrierenden Buren bekannt gemacht worden sind. Erkennen Sie diese Gesetze an?«

»Ich weiß, daß es solche Gesetze gibt, Kommandant«, erwiderte ich, »aber ich erkenne nicht an, daß euer Standgericht befugt ist, über jemanden zu urteilen, der kein Bure ist, sondern Untertan der Königin von Großbritannien.«

»Wir haben diesen Einwand bedacht, Allan Quatermain«, sagte der Kommandant, »und verworfen. Sie werden sich erinnern, daß Sie im Camp am Bushman River, als Sie mit Pieter Retief selig zum Häuptling Sikonyela geritten sind und das Kommando über die Zulu geführt haben, einen Eid geleistet haben, nämlich getreu zu dolmetschen und gegenüber dem General Retief und seinen Gefährten und seinem Anliegen Loyalität aufzubringen. Dieser Eid, so glauben wir, unterstellt Sie der Zuständigkeit dieses Gerichtes.«

»Ich bestreite diese Zuständigkeit«, entgegnete ich, »obwohl es stimmt, daß ich einen Eid geleistet habe, getreu zu übersetzen, und verlange, daß mein Einwand schriftlich festgehalten wird.«

»Das soll geschehn«, sagte der Kommandant und kritzelte recht mühsam einen Vermerk aufs Papier vor sich.

Dies getan, sah er auf und sagte: »Es wird gegen Sie vorgebracht, Allan Quatermain, daß Sie als Mitglied der Abordnung, die kürzlich unter dem Kommando des verstorbenen Gouverneurs und Generals Pieter Retief den Zulukönig Dingaan besuchte, besagten Dingaan dazu anstifteten, besagten Pieter Retief samt Gefährten zu ermorden, insbesondere Henri Marais, Ihren Schwiegervater, und Hernando Pereira, seinen Neffen, mit denen Sie Streit hatten. Des weitern, daß Sie besagte Ermordung in die Wege leiteten, wobei Sie zuvor mit dem Zulukönig vereinbart hatten, mittlerweile an einen sicheren Ort gebracht zu werden. Sind Sie schuldig oder unschuldig?«

Als ich diese falschen, unfaßbaren Anklagen hörte, brach ich in lautes Gelächter aus und rief:

»Sind Sie wahnsinnig, Kommandant, daß Sie so was sagen? Auf welche Beweise stützen Sie diese falschen Anklagen?«

»Nein, Allan Quatermain, ich bin nicht wahnsinnig«, entgegnete er, »obwohl ich sagen muß, daß ich durch Ihr teuflisches Werk meine Frau und drei Kinder verloren habe durch die Speere der Zulu und so allen Grund habe, außer mir zu sein. Was die Beweise gegen Sie betrifft, so werden Sie sie zu hören bekommen. Aber zuerst will ich hinschreiben, daß Sie sich für unschuldig halten.«

Er tat dies und fuhr fort:

»Wenn Sie bestimmte Dinge nicht leugnen, wird uns das viel Zeit sparen, die derzeit so kostbar ist. Das wäre zum einen, daß Sie, wußten Sie doch, was mit der Kommission geschähe, versuchten, sich vor der Teilnahme zu drücken. Stimmt das?«

»Nein«, antwortete ich. »Ich wußte überhaupt nicht, was mit der Kommission geschähe, obwohl ich etwas Ungutes ahnte, hatte ich doch eben meine Freunde hier« – und ich deutete auf die Prinsloos – »vor dem Tod bewahrt, den Dingaan ihnen zugedacht hatte. Ich wollte aus einem andern Grund nicht teilnehmen: am Tag des Aufbruchs wurde Marie Marais meine Frau. Trotzdem ging ich mit, weil General Retief, der mein Freund war, mich darum bat, für ihn zu dolmetschen.«

Nun sagten einige der versammelten Buren:

»Das stimmt. Wir erinnern uns.«

Aber der Kommandant, der weder auf meine Antwort noch auf die Zwischenrufe einging, fuhr fort:

»Geben Sie zu, daß Sie nicht gut mit Henri Marais und Hernan Pereira standen?«

»Ja«, antwortete ich, »weil Henri Marais alles in seiner Macht tat, um meine Heirat mit seiner Tochter Marie zu vereiteln, und sich mir gegenüber sehr unschön benahm, der ich ihm und den Seinen bei Delagoa und später in Umgungundhlovu das Leben gerettet hatte. Und weil Hernan Pereira nichts unversucht ließ, mir Marie abspenstig zu machen, die mich liebte. Zudem versuchte er, nachdem ich ihn gerettet hatte, als er todkrank war, mich an einer einsamen Stelle zu erschießen. Hieran erkennt man's noch.« Und ich deutete auf die kleine Narbe an meiner Schläfe.

»Das stimmt, das hat er getan, der Dreckskerl«, schrie

die Vrouw Prinsloo und wurde zum Schweigen ermahnt.

»Geben Sie zu«, fuhr der Kommandant fort, »daß Sie Ihre Frau und deren Begleiter in einem Brief warnten und veranlaßten, das Camp am Bushman River zu verlassen, dem ein Angriff drohte, und darüber Schweigen zu bewahren, und daß hernach sowohl Sie als auch Ihr Hottentottendiener wohlbehalten aus Zululand zurückkehrten, während alle Ihre Begleiter dort umkamen?«

»Ich gebe zu«, antwortete ich, »daß ich meiner Frau schrieb, sie solle an diesen Ort kommen, wo ich, wie Sie sehen, Häuser hatte errichten lassen, und von unsern Gefährten mitzunehmen, wer mitkommen wollte, notfalls aber auch allein zu gehen. Dies tat ich deshalb, weil Dingaan mir – im Ernst oder zum Spaß, das weiß ich nicht – erzählt hatte, er lasse mein besagtes Weib entführen, das er zu einer seiner Frauen machen wolle, da es ihm gefallen habe, als er es gesehen habe. Was ich tat, das geschah außerdem mit dem Wissen und im Auftrag des Gouverneurs Retief selig, was ohne weiteres aus seiner handschriftlichen Fußnote auf meinem Brief ersichtlich ist. Ich gebe des weitern zu, daß ich, wie auch der Hottentotte Hans, entkommen bin, während alle meine Brüder gestorben sind, und falls es Sie interessiert, berichte ich gern, wie und warum sich das zugetragen hat.«

Der Kommandant machte einen weiteren Vermerk und sagte dann:

»Der Zeuge Hernan Pereira ist zu rufen und zu vereidigen.«

Dies geschah, und anschließend wurde er aufgefordert, seine Geschichte zu erzählen.

Wie man sich vorstellen kann, war es eine lange Geschichte, die offenbar behutsamst vorbereitet war. Ich will nur die unerhörtesten Lügen niederschreiben. Er versicherte dem Gericht, daß er keine Feindschaft mit mir habe und nie versucht habe, mich zu töten oder mir anderweitig Schaden zuzufügen, obwohl er zugebe, daß er enttäuscht gewesen sei, weil ich ihn gegen den Willen ihres Vaters um die Liebe seiner Verlobten gebracht hätte, die nun meine Frau sei. Er sagte, er habe sich in Zululand aufgehalten, weil er wußte, ich würde sie bei Erreichen der Volljährigkeit heiraten, was er nicht mit ansehen wollte, weil es zu schmerzlich für ihn gewesen wäre. Er sagte, während seines Aufenthalts habe Dingaan vor Ankunft der burischen Abordnung gesagt, ich hätte Mal um Mal in ihn gedrungen, die Buren zu töten, die den Herrscher von England verraten hätten, was Dingaan freilich ablehnte. Er sagte, als Retief mit der Kommission eintraf, habe er ihn warnen wollen, aber Retief habe nicht auf ihn gehört, der von mir verblendet worden sei wie viele andere auch.« Und sein Blick fiel auf die Prinsloos.

Dann kam das Allerschlimmste. Er sagte, während er für Dingaan in einer seiner persönlichen Hütten Gewehre gerichtet habe, hätte er ein Gespräch zwischen mir und dem König mitgehört, das vor dessen Hütte stattgefunden habe, wobei ich freilich nicht gewußt hätte, daß er in der Hütte sei. Das Gespräch habe sich im Wesentlichen darum gedreht, daß ich Dingaan abermals bedrängt hätte, die Buren zu töten und anschließend ein Impi auszusenden, um ihre Frauen und Familien zu massakrieren. Nur hätte ich ihn gebeten, mir Zeit zu geben, ein Mädchen fortzuschaffen, das ich von den Buren geheiratet hätte, und mit ihm einige Freunde, deren Leben ich hätte schonen wollen, da ich mich zu ihrem Häuptling hätte erheben und in seinem Namen und unter dem Schutze der Engländer ganz Natal hätte reagieren wollen, falls er es mir abgetreten hätte. Zu diesen Vorschlägen habe Dingaan gemeint, daß sie »gut und vernünftig klingen und daß ich's mir gründlich überlegen werde«.

Pereira sagte des weiteren, daß er nachdem Dingaan sich zurückgezogen habe, aus der Hütte getreten sei und mir wegen meines niederträchtigen Handelns bittere Vorhaltungen gemacht und angekündigt habe, daß er die Buren warnen würde, was er anschließend sowohl mündlich als auch schriftlich getan hätte. Daß ich ihn daraufhin von den Zulu hätte festhalten lassen und zu Retief gegangen sei und ihn, Pereira, bei Retief angeschwärzt hätte, so daß dieser ihn aus dem Lager geworfen und alle Buren angewiesen habe, nicht ein Wort mehr mit ihm zu wechseln. Daß er dann das einzige getan habe, das er habe tun können. Er sei zu seinem Onkel Henri Marais gegangen und habe ihm zwar nicht die ganze Wahrheit anvertraut, aber doch gesagt, er wisse aus sicherer Quelle, daß seine Tochter Marie in größter Lebensgefahr schwebe, weil die Zulu einen Überfall planten, und daß alle Buren mit ihr in Lebensgefahr schwebten.

Deshalb habe er Henri Marais vorgeschlagen, daß es, weil der General Retief verblendet sei und nichts davon hören wolle, am besten sei, loszureiten und die Buren zu warnen. Dies hätten sie denn auch insgeheim getan, ohne daß Retief davon erfahren habe, seien aber unterwegs durch verschiedene Zwischenfälle aufgehalten worden, welche er ausführlich darstellte, so daß sie zu spät zum Bushman River gekommen seien, wo das Massaker schon stattgefunden habe. Als sie von dem Gerücht gehört hätten, Marie Marais und andre Buren seien vor dem Gemetzel an diesen Ort getreckt, seien sie anschließend, wie der Kommandant schon wisse, hierher gekommen und hätten erfahren, daß Allan Quatermain sie gewarnt hätte, woraufhin sie zurückgekehrt und den überlebenden Buren am Bushman River davon berichtet hätten.

Das war alles, was er zu sagen hatte.

Da ich meine Verteidigung aufsparen wollte, bis ich alles gehört hatte, was gegen mich vorgebracht wurde, wurde anschließend Henri Marais vereidigt und bestätigte die Aussagen seines Neffen in vielen Punkten, was meine Beziehung zu seiner Tochter anging, seine Einwände gegen unsre Heirat, da er mich als Engländer hasse und mir mißtraue und so fort. Er ergänzte, es stimme, daß er von Pereira gehört habe, dieser wisse aus sicherer Quelle, daß Marie und den Buren Gefahr drohe durch einen Überfall, den Allan Quatermain mit Dingaan verabredet habe; daß er ebenfalls an Retief geschrieben und das Gespräch mit ihm gesucht habe, aber nicht gehört worden sei. Daraufhin sei er fortgeritten aus Umgungundhlovu, um seine Tochter zu retten und die Buren zu warnen. Mehr habe er nicht zu sagen.

Da es keine weiteren Zeugen der Anklage gab, unterzog ich die beiden einem ausführlichen Kreuzverhör, das aber keinerlei Ergebnisse zeitigte, da sie alle Kernfragen, die ich stellte, glattweg verneinten.

Alsdann rief ich meine Zeugen auf, nämlich Marie, die nicht gehört werden durfte, weil sie meine Frau und damit unparteiisch war, die Vrouw Prinsloo und ihre Angehörigen und die Meyers. Ausnahmslos jeder schilderte wahrheitsgemäß mein Verhältnis zu Hernan Pereira, Henri Marais und Dingaan, soweit es ihnen bekannt war.

Weil der Kommandant auch Hans nicht als Zeuge zuließ, weil er Hottentotte und mein Diener war, wandte ich mich nun selbst an das Gericht und schilderte genau, was zwischen Dingaan und mir stattgefunden hatte und wie es Hans und mir gelungen war, bei unserm zweiten Besuch im Kral zu entkommen. Ich wies gleichfalls darauf hin, daß ich meine Aussage leider nicht belegen konnte, weil Dingaan als Zeuge nicht verfügbar sei und alle andern tot wären. Des weitern legte ich meinen Brief an Marie mit der Anmerkung von Retief vor und den Brief an Retief, den Marais und Pereira unterzeichnet hatten und der sich noch in meinem Besitz befand.

Als ich meine Rede schloß, ging die Sonne schon unter, und alle waren ermüdet. Ich mußte mich unter Bewachung zurückziehen, während das Gericht sich beriet, was eine lange Zeit in Anspruch nahm. Dann wurde ich wieder gerufen, und der Kommandant sagte:

»Allan Quatermain, wir haben Gott angerufen und nach bestem Wissen und Gewissen ein Urteil gefällt. Zum einen ist festzustellen, daß Sie Engländer sind, also Vertreter einer Rasse, die unser Volk haßt und stets ausgebeutet hat, und daß Ihnen daran gelegen ist, zwei von uns aus dem Weg zu räumen, mit denen Sie Streit gehabt haben. Die Aussagen von Henri Marais und Hernan Pereira, die wir nicht anzweifeln können, beweisen, daß Sie, um dies zu bewerkstelligen oder aus Haß gegen die Buren, imstande gewesen sind, einen Wilden zu ihrer Vernichtung anzustiften. Das hat dazu geführt, daß gut siebenhundert Männer, Frauen und Kinder auf grausame Weise ums Leben gekommen sind, wohingegen Sie, Ihr Diener, Ihre Frau und Ihre Freunde unversehrt geblieben sind. Ein Verbrechen wie dieses läßt sich nicht durch hundert Tode sühnen; Gott allein kann es sühnen, weshalb es unsre Pflicht ist, Sie seinem Gericht zuzuführen. Wir verurteilen Sie also wegen Verrat und Mordes zum Tod durch Erschießen. Gott sei Ihrer Seele gnädig.«

Bei diesen garstigen Worten fiel Marie ohnmächtig zu Boden. Eine Pause entstand, während sie zum Haus der Prinsloos getragen wurde, wohin die Vrouw ihr folgte, um ihr beizustehen. Dann fuhr der Kommandant fort:

»Obwohl dies unser Urteil ist, man vielleicht aber sagen wird, daß wir, da Sie Engländer sind, voreingenommen gewesen sind und Sie keine Gelegenheit gehabt haben, Ihre Verteidigung vorzubereiten und Zeugen zu berufen, da alle, die Sie als Zeugen benannt haben, tot sind, halten wir es für angebracht, daß unser einstimmiges Urteil von einem ordentlichen Gericht der burischen Emigranten überprüft wird. Deshalb werden Sie morgen früh von uns zum Camp am Bushman River gebracht, wo der Fall entschieden und gegebenenfalls das Urteil der Generäle und Feldkornette vollstreckt wird. Einstweilen stehen Sie in Ihrem Haus unter Arrest. Haben Sie dazu etwas zu sagen?«

»Ja«, antwortete ich. »Obwohl Sie es nicht wissen, ist Ihr Urteil falsch und beruht auf den Lügen eines Mannes, der immer mein Feind gewesen ist, und auf den Lügen eines andern, der wirr im Kopf ist. Ich habe niemals Verrat an den Buren begangen. Falls sie jemand verraten und verkauft hat, so Hernan Pereira selbst, der, wie ich dem General Retief beweisen konnte, Dingaan bedrängt hat, mich zu töten, und dem Retief für dieses Verbrechen den Prozeß machen wollte, weshalb – und aus keinem andern Grund – Pereira aus dem Kral floh und dabei seine Kreatur Henri Marais mitnahm. Sie haben Gott angerufen, über mich zu richten. Nun, ich bete zu Gott, er möge auch über ihn und Henri Marais richten, was er gewiß auf die eine oder andere Weise tun wird. Was mich angeht, so bin ich bereit zum Sterben, der ich seit Monaten dem Tod ins Angesicht blicke, während ich eure Sache verfochten habe, Buren. Erschießt mich gleich, wenn ihr wollt, und macht meinem Leben ein Ende. Aber ich sage euch, wenn ich euren Händen entkomme, werde ich dafür sorgen, daß ihr mir für diese Behandlung büßt. Ich werde meinen Fall den Regierenden meines Volkes vorlegen und notfalls gar meiner Königin, ja, selbst wenn ich dazu nach London reisen müßte, und ihr Buren sollt lernen, daß ihr es euch nicht erlauben könnt, einen unschuldigen Engländer aufgrund falscher Zeugenaussagen zu verurteilen, ohne dafür büßen zu müssen. Und ich sage euch, diese Buße wird hart sein, wenn ich am Leben bleibe, und noch härter, wenn ich sterbe.«

Diese Worte nun, törichte Worte, wie ich gestehe, die ich in meiner Jugend und Unerfahrenheit und in meinem britischen Stolz gesprochen hatte, hinterließen, wie ich sehen konnte, einen tiefen Eindruck bei meinen Richtern. Sie waren, das muß man ihnen zugestehen, überzeugt davon, ein gerechtes Urteil gefällt zu haben. Von Vorurteilen und Lügen verblendet und durch die schlimmen Verluste aufgebracht, die ihnen in den letzten Tagen der wilde Teufel zugefügt hatte, glaubten sie, in mir den Anstifter gefunden zu haben, der den Tod verdient hätte. Alle oder fast alle Buren bildeten sich nämlich ein, daß Dingaan durch den Einfluß von Engländern zu diesem Massaker getrieben worden wäre. Die bloße Tatsache meiner wunderbaren Errettung, während alle meine Gefährten den Tod fanden, bewies ihnen meine Schuld – auch ohne die Aussagen eines Pereira, welche, so glaubten sie in ihrem laienhaften Rechtsempfinden, ihr Urteil ausreichend erhärteten.

Dennoch plagten sie Zweifel an der Beweiskraft dieser Aussagen, die ein kompetenteres Gericht aus verschiedenen Gründen insgesamt verwerfen mochte. Außerdem wußten sie, daß sie Rebellen waren und kein Recht hatten, sich als Richter aufzuspielen, und fürchteten den langen Arm Englands, dessen Zugriff sie sich vorerst entzogen hatten. Sollte es mir beschieden sein, meinen Fall dem Parlament in London vorzulegen, was würde dann nicht alles mit ihnen geschehen, so fragten sie sich, die sie sich erdreistet hatten, über einen Untertan der Königin von Großbritannien ein Todesurteil zu verhängen? Würde es nicht auf sie zurückprallen? Würde Britannien nicht zornig aufstehen und sie zermalmen, die sie es wagten, auf sein Rechtssystem zurückzugreifen, um seine Bürger ums Leben zu bringen. Das, so erfuhr ich hernach, waren die Gedanken, die ihnen durch den Kopf schossen.

Aber es schoß ihnen noch ein Gedanke durch den Kopf: falls das Urteil sofort vollstreckt würde, so könnte ich als toter Mann keine Berufung einlegen; zudem hätte ich hier keine Freunde, die mich rächen könnten. Aber von alledem sagten sie kein Wort. Auf ein Zeichen hin wurde ich zu meinem Häuschen eskortiert und dort unter Bewachung eingesperrt.

Nun will ich den tragischen Verlauf der Geschichte so zu Ende erzählen, wie sie sich ereignet hat, obwohl mir manches erst am Morgen danach oder später bekannt geworden ist, denn dieses Vorgehen gestaltet die Sache wohl einfacher.

21

Unschuldiges Blut

Nachdem ich abgeführt worden war, wurden Hernan Pereira und Henri Marais vom Gericht offenbar an einen einsamen Ort in der Nähe bestellt, wo sie unbelauscht, wie sie glaubten, beraten wollten. Freilich täuschten sie sich da, weil sie nicht mit der Arglist des füchsischen Hottentotten Hans rechneten. Hans hatte das Urteil gehört und fürchtete höchstwahrscheinlich, daß es ihm, der er doch ebenfalls das Verbrechen der Flucht vor Dingaan begangen hatte, ähnlich erginge. Außerdem wollte er wissen, was die Buren für geheime Unterredungen zu führen hätten, deren Sprache er natürlich wie seine Muttersprache beherrschte.

Also schlich er sich auf Umwegen den Berg hinauf und robbte sich wie eine Schlange im Staub an sie heran, wobei er sich zwischen den dürren Grasbüscheln des Vorjahrs hindurchschlängelte, die hier dicht standen, ohne auch nur mit einem Halm zu wackeln. Schließlich lag er regungslos in einem Gebüsch hinter einem Felsen, keine fünf Schritt von den Versammelten entfernt, und erlauschte jedes Wort, das über ihre Lippen kam.

Ihr Gespräch drehte sich darum, daß es aus oben genannten Gründen am besten wäre, wenn ich auf der Stelle ums Leben käme. Das Urteil, so sagte der Kommandant, sei ausgesprochen und könne nicht aufgehoben werden, denn selbst wenn sie es zurücknähmen, würde dies ihre Schuld in den Augen der britischen Obrigkeit nicht mindern. Falls sie mich indes ins Hauptlager brächten und dem großen Rat vorführten, so hob dieser das Urteil vielleicht auf, woraufhin ein jeder einzeln und kollektiv zur Verantwortung gezogen würde. Außerdem wußten sie, daß ich sehr schlau war und auf die eine oder andere Weise fliehen könnte, um die Engländer oder gar die Zulu auf sie zu hetzen, waren sie doch überzeugt, daß ich mit Dingaan gemeinsame Sache machte, um sie ins Verderben zu stürzen, und daß ich, solange ich atmete, nichts unversucht ließe, um Rache zu üben.

Als sich zeigte, daß sie alle einer Meinung waren, stellte sich die Frage: Was ist zu tun? Jemand schlug vor, man solle mich auf der Stelle erschießen, aber dagegen wandte der Kommandant ein, daß eine solche Tat, bei Nacht begangen, nach Mord aussähe, zumal es gegen die Bedingungen ihres Urteils verstoßen würde.

Daraufhin wurde ein anderer Vorschlag unterbreitet: daß ich unter dem Vorwand, es sei Zeit zum Aufbruch, kurz vor Tagesanbruch aus meinem Haus geführt werden und dabei die Gelegenheit zur Flucht erhalten und kurzerhand niedergeschossen werden sollte. Oder aber man würde, was auf das gleiche hinausliefe, einen Fluchtversuch vortäuschen. Wer, so wurde argumentiert, würde bei dem dämmrigen Licht schon wissen, ob ich tatsächlich zu fliehen versuchte oder sie bedrohte – Umstände, die es nach dem Gesetz rechtfertigten, einen bereits formell zum Tode Verurteilten zu erschießen?

Diesem finstren Plan stimmten alle zu, hatten sie doch schreckliche Angst vor dem kleinen Engländer, den sie, was die meisten freilich nicht wußten, aufgrund von Falschaussagen hinrichten wollten. Aber damit stellte sich eine andere Frage: Wer soll's tun? Keiner war, so hatte es den Anschein, erpicht auf dieses blutige

Amt; ein jeder lehnte schlichtweg ab. So wurde denn vorgeschlagen, daß einer von den Eingeborenen als Scharfrichter dienen sollte; als dies freilich allgemein abgelehnt wurde, wußten sie sich keinen Rat mehr.

Nach kurzem Geflüster sprach der Kommandant schreckliche Worte:

»Hernando Pereira und Henri Marais«, sagte er, »es sind eure Aussagen, die zur Verurteilung dieses jungen Mannes geführt haben. Wir schenken euren Aussagen Glauben, aber wenn sie nicht hundertprozentig hieb- und stichfest sind, so haben wir hier nicht Recht gesprochen, sondern einen Mord verübt, und es wird sein unschuldiges Blut über euch kommen. Hernando Pereira und Henri Marais, das Gericht bestellt euch zu den Wachen, die den Gefangenen beim ersten Morgengrauen aus dem Haus führen. Bei *euch* wird er die Flucht versuchen, und *ihr* werdet diese Flucht verhindern, indem ihr ihn tötet. Dann begebt ihr euch zu uns und macht Meldung von seiner Hinrichtung.«

Als Henri Marais dies hörte, rief er:

»Bei Gott, das bring' ich nicht über mich. Kann man verlangen, daß man den eigenen Schwiegersohn tötet?«

»Du konntest gegen deinen Schwiegersohn aussagen, Henri Marais«, erwiderte der Kommandant mit dem strengen Gesicht. »Warum also kannst du den Mann nicht mit dem Gewehr töten, dem du durch deine Worte den Tod gebracht hast?«

»Das kann ich nicht, das kann ich nicht!« lamentierte Marais und raufte sich den Bart. Aber der Kommandant erwiderte ungerührt:

»Ihr seid vom Gericht dazu beauftragt. Falls ihr nicht gehorchen wollt, werden wir Anlaß haben zu glauben, daß ihr einen Meineid geleistet habt. Dann wirst du und wird auch dein Neffe vor den großen Rat gestellt, wenn dem Engländer noch einmal der Prozeß gemacht wird. Dennoch ist es uns egal, ob du den Schuß abfeuerst oder Hernando Pereira. Sieh du zu, wie die Juden zu

Judas gesagt haben, der den unschuldigen Herrn verraten hat.«

Nach einer Pause fuhr er, an Pereira gewandt, fort: »Weigerst du dich auch, Hernando Pereira? Bedenke, ehe du antwortest, daß wir, solltest du dich weigern, unsre Schlüsse daraus ziehn. Bedenke auch, daß alles, was du ausgesagt hast und was beweist, daß der böse Engländer gegen uns taktiert und das Leben unsrer Brüder, Frauen und Kinder auf dem Gewissen hat, was wir für wahr halten, dem großen Rat vorgelegt und von diesem Wort für Wort abgewägt und überprüft wird.«

»Eine Aussage zu machen oder einen Verräter und Mörder zu erschießen, das sind zweierlei Paar Stiefel«, wandte Pereira ein. Dann fügte er mit einem Fluch, wie Hans zumindest beteuerte, hinzu: »Warum aber sollte ich, der ich um die Schuld dieses Schurken weiß, mich weigern, das rechtmäßige Urteil zu vollstrecken? Keine Sorge, Kommandant, dem verfluchten Allan Quatermain wird der Fluchtversuch morgen bei Tagesanbruch nicht gelingen.«

»So sei's denn«, sagte der Kommandant. »Nehmt also, die ihr hier versammelt seid, alle Kenntnis davon.«

Hans, der sah, daß die Versammlung gleich aufgelöst wurde, und nicht erwischt und umgebracht werden wollte, schlich sich auf dem gleichen Weg zurück. Seine Absicht war es, mich zu warnen, was er wegen der Wächter nicht tun konnte. Also ging er zu den Prinsloos, wo er allein die Vrouw antraf und Marie, die sich wieder gefaßt hatte, und erzählte ihnen alles, was er gehört hatte.

Marie, so berichtete er, kniete nieder und betete oder grübelte lange Zeit.

»Eins steht fest«, sagte sie, nachdem sie sich erhoben hatte, zur Vrouw. »Allan wird bei Tagesanbruch umgebracht. Wenn wir ihn verstecken können, kann er vielleicht entkommen.«

»Aber wie und wo sollen wir ihn nur verstecken«,

fragte die Vrouw, »wenn er doch unter Bewachung steht?«

»Hinter eurem Haus«, sagte Marie, »liegt ein alter Viehkral der Kaffern, und in dem Viehkral sind Maisgruben, wie ich gesehen habe, wo die Kaffern ihr Korn gespeichert haben. Mein Vorschlag ist nun, daß wir meinen Mann in eine solche Maisgrube bringen und den Eingang verdecken. Dort finden die Buren ihn vielleicht nicht, auch wenn sie alles genau absuchen.«

»Das ist eine gute Idee«, meinte die Vrouw. »Aber du meine Güte, wie sollen wir Allan aus dem bewachten Haus in die Maisgrube bringen?«

»Vrouw, ich habe ein Recht, zu meinem Mann ins Haus zu gehen, und das werde ich tun. Anschließend habe ich wiederum ein Recht, das Haus zu verlassen, bevor er abgeführt wird. Nun könnte er es statt meiner verlassen – *als ich* – mit Hilfe von Ihnen und Hans. Wenn dann in der Frühe die Buren kommen und im Haus suchen, finden sie nur mich vor.«

»Alles schön und gut«, erwiderte die Vrouw, »aber glauben Sie, daß diese verdammten Aasgeier abziehen, bevor sie Allan vertilgt haben? Die nicht, denn es hängt zuviel davon ab. Sie wissen, daß er nicht weit sein kann, und schleichen sich hier herum, bis sie ihn in seiner Maisgrube gefunden haben oder er von selber herauskommt. Sie haben es dank Ihres verlogenen Vetters Hernan auf sein Blut abgesehen, und dieses Blut wollen sie fließen sehen und schon aus Sorge um die eigene Sicherheit. Sie werden nicht eher von hier fortgehen, bis Allan tot auf der Erde liegt.«

Laut Hans dachte Marie nun abermals gründlich nach. Dann erwiderte sie:

»Es ist zwar sehr riskant, aber wir müssen es wagen. Lassen Sie Ihren Mann holen; er soll mit den Wachen plaudern und eine Flasche Schnaps mitnehmen. Ich rede mit Hans; mal sehen, ob sich was machen läßt.«

Also nahm Marie Hans zur Seite und fragte ihn, wie

dieser mir nachher erzählte, ob er eine Arznei kenne, die einen tiefen, langen Schlaf auslöse. Ja, antwortete er, alle Farbigen hätten viele solche Arzneien. Bestimmt könnte er eine bei den Kaffern bekommen, die in der Nachbarschaft lebten, oder aber, wenn nicht, die Knolle einer Pflanze ausgraben, die er hier habe wachsen sehen und die den gleichen Zweck erfülle. Also schickte sie ihn los, um das Zeug zu besorgen. Anschließend sprach sie wieder mit der Vrouw Prinsloo.

»Mein Plan ist, daß Allan als meine Person verkleidet das Haus verläßt. Aber da ich genau weiß, daß er nicht davonrennt, solange er bei Bewußtsein ist, würde er dies doch als Schuldeingeständnis betrachten, gedenke ich, ihm mittels eines Tranks das Bewußtsein zu nehmen. Dann sollen Sie und Hans ihn zu diesem Haus schaffen und im Dunkeln, wenn keiner zusieht, in die alte Maisgrube, die nur ein paar Schritt hinterm Haus liegt und die ihr mit dürrem Gras bedeckt. Dort soll er bleiben, bis die Buren die Suche müde sind und davonreiten. Falls sie ihn doch finden sollten, so stünde es auch nicht schlechter um ihn als jetzt.«

»Nicht dumm, der Plan, Marie, obwohl Allan nie mitmachen würde«, erwiderte die Vrouw, »ist er doch einer, der sich der Herausforderung stets stellt, gleichwohl er noch jung an Jahren ist. Trotzdem versuchen wir, auch wenn's ihm nicht recht ist, ihn aus den Klauen dieses Dreckskerls Pereira, den Gottes Fluch treffen möge, und seines Werkzeugs, Ihres Vaters, zu retten. Wie Sie schon sagen, kann es schlimmer nicht werden, selbst wenn sie ihn finden, was ihnen wahrscheinlich gelingt, da sie ohne Blutvergießen das Feld nicht räumen.«

Das also war die List, die Marie mit der Vrouw Prinsloo einfädelte. Die vermeintliche List, sollte ich vielleicht besser sagen, denn von ihrem eigentlichen Vorhaben verriet sie kein Wort, da sie sehr genau wußte, daß die Vrouw recht habe und die Buren sowohl aus Eigennutz als auch aus ihrem Gerechtigkeitssinn heraus nicht abziehen würden, ohne daß tatsächlich Blut geflossen wäre.

Das, o weh, war Maries echter, schauriger Plan: *ihr Leben für das meine hinzugeben!* Sie war sicher, daß Hernan Pereira, sobald er sein Opfer niedergestreckt hätte, keine Zeit damit verschwenden würde, den Leichnam zu untersuchen. Vom schlechten Gewissen getrieben, würde er fortreiten, währenddessen ich fliehen könnte.

Aufgebracht und entsetzt, wie sie war, dachte sie ihr Vorhaben nicht in allen Einzelheiten durch, zumal ihr keine Zeit dazu blieb. Vielmehr tastete sie sich schrittweise voran und sah am Ende nur meine Rettung. Der Vrouw Prinsloo verriet sie lediglich, daß sie mich betäuben wolle, wenn ich mit wachen Sinnen nicht mitgehen wollte. Dann müsse die Vrouw mich entweder in der Maisgrube oder anderswo gut verstecken oder mich, wäre ich wieder bei Bewußtsein, zum Verstecken auffordern. Schließlich wolle sie, Marie, sich den Buren stellen und ihnen raten, mich zu suchen, wenn sie mich haben wollten.

Die Vrouw meinte darauf, ihr sei ein besserer Plan eingefallen. Sie wolle nämlich mit ihrem Mann und Sohn und den Meyers, die mich allesamt liebten, meine Befreiung organisieren; notfalls sei Pereira zu töten oder außer Gefecht zu setzen, bevor er mich erschießen könnte.

Marie billigte diesen Plan, falls er durchführbar wäre, und die Vrouw ging hinaus, um ihren Mann und die andern Herren zu suchen. Allerdings kam sie bald wieder und machte ein langes Gesicht, weil der Kommandant sie alle unter Bewachung gestellt habe, wie sie mitteilte. Offenbar war es ihm oder wahrscheinlich eher Pereira eingefallen, daß die Prinsloos und die Meyers, die meine Freunde waren, einen Rettungsversuch anstrengen oder anderweitig zuschlagen könnten. Deshalb waren sie aus Gründen der Vorsicht wie ich unter

Arrest gestellt und entwaffnet worden. Der Kommandant freilich erklärte diese einigermaßen willkürliche Vorkehrung damit, daß er sicherstellen wolle, daß sie, die Prinsloos und die Meyers, am nächsten Morgen bereit wären, denn sie sollten mit ihnen und dem Gefangenen ins Hauptlager reiten, falls der große Rat Fragen an sie hätte.

Ein Zugeständnis hatte die Vrouw dem Kommandanten freilich abgerungen, der, um mein Schicksal wissend, nicht die Stirn hatte, ihr Ersuchen abzuweisen: Daß meine Frau und sie mich besuchen und mir zu essen bringen dürften mit der Bedingung, daß wir bis zehn Uhr abends das Haus zu verlassen hätten, in dem ich gefangengehalten wurde.

So fügte es sich also, daß diese zwei Frauen und ein Hottentotte tun mußten, was zu tun war, da von andrer Seite keine Hilfe zu erwarten war. Hier sollte ich ergänzen, daß Vrouw Prinsloo in Anwesenheit von Hans Marie mitteilte, sie habe sich mit dem Gedanken getragen, dem Kommandanten wegen meiner geplanten Erschießung durch Pereira Vorhaltungen zu machen. Nach reiflicher Überlegung hingegen habe sie aus zwei Gründen davon Abstand genommen. Zum einen habe sie befürchtet, damit alles nur noch schlimmer zu machen und mich um die einzigen Helfer zu bringen; zum andern habe sie befürchtet, dies würde Hans den Kragen kosten, dem sicherlich die Urheberschaft angehängt werden würde.

Da Hans der einzige Zeuge dieser Verschwörung war, würden sie ihn, so hatte sie den Eindruck, kaum laufen lassen, so daß er die Sache an die große Glocke hängen könnte. Dies war um so mehr der Fall, als der unerklärliche Tod eines Hottentotten, dem der gleiche Verrat wie seinem Herrn angelastet wurde, kaum Aufsehen erregte in jenen rauhen, blutigen Zeiten. Sie mochte damit recht gehabt haben oder nicht, wobei freilich, will man ihre Entscheidung würdigen, stets zu bedenken ist, daß sie bis zuletzt ganz und gar nichts ahnte von Maries heroischem Entschluß, statt meiner in den Tod zu gehn.

Nun machten sich also die beiden Frauen und der Hottentotte daran, den oben geschilderten Plan zu verfeinern. Dabei schlug Hans eine andere Alternative vor. Man sollte nämlich versuchen, die Wachen mit dem präparierten Trunk zu betäuben, der für mich bestimmt sei, woraufhin er, Marie und ich uns fortstehlen und zum Fluß fliehen und dort im Schilf verbergen sollten. Von dort könnten wir uns vielleicht nach Natal durchschlagen, wo Engländer lebten, die uns Schutz gewähren würden.

Natürlich war dieser Einfall von vornherein zum Scheitern verurteilt. Der Mond schien beinahe taghell, und das Veld ringsum war weit und breit ohne Dekkung, so daß man uns bestimmt bemerkt und eingefangen hätte, was natürlich unsern sofortigen Tod bedeutet hätte. Des weiteren waren die Wachen, wie der Zufall es wollte, angewiesen, keinerlei alkoholische Getränke anzurühren, denn es wurde durchaus damit gerechnet, daß versucht werden würde, sie zu berauschen. Dennoch waren die Frauen entschlossen, einen solchen Versuch zu unternehmen, falls sich eine Gelegenheit böte. Wenigstens war dies der zweite Pfeil in ihrem Köcher.

Mittlerweile trafen sie ihre Vorbereitungen. Hans war kurz unterwegs und kehrte mit seinem Schlafmittel zurück. Ob er es von den Kaffern besorgte oder selbst sammelte, das weiß ich nicht mehr, falls es mir überhaupt gesagt wurde. Jedenfalls wurde es in dem Wasser gekocht, mit dem der Kaffee überbrüht wurde, den sie mir zu trinken geben wollten, während nichts davon in den Kaffee kam, der für Marie bestimmt war. Starker, schwarzer Kaffee überdeckte nämlich wirksam jeglichen Geschmack oder jegliche Verfärbung durch das Mittel. Darüber hinaus kochte die Vrouw Essen, das sie Hans zum Tragen gab. Zuvor ging er allerdings nach der alten

Maisgrube sehen, die wenige Schritt vor der Haustür zum Haus der Prinsloos lag. Er meldete, daß sie vorzüglich geeignet sei als Versteck für einen Menschen, zumal der Eingang mit Gras und Strauchwerk überwuchert sei.

Dann brachen die drei auf und zogen vor meine Haustür, die etwa hundert Yards entfernt lag, wo sie natürlich von den Wachen angerufen wurden.

»Heeren«, sagte Marie, »der Kommandant hat uns gestattet, meinem Mann Essen zu bringen, der drinnen bewacht wird. Bitte lassen Sie uns ein.«

»Ja«, antwortete einer von ihnen recht freundlich, denn ihr Flehen rührte sein Herz. »Wir haben Befehl, Sie und die Vrouw Prinsloo und den Eingeborenendiener einzulassen, obwohl es mir ein Rätsel ist, warum es dreier Personen bedarf, um das Essen für einen einzigen Menschen zu tragen. Ich hätte geglaubt, in einer solchen Stunde wäre er lieber mit seiner Frau allein.«

»Die Vrouw Prinsloo möchte meinen Mann fragen, wie mit seinem Besitz hier zu verfahren ist, während er und ihre Männer für das zweite Verfahren im Hauptlager sind, da ich vor lauter Kummer keinen Geist für so etwas habe. Auch der Hottentotte braucht Weisungen, wo er ein Pferd hernehmen soll, um mit ihm zu reiten, also lassen Sie uns bitte ein.«

»Schon recht, es geht uns nichts an, Vrouw Quatermain. Halt, ich hoffe, Sie haben keine Waffen unter Ihrem weiten Mantel verborgen.«

»Durchsuchen Sie mich, wenn Sie wollen, Mynheer«, erwiderte sie und öffnete den Mantel, woraufhin er nach einem kurzen Blick nickte und sie einließ.

»Wohlgemerkt«, sagte er, »um zehn müssen Sie herauskommen. Sie dürfen die Nacht nicht in dem Haus verbringen, damit der kleine Engländer morgen früh ausgeschlafen hat.«

Dann traten sie ein zu mir, der ich am Tisch saß und Notizen für meine Verteidigung machte und in Stichpunkten mein Verhältnis zu Pereira, Dingaan und den Kommandanten Retief niederschrieb.

Hierzu darf ich bemerken, daß ich seinerzeit keinesfalls von Angst erfüllt war, sondern voller Entrüstung. Ich hatte nicht den geringsten Zweifel, daß ich, wenn mein Fall vor dem großen Rat verhandelt würde, in allen Punkten meine Unschuld an den ungeheuerlichen Vorwürfen, die gegen mich erhoben worden waren, beweisen könnte. So war es nicht weiter verwunderlich, daß ich, als Marie von Flucht redete, geradezu ungehalten erklärte, daß ich davon nichts mehr hören wolle.

»Weglaufen!« sagte ich. »Aber damit würde ich meine Schuld eingestehen, denn nur wer schuldig ist, rennt weg. Was mir am Herzen liegt ist, daß diese ganze Angelegenheit aus der Welt geschafft und dieser Unhold Pereira bloßgestellt wird.«

»Aber was ist, Allan«, wandte Marie ein, »wenn du gar nicht mehr dazu kommst, die Sache aus der Welt zu schaffen? Was ist, wenn sie dich zuvor erschießen?« Dann stand sie auf, vergewisserte sich, daß der Laden des kleinen Fensters geschlossen und der Vorhang, den sie aus Jute genäht hatte, zugezogen war, kam zu mir zurück und flüsterte:

»Hans hat eine furchtbare Unterhaltung belauscht. Erzähl dem Baas davon, Hans!«

Während die Vrouw Prinsloo nun, um neugierige Beobachter zu täuschen, falls solche uns sehen konnten, im Herd des zweiten Raumes ein Feuer entfachte und darauf das Essen wärmte, erzählte Hans seine Geschichte, die bereits bekannt ist.

Ich lauschte und wurde zusehends skeptischer. Unglaublich! Entweder war Hans auf eine Finte hereingefallen oder erzählte Lügen. Wahrscheinlich letzteres, denn die üppige Einbildungskraft des Hottentotten war mir nichts Neues. Oder aber er war betrunken; tatsächlich roch er nach Alkohol, wovon er eine Menge vertrug, ohne daß es ihm anzusehen gewesen wäre.

»Ich kann's nicht glauben«, meinte ich, als er geendet hatte. »Selbst wenn Hernan Pereira so ein Teufel ist, was ihm zuzutrauen ist, würde Henri Marais, dein Vater, der zumindest stets ein guter, gottesfürchtiger Mensch gewesen ist, nicht bei einem solchen Frevel am Gemahl seiner Tochter mitwirken, auch wenn der ihm unsympathisch ist.«

»Mein Vater ist nicht mehr zurechnungsfähig, Allan«, bemerkte Marie. »Manchmal glaube ich, daß er den Verstand verloren hat.«

»Heut nachmittag hat er nicht wie einer gesprochen, der den Verstand verloren hat«, entgegnete ich. »Aber nehmen wir an, es stimmt, was Hans sagt – was soll ich dann tun?«

»Allan, du sollst meine Kleider anziehen und dich in ein Versteck begeben, das nur Hans und die Vrouw kennen, während ich statt deiner hier bleibe.«

»Aber warum denn, Marie?« sagte ich. »Dann wirst du vielleicht statt meiner erschossen, vorausgesetzt natürlich, daß sie mich erschießen wollen. Außerdem würden sie mich ganz bestimmt erwischen und umbringen, wozu sie ein Recht haben, wenn ich versuche, in Verkleidung zu fliehen. Das ist ein verrückter Plan, und ich habe einen besseren. Die Vrouw Prinsloo soll direkt zum Kommandanten gehen und ihm davon berichten. Wenn er sie nicht anhören will, soll sie es lauthals hinausschreien, damit jeder es hört, und dann wiederkommen und uns von der Wirkung berichten. Ich möchte wetten, wenn sie das tut, wird man, sollte es überhaupt geplant gewesen sein, mich morgen zu erschießen, davon absehen. Sie kann sich weigern zu sagen, von wem sie das weiß.«

»Ja, ich bitte darum«, murmelte Hans, »sonst weiß ich schon, wer demnächst erschossen wird.«

»Gut, ich gehe«, sagte die Vrouw und ging. Die Wachen ließen sie nach einem kurzen Wortwechsel, den wir nicht hören konnten, passieren.

Eine halbe Stunde später kam sie wieder und rief uns an, die Tür zu öffnen.

»Nun?« fragte ich.

»Nun«, sagte sie, »es hat nicht hingehauen. Außer den Wachen vor der Tür sind alle fortgeritten mit dem Kommandanten; wohin, weiß ich nicht. Unsre Leute haben sie auch mitgenommen.«

»Seltsam«, erwiderte ich, »aber sie werden wohl gedacht haben, daß sie nicht genügend Gras für die Pferde haben, oder weiß der Himmel, was sie sich dabei gedacht haben. Aber halt, ich habe was im Sinn.« Und ich öffnete die Tür und rief die Wachen, an sich ehrliche Burschen, die ich von früher her kannte.

»Hört mal, Freunde«, sagte ich. »Mir ist da etwas zu Ohren gekommen, daß ich nicht ins große Camp gebracht werden soll, wo mein Fall vor dem Rat verhandelt wird, sondern kaltblütig erschossen werden soll, wenn ich morgen früh aus dem Haus trete. Stimmt das?«

»Allemachte, Engländer!« antwortete einer von ihnen. »Hältst du uns für gemeine Mörder? Unser Befehl lautet, dich zum Kommandanten zu bringen, wo immer er dich hinbestellt, also hab keine Angst, daß wir dich niederschießen wie einen Kaffer. Wer dir so was einredet, der spinnt.«

»Das meine ich auch, Freunde«, antwortete ich. »Aber wo sind der Kommandant und die andern alle? Die Vrouw Prinsloo hier wollte mit ihnen sprechen und berichtet, daß alles fort ist.«

»Das ist wahrscheinlich so«, sagte der Bure. »Es geht das Gerücht, daß deine Genossen, die Zulu, wieder über den Tugela gekommen sind, um Jagd auf uns zu machen, was, wenn du die Wahrheit wissen willst, der eigentliche Grund dafür ist, warum wir hierher gekommen sind. Nun, der Kommandant ist mit seinen Männern ausgeritten, um zu sehen, ob er bei dem hellen Mond welche erwischen kann. Wie schade, daß er dich nicht mitnehmen konnte, denn du hättest genau gewußt, wo sie zu finden sind, falls sie überhaupt hier sind. Aber jetzt Schluß mit dem Unsinn, wir wollen davon nichts mehr hören. Und glaub nicht, daß du uns entkommen kannst, weil wir nur zu zweit sind, denn du weißt, daß unsre Gewehre mit Schrot geladen sind und wir Anweisung haben, sie zu benutzen.«

»So«, sagte ich, nachdem ich die Tür geschlossen hatte, »jetzt habt ihr es selber gehört. Es steckt also, wie ich gedacht habe, weiter nichts hinter dieser hübschen Geschichte, wovon ihr nun hoffentlich überzeugt seid.«

Weder die Vrouw noch Marie gaben darauf eine Antwort, und Hans hielt ebenfalls den Mund. Dennoch sah ich, daran erinnere ich mich genau, wie die beiden Frauen seltsame Blicke tauschten. Sie waren ganz und gar nicht überzeugt und hatten, gleichwohl ich mir das nie hätte träumen lassen, beschlossen, ihren verzweifelten Plan in die Tat umzusetzen. In diesen, so wiederhole ich, waren die Vrouw und Hans freilich nur halb eingeweiht; den Rest bewahrte Marie als Geheimnis in ihrem liebenden Herzen.

»Vielleicht haben Sie recht, Allan«, sagte die Vrouw wie jemand, der einem störrischen Kind gut zuredet. »Ich hoffe es. Auf alle Fälle können Sie sich morgen früh weigern, aus dem Haus zu kommen, solange Sie keine Gewißheit haben. Und nun wollen wir essen, denn daß wir hungrig gehen, das macht es nicht besser. Hans, bring das Essen!«

Also aßen wir oder taten wenigstens so, als würden wir essen, wobei ich, weil ich Durst hatte, zwei Tassen schwarzen Kaffee trank, den ich mangels Milch mit einem Schuß Schnaps versetzte. Anschließend wurde ich mit einemmal schläfrig. Das letzte, woran ich mich erinnere, sind Maries wunderschöne Augen, die – ach! – so voller Liebe und Zärtlichkeit waren, und ihre Küsse, ihre vielen Küsse auf den Mund.

Ich träumte, träumte viel und durchaus angenehm. Als ich allmählich erwachte, fand ich mich in einer Lehmgrube wieder, welche die Form einer Flasche und geglättete Seiten hatte. Unwillkürlich mußte ich an Joseph denken, der von seinen Brüdern in der Wüste in einen Brunnen abgelassen worden war. Aber wer um alles in der Welt mochte mich in einen Brunnen abgelassen haben, zumal ich keine Brüder hatte? Vielleicht war ich gar nicht in einem Brunnen. Vielleicht war das ein böser Traum. Oder aber ich war tot. Allmählich fiel mir wieder ein, daß gute Gründe dafür sprachen, daß ich tot war. Nur ... nur – warum hatten sie mich dann in Frauenkleidern begraben, wie ich sie nun trug, wenn mich nicht alles täuschte?

Und was war das für ein Lärm, der mich geweckt hatte?

Es waren nicht die Posaunen des Jüngsten Tages, es sei denn, die Posaunen des Jüngsten Tages klangen wie ein doppelläufiges Gewehr.

Ich versuchte aus der Grube zu klettern, aber da sie neun Fuß tief und ausgebaucht war, wie das Licht, das durch den flaschenhalsartigen Eingang fiel, zeigte, war dies unmöglich. Als ich den letzten Versuch gerade aufgab, erschien ein gelbes Gesicht in diesem Flaschenhals, das mir wie das Gesicht von Hans vorkam, und mir wurde ein Arm entgegengestreckt.

»Spring, wenn du wach bist, Baas«, sagte eine Stimme, gewiß die Stimme von Hans, »und ich zieh dich heraus!«

Also sprang ich und packte den Arm überm Handgelenk. Dann zog der Besitzer des Armes aus Leibeskräften, und zu guter Letzt bekam ich den Rand der flaschenhalsförmigen Öffnung zu fassen und konnte mich mit Hilfe des Arms herauswuchten.

»Renn, Baas«, sagte Hans, denn es *war* Hans, »renn bevor die Buren dich kriegen!«

»Welche Buren?« fragte ich schläfrig. »Und wie soll

ich rennen, wenn mir das Zeug um die Beine flattert?«

Dann sah ich mich um und erkannte, gleichwohl der Tag eben erst dämmerte, die Gegend. Das war sicher das Haus der Prinsloos zu meiner Rechten, und dort in hundert Schritt Entfernung stand, im Nebel kaum auszumachen, Maries und meines. Es schien sich dort etwas abzuspielen, was mich bald stutzig machte. Ich sah Gestalten, die sich ungewöhnlich verhielten, und wollte wissen, was es damit auf sich hatte. Ich setzte mich dorthin in Bewegung, während Hans versuchte, mich in die andere Richtung zu zerren, wobei er mich in einem fort bestürmte, unbedingt rasch wegzulaufen. Aber ich ließ mich nicht zerren; ganz im Gegenteil, ich schlug ihn, bis er endlich mit einem verzweifelten Aufschrei von mir abließ und verschwand.

Nun ging ich allein weiter. Ich kam zu meinem Haus oder zumindest zu einem, das ihm glich, und sah dort etwa zehn bis fünfzehn Schritt rechts von der Tür eine Gestalt mit dem Gesicht nach unten am Boden liegen, die, wie ich geistesabwesend registrierte, meine Kleider trug. Die Vrouw Prinsloo watschelte in ihrem lächerlichen Nachtgewand auf die Gestalt zu, und ein wenig abseits davon stand Hernan Pereira, der offenbar damit beschäftigt war, sein doppelläufiges Gewehr nachzuladen. Dahinter stand, auf diesen starrend, Henri Marais, dessen Gesicht von einer Laterne beleuchtet wurde und der sich mit der einen Hand den Bart raufte und in der andern ein Gewehr hielt. Weiter hinten standen zwei gesattelte Pferde in der Obhut eines Kaffern, der blöd dreinschaute.

Die Vrouw Prinsloo erreichte die Gestalt, die am Boden lag und anscheinend meine Kleider trug, beugte sich mit ihren Massen mühsam über sie und drehte sie auf den Rücken. Sie starrte wutentbrannt in das Gesicht und fing zu kreischen an.

»Komm her, Henri Marais«, kreischte sie, »komm und

schau, was dein geliebter Neffe angerichtet hat! Du hattest eine Tochter, die dir dein Leben bedeutete, Henri Marais. Nun komm und schau, was dein geliebter Neffe aus ihr gemacht hat!«

Henri Marais, der wohl nicht recht verstand, kam langsam näher. Vor der Leiche am Boden blieb er stehen und betrachtete sie durch den Morgennebel.

Dann verlor er mit einemmal den Verstand. Sein breiter Hut fiel zu Boden, und das lange Haar stand ihm zu Berge. Sein Bart sträubte sich und plusterte sich auf wie das Gefieder eines Vogels bei klirrendem Frost. Er wandte sich Hernan Pereira zu. »Du Teufel!« schrie er, und seine Stimme dröhnte wie das Brüllen eines Raubtiers. »Du Teufel hast meine Tochter umgebracht! Weil du sie nicht bekommen hast, hast du sie umgebracht. Aber das zahl' ich dir heim!«

Ohne ein weiteres Wort hob er sein Gewehr und schoß auf Hernan Pereira, der langsam zu Boden sank und stöhnend liegenblieb.

Nun merkte ich, daß Reiter hinzukamen, eine ganze Schar von Reitern, obwohl ich zu dem Zeitpunkt nicht wußte, woher sie kamen. Einen davon erkannte ich in meinem Dämmerzustand sogar wieder, hatte er sich mir doch lebhaft ins Gedächtnis eingeprägt. Es war der finstre Kommandant, der mich zum Tode verurteilt hatte. Er stieg ab, sah die beiden Gestalten am Boden und fragte mit lauter, fürchterlicher Stimme:

»Was ist hier los? Was sind das für Männer, und wer hat sie erschossen? Sag schon, Henri Marais.«

»Männer!« klagte Henri Marais, »es sind keine Männer. Das eine ist eine Frau – mein einziges Kind – und das andere ein Teufel, der, weil er ein Teufel ist, nicht stirbt. Schaut, er stirbt einfach nicht! Gebt mir noch ein Gewehr, damit ich ihm den Garaus machen kann.«

Der Kommandant sah sich entsetzt um und bemerkte die Vrouw Prinsloo.

»Was ist geschehen, Vrouw?« fragte er.

»Er wandte sich Hernan Pereira zu … und seine Stimme dröhnte wie das Brüllen eines Raubtiers.« *(Siehe S. 346)*

»Ganz einfach«, erwiderte sie mit einer Ruhe, die nicht natürlich war. »Euren Mördern, die ihr im Namen von Recht und Ordnung ausgesandt habt, ist ein Irrtum unterlaufen. Ihr habt sie beauftragt, aus euch bekannten Gründen Allan Quatermain zu erschießen. Aber statt dessen haben sie seine Frau ermordet.«

Nun faßte sich der Kommandant an die Stirn und seufzte tief. Endlich halb erwacht, rannte ich los und drohte schimpfend mit der Faust.

»Wer ist das?« fragte der Kommandant. »Ein Mann oder eine Frau?«

»Ein Mann in Frauenkleidern; Allan Quatermain«, antwortete die Vrouw, »den wir mit einer Arznei betäubt und vor euren Schergen versteckt haben.«

»Du meine Güte!« entfuhr es dem Kommandanten, »darf denn das die Möglichkeit sein?«

Nun stützte sich der verwundete Pereira auf eine Hand.

»Ich sterbe«, rief er. »Ich verblute, aber ehe ich mein Leben aushauche, habe ich was zu sagen. Alles, was ich gegen den Engländer vorgebracht habe, ist gelogen. Er hat zu keiner Zeit mit Dingaan gegen die Buren taktiert. Ich war es, der mit Dingaan gemeinsame Sache machte. Obwohl ich Retief haßte, weil er mich durchschaute, wollte ich nicht, daß er und unsre Leute ums Leben kämen. Vielmehr wollte ich Allan Quatermains Tod, der die Frau gewonnen hatte, die ich liebte, obwohl es sich fügte, daß er allein überlebte, während alle andern sterben mußten. Dann kam ich hierher und erfuhr, daß Marie seine Frau geworden war – ja, seine *Frau!* Ich wurde wahnsinnig vor Haß und Eifersucht und sagte falsch gegen ihn aus, und ihr Narren glaubtet mir und betrautet mich damit, ihn zu erschießen, der unschuldig ist vor Gott und den Menschen. Dann lief alles schief. Wieder führte die Frau mich hinters Licht – ein letztes Mal. Sie verkleidete sich als der Mann, und ich ließ mich im Halbdunkel täuschen. Ich habe sie getötet, die ich liebe, und ihr Vater, der sie auch liebt, hat mich niedergeschossen.«

Allmählich verstand ich, der ich endlich aus meiner Betäubung erwachte. Ich lief zu dem Unhold am Boden und stürzte mich in meinen grotesken Frauengewändern auf ihn und würgte das letzte Leben aus seiner Brust. Über dem toten Pereira stehend, ballte ich die Fäuste und rief:

»Seht, was ihr angerichtet habt. Möge Gott von euch eintreiben, was ihr mir und ihr schuldig bleibt!«

Sie stiegen ab, sie scharten sich um mich, sie wollten es nicht glauben, sie weinten gar. Und ich, ich wetterte gegen sie, während der tolle Henri Marais auf der andern Seite tobte und die Vrouw Prinsloo mit ihren feisten Armen fuchtelte und Gottes Fluch und das Blut der Unschuldigen auf sie und ihre Kinder herabrief für immerdar.

Dann erinnere ich mich an nichts mehr.

Als ich zwei Wochen später nach schwerem Delirium wieder zu mir kam, lag ich allein im Haus der Vrouw Prinsloo. Die Buren waren fort und hatten sich in alle Himmelsrichtungen verstreut, und die Toten waren längst begraben. Henri Marais hatten sie mitgenommen, wie ich erfuhr, und an einen Ochsenkarren gebunden, denn er war völlig verrückt. Später kam er etwas zur Ruhe, und so lebte er noch ein paar Jahre, wobei er umherging, und jeden, den er traf, nach seiner Marie fragte. Aber genug von dem Ärmsten, dem Allerärmsten!

Die Geschichte, die man sich erzählte, besagte, daß Pereira Marie aus Eifersucht ermordet habe und dann von ihrem Vater erschossen worden sei. Aber es gab in diesen kriegerischen, blutigen Zeiten so viele tragische Geschichten, daß diese schnell der Vergessenheit anheimfiel, zumal alle Beteiligten aus dem einen oder andern Grund nicht viel davon erzählten. Auch ich sprach nicht darüber, denn Rache konnte mein gebrochenes Herz nicht kitten.

Man brachte mir einen Brief, einen blutbefleckten, den man an Maries Brust gefunden hatte.

Dieser lautete:

Liebster Mann,

drei Mal hast Du mein Leben gerettet, und nun ist es an mir, Deins zu retten, denn ein andrer Weg steht uns nicht offen. Mag sein, daß sie Dich anschließend töten, aber selbst dann bin ich froh, vor Dir gestorben zu sein, auf daß ich bereit bin, Dich drüben zu empfangen.

Ich habe Dir ein Mittel verabreicht, Allan, mir dann die Haare abgeschnitten und Deine Kleider angezogen. Die Vrouw Prinsloo, Hans und ich haben Dich in meine Gewänder gesteckt. Sie führten dich hinaus, als wärst du ohnmächtig geworden, und die Wachen, die mich in der Tür stehen sahen und für dich hielten, ließen euch nichtsahnend passieren.

Ich weiß nicht, was geschehen wird, denn ich schreibe diese Zeilen, nachdem Du fort bist. Ich hoffe aber, daß Du entkommen und ein langes, glückliches Leben führen wirst, obschon ich befürchte, daß mein Andenken selbst seine schönsten Augenblicke überschatten wird. Denn ich weiß, daß Du mich liebst, Allan, wie auch ich Dich immer lieben werde.

Das Licht brennt nieder – wie mein Lebenslicht auch. Also leb wohl, leb wohl! Alles hat einmal ein Ende auf Erden, aber dies Ende wird uns wieder vereinen. Bis dann adieu. Ich wünschte, ich hätte mehr für dich tun können, denn für jemanden, den man mit Herz und Seele liebt, sein Leben hinzugeben, das ist nur eine Winzigkeit. Dennoch bin ich Deine Frau gewesen, Allan, und werde Deine Frau bleiben, bis die Welt vergeht. Der Himmel vergeht nicht, Allan, und dort werde ich dich wiedersehn.

Das Licht ist verloschen – aber ach, in meinem Herzen glimmt ein neues Licht!

Deine MARIE

Das war ihr Brief.
Ich glaube, dem ist nichts hinzuzufügen.

Das ist die Geschichte meiner ersten Liebe. Wer sie liest – falls sie überhaupt jemand zu lesen bekommt – wird verstehen, warum ich noch nie von ihr gesprochen habe und warum ich nicht wünsche, daß sie bekannt wird, ehe auch ich tot und mit der großen Seele von Marie Marais wiedervereint bin.

ALLAN QUATERMAIN